巴渝诗话

◎蓝锡麟　著

西南師範大學出版社
国家一级出版社　全国百佳图书出版单位

图书在版编目(CIP)数据

巴渝诗话 / 蓝锡麟著. — 重庆 ：西南师范大学出版社，2019. 6
ISBN 978-7-5621-9787-4

Ⅰ. ①巴… Ⅱ. ①蓝… Ⅲ. ①古体诗—诗歌研究—重庆 Ⅳ. ①I207. 22

中国版本图书馆 CIP 数据核字(2019)第 099416 号

巴渝诗话
BAYU SHIHUA
蓝锡麟 著

责任编辑：张　昊
责任校对：李　君
装帧设计：王玉菊
排　　版：重庆大雅数码印刷有限公司 · 杜霖森
出版发行：西南师范大学出版社
网址：www. xscbs. com
地址：重庆市北碚区天生路 2 号
市场营销部电话：023-68253705
邮编：400715
印　　刷：重庆共创印务有限公司
幅面尺寸：160mm×235mm
印　　张：21
字　　数：370 千字
版　　次：2020 年 5 月　第 1 版
印　　次：2020 年 5 月　第 1 次印刷
书　　号：ISBN 978-7-5621-9787-4
定　　价：68. 00 元

小序

《巴渝诗话》凡一百零四篇，大致以成诗年代先后为序，对于起自上古、迄于民国的历朝历代二百三十余位诗人，以及少量无名作者的七百余首诗歌做出辨识和点评。

巴渝是一个历史地理概念，其范围不限于当今重庆。但本著所指，却基本限定在当今重庆所辖范围内，只在极个别因诗作所系难以剥离的对应点，才经过考辨、略有超越。

至于诗，本著所指一概专属文体学上认定的古诗，不含新诗。古诗则从宽，不限于传统意义的古体诗和近体诗，还包括词曲，乃至歌谣。新诗当由吕进、蒋登科等方家说，我不敢班门弄斧。

判别是否属于巴渝诗，自订了两项标准。一为籍在巴渝，亦即诗人的籍贯在当今重庆所辖区县内，不属流寓或者过境。只要确属历史上的巴渝本籍人，那么其诗作无论成于什么地方，无论涉及什么题材，全都属巴渝诗。二为迹在巴渝，是针对非巴渝籍诗人而订的。迹含履迹、心迹两种。履迹指其人到过历史上的巴渝地区，因而其间所作诗，无论什么题材都可以归入巴渝诗之列。心迹指其人虽然未曾到过历史上的巴渝地区，但心到过，亦即以巴渝话题作为映现对象写出过诗，那样的诗也可以算巴渝诗。总之都是以人辨诗，以人系诗，要么在巴渝写，要么为巴渝写。

其中，有两个易混关节需要留意。一是某些诗人的身世穿越朝代，一律以本著所引诗作成于哪个朝代，将其称作哪代的人。个别人的所引诗分属两个朝代，也不避分别称之，私心以为并不矛盾。二是某些诗提及个别巴渝名号，但或则只是举例，或则只是设譬，疑似巴渝诗而实非巴渝诗，一律经过证伪将其排除在外。纵或与通行认知不相一致，也在所不辞。

历来的诗话著述，都张扬着个人思辨性，本著自不例外。我主要是凭借个人多年积累的文献资料，从中撷取出若干诗人、若干诗作，以人系诗，就诗说诗。凡所点评，多为诠释和鉴赏，也有考据和比较。随兴之所至，间或还旁枝斜逸，涉及个别人情轶事，内容和形式都不拘一格。只从横向单篇看，每一篇均为巴渝诗选评，顶多再加点相关诗人行状简介。如果纵向联通看，整本诗话又浑若一部巴渝诗选，勾画出了巴渝诗史略。

好诗共欣赏，疑义相与析。自扪初心，不求全，只求当。究竟是否尽如私愿，我个人说了未必算数，自当接受与时推移的客观审视。唯一能说的，在于自始至终都自信，《巴渝诗话》不会白写，它将有助于时人和后人更切近地了解巴渝诗的风貌。

目录

CONTENTS

题引

（各文所引诗文举要）

001　南音之始的《候人歌》（上古歌谣 1 首）

002　彰显“土风”的四言诗（巴国时期诗歌 4 首）

003　山鬼就是巫山神女（战国时期屈原《九歌·山鬼》1 首）

004　美刺之间凸显民心（汉代诗歌 9 首）

005　由“三贞”说“清节”（汉《三贞诗》1 首）

006　识真“八阵图”（晋桓温《八阵图》，唐杜甫《八阵图》，刘禹锡《观八阵图》，宋苏轼《八阵碛》4 首）

007　珍贵的三峡谣（晋《滟滪》《女儿子》《渔者歌》《三峡谣》4 首）

008　永久的“巫山高”（古辞《巫山高》，梁萧绎《巫山高》，宋司马光《巫山高》，苏轼《巫山高》，范成大《巫山高》5 首）

009　杨素与越公堂（隋杨素《山斋独坐赠薛内史二首》，唐杜甫《陪诸公上白帝城头宴越公堂之作》，宋张俞《越公堂》4 首）

010　“初唐四杰”情寄巫山（唐王勃《江南弄》，杨炯《广溪峡》《巫峡》，卢照邻《巫山高》，骆宾王《忆蜀地佳人》5 首）

011　从沈佺期到陈子昂（唐沈佺期《巫山高》，陈子昂《白帝城怀古》《初入峡苦风寄故乡亲友》《度荆门望楚》4 首）

012　诗题记录行踪（唐陈子昂《入峭峡安居溪伐木，溪源幽邃，林岭相映，有奇致焉》《合州津口别舍弟，至东阳峡，步趁不及，眷然有怀，作以示之》《入东阳峡与李明府舟前后不相及》《万州晓发放舟乘涨，还寄蜀中亲朋》4 首）

013　“巴龙门”在哪里（唐沈徐期《过蜀龙门》1 首）

014　盛唐诗人题咏三峡（唐张说《下江向夔州》，张九龄《巫山高》，孟浩然

行》《夜泊寸滩》，龚自珍《己亥杂诗》第一百零六首，王闿运《寄堕林粉与梦缇因题五韵》11 首）

085 王士祯领一代风骚（清王士祯《棹歌》《江津县晚泊寄怀李绥阳公凯》《渝州夜泊》《涂山绝顶眺望》《舟出巴峡》《泊木洞驿》《登白帝城》《晚登夔府东城楼望八阵图》《瀼西谒少陵先生祠五首》13 首）

086 涪州吊古迹（清王士祯《道经涪陵游北岩点易洞》《江心石鱼》，黄基《碧云亭》，张师范《点易洞》《题石鱼》，陈昉《致远亭》《洗墨池》，杨名时《白鹤梁题咏》，刘镕经《题白鹤梁》，周煌《游点易洞》10 首）

087 忠州怀白公（清王士祯《访白公东坡不得七绝二首》，张问陶《忠州即事七绝二首》，熊学壎《春日访四贤阁遗址》，李士棻《忆白文公祠次王先生尔鉴巴台题壁韵》《读家书寄示家人兼酬里中亲友》7 首）

088 巫山走出傅作楫（清玄烨《赐傅作楫》，傅作楫《永安宫》《子阳城歌》《楚王宫》《八阵图》《白帝城》《圣泉书院诗》《有怀巫峡书屋》《瀼溪草堂》9 首）

089 风流特数张问陶（清张问陶《重庆》、《重庆舟中和亥白二首》、《月夜泊江津与亥白兄夜话慨然有作》、《石门驿》、《峡夜呈亥白四首》之四、《瞿塘巫峡》、《瞿塘峡》、《由三分水至楠木园出巫峡》之二、《巫峡同亥白兄作》之一、《夔州怀少陵》，张问安《泊重庆》、《哭船山仲弟三首》之三 13 首）

090 才子纵才情（清李调元《八阵图歌》《谒杜少陵祠》，彭端淑《郡守李公创建莲峰书院颂并序》，王汝璧《题张柳门太史诗钞》《三台・题羊杜词二首》，龚有融《戏遣》《山居示子珪》，李惺《瞿塘峡》《八阵图》10 首）

091 诗友结诗社（清高为阜《春日雅集》，张宗蔚《龙鹤坪九龙滩别墅二首》之二，龙为霖《九龙滩别墅杂诗十首》选一、《春日渡江会饮体仁书舍因游海棠溪诸园抵暮而归》、《梅厓墨竹》，张以谷《春日渡江饮张体仁书舍因游海棠溪诸园薄暮而归》，周开丰《海棠溪赠友集唐句》《金碧流香》，王尔鉴《金碧流香》，姜会照《金碧流香》，张九镒《金碧流香》11 首）

092 龙为霖领赞巴蔓子（清龙为霖《踏青过巴蔓子墓》，周开丰《踏青过巴蔓子墓》，王尔鉴《巴蔓子墓》，黄中瑜《吊巴蔓子墓》，龚珪《巴蔓子

墓》，王梦庚《巴蔓子墓》，何彤云《巴蔓子墓》7 首）

093 王尔鉴诗释黄葛树（清王尔鉴《巴民望雨谣》《川东道署古黄葛树长句》2 首）

094 张九镒首题览胜亭（清龙为霖《同人订于二月十三日登涂山澄鉴亭观渝城夜景为寒风所阻怅然有作》《月下登澄鉴亭观渝城夜景》《登涂山绝顶》，张以谷《同人约登涂山澄鉴亭观渝城夜景为寒风所阻怅然有作》，刘会《月下登涂山澄鉴亭观渝城夜景》，王尔鉴《登涂山亭子》，胡德琳《戊寅初度日登涂山绝顶下》，王梦庚《登涂山绝顶用曹能始学佺韵》《览胜亭》，张九镒《览胜亭》、《九日偕书太守登涂山即景二首》之二 11 首）

095 "散户"不乏才俊（清刘慈《涵园》、《渝州杂感七首》之二、六、七，刘玉璋《梦方廉吏》《咏菊》《咏梅》《咏牡丹》，钟云舫《有见》，《即事八首》选二 11 首）

096 名士风流李士棻（清李士棻《鸣玉溪晚泛》、《看画忆鸣玉溪》、《子云亭》、《万里桥》、《追哭先师太傅曾文正公二十四首》之一、《同沤馆杂题卅二首庚辰五月作于豫章》之一、《除夕留杜芳州旅窗说梦》、《留别杜芳州》、《自彭泽卸事归赠梅庵诗僧》9 首）

097 邹容雄姿英发（清邹容《改神童诗》《涂山》《题谭嗣同遗像》《狱中答西狩》《和西狩〈狱中闻沈禹希见杀〉》，章炳麟《狱中赠邹容》，柳亚子《有怀章太炎、邹威丹两先生狱中二首》8 首）

098 辛亥先贤明心见性（近杨庶堪《癸丑违难纪事二百韵》《黄复生理筠》《但懋辛怒刚》《张培爵烈五》《哀北平》《闻南京夷军屠杀至数十万人，悲愤有作》《夜袭》，于右任《赞沧白先生》《题杨沧白手书寄内诗册》，曾吉芝《别中校各学子》《别中校诸同事先生》，向楚《香宋师自乌尤下渝同门敬介七十寿家仲兄画巴山秋献图恭纪》，李蔚如《赠留日同乡汪锦涛》《浪淘沙·悼孙中山》14 首）

099 走出夔门地广天宽（近张朝墉《偕友人登白帝城》二首，《南岗杂诗》之三，《曾子敬召饮江楼》之二，《燕京岁时杂咏》之十八、二十二，《顾公度见访》之三，《庚辰元旦发笔》，柯璜《渝城回云顶道中即事》，何鲁《游北温泉》10 首）

100 礼园一赵熙（近宋育仁《题礼园亭馆二首》，赵熙《第一江山台》《红荷湖》《璇碧轩》《红荷湖夜坐》《元旦登第一江山台》《重庆》《夔府》《出峡》《元旦》11首）

101 吴氏两家门（近吴芳吉《戊午元旦试笔》、《咏史四首》之一、二、《将自永宁归家先此寄内》、《无题二首》、《答雨僧兄奉天》，吴宓《吾生一首》《吴宓先生之烦恼》《题陈慎言撰〈虚无夫人〉小说》《将入蜀，先寄蜀中诸知友——步陈寅恪兄〈己丑元旦〉诗韵》11首）

102 松柏精神古澹心（近刘孟伉《金缕曲》、《与重人茂腾同造一像得三本分题之》三首、《次东坡腊日游孤山韵和重人作》、《题重人所藏孙登铁琴拓本次清仪阁韵》、《纪游诗》之四、六、《峡中闻巫歌并序》、《与谢老夜话达旦》、《七月十九日夜露坐与谢老讲太平天国故事》，李重人《长歌似孟伉茂腾》，蒲茂腾《与刘李二子合制一影题名岁寒三友图因各赋一绝》13首）

103 曾是“饮河”社里人（近柯尧放《秋暮登涂山绝顶示同游诸子》《闻长沙大火》《快哉此夜行》《赠白与》，王白与《附酬容庵见赠时闻受降之报》，章士钊《示伯建楚侨》，潘伯鹰《伯建四十》，乔大壮《围棋》，许伯建《六月十五夜闻警报此入岁第一次也》《仲甫先生挽诗三叠韵》之一，马一浮《悼陈独秀》11首）

104 长把此乡作故乡（近邓均吾《乌江道中二十四首》选二、《过炮台湾》、《题扇二绝》之二，萧熙群《界石山居呈碻公》之二、《次韵寄答千帆康定》之一、《五云中学校歌》7首）

一

南音之始的《候人歌》

中华文学起源于诗歌，发轫的歌谣曾与上古神话传说并蒂同开，衍至西周才生发出了文体的繁荣。在当今重庆所承续的巴渝地区，见诸典籍文字记载的第一首歌谣叫《候人歌》，就映现着初始歌谣的古朴特征。

据《吕氏春秋・音初》传述："禹行功，见涂山之女，禹未之遇而巡省南土。涂山氏之女乃令其妾候禹于涂山之阳。女乃作歌，歌曰：'候人兮猗！'实始作为南音。周公及召公取风焉，以为《周南》《召南》。"其间的涂山，中古以降便有了江州涂山之说，涂之阳更被后之重庆人指认为夫归石，从而与重庆结下不解缘。

《候人歌》仅止四字一句而已，能不能称作歌谣？当今诗界多认可的微型诗，通常在三句以内，两句或一句也可以算数。例如，网上所传陈志岁的《微型诗八首》当中，题作《人生》的一首便只有一个字："烛！"题作《灯》的另一首，虽有"人们高举我，/是为了让我照得更广"两句，却也可视为一句拆成两行。今既可，古亦然，何况在一定的条件下，《候人歌》尽可以标点为："候人兮，猗！"

歌里的"候人"两字，结构上属于动宾组合，既直白，又简洁，译成现代的白话，即是“等候（那个）人（归来）”的意思。“兮”为语助词，相当于现代汉语极常用的“啊、呀、哟、哦”之类，可为实词增添语气。但“猗”字既可以作虚词用，又可以作实词用，如果对词性解释不同，那么对诗意和诗美的体悟相应地就会不一样。

不妨对“猗”略作诠解。如果将它认作语气词，当同“兮”一样，无非“啊、呀、哟、哦”之类重复使用，一咏三叹，加强语气。这样的用法，“兮”和“猗”之间不能点断。另三种用法，却可以点断。一是将它认作叹词，犹如现代汉语的“哎、嗨、哎哟、哎呀、咿呀哟、哦嗬嘿”之类，歌译成白话便是：“等候（那个）人（归来）呀，哦嗬嘿！”二是如同《诗·小雅·节南山》的“节彼南山，有实其猗”用例，将它认作形容词，词义为久长，“哦嗬嘿”处就成了“太久了”。三是与《诗·卫风·淇奥》的“宽兮绰兮，猗重较兮”用例相似，将它认作动词，词义为依靠，“太久了”又变成“好依靠”。很明显，四种解释都能说得通，但相较之下，后三种比第一种更为情致深厚，意味悠长。

这其中，值得充分注意的，还有上古歌谣所通用的歌法。在《吕氏春秋》里，另有一篇《古乐》记述：“昔葛天氏之乐，三人操牛尾，投足以歌八阕。”所谓“歌八阕”，不是说要歌唱八段歌，而是说同一歌谣，无论其字句多少，要反复歌八遍。移于《候人歌》，涂山氏之女殷切等候大禹归来，朝朝暮暮，日复一日，其情感炙热犹如江水奔腾不息，其反复歌咏谁能猜定有多少遍？设身处地地多想象一下，《候人歌》的言简意赅便呼之欲出。与之同时，涂山氏之女重情重义、敢爱敢歌的动人形象，也会恍然若在眼前。

尤其不可忽视的，当为“实始作为南音”一说。所谓的“南音”，专指周代的周公采邑以南和召公采邑以南的江汉、巴蜀地区，即《左传》昭公九年所说的“巴、濮、楚、邓，吾南土也”中的那个“南土”地区的歌谣声诗。而一个“始”字，明确无误地标举出了《候人歌》是“南音”滥觞。验之以后来《诗经》里的《周南》和《召南》，以及屈原、宋玉代表的《楚辞》，它们的立足写实，放飞情感，哀而不伤，虚实相生，乃至“兮”在句尾或者句间的灵活运用，确实是对其有所继承，有所发展。将之誉之为南音之始，堪称相当确切，毋庸置疑。

在当今中国，文学史学界和神话史学界已有共识，认为《候人歌》是中华民族第一首情诗，涂山氏之女与大禹同为夏族群的始祖神，这就超越了

“南土”的范围。尽管涂山氏之女究竟名叫女娲，还是名叫女娇，自古及今其说不一。从黄河流域到长江流域更有多达六七处涂山，自古及今都在争说自己那一处才是禹娶涂山的正宗遗址，也丝毫影响不到《候人歌》和它传唱的神话故事本身的跨时空价值。而今而后的重庆人，有理由引以为幸为荣，并且与其他区域的同胞共同分享这份珍奇的文化遗产。

只不过，不宜把《吴越春秋》里的《涂山歌》拿过来，取代《候人歌》的地位。《吴越春秋》成书于东汉后期，圈定了是重述吴越地区神话传说的历史掌故的，地域与巴渝不相粘连。《涂山歌》里那个会稽涂山女，还是一个白毛九尾狐狸精，论形象远不及《候人歌》涂山女。主修乾隆《巴县志》的王尔鉴学识甚广，诗文俱佳，却百密一疏，看走眼了，把《涂山歌》误植入到《巴县志》了，不宜误信误从。

二

彰显“土风”的四言诗

大凡讲巴渝文化的人，鲜有不引用《华阳国志·巴志》里“其民质直好义，土风敦厚，有先民之流”那三句话的。但并不是每个人都关注到，紧接其后，常璩还用“故其诗曰”一语带起，记载了四首巴人的四言诗。这四首四言诗乃巴国时期诗歌流传至今的唯一遗存，后来者决然不宜等闲视之。

第一首为：“川崖惟平，其稼多黍。旨酒嘉谷，可以养父。野惟阜邱，彼稷多有。嘉谷旨酒，可以养母。”按其意韵，当是前四句一章，后四句一章。前一章诗意是：河岸边的土地如平畴，种植的庄稼主要是黍。美酒和好粮，将用来奉养家父。后一章诗意是：野地里的土地是丘陵，种植的庄稼主要是稷。好粮和美酒，将用来奉养家母。前后两章意境交复，表达了凭借农耕收获，用美酒和好粮孝敬父母的题旨。如仿《诗经》惯例给这首诗标题，可叫《嘉谷》。

第二首为：“惟月孟春，獭祭彼崖。永言孝思，享祀孔嘉。彼黍既洁，彼仪惟泽。蒸命良辰，祖考来格。”诗前点明了，这是一首祭祀诗。按其意韵，也是前四句一章，后四句一章。前一章里的“獭祭”，源自《礼·月令》仲春之月的“鱼上冰，獭祭鱼，鸿雁来”，原意是獭捕得鱼陈列水边，犹如祭祀，代指依礼陈列供品以作祭祀。因而其诗意就是：适逢孟春之月，将供品陈放到崖畔。表达孝敬之思，供品定要精美周全。后一章诗意则是：祭祀的谷物干干净净，祭祀的牺牲新新鲜鲜。选定了良辰吉日，等祖先降临开颜。这首诗同第一首的相同点在都讲孝道，相异点在孝敬对象换成了列祖列宗，并且还宣示了祭祖先的祭祀礼仪。用同一方法给其标题，可叫《獭祭》。

第三首和第四首，都点明了是“好古乐道之诗”，均为四句一章。前一诗谓：“日月明明，亦惟其夕。谁能长生？不朽难获。”意思是：太阳和月亮那样光明，尚且免不了黑夜降临，人又有谁能长生不老，希求生命不朽注定难以如愿。似乎悲观，实则旷达，旨在表达人要遵从自然规律。后一首谓：“惟德实宝，富贵何常？我思古人，令问令望。”意思是：道德弥足珍贵，富贵怎能永恒，我们缅怀古人，真钦仰他们的好名声。没有讲安贫，张扬了乐道，深寓效法古人之意。沿用《诗经》成法标题，前一首可叫《谁能长生》，后一首可叫《惟德实宝》。

四首诗后紧接着三句话：“而其失在于重迟鲁钝，俗素朴，无造次辨丽之气。”这是照应诗前的赞誉，指出巴人虽然葆有朴实耿直，崇尚正义，民间风气诚真宽厚，传承了古代先民的优良风习的诸多优点，但也存在着粗鲁迟钝，行为习惯简单生硬，没有思维敏捷、辞采华丽的生存诉求之类的缺点。毫无疑问，对巴人的性格、行为、习惯、风格正反两个方面的评价，基本也适用于这四首诗。

从内容到形式，这四首诗颇接近《诗经》里的《小雅》诗型，而与包括“二《南》”在内的十五国风却有些差别。《小雅》里的多数诗，反映的是卿士、君子阶层的日常生活和志趣心态，常为祝颂、祭祀、燕饮、优乐之辞。雅诗讲求正，通行采用西周时期业已成熟的四言句式，并且多用敷陈其事的叙述方法，不像各地域的民歌那样喜欢用比兴，那样常见回复重迭、反复咏叹。这四首巴人的四言诗，相当明显地具有这些特征，因而虽然不乏可读性，但它们的审美欣赏价值，终不及历史认知价值。

透过这些诗不难认知，在距今约两千五百年的巴国强盛期间，巴渝地区的农耕生产已发展为多种种植，收获成果已可以满足上层、中层人士的多向需求。物质文明进步的同时，精神文明也在进步，中原文化的重要理念已融入了巴渝文化，突出体现在孝道、祭祀之类深入人心，化入习俗。在此基础上，当时社会的先进分子已能思考形而上的问题，从而形成顺应自然的人生态度，甚或把道德修养看得重于物质享受。“质直好义，土风敦厚”，便是伴之而逐渐形成的。正是基于此，这四首诗委实堪称那个年代巴渝地区的彰显“土风”，亦即民风、社风之歌。

这其中，反复咏诵的“旨酒嘉谷”“嘉谷旨酒”，还与中华民族的酒文化史相契合。至迟从夏商开始，酒便为人所用了。但历经商周，直到春秋时期，酒都还是王公贵族专用品，与礼相连，用于祭祀和王公贵族交谊场合。反映在《诗经》当中，“酒”字绝大多数见于“二《雅》”，《小雅》里重复最多的“君子有酒”中的“君子”也起码是卿士阶层以上的人，而不包括颜渊那样德行高尚的下层寒士，更不包括皂民黎庶。见诸巴渝，势当同理。因此，社会中层、上层人士历来都是引领民风、社风的关键群体，这是一种诗外意义。

三

山鬼就是巫山神女

屈原的《九歌》，是一组以祭祀歌舞为题材，意象奇绝、情致深婉、文辞清丽的叙事抒情诗。据当代学者林河考证，“九”即“鬼”，因而《九歌》实即《鬼歌》，或称《鬼神之歌》。全组十一篇，前五篇祀天神，中四篇祀地祇，第十篇祀人鬼，最后一篇《礼魂》则为送神曲。祀地祇的四篇内，前三篇《湘君》《湘夫人》《河伯》皆祀水神，仅有后一篇《山鬼》是祀山神，其地域背景主要是在沅湘地区，但《山鬼》却与巴渝地区密切相关。

“若有人兮山之阿，被薜荔兮带女萝。既含睇兮又宜笑，子慕予兮善窈窕。”《山鬼》开篇的这四句诗，就描绘出了神人合一的山鬼的形象，恍然若在山隈出没。她身披薜荔以作衣裙，还用女萝作衣带，给人的第一印象便是张扬着野性。美目传情，巧笑含倩，她的容貌神态又是那么美丽。随即将“子”和“予”相对举，不说自己思念心上人，而说心上人定会倾慕自己的幽娴娇媚，进一步表现出她的聪慧宁馨。余下的诗意，始终是以山鬼的内心独白串领她的求爱经历，而“灵修”“公子”“君”等都是“子”的同一性人称。她轻盈自信，一心一意要同心上人相会，这成为全诗的起点。

接下来的八句诗，描述山鬼如何从山隈登至山巅。她不是独自攀登，而是前乘赤豹，后随花狸，用辛夷木作车，车上还编结着桂枝扎成的彩旗。她身披石兰，腰缠杜衡，一路上采摘鲜花，打算送给思念的人。同时，她还一路担心着，生怕由于自己住在幽深的竹林，难以见天日，更兼路途艰险难行，独自来迟了，让心上人久等焦虑。终于"表独立兮山之上，云容容兮而在下"，她可以凭高望远，心上人老远就能望见她，她才像脚下流动的云絮一样，心情舒展开来。

然而，晦暝变幻，风雨忽至，始终没有望见心上人的身影，山鬼禁不住翻来覆去地东猜西想。她始而是"留灵修兮憺忘归，岁既晏兮孰华予"，憧憬着只要灵修一来，就要让他乐而忘归，以免自己年华渐老，没人欣赏和赞美自己的青春靓丽。既而是"采三秀兮于山间，石磊磊兮葛蔓蔓"，她决意不避石攒葛乱，多采些有助美颜延年的灵芝草，以替自己，也为灵修留住芳华。然后才是"怨公子兮怅忘归，君思我兮不得闲"，她一方面对公子的久等不至渐生怨气，以至自己惆怅忘返，另一方面仍将对方往好处想，认定他同样是思念自己的，只因为"不得闲"而未能赴约。心理活动一波三折，婉转缠绵，真挚和善良都充溢其间。

终于，她判定心上人是不会来了，山鬼稍冷静一些，便对未如愿寻根究底。前面的二十句诗都是四句一层，逐层递进，到这里却突兀地使用了三句结构："山中人兮芳杜若，饮石泉兮荫松柏，君思我兮然疑作。"前两句的"山中人"指山鬼自己，"芳杜若""饮石泉""荫松柏"比喻自己品质高洁，情感坚贞，行为正派，极其自信。后一句她替心上人设想：是不是对我疑信参半，所以不肯赴约。真爱必须以信任为根基，既疑信参半，那就算了吧。全诗于是就结束在"雷填填兮雨冥冥，猨啾啾兮又夜鸣。风飒飒兮木萧萧，思公子兮徒离忧"。山鬼自认了是枉然动情，虽然不免牢愁忧伤，却自不改贞刚本色，拿得起，放得下。

《山鬼》通篇由女性心理切入表现，这在整个《九歌》中，只有《湘夫人》与之颇相似。通篇的句式，都是前三字与后三字中间衬入一个"兮"字的七字句，在整个《九歌》中则只有《国殇》与之颇相近。因此，它不仅具备了《九歌》作为叙事抒情诗的那些共有的审美优点，还有不可多得的个性特征，千古传唱不衰，尽在情理之中。

《九歌》诸诗不是成于一时一地。那么，《山鬼》依存的地域，究竟是在哪里呢？清代学者顾天成在其《九歌解》里，最早推测《山鬼》似写楚襄王梦会瑶姬之事，其地自在巫山。现代学者郭沫若、闻一多、孙作云等，借助音韵学考证出“於山”的“於”乃“巫”的同音通假字，并且参证《山海经》，确认了山鬼就是巫山神女。诸如马茂元、陈子展、冯沅君、汤炳正、聂石樵等文学史家，也无不认同这一论断，其压倒别的说法之势已然形成。

包括今重庆市所属巫山县在内的大巫山地区，战国时属楚国巫郡地，所以《山鬼》归入《楚辞》名正言顺。两汉时，当时的巫县仍属荆州南郡。直至蜀汉章武元年(221 年)，方归属巴东郡，从而与巴渝接上了关系。这样的沿革变迁证明，大巫山以及长江三峡，历史性地形成了巴、楚两大文化圈的交叉融合地，地域内的文化成果该由巴、楚共有共享。明乎此，主角既是巫山神女的屈原《山鬼》，以及继后宋玉的《高唐赋》和《神女赋》，就有理由引入巴渝文学史，而无丝毫掠美之嫌。

四

美刺之间凸显民心

《华阳国志·巴志》记载，从汉高祖刘邦至汉武帝刘彻分割巴蜀，增设郡县起，巴郡的礼乐教化渐次勃兴，优秀人才不断涌现，赞扬他们的诗歌也随之多了起来。赞扬真善美，相对应地便有贬斥假恶丑。因此，在其收录的六首五言诗、三首四言诗，合计九首诗歌中，有六首是赞扬性的，两首是贬斥性的，还有一首是兼而有之以思治的。若用《诗经》开启的美刺传统观照，九首诗歌呈现出了美为主，刺为辅，两种取向相反相成的风貌。

美与刺的直接对象主要是官。从管子宣扬“立官牧民”，到孟子力陈“民贵君轻”，古代中国的官民关系一直都是官为民做主，而不是以民为主，官由民选。基于“民本思想”的为民作主，本原价值在“仁政”，提倡官要爱民惠民，为民多做好事实事，并且自身清正廉洁。在民心目中，那样的官就称为好官清官。然而，在封建的或专制的体制内，反其道而行之的滥官贪官注定了谬种流传，滋生不息，与好官清官犹如风马牛。民看在眼里，思于心里，发而为声就成了诗歌，或美或刺，爱憎分明。

那六首赞扬性的诗里，有两首分别歌颂巴郡人谯玄和陈禅的道德节操。前者历仕西汉末年的成帝、平帝两朝，多次进谏忠言。其后王莽篡权，他不依附王莽，公孙述据蜀称帝，也拒绝替公孙述效力。公孙述派人送毒酒恐吓他，他坦然笑道“吾不省药乎”，威武不能屈。所以巴郡人作诗称美他：“肃肃清节士，执德实固贞。违恶以授命，没世遗令声。”后者于东汉顺帝时官至司隶校尉，始终以“严明正直”著称。一次西域进献魔术杂技表演，涉于淫邪，安帝和公卿一起嬉乐，只有他“独不视”。所以巴人也点赞他“国人以贞真”“理义协乎民”。

有三首，赞扬严遵和吴资，他俩的共同优点是爱民惠民，政绩卓著。严遵本为巴郡人，到扬州担任刺史，真做到了“惠爱在民”。每当朝廷要升他的官，调往别地，都引得扬州“吏民塞路攀辕”。在任十八年而卒，民众们“若丧考妣”，筹集了上百万钱，意欲赡养他的家人，但他时任徐州刺史的儿子坚决不接受。时任巴郡太守的汝南人应季先知道以后，作诗称赞道：“乘彼西汉，潭潭其渊。君子恺悌，作民二亲。没世遗爱，式镜后人。”吴资本为泰山人，东汉顺帝永建年间任巴郡太守，为政有道，“屡获丰年”，民众作歌颂扬：“习习晨风动，澍雨润乎苗。我后恤时务，我民以优饶。”及其任满离去，又作歌表达“恩泽实难忘，悠悠心永怀”的眷念之情。

贬斥性的两首诗，与之适成强烈反差和鲜明对照。东汉安帝时，佚名的巴郡太守接二连三慵懒失道，巴郡民歌便讽刺他们说：“明明上天，下土是观。帝选元后，求定民安。孰可不念？祸福由人。愿君奉诏，惟德日亲。”不满之余，还有期盼，受害的民众委实很善良。到了桓帝时，河南人李盛担任巴郡太守，更是贪污腐败，加重民人赋税。因此“国人刺之”，就不再只是讽刺，还加入了揭露和抨击：“狗吠何喧喧，有吏来在门。披衣出门应，府记欲得钱。语穷乞请期，吏怒反见尤。旋步顾家中，家中无可与。思往从邻贷，邻人言已匮。钱钱何难得，令我独憔悴！”其思想深刻性和叙事形象性，已足可以与后世杜甫的“三吏”相侔。

然而，越到衰世和末世，诸如李盛之流的贪赃枉法、刻薄成性，就注定越是层出不穷，无可遏制。正如《华阳国志·巴志》所记述的“汉末政衰，牧守自擅，民人思治”，于是乎有了那首思治诗：“混混浊沼鱼，习习激清流。温温乱国民，业业仰前修！”一气呵成的四句诗，都用双声叠韵词领起，从而将悲愤、渴盼之情贯注其间。诗作者将民众喻为浑浊沼泽当中的鱼儿，无助无奈，多么希望能有习习的清风吹来，将自己引进清澈的溪流。然后直抒胸臆，作为身处乱世、备受戕残的弱势民人，比以往任何时候都更加心心念念，希望能够遇到谯玄、陈禅、严遵、吴资那样的贤良官员。这是何等朴实，何等凄切，但惨在愿望无从实现。

不难看出，美和刺如同两个极端，一正一反互为映衬，从中凸显出来的乃汉代巴渝地区民众的真实心声。汉王朝的专制统治者虽能容许民众心声流淌出来，却根本不能加以正视，借以了解民心，体察民情，哪怕是局部改善他们的为政之道。这已然作为一个重要原因，加剧了东汉后期的国势衰微，民怨沸腾，终于引爆了公元 184 年北方地区太平道发动的黄巾大起义，同一时间巴渝地区也爆发了五斗米道主导的民众大起义，汉王朝终于由之滑向覆亡。

五

由“三贞”说“清节”

上一篇诗话提到了九首诗，只讲了八首诗，还遗缺一首未曾顾及。其所以遗缺，是因为那八首的歌吟主体是官，而这一首的歌吟主体却是民，有一定的独特性。

其背景在于，东汉安帝永初年间，广汉郡和汉中郡的羌人造反，殃及巴郡。当时巴郡有三位妇女，丈夫死得早，坚守礼节誓不改嫁，民间誉为“三贞”。在兵荒马乱中，她们担心被乱军抓住会遭凌辱，于是自沉于嘉陵江。时有黄鸟在她们的投江处悲鸣不已，徘徊不肯去。“国人伤之，乃作诗曰：‘关关黄鸟，爰集于树。窈窕淑女，是绣是黼。惟彼绣黼，其心匪石。嗟尔临川，邈不可获。’”其中的“绣黼”本指上古礼服上绣的半白半黑的花纹，诗中用以比喻她们坚贞的品格。

若给这首诗标题，大可叫做《三贞诗》，直截了当破解“三贞”，实即称她们是三位贞妇。贞节的表现，一是年轻守寡而誓不再嫁，二是面对着兵连祸结，宁肯投江自尽也决不身遭凌辱。无论是生是死，都要坚守清白。夏、商、周三代以降，这样的贞洁观念便有传承，至明、清两代发展到极端。

单看《三贞诗》，主题固然集中和鲜明，并不深刻绵长。这倒是将其与上一篇诗话浅释过的两首诗，亦即赞谯玄、赞陈禅诗里的点睛之笔联系起来，将会发现贞节的意蕴绝不单一，更不肤浅。前一诗谓“肃肃清节士，执德实固贞”，后一首谓“筑室载直梁，国人以贞真”，其中“固贞”和“贞真”都与“三贞”大致同时空生成，足以反映贞节绝非只适用于民间和女性，而确然是官民通适，男女普适。

这就深触到“贞”的义涵了。《周易·师卦·象传》说：“贞，正也。”可见“正”乃“贞”的一个基本义。“正”本指执中守一，通常派生出正中、正直、正派、正经诸多义项，因而历来正直之士叫正士，刚正之气叫正气，纯正乐音叫正音，正道公平叫正义，情志纯正专一也叫忠贞不贰。正是因为贞离不开正，所以历来言行一致、守志不移之士叫贞士，刚正不阿、操守有节之臣叫贞臣，从一而终、夫死不嫁之妇叫贞妇，志洁行芳、忠贞不贰之德叫贞节，又叫贞操。贞节或贞操，从上古经中古至近古，一直都是官民通适、男女普适的，误读、误传、误信为专门约束女性而设，实在令人莫名其妙。

《三贞诗》固然表明，女性将从一而终、夫死不嫁奉为贞节，的确堪称古已有之。但这并不能证明，千百年间都是一个样，绝对不允许越雷池半步。相反地，《左传》和《诗经》均已透露，先秦时期大量存在女性再嫁，朝与野都不以为怪。由汉至唐一千余年间，一向有“脏汉秽唐”之说，居中的南北朝尤其呈现出性放纵和性混乱，女性再嫁更是常态。正因如此，西汉卓文君私奔，东汉蔡文姬再嫁，与唐代的唐明皇与杨贵妃故事都传为佳话，直至南宋李清照再嫁方才招致诟病。程朱理学鼓吹“存天理，灭人欲”，才催生出“亡命事小，失节事大”的怪规矩。明、清两代的专制皇朝，变本加厉地擅弄威权，旌表“节妇”，终于将贞节异化成了禁锢、摧残女性的精神枷锁。明乎此就该确信，处当今之世，不宜过度赞扬“三贞”。

相比较而言，赞谯玄诗中那个“清节”，非常值得高度重视。“清节”意指高洁的节操，语出《汉书·王贡两龚鲍传赞》：“清节之士，于是为贵。”借用前贤的传世名言，《孟子·滕文公下》倡导的“富贵不能淫，贫贱不能移，威武不能屈”，文天祥《正气歌》张扬的历代志士仁人的浩然正气以及“时穷节乃现”，理当就是节操高洁的经典诠释。具体化到特定的个人身上，不可能求全，然而，基本的价值取向必定会有所体现，有所弘扬。谯玄和陈禅确曾做到了，无愧都称为“清节士”，所以能于当世受称颂，所以能“没世遗令声”。借用赞严遵诗所谓“式镜后人”，他俩都堪称后之来者的镜鉴和楷模，无论是官是民，是男是女，向他俩学习都有助于修养成为高尚的人。

在当今中国，大力倡扬信仰和理想非常必要，但决不宜遗缺也讲点气节和操守。几年前我应厉华之托为其《忠诚与背叛》一书写序，已然明确提出过，信仰和理想属于政治诉求概念，气节和操守属于道德品格概念，二者可以相互渗透和影响，却不能相互代替。想当年，无论是延安还是重庆，共产党内部都很重视气节教育。如果气节有亏，小的叫“失格”，大的叫“变节”。现在的某些“老虎”政治变质、经济贪婪、生活腐化，或多或少是被富贵所浸淫，由失格而进至变节。如果真能成为“清节士”，何至于会过不了权力、金钱、美色三关？

六

识真“八阵图”

东晋穆帝永和三年(347 年),大司马桓温率军西征伐蜀,进至巴东鱼复(今重庆奉节)时,留下一首《八阵图》诗:“访古识其真,寻源爱往迹。悉君遗事节,聊下南山石。”五言四句平铺直叙,并没有多少诗味,但却开启了观照“八阵图”的诗歌先河。

八阵图原本是诸葛亮的一种阵法。《三国志·诸葛亮传》记载:“(亮)推演兵法,作八阵图。”八阵图遗迹传世有三处:一在今陕西勉县,一在今四川新都,还有一处就在今之重庆奉节。奉节的八阵图又有“水八阵”和“旱八阵”之分,前者在白帝城西约五里的大江之滨,后者在白帝城东十五里的石马河谷,三峡工程库区蓄水以后再难见其风貌了。

桓温是东晋重要的政治家和军事家,其在东晋的地位和影响,不亚于诸葛亮在蜀汉的地位和影响。作诗之年,距蜀汉灭亡不过八十四年,距诸葛亮辞世也只有一百一十三年,可以说是并不遥远。他对诸葛亮其人其事不乏了解,虽然尊敬,却并未到崇拜乃至迷信的程度。既有机会一睹八阵图遗迹,他就不辞军务繁忙,要往实地看一看。“识其真”三字直抒胸臆,整首诗值得后人嘉许的,正是这一识真精神。

究竟桓温识得什么真，他后续无诗言明，史料也无蛛丝可寻。倒是百余年后，北魏郦道元的《水经注·江水》中有了具实描述：“江水又东，迳诸葛亮图垒南，石碛平旷，望兼川陆，有亮所造八阵图，东跨故垒，皆垒细石为之。自垒西去，聚石八行，行间相去二丈。”由此看得出，八阵图的自然基础是江滨石碛，又加上了有规划的人工垒造。但郦道元还写道：“今夏水漂荡，岁月消损，高处可二三尺，下处磨灭殆尽。”可见越往后的后来人，能识别的八阵图真相，注定不与“诸葛图垒”完全一样。

距桓温作诗四百余年后，寓居夔州的杜甫也以《八阵图》为题，写过一首五绝。前两句“功盖三分国，名成八阵图”，对诸葛亮的历史功业倾情礼赞，推崇备至。后一句还特别点醒，是诸葛亮的英名成就了八阵图的美名，而不是八阵图天生便有名，据史立言，破题见真。后两句“江流石不转，遗恨失吞吴”，进一层融古今于一炉，寓情景于一体，既笼括了八阵图的自然态势和延存大貌，更表达了对当年由于刘备的拒谏失策，执意伐吴，以至诸葛亮力主的联吴大计横遭破坏的无限惋叹，真意与真情更喷薄而出。若缺后两句，这首《八阵图》断难成为千古名诗。

比杜甫略晚，刘禹锡的五律《观八阵图》也真实感人，创意不凡。首联“轩皇传上略，蜀相运神机”，由神话传说到历史述闻，概述八阵图的来历。颔联“水落龙蛇出，沙平鹅鹳飞”，暗含“观”意，描画形势，虚与实共舞，情随景齐飞。据传八阵图分作天、地、风、云、龙、虎、蛇、鸟八阵，上句以“龙蛇”统代，下句的“鹅鹳”又对应着鸟，遣词造境相当精妙。由之而转到颈联“波涛无动势，鳞介避余威”，意谓历经四百余年的江流冲洗和岁月磋磨，八阵图犹未减其威势。但尾联收合，却是“会有知兵者，临流指是非”两句，诗旨指向了该当出现真正懂得军事的人，才能身临大江流水，辨识清楚八阵图是否果真如此神奇。其隐含意味，仿佛在说文人渲染多属空谈。

推详刘禹锡本意，他或是暗自认定，先前诸葛亮利用江滨碛石，加以人工垒砌，无非构建出一处八阵图的模拟实景，以用来训练将士罢了，说得太过，反而失真。后世的《三国演义》第八十四回所写的“孔明巧布八阵图”，就是一个夸饰过度，导致失真的典型个例。鲁迅批评《三国演义》“（欲）状诸葛之多智而近妖”，此一情节与“借东风”都堪称确证。刘禹锡固然不能后知五百多年，但他当年发出那样的感慨，理当会有其特定针对性。

再往后，北宋仁宗嘉祐四年(1059 年)，“三苏”父子结伴出蜀，苏氏兄弟都在奉节以《八阵碛》为题写过一首五古诗。苏轼的那首长达三十句，在识真上别开生面。前十句由自然环境的“平沙何茫茫，仿佛见石蕝”写起，转至人世变迁的“孔明死已久，谁复辨行列”，从而引出“至人已心悟，后世徒妄说”的独特判断。后二十句进一步纵论三国历史，从“自从汉道衰，蜂起尽奸杰”，到“孔明最后起，意欲扫群孽”，终至推导出了“志大遂成迂，岁月去如瞥”，“惟余八阵图，千古壮夔峡”的警奇论断。就独具只眼而言，这委实超过了他的前人。

唐诗以情胜，宋诗以理胜，苏轼的诗显然比杜、刘的诗更理性。尽管在诗里，不宜让理凌驾于情上，但专注于探究和揭示八阵图的历史本真，毕竟理贵于情，因而苏轼的这首《八阵碛》颇值得一读。

七

珍贵的三峡谣

清代沈德潜选编《古诗源》，从上古一直选到隋代，除开"'三百篇'、楚骚而外，自郊庙乐章讫童谣里谚，无不备采"。他正确指出，"汉以前歌词，后人拟作甚伙"。验之《击壤歌》《康衢谣》《禹玉牒辞》等类，汉以前歌词的确缺少古朴民歌味。但汉以降歌词，就可信得多了，因而每一朝他都注意选。

在《古诗源》卷九的晋诗部分，沈德潜于无名氏项下选入十五首歌谣，其中的《淫豫》《女儿子》《三峡谣》三首都采自三峡地区。占比五分之一，仅止这一点，便未可小觑。何况这些三峡谣，对当世和后世的文人雅诗还产生过广远影响，其价值之珍贵，当是不言而喻。

所谓"淫豫"，亦即通常所称"滟预"，二者属于一声之转。据《国史补》说："蜀之三峡，最号峻急，四月五月尤险，故行者歌之。一作'滟豫'，峡中之滩也。"其原迹近瞿塘峡口，历来上下行船都必须对之十分敬畏，否则很容易船毁人亡。《淫豫》所歌"淫豫大如马，瞿唐不可下。淫豫大如象，瞿唐不可上"，即为滟滪堆及其滩险的真实写照。后来唐代刘禹锡《竹枝词九首》里的"城西门前滟预堆，年年波浪不能摧"，元稹《楚歌十首》里的"倒入黄牛漩，惊冲滟预堆”，都反映出滟预之险。直到 1959 年冬天炸去以后，那一段航道方才变平安了。

《女儿子》仅七言两句：“巴东三峡猿鸣悲，夜鸣三声泪沾衣。”《古今乐录》说：“女儿子，倚歌也。三峡谓广溪峡、巫峡、西陵峡也，林木高茂，猿鸣至清，行者闻之，莫不怀土。”还说“凡倚歌悉用铃鼓，无弦有吹”，可见倚歌是一种用铃、鼓、笛等吹打乐伴奏而唱的民间歌谣。不难看出，《女儿子》的歌词与北魏郦道元《水经注·江水》所引《渔者歌》的“巴东三峡巫峡长，猿鸣三声泪沾裳”颇相近，很可能是同一歌谣传唱改词的不同版本。北宋郭茂倩纂《乐府诗集》，就把它们合为两首，题目统称为《巴东三峡歌》。沈德潜作的自注，还特别点出“说猿声之悲始此”，尽管他认为晋诗有所失误，将始时延后了。梁简文帝萧纲《蜀道难》里的“笛声下复高，猿啼断还续”，分明化用了三峡歌谣。后来李白《早发白帝城》里的“两岸猿声啼不住，轻舟已过万重山”，尤其将之化用得活泛自如，并且将悲转化成喜。

《三峡谣》是四言四句：“朝见黄牛，暮见黄牛。三朝三暮，黄牛如故。”所歌黄牛峡，在西陵峡东段，因而虽然是三峡歌谣，却不能算巴渝歌谣。但它确如沈德潜自注所言，“四语中写尽纡回沿溯之苦”，有助于了解三峡成库以前上行的艰难。李白于唐乾元二年(759 年)流放夜郎途径三峡时，心情抑郁，写过《上三峡》一诗。其后四句乃：“三朝上黄牛，三暮行太迟。三朝又三暮，不觉鬓成丝。”若与先前所写《巴女词》描绘出的“巴水急如箭，巴船去若飞”，以及遇赦后的《早发白帝城》对照着读，其间无论是自然险易，还是人生忧乐，交织着的情致和哲理都是如此繁丰深长。

三峡谣的珍贵价值，远不止于由此及彼，由民间歌谣看文人雅诗。而且很可能，其间的《女儿子》，以及与之紧密关联着的《渔者歌》，还是民歌竹枝词的原初形态，起码也肯定是跟民歌竹枝词天然存在着亲缘关系。

为什么这样说？清代王文诰《苏诗编注集成》中的《竹枝歌》注即已指出，竹枝词“自唐以前已有之，故(明代)方密之以为起于晋也”。近人任半塘《声诗格调·竹枝考》进一步证实：“竹枝之出于乐府者，曰晋、曰齐梁”。从时间和空间两大维度看，竹枝词都同《女儿子》《渔者歌》有着与生俱来的历史同一性。尤其关键的是，前文所引《古今乐录》对于倚歌特色的诠释，与刘禹锡《竹枝词序》所说的“里中儿联歌竹枝，吹短笛，击鼓以赴节”如出一辙。久已失传的民歌竹枝词，大有理由认《女儿子》《渔者歌》为宗亲或者近亲。

无须怀疑仅七言两句，有没有资格称竹枝词。唐代皇甫松的《竹枝六首》，全由七言两句构成，如其二："木棉花尽（竹枝）荔支垂（女儿），千花万花（竹枝）待郎归（女儿）。"七言两句已然独立。文人竹枝词既然如此，民歌竹枝词自当无碍。而且前四后三约定俗成所用的衬词，前一个"竹枝"显然来自边歌边舞男女手中摇动的竹枝，后一个"女儿"也显然取自共男歌舞的众多女儿们，正好比今人唱民歌时的帮唱"妹娃子"。

三峡谣，竹枝词，一千七百多年以来滋润过多少骚人墨客，小至巴渝诗歌，大至中华诗歌，都从中受益良多。当代诗人和当代诗歌，如果承认其为一条珍贵的经验，该不该自觉学习、借鉴一点儿民歌呢？

八

永久的《巫山高》

“巫山高不穷，迥出荆门中。滩声下溅石，猿鸣上逐风。树杂山如画，林暗涧疑空。无因谢神女，一为出房栊。”这首诗题名为《巫山高》，作者乃梁元帝萧绎。凭借这首诗，萧绎继梁武帝萧衍、梁简文帝萧纲之后，成为历朝历代诗咏巫山、诗咏巴渝的第三个帝王。

对诗歌乃至文学艺术而言，帝王身份不足珍，足珍的是作品价值。萧绎这首诗，对齐梁的绮靡诗风略有所突破，也有五古向五律过渡的诗体趋向，确实具有一定品位。然而最重要的，是他采用了《巫山高》诗题。

《巫山高》为汉乐府的《汉鼓吹铙歌十八曲》曲目之一。据《晋书·乐志》记载，汉短箫铙歌共有二十二曲，全都“列于鼓吹，多序战阵之事”。降至北宋郭茂倩《乐府诗集》引用《古今乐录》的说法，传及当时只有十八曲，《巫山高》之曲名列第七。验诸中华诗歌发展史，由六朝至于两宋，降及明清，后世诗人所习用的铙歌曲目，《巫山高》以外只有《战城南》《将进酒》《有所思》等少数几种，历时性影响并非完全一样。

遗存至今的乐府古辞《巫山高》，仅止一首：“巫山高，高以大。淮水深，难以逝。我欲东归，害梁不为？我集无高曳。水何梁汤汤回回。临水远望，泣下沾衣。远道之人心思归，谓之何?”从头至尾杂用三言、四言、五言、六言、七言句，言随意出，情伴声茂，抒发出一个游子身在巫山，心飞淮水，欲归故土而难以遂心的满腹惆怅。那个游子可能是军士，也可能是商贾，反正诗歌主题已经超越了征战杀伐。

到齐梁年间，伴随人的觉醒，对美的发现也渐趋于多样化。大巫山钟灵毓秀，山雄水劲，自然风光迥异于长江中下游地区和黄河中下游地区，对于放纵性情、逐美不休的齐梁人，具有极独特的吸引力。尤其还叠加战国宋玉的《高唐赋》和《神女赋》的积代熏染，巫山神女与楚襄王的瑶台故事，更空前地令齐梁人心旌摇曳，神思追羡。自然与人文同构，历史与现实共振，就催生出了齐梁《巫山高》。在萧绎前后，齐之虞羲、王融、刘绘等，梁之王泰、范云、费昶等，都竞相以《巫山高》为题，创作出了一首又一首五言古诗。

齐梁《巫山高》有两点共性：一为内容上，总要贴近神女故事，并且旨趣不离宋玉两赋的传述口径；二为形式上，一例沿用五言八句，恍若订立了不成文法。传至唐代，诸如沈佺期、张九龄、刘方平、孟郊等著名诗人，作《巫山高》都未肯逾此方寸。甚而至于跨越时空，明代何景明和清代傅作楫等写的《巫山高》，也依旧守此陈规。无论从正面的穿透力来看，抑或从负面的阻滞性看，这都俨如一个传统。

然而，创新终究是一切文学艺术的活力所在，《巫山高》也注定不能一成不变。尽管照用《巫山高》这个共名，但唐代的李贺、戴叔伦、阎立本等或先或后自创新调，将传统的五言八句变成了五律七绝、七古，或者五言七言兼用的古体诗，而且古体诗还长短不一。演变到宋代，司马光的《巫山高》长达二十七句，苏轼的《巫山高》更长达七十八句，范成大的《巫山高》则四句一韵，一诗四韵，平韵仄韵交替使用。类似的创新一直延续到明清。

形式创新一马当先，内容创新后来居上。自唐末五代道士杜光庭改造过神女故事之后，宋代不少文人便不愿意再传神女“自荐枕席”那一套老话。司马光的《巫山高》率先替神女辩诬：“安肯来从楚国君，凭依梦寐为淫昏!”直截了当地揭穿“襄王之心自荒惑”。苏轼的《巫山高》则连楚赋、神仙一并怀疑，放言责问“楚赋亦虚传，神仙安有是”。范成大的《巫山高》既为神女辩诬，更将她与大禹治水联结在一起，竭诚礼赞“西真功高佐禹迹，斧凿鳞皴倚天壁”。北宋成了《巫山高》内容的分水岭。自北宋以降,《巫山高》的主题取向和审美表现焕然一新,除了继承上述优秀传统外,还拓展到了叙写风土人情,描绘山水景色,倾吐乡关情愫,寄托家国襟怀,积极健康,不一而足。

值得特别关注的是,至晚唐、五代之际,方兴未艾的教坊曲子词又产生了《巫山一段云》词牌。中华大地的名山大川可谓多矣,但包括五岳在内,没有别的任何名山如此独特,既有以山命名的诗题共名,又有因山得名的词牌专名。《巫山高》,真是魅力十足的永久显耀。

不唯此也,就在《巫山高》与《巫山一段云》之间,还有竹枝词的横空出世,合起来堪称巴渝诗歌的历史三珍。况且领衔三珍的,乃光溢古今、誉延世界的巫山神女,就如同奉节无愧为“中华诗城”一样,巫山也无愧号称“中华诗山”。它跨越两千多年早已实至,却迄今犹未名归,遗憾遗憾,实在遗憾!

九

杨素与越公堂

隋王朝于 581 年代北周而立，589 年灭陈统一中国，618 年历二世即亡，其兴也勃焉，其亡也速焉。隋诗上承南北朝诗歌，下引初唐诗歌，在中华诗歌发展史上，起着不可忽略的过渡作用。其代表人物为卢思道、杨素和薛道衡。在军事上和文学上，杨素都曾与巴渝息息相关。

杨素是北周后期和隋唐前期的一位著名军事家。隋开皇三年（583 年）十月，隋文帝杨坚任命上柱国杨素出任信州总管，加清河县公，准备伐陈事宜。信州为西魏废帝二年（553 年）所置，辖开江、巴东、建平三郡，州治在阳口县（今奉节安坪），唐武德二年（619 年）始改称夔州。杨素就任后，便持续不懈地在渝州至信州一线的沿江地域大造战船，训练水军，演练攻战。至开皇八年（588 年），他与晋王杨广、秦王杨俊“并为行军元帅，以伐陈”，主持了长江上游、中游战事，所向披靡，陈人畏之为“江神”，次年灭陈后，他以功勋卓著晋封越国公。在中国历史上，他不仅是隋王朝的开国元勋，而且是结束从东晋至南朝长达二百七十余年分裂局面，重新恢复统一民族国家的功臣良将，后来的重庆人决不应该遗忘他。

杨素也会作诗，史传赞以“词气宏拔，风韵秀上”，确非历朝历代那些附庸风雅的权势者可比。在信州总管任上，他与薛道衡以诗唱酬，有过《山斋独坐赠薛内史二首》。其一为："居山四望阻，风云竟朝夕。深溪横古树，空岩卧幽石。日出远岫明，鸟散空林寂。兰庭动幽气，竹室生虚白。落花入户飞，细草当阶积。桂酒徒盈樽，故人不在席。日暮山之幽，临风望羽客。"整首诗寓情于景，由景写心，既静穆淡远，又飘逸空灵，将思友笃情如溪泻出。其二也是一首五言诗，比其一少两句，但诸如"岩壑澄清景，景清岩壑深""花草共萦映，树石相陵临"等情致，却比其一更显得温婉缠绵。由之生出末尾四句："独坐对陈榻，无客有鸣琴。寂寂幽山里，谁知无闷心。"和盘托出自己的孤清寂寞，较之于其一显然已是另一格调。一位叱咤风云的军事家私下也会如此惆怅，既反映出他的多重性格，又表现出他为诗的真诚。

受封越国公以后，杨素在白帝城内修建了越公堂。前引诗题里面的"山斋"，是不是指这所越公堂，没有他的诗文作证。但降至唐宋两代，一些后来人景仰寻踪，却对越公堂，同时也对杨素本人，作了值得珍视的描述。

盛唐的杜甫寓居夔州期间，曾有一首《陪诸公上白帝城头宴越公堂之作》诗："此堂存古制，城上俯江郊。落构垂云雨，荒阶蔓草茅。柱穿蜂溜蜜，栈缺燕添巢。坐接春杯气，心伤艳蕊梢。英灵如过隙，宴衎愿投胶。莫问东流水，生涯未即抛。"前六句写实景所见，后六句写席间所感，贯穿始终的是一个"伤"字。方其时，距杨素建堂不过一百六十多年，却是不仅堂外环境满目荒凉了，而且堂内的柱穿栈缺，变成了蜂、燕筑巢的窝点，人非物不是，白云苍狗委实令人感慨万千。老病缠身、漂泊无定的诗人自己，禁不住痛感人生的短促无常，因而他要能饮酒时且饮酒，争取活好还属于自己的每一天。的确是伤感，但也有达观，这在杜诗里并不多见。

北宋的蜀籍诗人张俞，也以《越公堂》为题留下了一首诗："越公作隋藩，烈烈耀威武。驻马白帝城，营堂压巴楚。俯瞰万里流，徘徊览千古。鬼工役精魄，梓制衔刀斧。四柯无栾栌，大厦唯柱础。峥嵘露节角，庨豁转檐庑。丹漆久磨灭，风云尚吞吐。"与杜甫那一首诗结构略异，乃前六句与后八句转接映衬，格调则是有所过之。前六句倾情景仰杨素，既称颂其人的伟烈丰功，也赞美其堂的体势威仪，人与堂的了不起浑然合一，雄视千古。后八句才专注于写堂，由"鬼工""梓制"两句所示想象中的昔日辉煌，陡转到继后五句所示的今日一片破损凋残，比杜甫当年所见尤其萧瑟。然而，结尾的一句回应了前六句，仍然夸越公堂具有吞吐风云的不凡气势，一个“尚”字，把历史的兴废、人事的浮沉浩叹收纳其间。

南宋史地学家祝穆在其《方舆胜览》一书中，专用了一笔记载“越公堂，在瞿唐关城内，隋杨素所建也”。其后的诗人陆游作《入蜀记》，也专门在白帝庙的描述后写道：“又有越公堂，隋杨素所创，少陵为赋诗者，已毁。今堂近岁所筑，亦甚宏壮。”两则史料标明两点：一是越公堂原址，就在白帝庙近旁；二是杨素原先所建越公堂，历经唐朝、五代和北宋已然破残毁圮，至南宋中期又曾重建。南宋重建，说明了时人仍尊敬杨素。

二十六年前，我初次拜谒白帝庙，曾在出庙门的左侧建筑上，看见过一块“越公堂”标识牌。很可惜，近八九年的白帝庙，已被人为地单一化为托孤“忠信”文化遗址，连东西碑林都荡然无存了，“越公堂”三字又何处可寻？今之人尚不及南宋人，杨素若有知，只能苦笑。

十

“初唐四杰”情寄巫山

王勃、杨炯、卢照邻和骆宾王合称为“初唐四杰”。杜甫有诗礼赞他们：“王杨卢骆当时体，轻薄为文哂未休。尔曹身与名俱灭，不废江河万古流。”巧的是，四位诗人不约而同地都曾情寄巫山，留下遗篇。

王勃年轻时，历时三年游览过巴蜀山川，作过《蜀中九日》等诗。他用乐府《相和歌辞》的“清商曲”《江南弄》为名，写过一首杂言古体诗：“江南弄，巫山连楚梦。行雨行云几相送。瑶轩金谷上春时，玉童仙女无见期。紫露香烟渺难托，清风明月遥相思。遥相思，草徒绿，为听双飞凤凰曲。”这首诗明显用了巫山神女与楚襄王瑶台相会、梦为云雨的典故，但用而不拘，清而不腻，经“清风明月遥相思”一转，便对接上了《西京杂记》所载的西汉成帝时庆安世“善鼓琴，能为《双凤离鸾》之曲”的另一典故，从而抒发出了既贴近巫山神女，又不仅限于一时一声的情人之间相恋相思的至情真情。其博学高才，文光流丽，不经意之间都化作了宛然兴象。

杨炯于武则天垂拱元年(685 年)被贬到梓州(今四川三台)，担任司法参军，淹留五年。期间，对长江三峡逐一作诗。其中《广溪峡》所写对象即瞿塘峡，前八句破题便点明了“广溪三峡首，旷望兼川陆”，既而便极状其雄险形胜。后十二句转入纵论三国蜀汉的兴衰历史，结在“设险犹可存，当无贾生哭”的兴亡之叹上，昭告着世人在德不在险。《巫峡》也是一首五古，前八句经由“三峡七百里，唯言巫峡长”引起，描绘巫峡的幽深险峻，后八句则由山水伸及人事，既表明“忠信吾所蹈”，又感叹“美人今何在”，怀才不遇的悲怆情怀，结于“山空夜猿啸，征客泪沾裳”的意绪。《西陵峡》一首与这两首相似，都托物明志，借史抒怀，状景抒情都比较真率，展现出了刚健诗风。

卢照邻也在巴蜀做过官，唐高宗乾封三年(668 年)受任为新都(今属四川成都)尉，秩满离去。在巴蜀期间的诗多写于蜀，少见于巴，但《巫山高》五首颇不俗。其诗写道：“巫山望不极，望望下朝雰。莫辨啼猿树，徒看神女云。惊涛乱水脉，骤雨暗峰文。沾裳即此地，况复远思君。”虽未自标为五律，实际上已是一首五言律诗，对仗和平仄都相当合律，已突破了齐梁《巫山高》的体式，的确堪称浮想联翩，精奇高妙。结尾两句虽未能脱俗，但终究难掩诗有奇气。

只有骆宾王未到过巴蜀。尽管如此，他也有几首赠友怀人的诗面向巴蜀，其中《忆蜀地佳人》一首更是指向巫山。全诗七言四句：“东西吴蜀关山远，鱼来雁去两难闻。莫怪常有千行泪，只为阳台一片云。”前两句直叙，无非说自己东在吴越之地，佳人住在巴蜀之地，仅凭着收信往来，实难以充分了解，曲尽衷情。后两句用典，化用了巫山阳台云雨故事，诗人对佳人的万千心结呼之欲出，并没有多少脍炙人口之处，但将典故用到自己与佳人情思之间，毕竟有了一些新意。

骆宾王的这首诗虽非佳作，但有它无它颇不一样。有了它，就表明“初唐四杰”无论是否履迹巫山，都能借诗情寄巫山。由之而推延开去，还能传递出一条多少带有普遍性的诗文之道，亦即写诗作文并不一定必须实地体验。实打实地接受或深入源泉境地，赖以获取直接感念，固是第一重要，虚一虚，借助书籍述闻以滋生间接经验，也没有理由轻慢或斥逐。换句话说，行万里路与读万卷书，从来就是相辅相成。杜甫自谓“读书破万卷，下笔如有神”，大可认作不刊之论。骆宾王化用原典，正是一个由书得悟的活证。范仲淹的《岳阳楼记》尤为好证。

即便是王勃、杨炯、卢照邻的几首诗，也不是他们的代表作，相互间比较也并非在同一层次。不过总体看，都比骆宾王那首出色，归入中上品是够资格的。由之又传递出另一条多少带有普遍性的诗文之道，那就是文艺题材无论何等高大重要，都不能决定具体作品的高下优劣。决定性的要素是，具体作品所展示的主题意义和审美价值，而这两项必依存于具体作者的感知和映现相关题材的主体功力之中。题材只能提供写什么，主体取向和审美取向才切入怎么写，主体功力再决定究竟写得怎么样。

这两条诗文之道，远不仅止适用于“初唐四杰”，而理当是古今中外概莫能外。如果验之以今人的诗，那么，舒婷的《神女峰》，直唱出“与其在悬崖上展览千年，不如在爱人肩头痛哭一晚”那样的新奇心声，即是现实的佐证。

十一

从沈佺期到陈子昂

在初唐时期，比“四杰”出名要早的是沈佺期和宋之问，二人并称“沈宋”。恰恰如《新唐书·宋之问传》所说，他俩的诗虽然还未摆脱齐梁的“靡丽”影响，但“回忌声病，约句准篇，著定格律，遂成近体，如锦绣成文，学者宗尚”，在律诗形式上确有重要的贡献。置诸沈佺期的一首《巫山高》，当能看出一些端倪来。

沈佺期的《巫山高》为五言八句：“巫山峰十二，环合隐昭回，俯眺琵琶峡，平看云雨台。古槎天外倚，瀑水日边来。何忽啼猿夜，荆王枕席开？”从对仗、平仄和结构方式看，这已是一首相当完善的五言律诗。首联起句的上句，似乎平淡无奇，但下句“环合”意谓层次错杂，“昭回”意谓流光回转，一下子就动静相生地描绘出了巫山十二峰高插入云天的雄奇险绝，不用“高”字而凸显高势。颔联和颈联由近及远，由“俯眺”“平看”转到仰望、远眺，一句一景，情寓其间，紧扣“巫山高”的意境，自然流动，尽收入眼帘。令人读了会扫兴的是尾联，死扣楚襄王梦会神女旧典，将格调降低了。

长处和短处，都不只是专属沈佺期一个人的，深嵌其中的，乃初唐诗歌转型期，几辈诗人所共有的历史胎记。要等到陈子昂狂飙突起，崛立于诗坛，远承“风雅兴寄”和“汉魏风骨”的优秀传统，将“兴寄”和“风骨”认作诗歌的生命，近启当世诗歌革新的潮流，才能促成唐诗迈入极盛时期。

陈子昂是梓州射洪（今属四川）人，生于唐高宗显庆四年（659 年），卒于武则天久视元年（700 年），其一生纵横任侠，兼信佛老，又有儒家兼善天下的大志雄才，一心一意大展宏图。二十一岁时出蜀，先到长安，后至洛阳，二十四岁中进士。出蜀途中经过了三峡，次第写出《白帝城怀古》《初入峡苦风寄故乡亲友》《宿空舲峡青树村浦》三首诗。其中“空舲峡”通常写作“崆岭峡”，在秭归境内，不算巴渝诗歌，但与巫山、巫峡相关。另外的两首，却是不真包换的巴渝诗歌。这些诗，虽不能与他的传世名作《感遇诗》《登幽州台歌》等相提并论，却也表现出了卓尔不凡之风。

《白帝城怀古》是一首五古。一二句“日落沧江晚，停桡问土风”，简洁地交代时间和环境，点明“怀古”的由来。三四句“城临巴子国，台没汉王宫”，立即追怀距唐相对较近的先秦巴国、三国蜀汉之古。虽无“白帝”两个字，但白帝城所在地域，曾属于战国时的巴国“东至鱼复”之地，三国时期蜀汉刘备又在鱼复（改名永安）建过永安宫，“白帝城怀古”已然贴切了。“城临”还算中性，“台没”即见慨叹。五六句直追怀到周、夏上古，“荒服仍周甸，深山尚禹功”，似乎语词浅白，实际上意蕴深长。相传周代自王畿千里之外，由近至远依法分定侯、甸、男、采、卫、蛮、夷、镇、藩等九服，荒服即镇、藩之服，可见距王权中心实在太远了。好在古风犹存，峡江人民积代相传仍崇敬大禹治水之功，纯朴、顽强的民风实在可爱，一切尽在不言之中。既而七八句忽然一转，改为写眼前“岩悬青壁断，地险碧流通”山水险状，仿佛离题了，却仍暗寓着赞佩大禹疏凿之功。九十句方才用“古木生云际，孤帆出雾中”两句回归到现实层面，最后以“川途去无限，客思坐何穷”两句浩然收结。“思何穷”三字表明，“怀古”之深广既难尽会，也难尽传。

以白帝城为怀古客体作诗，陈子昂为历朝历代第一人。后之来者如高适、李白、杜甫、苏轼、陆游、王士祯、傅作楫等都有类题佳作问世，但若论视野开阔，思想高迈，情感刚健，寄兴幽婉，能赶上他或超过他的屈指可数。

《初入峡苦风寄故乡亲友》只有四句：“故乡今日友，欢会坐应同。宁知巴峡路，辛苦石尤风。”小诗同样刚健动人。诗意好解读，写的是“巴峡路”上“初入”瞿塘峡，便为峡风所若，因而将此旅途遇遥告亲友，不寻常之处在于，整首诗都不是描述自己的主体感受，而是将“故乡亲友”代拟为感知主体。这同后来杜甫《月夜》所写“今夜鄜州月，闺中只独看”，实有先后神来，异曲同工之妙。把浦起龙评杜诗的“心已驰神到彼，诗从对面飞来”移用到陈诗，一点儿也不牵强。

陈子昂由蜀入楚伊始，还写过一首有名的七律《度荆门望楚》：“遥遥去巫峡，望望下章台。巴国山川尽，荆门烟雾开。城分苍野外，树断白云限。今日狂歌客，谁知入楚来。”这首诗激情奔放，气势流畅，对“巫峡”和“巴国山川”的眷眷情怀，仍然流注于字里行间。回看沈佺期的诗，固然在初唐也算有品有味之作，然而一对比就立见高下，陈子昂能领那个时期的诗歌革新风骚，除了理论上确有真知灼见，还靠他的一流创作。

十二

诗题记录行踪

陈子昂出蜀，是从他的故乡射洪始发，乘船沿涪江而东南下，至合州(今重庆合川)转入嘉陵江南折以下，至渝州(重庆渝中区)再入长江东下。这一路行踪，均大略记录在他沿途所作的几首诗的诗题里，了了分明，历历可辨。

在进入今之重庆市境域前，陈子昂先已在遂州留下一首《遂州南江别乡曲故人》诗，然后即抵达涪江下游的安居县。安居县始建于隋文帝开皇十八年(598年)，辖地跨今之四川省遂宁市安居区和重庆市铜梁区安居镇及附近地区，迄南宋宝祐六年(1258年)方才撤销。在安居县，他作了《入峭峡安居溪伐木，溪源幽邃，林岭相映，有奇致焉》一诗，成为他当时在巴渝行踪的第一个记录。

那是一首五言古诗："肃徒歌伐木，骛楫漾轻舟。靡迤随回水，潺湲溯浅流。烟沙分两岸，露岛夹双洲。古树连云密，交峰入浪浮。岩潭相映媚，溪谷屡环周。路迥光逾逼，山深兴转幽。麋鼯寒思晚，猿鸟暮声秋。誓息兰台策，将从桂树游。因书谢亲爱，千岁觅蓬丘。"起始两句写闻伐木歌而漾轻舟，带出第三句至第十四句，写景寄兴，曲尽"奇致"。第十五、十六两句转到此行目的在于折桂的意思上，方引出最后两句作结，“暂息”与“将从”实暗寓着对奇致的流连难舍。

到合州时，陈子昂没有写诗，但在东阳峡写了一首五古《合州津口别舍弟，至东阳峡，步趁不及，眷然有怀，作以示之》，记录了他在今重庆合川的踪迹和行事。津口即今合川南津关附近渡口，涪江汇入嘉陵江之处，他在那里与其弟告别。东阳峡则指嘉陵江小三峡中的温塘峡，因为近傍东阳镇，故亦称东阳峡。东阳峡距合州尚不远，他想再追转去见其弟（“步趁”意谓步辇追逐），却来不及了，禁不住眷念之情油然而生，惆怅不已，乃作此诗以图“示之”。正因此，全诗十四句，仅七、八两句“林岸随天转，云峰逐望新”稍涉及景象，其余诗句都述心情。特别是三、四句“思积芳庭树，心断白眉人”，五、六句“同衾成楚越，别鸟类胡秦”，表明了他的“眷然有怀”上及父母，下及昆仲。也因此，由第十一、十二句“念别疑三月，经途未一旬”，引发出结句“孤舟多逸兴，谁共尔为邻”，感情之真挚，令人泫然。

东阳峡在今重庆北碚。在那里，陈子昂还留下另一首五古《入东阳峡与李明府舟前后不相及》。全诗二十句，与示弟之作情调迥异。起始六句由“东岩初解缆，南浦遂离群”的出游入题，引出行至东阳峡而“沿洄异渚濆”，“歌笑浩难闻”。中间八句集中描绘东阳峡的山水树木和形胜景象，“路转青山合，峰回白日曛”及“离离间远树，蔼蔼没遥氛”四句，特别富有层次感和动静感，形影交合，色彩斑斓，写景状物若在目前。结尾六句转入意绪：“地上巴陵道，星连牛斗文。孤狖啼寒月，哀鸿叫断云。仙舟不可见，摇思坐氛氲。”出蜀前途上的孤寒艰辛，与友相遇不及的怅惘失落，又使得他纠结不已。三层诗意，三迭起伏，比前一首诗更摇曳多姿。

巴陵道，巴陵道，出了嘉陵江，便转入长江。在两江汇合的古渝州，陈子昂似乎未曾停留，至少是未曾留下诗作来。为什么会那样？不宜妄测。后来的李白，《峨眉山月歌》唱出“思君不见下渝州”的李白，也曾步过陈子昂的后尘，没有在渝州哪怕仅止留下一首诗。很可能，会与唐代的渝州政治地位不高，秦代张仪和三国李严所筑之城业已破残，不大吸引得住行色匆匆的诗人有一定的关系。无看头即无游兴，无游兴即无诗趣，古今一理，或可推之。

顺长江东下，到万州陈子昂才写出五古《万州晓发放舟乘涨，还寄蜀中亲朋》:“空蒙岩雨霁,烂熳晓云归。啸旅乘明发,奔桡骛断矶。苍茫林岫转,络绎涨涛飞。远岸孤烟出,遥峰曙日微。前瞻未能眴,坐望已相依。曲直多今古,经过失是非。还期方浩浩,征思日骈骈。寄谢千金子,江海事多违。”前八句纪行写景,雨后初晴的朝阳霞云分明令他神清气爽,林岫、涨涛、孤烟、曙日无不浑然如画,形象生动。如今之万州与之比一比,古今之变何其巨然!后八句驰望遐思,究竟是哪些今古曲直、日非经过并未指实,但进退依违,对入京折桂的雄心壮志能否实现并无把握,只不过对“江海事多违”已然有所心理准备,心事浩茫直连广宇。

以上四首诗,加上前篇诗话已引述过了的《白帝城怀古》《初入峡苦风寄故乡亲友》,以及《宿空舲峡青树村浦》三首诗,仅从诗题便可以看出,当年陈子昂出蜀穿越巴渝的行踪。对应当今重庆市所辖区县,他由涪江而嘉陵江而长江,先后经过了铜梁、合川、北碚、万州、奉节、巫山。这对于巴渝诗歌历史而言,不啻为一段传世佳话,可触可摸,可亲可诵。

十三

"巴龙门"在哪里

《全唐诗》收录了沈佺期的《过蜀龙门》，又题作《龙门峡》。全诗五言十八句，写的是："龙门非禹凿，诡怪乃天功。西南出巴峡，不与众山同。长窦亘五里，宛转复嵌空。伏湍煦潜石，瀑水生轮风。流水无昼夜，喷薄龙门中。潭河势不测，藻葩垂彩虹。我行当季月，烟景共春融。江关勤亦甚，巇崿意难穷。暂将息机事，炼药此山东。"后来有人将诗作者移为陈子昂，题作《过巴龙门》，将龙门峡指认在江津，其情虽可理解，其事却须考辨。

解读这首诗并不困难，难的是，怎样才能够坐实"巴龙门"，关键在"巴"字上。《华阳国志·巴志》早已记述过，巴国强盛时"其地东至鱼复，西至僰道，北接汉中，南极黔涪"。秦汉的巴郡四境虽然略小，但也涵盖了大巴山以南，包括今之川东、川北大部分和整个重庆市在内的广阔区域。自古及今，举凡文字载籍中出现"巴山""巴峡"之类语词，如果本文无实指，或者后人未考明，就很难说到底是指哪一处。王维《晓行巴峡》涉及的"巴峡"，李商隐《夜雨寄北》涉及的"巴山"，都遇到这个难题，千余年来尚未确解。陈子昂诗里的"巴龙门"，较之更难以求得定论。

所谓"巴龙门"，是区别于今山西境内的绛州龙门而言的。《尚书·禹贡》有言:“导河积石,至于龙门。”绛州今为河津市,按传说,当地的龙门是靠大禹疏凿而成的。陈子昂的这首诗,开头四句便旗帜鲜明,与绛州龙门划清了界线,揭示出巴龙门“诡怪乃天功”“不与众山同”。然而,从第五句至第十二句,只由山崖到水流、由山水到光景描绘了巴龙门如何“诡怪”,如何“不与众山同”,却没有点明或者暗示这一龙门址在哪个具体地界,以至把难题留给后人了。

明代万历年间(1573—1620年)修撰的《江津县志》说:“治西有石门,号龙门滩,即龙门峡地。”稍晚一点的文史学家曹学佺撰《蜀中名胜记》,引述了这一说法,并将陈子昂的这首诗,以《龙门峡》为题录于其后。今人凭借这两条史料,判定“巴龙门”就在江津,并且进一步指定其在龙华镇的龙门滩。其间虽有小异,但持之有据,是无疑义的。只不过,明万历年间上距初唐八百多年,《江津县志》却缺失了初唐年间石门即有如是之说的依据,终为一憾。

当今之世,上距明万历年间又是四百多年过去了,沧桑变化后的今时景,要与陈子昂笔下的唐时景一一对应,是绝无可能的。今之龙门滩,确实对应得上“伏湍煦潜石”,甚至与“藻葩垂彩虹”也能大体相称。然而,“窦”的本义是地穴,“长窦亘五里,宛转复嵌空”所描绘的,是犹如今阿蓬江从神龟峡至天门峡那样的重岩叠嶂、隐天蔽日的幽深险奇,其鬼斧神工断然不会被岁月抹去,但在龙门滩却寻不到踪影。鉴于此,“巴龙门”指定就在江津之说,委实不免令人生疑。

可疑之处还有两点。其一为如诗所写:“我行当季月,烟景共春融”,与今人“《龙门峡》诗系陈子昂辞官还乡,途经江津,在船上即景赋诗”之说对不上号。因为陈子昂是在武则天圣历元年(698年)秋天,以父亲病重需要侍奉为由而辞官返蜀的,并且第二年春天即遭诬构被拘系狱,然后忧愤死于狱中。其二为恰似结尾两句所写,“巴龙门”还诱发了他固有的道家思想,使他一时之间突发奇想,“暂将息机事,炼药此山东”,打算到“山中”过隐士生活。今之江津龙门滩,显然与之相径庭。曹学佺诚然学识博洽,著述丰盈,但轻信万历本《江津县志》,多少失于疏忽大意。

在《蜀中名胜记》里,另一条关于“龙门山”的记载却可关注。该记载说的是在今属重庆铜梁的唐安居县的琼江流域,县治西南有龙归山,其“正南则龙门山，两峰壁立如门”，并且明确交代“此《初学记》所载”。《初学记》乃唐开元年间(713—741年)由徐坚、韦述等学者纂述的一部综合性类书，博虽不及《艺文类聚》，精则胜之，可信度相当高。陈子昂辞世仅比开元元年早十二年，琼江又是涪江的支流，他还到过安居镇，因而游览过那座龙门山属大概率事件。更何况，“两峰壁立如门”的天生山岩绝壁，如果夹峙琼江，极可能形成“长窦亘五里”。只可惜孤证难立，“巴龙门”是不是当年的安居龙门，还需要做更多考证。

今四川省南充市高坪区龙门镇，也可能是当年“巴龙门”。唐宋时，南充称果州。北宋《元丰九域志》是一部记录隋唐、五代以至北宋前期郡国、山川状况的史地要籍，其中就有“果州之北三十里有龙门”的记载。直至20世纪中期，龙门场仍建在俯临嘉陵江的高崖之上，龙门山与龙门滩的接合部有龙门峡。唐宋果州的西邻即为梓州，作为梓州射洪人，陈子昂去游那一个龙门同样概率极大，但也同样缺乏足证。看起来，在做出定论以前，川渝三处龙门只能共同分享“巴龙门”了。

十四

盛唐诗人题咏三峡

唐玄宗开元、天宝年间，经济空前繁荣，国力强盛，社会危机虽然在潜滋暗长，却历来被称作盛世。诗歌也承前启后，群星闪耀，奇峰突起，发展到了中华诗歌的鼎盛时期。当时还是蛮荒僻壤的巴渝地区，延续齐梁业已形成的势头，以三峡为中心，吸引着骚人墨客为之放歌，同样堪称盛况空前。

唐代的夔州，设置有都督府，地位高过沿江以上的万、忠、涪、渝等州。张说的《下江向夔州》一诗，乃历代写夔州的第一首诗。他比李白年长三十四岁，历中宗、睿宗、玄宗三朝，官至宰相，封燕国公，以擅长文辞著称朝野。曾两度入蜀，故有这首诗。诗为五律："天明江雾歇，州浦棹歌来。绿水逶迤去，青山相向开。城临蜀地祀，云接楚王台。旧识巫山上，游子共徘徊。"看得出，他是在云开雾散后的棹歌声里乘船向夔州、巫山行进的。"蜀帝寺"指供祀公孙述的白帝庙，在白帝山上，由"城临"点出正经过夔州。"楚王台"指楚襄王梦会神女的阳台，"云接"表明将去未到。这首诗算不得精品，但确有情致。

年长李白二十三岁的张九龄，在玄宗朝也曾出将入相，后遭李林甫陷害被贬为荆州长史。其为人端方正直,《感遇》诗颇有陈子昂遗风,但又有创新,形成了清丽淡雅、诗味醇美的格调。在屈任荆州长史期间,他出游巫山,写出了一首《巫山高》:"巫山与天近,烟景常清荧。此中楚王梦,梦得神女灵。神女去已久,白云空冥冥。惟有巴猿啸,哀音不可听。"内容和形式都没有脱出齐梁《巫山高》的老套路,然而不变中有变,他融入了个人的际遇感慨。"神女去已久,白云空冥冥",曾经的神女故事消逝了,只剩白云空自飘荡,白云苍狗古今若一,任何人都规避不了。"惟有巴猿啸,哀音不可听",与其说是为神女伤悼,不如说是替自己抒怀。

比李白年长十二岁的孟浩然,入仕可是不得意,四十岁去长安应进士试,只落得一个不第而归,张九龄任荆州长史时才将他招入幕府。但这样也好,长期的故乡隐居和外地游历,反而成就了他与王维并辔,成为山水田园诗派的卓越代表。他的五言古诗《入峡寄弟》写道:"吾昔与尔辈,读书常闭门。未尝冒湍险,岂顾垂堂言?自此历江湖,辛勤难具论。往来行旅弊,开凿禹功存。壁立千峰峻,潀流万壑奔。我来凡几宿,无夕不闻猿。浦上摇归恋,舟中失梦魂。泪沾明月峡,心断鹡鸰原。离阔星难聚,秋深露已繁。因君下南楚,书此示乡园。"前四句起于往昔的追忆,中八句铺陈峡中行旅的观感奇崛和跋涉艰难,后八句结到兄弟远离的思念上,叙事、写景无不依从思弟之情。其中的"鹡鸰"本为鸟名,常喻指兄弟;"泪沾"和"心断"活显出了兄弟情之深。

被誉称为"七绝圣手"和"诗家夫子"的王昌龄,只比李白年长三岁,毕其一生似乎未曾到过三峡。但他晚年被贬为龙标(今湖南洪江)尉,任所距三峡不算远。在那里,他送别一位友人,写过七绝《卢溪送别》:"武陵溪口驻扁舟,溪水随君向北流。行到荆门上三峡,莫将孤月对猿愁。"起句的"武陵"指武陵郡,郡治在今湖南常德。武陵自古有五溪,即雄溪、樠溪、酉溪、沅溪、卢溪,卢溪为沅江支流之一,北流注入洞庭湖。不说君随溪水向北流,而说"溪水随君向北流",主客颠倒,新奇自然。"行到"句似指"北流"路线,但"莫将"句收出豹尾,将三峡中最令行旅生愁的"孤月""猿愁"两大特征合而为一,殷切慰勉的衷情便呼之欲出了。

还有高适,他比李白小一岁,与岑参同为边塞诗的领军人物。他虽然也没有身临三峡,但在长安时作的七律《送李少府贬峡中,王少府贬长沙》,

却透露出对三峡并不陌生。其颔联“巫峡啼猿数行泪，衡阳归雁几封书”的上句，分明化用了《女儿子》“巴东三峡猿鸣悲，猿鸣三声泪沾衣”和《渔者歌》“巴东三峡巫峡长，猿鸣三声泪沾裳”的悲凉意境，从而表达出对李少府贬往峡中的深切同情。而颈联“青枫江上秋天远，白帝城边古木疏”的下句，则用夔州白帝城的古木萧疏，想象李少府的“谪居”环境，依依惜别意尽在方寸中。结句“暂时分手莫踌躇”，有宽解也有劝勉，终究不及这两联语情真意挚。

五位盛唐诗坛的名家题咏三峡，无疑给三峡诗歌长廊颇为增光添彩。但这仅是表层意义，如果溯源循流，再往深层看，他们的加入还标志着一种里程碑似的诗史递进，那就是主题取向已从巫山先及于峡江再及于夔州，揭开了山、水、城三位一体的第一乐章。尽管“夔州诗”的专名和共名确立，尚有待于后来者杜甫，但巫山诗、三峡诗和夔州诗，从兹结成三维奇观，妙曼古今，已然毋庸置疑。

十五

王维游蜀的两首诗

王维生于武则天长安元年(701 年),与李白同龄,但入朝做官和写诗成名都比李白早,比杜甫更早。据《新唐书》本传说,他"九岁知属辞",十六岁时写的诗便广受赏识,二十一岁即擢进士第。初任大乐丞,旋因事被贬为济州司库参军,都是从八品以下的小官员。二十八岁弃官隐居,三十一岁妻亡,三十二岁以布衣身份入蜀漫游,三十三岁暮春出蜀返长安继续隐居,三十五岁方得张九龄引荐到东都洛阳任右拾遗。

王维三十二岁开始游蜀那年,为开元二十年(732 年),出蜀则在其次年。他是自北向南经旱路入蜀,一路上随兴赋诗,留传下来的诗有《自大散以往深林密竹、蹬道盘曲四五十里,至黄牛岭见黄花川》《清溪》《纳凉》《戏题盘石》等,其中的《送李员外贤郎》和《晓行巴峡》两首成于巴渝地区。

五言律诗《送李员外贤郎》写道:"少年何处去?负米上铜梁。借问阿戎父,知为童子郎。鱼笺请诗赋,橦布作衣裳。薏苡扶衰病,归来幸可将。"首联的"铜梁",指唐代合州(今重庆合川)境内的铜梁山。据《寰宇记》记述:"铜梁山在石镜县(合州曾名)南九里,东西连亘二十余里。山巅平整,环合诸峰,此其独秀者。"王维合当是旅途得见,一个少年背米上山,对其行为发生了探究兴趣，从而有了这一首诗。

颔联两句，探问其人。“阿戎”指从弟，即堂弟。堂弟的父亲自然了解那个少年，告诉诗人那是一个“童子郎”。古代的未成年男子通称童子。两汉时期常选举童子，秉性秀异能通经书者拜为郎，号称童子郎。这里是借喻背米少年品行优良，确是诗题所称的“贤郎”。颈联两句跳跃到了直面贤郎。“鱼笺”又称鱼子笺，是唐代巴蜀特产的一种纸，以纸面呈霜粒如鱼子而得名。那个少年手奉鱼笺，请求王维赋诗纸上。王维看清了，那个少年身穿橦花织成的粗布（又称“賨布”）衣裳，相当朴素。尾联再一跳，探究清楚了少年背米上山，是为换回薏苡（又叫薏米、苡仁），以供衰病的父亲药食兼用，将息怡养。王维显然为之感动了，当即赋诗送给了那位贤郎。整首诗记事状人，情注其间，写得相当的清健温敦，颇有异于他四十岁后的归隐情趣诗。

五言古诗《晓行巴峡》流传甚广，既是王维游蜀诗的代表作之一，也是历代写巴峡诗的精品作之一。全诗十二句，除起始两句“际晓投巴峡，余春忆帝京”纪行破题，结尾两句“赖多山水趣，稍解别离情”卒章显志而外，中间的八句全是描述晓行巴峡的所见所闻，一句一境，浑然如画。该诗结构也相当别致，每两句皆形成了自然对仗，因而视为五言排律也未尝不可。

不妨细品中间八句。“晴江一女浣，朝日众鸡鸣”，前一句纯然是写就近之见，后一句则是兼记耳目之感，光彩、形象、声响三者合而为一，并且顿时凸显巴峡方晓特征。“水国舟中市，山桥树杪行”，由近及远，由低及高，近和低写民俗，远和高写山景。前一句的“市”作动词用，指的是买卖交易，乡民和渔民在船上进行买卖交易，这一民俗迄今在峡江还能见得到。后一句是从船上仰望，霞光岚气中，山民更似在山桥与树梢之间往来出没，除巴峡外，它处难觅。王维显然是怦然心动，弃舟登岸了，然后才有了“登高万井出，眺迥二流明”那样的目中所见，“人作殊方语，莺为旧国声”那样的耳畔所闻。所有这一切，都是他既往所未曾有过的风情体验和审美感受，他将自己的风情体验和审美感受凝练精致地化成了诗情画意。

这其中，“莺为旧国声”的一个“旧”字举重若轻，真是用得巧极了。旧国，就是故国、故乡。王维从 732 年入蜀漫游，到 733 年“余春”亦即暮春时节晓行巴峡，别离故国、故乡实在是太久太久了。游子思归，其情甚迫，因而闻巴峡莺声恍然若闻旧国莺声，似若等闲实颇切要的一个“旧”字，就回应到了“余春忆帝京”。结尾两句恰正是由此回应喷涌而出，“赖多山水趣，稍解别离情”语义丰赡，情致婉转，欣赏巴峡的山水趣与不可消解的别离情交织于其间。山水趣再新再奇，只不过令他暂时忘却别离而已，他已决计去蜀返回帝京去了。

那么，《晓行巴峡》所经的巴峡，究竟是指哪一处的巴峡呢？比较常见的解释，是指渝州境内后世称作长江小三峡的猫儿峡、铜锣峡、明月峡中的明月峡。也有人认为，该是后世称作嘉陵江小三峡的沥鼻峡、温塘峡（即东阳峡）、观音峡。还有人认为，系指今湖北境内巴东县西的巴峡，或者西陵峡西段。更有人指认，当为嘉陵江上游，北距广元八十里的朝天峡。据“余春忆帝京”，前四说均说得通，第一说最靠谱，后一说不能成立则属铁板钉钉。

十六

李白与杜甫谁先写渝州

重庆历史上称作渝州，始于隋开皇三年（583 年），终于宋崇宁元年（1102 年），除去其间改称巴郡十一年，前后合计五百零八年。这么长的时段内，是哪位诗人的哪一首诗，最先写了它？好多人不假思索便会答出，是李白，是他的那首《峨眉山月歌》。

毫不足怪，《峨眉山月歌》的确写明了："峨眉山月半轮秋，影入平羌江水流。夜发清溪向三峡，思君不见下渝州。"其结句正好落在渝州上。然而细审全诗，依次提到了五个地名，亦即峨眉山、平羌江（今青衣江）、清溪驿、三峡和渝州。如果说是写渝州的，那么，岂不同时也是写峨眉山、写平羌江、写清溪驿和写三峡的，简直乱了套。合理的诠释，只能叫做提及了名称，不宜算写。

写，包括诗歌在内的文学作品的写，须是将对象客体当作了描写主体。而《峨眉山月歌》的对象客体，如诗题所示，分明是"月"。月与酒、山、水一起，构成李白毕其一生情有独钟的四大意象，并且以月尤为灵妙。后世苏轼的《送人守嘉帅》一诗写道："峨眉山月半轮秋，影入平羌江水流，谪仙此语谁解道？请君见月时登楼。"其意思就在需要对月体悟李白的意象追求。

在李白笔下，峨眉山上的半轮秋月，已随光影化入平羌江，并将随着水流汇入岷江和长江，因而他要夜发清溪驿，紧随流水直向渝州、三峡（诗语因韵倒装）去追月。诗里的“君”即是月，即是李白意念中的亮丽、圣洁的憧憬和眷恋，清溪、渝州和三峡无一不是他追月的行踪。

率先写了渝州的，不是李白这一首诗，而是杜甫的《渝州候严六侍御不到先下峡》。唐代宗永泰元年（765年）严武卒后，杜甫对成都再无眷恋，于是乘船经嘉州（今四川乐山）、戎州（今四川宜宾）沿江东下，打算出蜀，于当年五月途经渝州，引生出了这一首诗和《送十五弟侍御使蜀》。

如诗题所示，前一首诗记叙了当年杜甫在渝州等候严六侍御结伴出蜀，久候不至，方才决定先下峡的。他所下的峡，当指铜锣峡和明月峡。全诗写道：“闻道乘骢发，沙边待至今。不知云雨散，虚费短长吟。山带乌蛮阔，江连白帝深。船经一柱观，留眼共登临。”主要的诗意，是针对严六侍御违期爽约，既告以自己去后行踪，又略抒自己胸中不快。起始两句点出了久候环境，“待至今”三字依稀可见怀着怨气。三四两句将怨气转为嘲讽，似若猜测说，你是不是还在哪里沉醉于花天酒地，云雨未散，全不顾及我滞留于此苦候苦吟。五六两句又平和一点，说明自己下峡后将前往白帝城，然后出蜀。一柱观在荆州（即唐江陵），因而结尾两句意思是，我出蜀后即转往江陵，如果你还想与我重新见面，共同游览，就多留点心眼吧，如《杜臆》所评其“妙于措辞如此”。

然而，诗中第二句，尤其是五六两句，对当年渝州的确做到了点染到位。“沙边待至今”那个“沙边”，可以坐实指今江北嘴一带曾有大片沙滩，宋代“巴渝八景”称作“北镇金沙”。既然宋代犹视为八景之一，那么唐代可见当是毋庸置疑的，杜甫就是在沙滩滨江的船上等候严六侍御。“山带乌蛮阔”，写的是江滨所见渝州山势。据《新唐书·南蛮传》，唐代蜀地有乌蛮、白蛮等部；巴渝獠人亦称“巴蛮”，杜甫借“乌蛮”代称“巴蛮”聚居之地，即今涪陵以下渝东南、渝东北地区的连绵山区，一个“阔”字揭示出山势雄伟，绵亘不断。“江连白帝深”则描出了江水奔流不息，直向白帝城归入三峡之势。这两句视野开阔，气势恢宏，古今重庆既是山城又是江城的伟奇格局，多赖杜甫首写之作，将之描绘得如此气宇不凡。

后一首也是五律，写的是“喜弟文章进，添余别兴牵。数杯巫峡酒，百丈内江船。未息豺狼斗，空催犬马年。归朝多便道，搏击望秋天。”不少的杜诗集本将这首诗归在大历元年(766)夔州所作，从“数杯巫峡酒”看，是自有道理的。今依彭伯通所编《重庆题咏录》将之归在渝州作，从“百丈内江船”看，也勉强讲得通。一个“喜”字牵头，一个“望”字结尾，全诗的主旨在于堂兄弟间送别和勉励。别离情集中在颔联和颈联，前者仿佛祝旅途顺畅，后者则流露出对世乱的担忧。与留给严六侍御的那首诗相对照，亲疏爱恶，了了分明。

与渝州密切相关的，在“百丈内江船”一句。仇兆鳌《杜少陵集详注》诠释说：“巴郡正对二水口，右则涪内水，左则蜀外水。内水自渝上合州，至绵州，外水自渝上戎、泸至蜀。”很明显，涪内水即嘉陵江，涪外水即长江，古渝州城的两江合抱之势恰如其“正对二水口”所述。因而不管此诗是写于渝州还是夔州，都改变不了杜甫了解渝州山水的既定事实，更改变不了他是抒写渝州的第一位诗人的铁定事实。

十七

不一样的心态不一样的诗

“朝辞白帝彩云间，千里江陵一日还。两岸猿声啼不住，轻舟已过万重山。”这一首七绝，尽人皆知是李白的名作《早发白帝城》，前贤称赞为唐代七绝的压卷之作。它还冠绝历朝历代的三峡诗，其所以然，除了根源于李白固有的旷绝古今的浪漫情怀之外，很大程度上，还取决于他个人的即时心态。

唐肃宗至德元年(756 年)，李白加入了永王李璘声言平叛的随军幕府，其本意在借以实现“誓欲斩鲸鲵，澄清洛阳水”(《赠张相镐二首》)的报国壮志。殊不知，次年二月，李璘即在与其皇兄肃宗李亨的内斗当中因兵败被杀，李白也被诬为“从逆”，先系狱寻阳，出狱后又于肃宗乾元二年(759 年)流放夜郎。对时年五十八岁的李白来说，这样的横遭冤屈实有难以接受之重，内心难免悲愤、伤痛、苦闷、无奈交织在一起。他不曾料到，流放途中行至白帝城即获赦免，天降的幸运无异于他垂老生命的重新解放，于是乎，心态当即变成了狂喜，轻松，宠辱皆忘，只盼尽快与久别的亲人重新团聚。《早发白帝城》即由之而生。

整首诗，仅第一句是实际描述早发情景，其余三句全都虚实相生，以景代情，勾画此行还家之快。既有行程之快捷，又有心情之快活，相融无间，浑然若一。《水经注》名文已状写过："自三峡七百里中，两岸连山，略无阙处。""有时朝发白帝，暮到江陵，其间千二百里，虽乘奔御风，不以疾也。""常有高猿长啸，属引凄异，空谷传响，哀转久绝。故渔者歌曰，'巴东三峡巫峡长，猿鸣三声泪沾裳'。"李白在船头眼望彩云，即景生情，将郦道元这些耳熟能详的文句，天衣无缝地活化成了自己的诗句。其实那一切皆属胸臆幻象，他是把个人彼时彼际所特具的欢欣快感融进峡江山水之间，转化成了人皆容易产生心灵共鸣的欢快乐感。

对比一下不久以前他在流放途中写的五古《上三峡》，当能体会到两者心态大不一样，写出的诗也大不一样。其诗八句："巫山夹青天，巴水流若兹。巴水忽可尽，青天无到时。三朝上黄牛，三暮行太迟。三朝又三暮，不觉鬓成丝。"前四句运用回环复沓的修辞方法，以"巴水"隐喻虽然艰苦备尝，却会有时而尽的流放途程，以"青天"隐喻高高在上、遥遥无望的皇帝恩典，心理的涡旋与江水的涡旋夹杂在一起，散发出了凄怆和悲凉。后四句则把黄牛峡的古代民谣"朝发黄牛，暮宿黄牛，三朝三暮，黄牛如故"拆开，另行构句，形成语词的交错重复，极状溯峡而上的磋磨艰困，然后引出末句对人生遭际的深痛叹息。从头至尾痛彻心骨的意境惨淡，格调凝重，在李白诗中极其罕见。

若与三十四年前，亦即开元十三年(725 年)他仗剑出峡之时写的《巴女词》相比，又是另一种情状。其诗前两句"巴水急如箭，巴船去若飞"，描述的"巴水"虽然是指今宜宾至奉节的川江，但"急如箭""去若飞"也与三峡的"虽乘奔御风，不以疾也"相仿；当时的李白豪气干云，其乘船顺流东下的心境也必然不失轻快。然而，当时他自己并未遭难，无由生发出对个人的命运感慨，而是突发奇异联想，代为巴地女子思念远行丈夫："十月三千里，郎行几岁归?"其中的"十月"言别离之久，"三千里"言相距之远，照应前两句还隐藏着归来之难。正因此，"郎行几岁归"一问既饱含着哀怨，更深寓着担忧。至于李白自己，虽未著一字，却表现出了对巴女的悲悯同情。

那一年入峡以后，李白还在巫山留下两首诗。其一为《宿巫山下》："昨夜巫山下，猿声梦里长。桃花飞渌水，三月下瞿塘。雨色风吹去，南行拂楚王。高丘怀宋玉，访古一沾裳。"这一首五古既有叙事，又有抒情，一开头便点明了诗题能指。那一天白天且行且观赏,或许疲倦了,便伴着猿声进入梦乡。但似乎后半夜又被猿声啼醒了,再也睡不着,便由三四句回忆向来行程,转到了五六句对巫山神女与楚襄王云雨故事的联翩玄想。由之再进一步,忆及《高唐赋》和《神女赋》的作者宋玉,访古的愿望便油然而生。由梦翻忆,心态宁静,所以虽不乏诗意,却并未激发新意。

其二《自巴东舟行经瞿塘峡,登巫山最高峰,晚还题壁》也是一首五古,长达二十八句,看来当是《宿巫山下》后一日作,同样是叙事与抒情相兼。诗中记叙他“飞步凌绝顶,极目无纤烟”,活显出神志极清,心气极旺。在绝顶上“仰观临青天”,更联想到“望云知苍梧,记水辨瀛海”,逸兴飞扬,视接八荒,一扫既往的“巫山高”诗拘泥神女故事的老套风情。及至“周游孤光晚”,犹自“佳趣尚未歇”,伴着“月色何悠悠”,变成“清猿响啾啾”。同一个李白的前后两天一地两诗,竟因心态有别而迥然不同,实在具有普泛性的启迪价值。

十八

挥之不去的夜郎噩梦

古夜郎在今贵州省桐梓县及其周边地区，北与今重庆市綦江区和南川区接壤。汉末三国时期，夜郎县归属益州牂柯郡。唐代地方实行道、州、县三级行政体制，夜郎县从属溱州，溱州与播州、思州、黔州、涪州等数十州，从开元二十一年(733 年)起统归黔中道管辖。元明设省后，夜郎县改称桐梓县，仍归四川。直至清雍正六年(1728 年)，桐梓方随遵义府划归贵州。因此，从历史地理看，夜郎与巴渝交结颇久长。也因此，李白流放夜郎，就与巴渝直接相关联。

身为唐代人，李白对夜郎地界所属心知肚明。他的《江夏赠韦南陵冰》诗写道："君为张掖近酒泉，我窜三巴九千里。"明确指夜郎为三巴之地。接下来的两句"天地再新法令宽，夜郎迁客带霜寒"，足以证实所窜三巴是指夜郎。横遭诬陷，流放夜郎，乃李白一生遇到的最大冤屈，形同噩梦，挥之不去，从流放伊始到获赦以后，他有近十首诗反复地触及此话题。

最早一首为《窜夜郎于乌江留别宗十六璟》，题里的乌江，指今江西九江的浔阳江，是他流放夜郎的始发地。他的妻子宗氏，同妻弟宗璟一起送行，他写出了这首五古留别诗。诗的前十二句，盛夸宗氏家族的显荣历史，并以其“失势”败落影射自己此番获罪。后十句写道：“我非东床人，令姊忝齐眉。浪迹未出世，空名动京师。适遭云罗解，翻谪夜郎悲。拙妻莫邪剑，及此二龙随。惭君湍波苦，千里远从之。”痛陈自己牵累妻子和妻弟，既惭愧，又无奈，也直诉了自己的冤情。进而引向结尾四句：“白帝晓猿断，黄牛过客迟。遥瞻明月峡，西去益相思。”以流放路途所必经的三处地方、三道艰险，推测此去的前途莫测，倾吐此后必将有的遥念苦思，惨恻悲凉，挚情毕现。

别后途中，又有《南流夜郎寄内》：“夜郎天外怨离居，明月楼中音信疏。北雁春归看欲尽，南来不得豫章书。”末句“豫章”为汉代以降江南地名，故址在今江西南昌，这里代指妻子宗氏别后的住地。北雁春归，望眼欲穿，却未能盼来宗氏的书信，不禁心生怨气。“家书抵万金”，他太需要了，于是以诗代书，对妻直抒怨情。但怨妻只是表层意思，更深层，却怨的是造成他们夫妻“离居”的祸因，并同时表达对妻的相思之苦之深。

对妻子确是“西去益相思”，但并不是他流放途中的唯一选题，他更渴望遇赦还家，一有触机便会生发。如《流夜郎题葵叶》谓：“惭君能卫足，叹我远移根。白日如分照，还归守故园。”表达的是内心的企盼，什么时候能得到天恩“分照”，让他重获自由，回家团圆。如《流夜郎闻酺不预》谓：“北阙圣人歌太康，南冠君子窜遐荒。汉酺闻奏钧天乐，愿得风吹到夜郎。”同样的企盼，已然不用物象比喻，而是直白如话，祈愿天恩浩荡。如《流夜郎赠辛判官》更是一变，从“昔在长安醉花柳，五侯七贵同杯酒”写起，自炫似地回顾曾经如何“气岸遥凌豪士前，风流肯落他人后”，如何“文章献纳麒麟殿，歌舞淹留玳瑁筵”，然后才陡然结出“我愁远谪夜郎去，何日金鸡放赦回”。品味其诗，仿佛在宣称杰出如我者，倘若不赦回，将天理难容。那个一向狂放不羁的“谪仙人”，纵或在流放途中，也终究未失本色。只不过，狂放不羁的肌理内层，仍然压抑着不肯表露的屈辱辛酸。

只要不是奴性人，隐忍总会有限度，何况他是李白？终于获赦还家后，他那未曾平复的心灵创伤，便转化成为喷涌的地火。前引《江夏赠韦南陵冰》那首诗，即乾元二年（759 年）三月他在江夏（今湖北武汉）重逢友人南陵县令韦冰后所作。除了已引的四句，诗中还有“人闷还心闷，苦辛长苦辛”的沉重慨叹，结尾甚至还喊出了“槌碎黄鹤楼”“倒却鹦鹉洲”的爆逆强音。不久又作了传世李诗当中最长的一首诗《经乱离后，天恩流夜郎，忆旧游书怀赠江夏韦太守良宰》，其间既以“辞官不受赏，翻谪夜郎天”替自己辩诬，又以“夜郎万里道，西上令人老”对流放横祸进行控诉。后面写及“传闻赦书至，却放夜郎回”，激愤之气虽然又压下去了，却仍然以“暖气变寒谷，炎烟生死灰”，比喻那只是侥幸获得起死回生罢了。再以后作的《流夜郎半道承恩放还兼欣克复之美书怀示息秀才》，尽管始而说“得罪岂怨天，以愚陷网目”，有一点自责之意，但写下去仍未摆脱“去国愁夜郎，投身窜荒谷”的终身不满。

需要指出的是，李白并没有行至夜郎，自唐至今学界早已有共识，他的以上诸诗全都足堪印证。桐梓县旧县志称“编户夜郎里中，有李太白故宅”，未必靠得住。今重庆渝南地区个别区县，出现了托名李白，宣传为李白流放夜郎期间所作的诗，尤其与事实风马牛不相及。

十九

满目疮痍记峡江

唐代宗永泰元年(765 年)六月，杜甫旅经忠州(今重庆忠县)，暂住两月后便东下云安(今重庆云阳)。云安军时属夔州管辖，因而他在忠州写的诗，便是“夔州诗”前的最后几首诗，在云安写的诗，则成为“夔州诗”的开启之作。

杜甫在忠州留下的诗作，最为著名的，当数五律《旅夜书怀》了。其诗写道:“细草微风岸，危樯独夜舟。星垂平野阔，月涌大江流。名岂文章著，官应老病休。飘飘何所似，天地一沙鸥。”前四句描画旅夜环境，后四句抒发胸中块垒，整首诗意旨归向借沙鸥自伤身世。全诗关节的五六句，恰如前人所诠释的，“名实因文章而著，官不为老病而休，故用‘岂’‘应’二字，反言以见意，所云书怀也”，拙著《“狂夫”杜甫》业已剖析过，这是他对他本人的“既往二十年已然命运的痛彻反讽”。

另一首五律《禹庙》历来也广受称道。其诗写道:“禹庙空山里，秋风落日斜。荒庭垂橘柚，古屋画龙蛇。云气嘘青壁，江声走白沙。早知乘四载，疏凿控三巴。”首联写秋至禹庙，颔联写庙中景象，颈联写庙外物象，尾联攻由实转虚、由今转史，歌颂大禹疏凿之功。全诗意境深邃，韵味悠长，情景谐合，沉雄大气中透露着苍凉忧伤。

与《旅夜书怀》不同的是，《禹庙》是杜甫暂住忠州期间所写，而不像前一首诗是他将离忠州时所写，时移势易，心态有别。但这一点并不太重要，重要的是，《禹庙》诗中还直面了社会生态的沧桑变化，其苍凉忧伤即由之而生。

一起笔，兀然一个"空"字便点出山的荒凉。加以秋风萧瑟，落日沉寂，更渲染出了禹庙阴森凄冷的氛围。"荒庭"的"荒"，竟到了橘柚果实累累却无人采摘的地步，"古屋"的"古"，也到了龙蛇图画斑斑却无人欣赏的境况，那阴森凄凉，更令人悚然。一句话，那早已变成一座空庙，既无住持护理，也无香客拜谒。退了庙外再看，云雾团团，似在长满青苔的山崖之间缓缓嘘气，江涛声声，也像裹挟白浪的逝水一般滔滔流去，仿佛天地已然全被萧索笼罩。伤今吊古，情注辞端。然而，为什么会有如此变化，在这首诗里并没有说。

"忠州三峡内，井邑聚云根。小市常争米，孤城早闭门。空看过客泪，莫觅主人恩。淹泊仍愁虎，深居赖独园。"五律《题忠州龙兴寺所居院壁》，依稀传递出了一些个中消息。唐代州的建制，分为上、中、下三等，忠州仅是一个僻远狭小的下州，"井邑聚云根"一句即点明。这犹且罢了，城内原本就小的市场还时常发生争米纠纷，说明生活物资短缺，连孤峙江畔的州城也要早早关闭城门，则说明不但来往人客稀少，而且还必须常防备不虞之险。"淹泊仍愁虎"，"虎"即为不虞之险所致之由；而句中所提的"虎"，既可能是城外山间出没的兽王老虎，也可能是防不胜防的兵匪人虎。一州之城尚且如此，郊外山上的一座禹庙，又怎能屋宇光鲜、香火繁盛得了？

在忠州，在峡江地区，那个年月里真有过兵匪人虎吗？杜甫在云安写的《三绝句》的第一首，明确回答了这一个问题："前年渝州杀刺史，今年开州杀刺史。群盗相随剧虎狼，食人更肯留妻子？"渝州、开州（今重庆所辖区）与忠州同为下州。同属山南西道管，前者杜甫几个月前刚离开，后者毗邻云安西北部，所记两"杀"理当属实。兵乱的祸首是谁，虽缺史书查证，但诗中所记却弥补了史书缺失。前年才杀，今年又杀，足见确是"群盗相随"，兵连祸结。"剧"的意思是更甚，超过，"剧虎狼"也就是比虎狼更凶残。"更肯"是个反问句，意思正是，兵匪祸害人连妻儿老小都不放过。

《三绝句》第二首写道:“二十一家同入蜀,惟残一人出骆谷。自说二女啮臂时,回头却向秦云哭。”杜甫从渝州、开州相随两“杀”联类回顾,控诉了六年以前自秦入蜀路上经历的生死劫难。二十一家仅余一人,足见人虎何等凶残。第三首写道:“殿前兵马虽骁雄,纵暴略与羌浑同。闻道杀人汉水上,妇女多在官军中。”其中“殿前兵马”指皇朝禁军,“官军”通指上上下下、形形色色的官方军人,不仅滥杀无辜民众,而且抢掠奸淫妇女,无恶不作。看得出,杜甫所抨击的“群盗相随剧虎狼”,主体“虎狼”正是官军。

萧涤非在《杜甫诗选注》将《三绝句》称为“绝句中的‘三吏’‘三别’”,窃谓比“三吏”“三别”的认识度更深,揭露性更强。“安史之乱”宣告了唐王朝的由盛转衰,官匪逾虎,残民以逞,导致了社会混乱,民生凋残,黎庶无依,疮痍满目。杜甫不顾自身“飘飘何所似,天地一沙鸥”的困穷漂泊,还如此为民生“叹息肠内热”,真不愧“人民诗人”的称号。

二十

千里峡江何壮哉

生长于黄河中游地区的杜甫，似乎对黄河关注不多，起码是未曾留下写黄河的名诗名句。但晚年离开成都以后，沿着长江东下，他却对长江情倾神注，诗兴盎然。尤其是进入夔州地域以降，歌咏峡江的佳作佳句迭起涌现，蔚为诗坛一大奇观。

他在云安作的五律《长江二首》之一，揭开了奇观序曲："众水会涪万，瞿塘争一门。朝宗人共挹，盗贼尔谁尊？孤石隐如马，高萝垂饮猿。归心异波浪，何事即飞翻。"起句的"众水"，自渝州以下举其大者，左岸一级支流有嘉陵江、御临河、龙溪河和小江（大宁河在三峡以内），右岸一级支流有綦江、乌江和磨刀溪，它们相继在涪州、万州沿线汇入长江。汇流的众水奔至瞿塘峡口上方，赤甲山和白盐山束江壁立，中通一道，对峙如门，通称夔门。一个"会"字揭示出纷聚之势，一个"争"字更进一步描绘出激电奔流喧豗激荡之势，雄奇险壮尽现于斯。"朝宗"一语，标示了江流将朝向东海。既而由巨转细，由势转状，"孤石"句再点染滟滪堆的危险，"高萝"句再指群猿下饮的特点。峡江天然形胜，首在由巨由势所表现的壮上。

寓居于夔州治所奉节之后，杜甫有好几首传世杰作描绘出了峡江之壮。如《瞿唐怀古》写道:“西南万壑注,勍敌两崖开。地与山根裂,江从月窟来。削成当白帝,空曲隐阳台。疏凿功虽美,陶钧力大哉。”这首诗的前四句,大可看作“瞿塘争一门”的更具象活化。如果说“瞿塘争一门”还是有如国画大写意,那么,这四句就像现代油画一样,浓墨重彩地传神摹写了夔门的壮绝。“勍敌”即劲敌,直接形容赤甲、白盐两山的险峻强固,同时也衬托出了江水的荡决无阻,破门而出。两山浑如从地根耸起,一江胜似从月窟泻来,显见山水相反相成,共襄伟壮。结句“陶钧力大哉”,“陶钧”借指自然界的鬼斧神工的超凡伟力,杜甫认为其功超越大禹疏凿。

如《秋兴八首》之一,虽然主要是借巫山巫峡的萧森秋景,抒发难以排遣的“孤舟一系故园心”,但颔联“江间波浪兼天涌,塞上风云接地阴”的上句,也足可同《瞿唐怀古》里的“地与山根裂,江从月窟来”对照着读。至于其结句所写“白帝城高急暮砧”,虽然写的是深秋傍晚,白帝城到处响起捣练之声,但人文终究依存于自然,同样与《瞿塘怀古》里的“削成当白帝”息息相关,连凄美当中也氤氲着壮美,这是联通两诗的审美纽带。

如《登高》那样一首千古第一的七律,前四句写三峡秋景,后四句抒伤时情怀,颔联尤为旷古峡江之写照。无须乎多加解释,这两句诗的壮美意境,已将峡江写绝写尽。前人常拿它与陈子昂的《登幽州台歌》做比较,认为其意境联袂颉颃,雄视百代。仅从意境看,其说当无疑。但就情景交融,意从景出而言,杜诗比陈诗略高出一筹。

除了由宏观之巨,气宇恢宏地彰显峡江之壮而外,杜甫还曾从微观之巨,视野独特地烘衬过峡江之壮。这突出反映在夔州作的《滟滪堆》诗中:“巨石水中央,江寒出水长。沉牛答云雨,如马戒舟航。天意存倾覆,神功接混茫。干戈连解缆,行止忆垂堂。”前六句都是写滟滪堆的险恶。尽管滟滪堆是水中央的赫然巨石,却只能寒冬枯水季节露出水面,一俟春洪暴发便淹没水下了,遑论夏秋时激流争一门,江之巨显然远过石之巨。五六两句称之为天公有意为之,在临近瞿塘峡的混茫江水当中安置这样一处险恶障碍,同样赞叹了“陶钧力大哉”。

后世不乏踵武杜甫的诗人,他们力图写出峡江之壮的作品以传世。如北宋宋轼的五古《入峡》,主体五十二句是写入峡所见所感,但开篇后的第三至八句却写出了:“长江连楚蜀,万派泻东南。合水来如电,黔波绿似蓝。

余流细不数，远势竞相参。”与杜甫诗里的“众水会涪万，瞿塘争一门”“西南万壑注，勍敌两崖开”相比较，诚可谓后先比翼，气势相侔。又如明初杨基《长江万里图》的三四句“三巴春霁雪初消，百折千回向东去”，气势虽弱于老杜、大苏，却也映现出峡江壮色。但自唐迄今，将长江上游的峡江壮色写得酣畅淋漓的，在总体上无人能与杜甫相比。

就创作主体而言，杜甫之所以能够如此大开大阖，领异百代，与他的大胸襟、大视野分不开。不妨联想苏轼后来的《题西林壁》：“横看成岭侧成峰，远近高低各不同。不识庐山真面目，只缘身在此山中。”峡江一水，庐山一山，水水山山，巨细境殊，苏诗所言理具有普适性。胸襟和视野没有达到峡江之巨，注定写不出峡江之巨。这一条经验，可以广及于今之绘画、摄影乃至旅游当中观赏山水的方法。

二十一

杜甫的“故园心”

前一篇诗话已经提到，杜甫《秋兴八首》里的第一首，主要是借巫山巫峡的萧森秋景，以抒发他难以排遣的“孤舟一系故园心”。王嗣奭《杜臆》精准地指出：“‘故园心’三字为八首之纲。”

“故园”的本义，指旧有家园，亦即家乡、故乡。如骆宾王的《晚憩田家》谓“唯有寒潭菊，独似故园花”，便是用的本义。但“故园”一词，不但可以称旧国、祖国，而且还可以称故乡，如杜甫《上白帝城二首》中谓“取醉他乡客，相逢故国人”，便是用的故乡义。而在《秋兴八首》中，本着家国同构的传统文化理念，故园主要是指故国。因此，所谓“故园心”，实质上就是故国之思。

其第二首：“夔府孤城落日斜，每依北斗望京华。听猿实下三声泪，奉使虚随八月槎。画省香炉违伏枕，山楼粉堞隐悲笳。请看石上藤萝月，已映洲前芦荻花。”首联的“京华”即帝都长安，也即是“故园”所在地。长安城地眕北斗星下，又号北斗城。杜甫遥在孤城夔州，望不见长安，只能望北斗，以北斗星作为坐标遥望京华。北斗星固然可以望见，长安城却是绝难望见，因而只能悲伤于心。后六句即由回忆长安岁月，回归到夔州凄楚，寄托其岁月如流，不能再为故国效力的无言嗟叹。

其第四首："闻道长安似弈棋，百年世事不胜悲。王侯第宅皆新主，文武衣冠异昔时。直北关山金鼓振，征西车马羽书驰，鱼龙寂寞秋江冷，故国平居有所思。"用"闻道"一语引领出前六句，痛陈国家大事的靡乱不堪，桩桩件件无不令人悲痛难抑。自安史之乱以降，盛唐气象已不复存在，代之而起的是中唐衰颓，内乱外患兵连祸结，军阀割据，宦官擅权，贵戚勋家奢靡无度。对这一切，远窜他乡的杜甫无论怎样痛心疾首，也只能够徒叹奈何。正也比鱼龙寂，秋江冷，杜甫的心境也充满了寂寞和凄冷。回应第二首的"望京华"，第一首的"故园心"，他的故国之思只好落到"平居"，亦即往昔的平日所居上，对盛唐气象追念不已。

后续的四首，便是他"有所思"的具体指向。第五首回忆玄宗主政时期，"西望瑶池降王母，东来紫气满函关"的宫阙之盛，"云移雉尾开宫扇，日绕龙鳞识圣颜"的朝仪之盛，然后追到自己曾"几回青琐点朝班"上。第六首由"瞿塘峡口曲江头，万里风烟接素秋"的"接"字牵引，回忆当年长安城中的曲江一带曾经如何歌舞繁盛，最可把玩的是颔联"花萼夹城通御气，芙蓉小苑入边愁"，以及其尾联"回首可怜歌舞地，秦中自古帝王州"。第七首和第八首，则从长安城扩及周边地区，着力回忆秦中形胜。"昆明池水汉时功，武帝旌旗在眼中"，前一首回忆昆明池景象，那里曾是贵宵显宦游乐之地，暗含着好景不再的意思。后一首回忆渼陂旧游，既以"香稻啄余鹦鹉粒，碧梧栖老凤凰枝"形容物产之美，又以"佳人拾翠春相问，仙侣同舟晚更移"描述士女之乐，然而结意却在自己的"彩笔昔曾干气象，白头吟望苦低垂"。其间的"望"字，与第二首的"望京华"遥相呼应，宣示了终结整体八首诗。

毫无疑问，贯穿始终的故国之思，集中反映出了杜甫的家国情怀爱国情结。哪管他当时已然年届五十五岁，多种疾病缠身，漂泊西南已有七年，并且事实上被李唐王朝那个故国抛弃了，他仍然念念不忘那个故国。只不过，与中年时期的长安十年相比，对传统观念所铸就的忠君与爱国两个向度相交相合，晚年的《秋兴八首》已表现得有所区隔。挑明一点说，已不再一概归于"致君尧舜上，再使风俗淳"，"葵藿倾太阳，物性固莫夺"，而是更多倾向"乾坤含疮痍，忧虞何时毕"了。

非特如此，这八首《秋兴》还是时对君有所不敬。如第四首的“百年世事不胜悲”，前人已指出“不曰国政，而曰世事者，盖微词也”。如第五首的前六句极状宫阙朝仪之盛，前人也已挑明那是“不言致乱，而乱萌于此。语若赞颂，而刺在言外”。举凡“人主之荒淫，盛衰之倚伏，景物之繁华，人情之逸豫，皆足以召乱”，因而杜甫的“平居思之”并未掩盖微言寓讽，“入边愁”和“回首可怜”无不见讽意。

杜甫对君的这种态度，令人不能不质疑所谓“每饭不忘君”的说法。尽管那个说法始出于苏轼《王定国诗集叙》，但没有定量分析就做出定性结论，也注定属于过分虚夸之辞，不合乎杜甫的生平实际。从长安十年开始，杜甫就不是一个奉行愚忠的人，而是对忠君和爱国有所区隔。流寓夔州后，疑君与讽君的倾向性更强，并且有《诸将五首》《壮游》《昔游》《解闷十二首》等诗表明，他经常性的追昔怀旧指向远不止于君，更何况还如袁枚《随园诗话》所说，“而不知其于友朋、弟妹、夫妻、儿女间，何在不一往情深耶”，怎么会那么痴呆？

二十二

杜甫的“拗体诗”

杜甫在夔州，以白帝城为题写过多首诗，其中的七律《白帝城最高楼》特引人注目。全诗写道：“城尖径仄旌旆愁，独立缥缈之飞楼。峡坼云霾龙虎卧，江清日抱鼋鼍游。扶桑西枝对断石，弱水东影随长流。杖藜叹世者谁子，泣血迸空回白头。”前六句迭用奇险字句描写城景物象，凸显一个“高”字，后两句感时伤怀，块垒难平。惊人语交集错出，气势峭拔犹且罢了，最奇不过是，首联及尾联的句式结构不合七律的构句常规，并有好几句的句间平仄与音律扞格。

按七律常规，首联第一句的第六字该平声字，“旆”却是仄声字。第二句的第六字本该用仄声字，为与上句的仄声相对而用了平声字“之”，就变成了五平声相连，并且整句变成了散文句式，起码也属歌行句式。颔联和颈联当中，“鼋鼍游”和“随长流”均为三连平，“扶桑西枝”与“弱水东影”的二、四字更是平、平与仄、仄相对。尾联的上句也是一个散文句，当视作五二句式，于“者”处读顿，然后问出“谁子(谁家之子)”，且其四、六两字恰正仄、平错位。一般的七律不会这样写。

一般不会这样写，杜甫偏就写出了，而且不是偶一为之。如另一首《白帝》:“白帝城中云出门,白帝城下雨翻盆。高江急峡雷霆斗,古木苍藤日月昏。戎马不如归马逸,千家今有百家存。哀哀寡妇诛求尽,恸哭秋原何处村。”首联上句由“白帝”仄仄起句,按常规下句开头两字便该平平,但他偏不顾同词复用,以仄仄对仄仄。颈联下句的“千家”和“百家”用到了数词,与上句的“戎马”和“归马”词性也不相同。又如《昼梦》:“二月饶睡昏昏然,不独夜短昼分眠。桃花气暖眼自醉,春渚日落梦相牵。故乡门巷荆棘底,中原君臣豺虎边。安得务农息战斗,普天无吏横索钱。”不但每一联均未遵守七律的平仄常规,而且,“不独夜短昼”和“气暖眼自醉”都成了三连仄,“中原君臣豺”则成了五连平。

杜甫本人自有说法。他写过一首《愁》:“江草日日唤愁生,巫峡泠泠非世情。盘涡鹭浴底心性?独树花发自分明。十年戎马暗万国,异域宾客老孤城。渭水秦山得见否?人今罢病虎纵横。”就平仄而言,这首七律的四联全部不合常规,颈联的对仗词性也不协。他加了自注:“戏强为吴体。”所谓的“吴体”,当如后来刘禹锡《竹枝词序》所称“激讦如吴声”的“吴声”,即东晋、宋、齐时期统属《吴声歌曲》的民歌体,以不受平仄、对仗拘束为其特征,学界通称“拗体诗”,或者“拗格诗”。恰如王嗣奭《杜臆》译《愁》所说:“愁起于心,真有一段郁戾不平之气,而因以拗语发之,公之拗体大都如是。”

事实上,杜甫借鉴的不只《吴声歌曲》,而是还有与“吴声”同一时期产生于三峡地区的竹枝词。其《暮春题瀼西新赁草屋五首》之二诗谓“万里巴渝曲,三年实饱闻”,《奉寄李十五秘书文嶷二首》之一诗谓“竹枝歌未好,画舸莫迟回”,都表明他接受过竹枝词的影响。而其《夔州歌十绝句》之一写道:“中巴之东巴东山,江水开辟流其间。白帝高为三峡镇,瞿塘险过百牢关。”第一句连用出七平声,第二句平仄为“平仄平仄平平平”,即为竹枝词影响明证。不少人将这首七绝视为杜甫作的竹枝词,欠妥,这其实是他拗体七绝的代表作。

拗,原本有不顺从的意思。律诗或绝句平仄不依常规,对仗不依常规,都属于拗体。整首基本不依叫做拗体诗,仅止一联不依叫做拗体格。杜甫作为拗体诗的首创者,所作律诗和绝句中拗体比例相当大,尤以夔州诗为甚。对于“晚节渐于诗律细”的他来说,一则“新诗改罢自长吟”,“颇学阴何苦用心”,一则借鉴民歌,突破格律,与其说是二律悖反,不如说是锐意创新，审美取向多元化，其精神和实绩都弥足珍贵。虽然他本人知晓竹枝词，却未将自己的拗体七绝称作竹枝词，但他确实为后之文人竹枝词的先行者如白居易、刘禹锡等的竹枝词和拗体诗引领了风尚。再后来的唐人李商隐，宋人黄庭坚等，更踵其步武，创作过不少脍炙人口的拗体诗。因而应该说，这是杜甫对推动中华诗歌多元发展的贡献之一，切不可以等闲视之。

千百年以降，拗体诗已经成为格律诗的一个变体，在中华诗歌史上拥有了一席之地。然而，有创新必有守旧，从宋代首扬其波，至清代和现代颇涨其势，一些诗学专家总是想削足适履，翻来覆去引例讲“拗救”，甚至将其列为格律诗的不二法门之一。殊不知，定性结论必须建立在定量分析的基础之上，靠举例终难自圆其说，更拘囿不了后之习诗者。诗之成为诗，情韵和心志是第一性的，平仄和对仗不能与之相提并论，合不合格律理当区别对待，以期正体与变体共生共荣。

二十三

病与酒

著名的《登高》结在“潦倒新停浊酒杯”这一句。杜甫的“潦倒”主要指什么？无关穷愁，特指疾病。因为身受多种疾病的困扰折磨，平生嗜酒的杜甫不得不“新停”酒，因果关系一目了然。

流寓云安时，《别常征君》的前四句便写道：“儿扶犹杖策，卧病一秋强。白发少新洗，寒衣宽总长。”足见他已虚弱久病，发白体瘦。《十二月一日三首》之一又写道：“明光起草人所羡，肺病几时朝日边。”明确记录了他已患有肺病。《客居》则有“卧愁病脚废，徐步视小园”之叹，表明他再增足疾，行走不便。他迁移到夔州以后，《客堂》进一步写出“旧疾甘载来，衰年得无足”，透露出患足疾已长达两年多。《寄薛三郎中（据）》尤其写得凄楚：“峡中一卧病，疟疠终冬春。春复加肺气，此病盖有因。”感染疟疠病，加重肺气肿，困扰了他冬春两季，他都不管不顾，熬过来了。此外，他还长期患有消渴病（即糖尿病），以及耳背、齿落、目昏等老年症，里里外外、上上下下的确是多病缠身。作《登高》当年，杜甫已经五十六岁了，这一切对他真的是一种生命难以承受之重。

“此病盖有因”，端的什么因？杜甫内心十分明白：“早岁与苏郑，痛饮情相亲。二公化为土，嗜酒不失真。”之所以患肺气肿，是因为在长安时期，与苏源明、郑虔等文朋酒友性情相同，“得钱即相觅，沽酒不复疑”，经常在一起痛饮才落下了病根的。宁可“化为土”，也要“不失真”，虽然是对苏、郑“二公”的追念之辞，却也浸透着他本人的夫子自道。《赤甲》诗谓“笑接郎中评事饮，病从深酌道吾真”，即为确证。在夔州多病缠身的情况下，一得到两位新朋友的招饮邀请，他立即就笑逐颜开，欣然赴约，以朋友的“道吾真”，夸自己的不失真。永葆这一个“真”字，分明就是他自信理所当然，溶进骨子的酒精神。

嗜酒不失真，病又算个啥？《垂白》一诗明确写道：“多难身何补？无家病不辞。甘从千日醉，未许七哀诗。”那意思就是，面对着“万方多难”的时势，一介平民百姓纵或身强体健又有何补益？既然漂泊无依，那就百病不避，高高兴兴地与朋友们求个“千日醉”，用一醉解千愁。《七哀诗》本为汉末王粲所作，他这里只是即兴借来字面含义，表明自己决不为时势多难和自身多病而悲悲惨惨戚戚，旷达乐观，深寓其间。

《寄从孙崇简》本是一首杜甫与远房堂孙杜崇简谈心述意的诗，后六句述及自身境况，也有两句“与汝林居未相失，近身药裹酒常携”颇值得把玩。“药裹”当为“药常裹”，蒙后之“酒常携”省略了“常”字，意谓他对病还是重视的，是时刻不忘药伴其身，以防备突发事件的。“酒常携”则无须乎任何注解，显示出了他何等嗜酒，有朋友同饮固然要开怀痛饮，无朋友同饮也准备随时独饮。病与酒这一对矛盾物，在杜甫的日常生活里，居然如此轻巧，如此自然，就达到了协调无间，而用两句诗，甚至于严格说只用一句诗，就挑明了病与酒的协调无间，恰好从独特角度展现出杜甫的真。

如果说，杜甫给远房堂孙说此等话或多或少还留分寸，那么，如《遣闷戏呈路十九曹长》一诗，对新交酒友他就放开了。其诗为七律，后面四句写的是：“晚节渐于诗律细，谁家数去酒杯宽。惟君最爱清狂客，百遍相过意未阑。”看得出，那位路十九曹长不仅是他的酒友，而且还是在夔州难得结交的诗友，因而能在一起边推敲诗，边痛饮酒。“谁家”一句，折射出这种诗友、酒友在当地并不多，因而也就更须珍惜。杜甫自命“清狂客”，亦即志洁行芳、狂放不羁的逆旅过客，却得到了路十九曹长的相知相亲，尤其令他真心感动。“百遍”一句，显然大为超越了“酒逢知己千杯少”。

为与朋痛饮，杜甫还留下一首题为《醉为马坠，诸公携酒相看》的诗，前四句为："甫也诸侯老宾客，罢酒酣歌拓金戟。骑马忽忆少年时，散蹄迸落瞿塘石。"狂啊狂，岂止如后之苏轼"老夫聊发少年狂"，而简直是狂荡失控，醉态毕露，以至于坠马掉到瞿塘峡畔的一处乱石之间。可是他受伤之后，居然自嘲"不虞一蹶终损伤，人生快意多所辱"，并且自解为"职当忧戚伏衾枕，况乃迟暮加烦促"。既真且狂，古往今来几人能及？

多少年以来，不少说诗人有意无意地遮蔽了杜甫的这一面，以至让较多的读诗人误读了杜甫，总以为他无论何时何地都是一个"嫉恶怀刚肠"的君子或斗士。其实大不然，他也有多重性格，并且从不矫情，从不伪饰。病与酒交构，只不过从一个独特的视度，张扬了他的真率和狂放，他也因之而更加可亲可近，可钦可爱。举一而反三，还须从更多视度认识杜甫。

二十四

草堂与柑橘

杜甫一家人寓居夔州一年零九个月，先后在五个地点住过。最初是在山腰的客堂，既而移居到西阁，然后于大历二年(767 年)初搬迁到赤甲山，再后于当年三月迁居到瀼西“草阁”，秋天又移居东屯，一直到次年春天出三峡赴江陵。其中第四个住处，与“成都草堂”遥相对应，学称“夔州草阁”，俗称“奉节草堂”。如今奉节县有草堂河，有草堂镇，盖因这一杜甫草堂而得名。

对瀼西草堂，杜甫发自心底地喜欢，迁入不久即写出了五律《草阁》：“草阁临无地，柴扉永不关。鱼龙回夜水，星月动秋山。久露晴初湿，高云薄未还。泛舟惭小妇，飘泊损红颜。”首联破题，点明了草堂临江而建的地势特点，“无地”意味着推窗便能见水，因而柴门也可以总不关闭。颔联写夜景，颈联写日景，鱼龙回水、星月映山和晨露未干、淡云缭绕都风物有致，若在目前。但长期漂泊，已然衰老，尾联终不免即景寄意，借咏江边撑船小妇的红颜减损，暗伤自己的老而为客，归期难卜。

随后另一首五律《宿江边阁》，暗伤的情致更为深广。首联“暝色延山径，高斋次水门”仍是点题，勾画出草堂的环境特征。颔联“薄云岩际宿，孤月浪中翻”写初夜观察所见。颈联“鹳鹤追飞静，豺狼得食喧”写深夜反侧所闻，活画出了长夜难眠。由之转到尾联“不眠忧战伐，无力正乾坤”，既沉雄，又隽永，伸张了他对家国命运的忧心如焚。

杜甫之所以会迁居到瀼西草堂，起因于当年三月，夔州都督柏茂琳将瀼溪以西的四十亩柑橘林赠给了他。他是由于有了这片柑橘林，才欣然决定离开赤甲山，迁至瀼西租赁草屋展开一段新生活的。为此他作了五律组诗《暮春题瀼西新赁草屋五首》，第二首前四句写道：“此邦千树橘，不见比封君。养拙干戈际，全生麋鹿群。”前两句透露，这片柑橘林虽然多达千树，却已长久缺人经管。后两句表明，他接受柏茂琳的馈赠，根本原因在“养拙”和“全生”。在那个干戈不已的动乱岁月里，维持生存是第一需求，因而纵然在荒郊野外与麋鹿为伍，他也心甘情愿地要照顾柑橘林。

照顾柑橘林，杜甫颇上心。当年夏天他所作《园》即写道：“仲夏流多水，清晨向小园。碧溪摇艇阔，朱果烂枝繁。始为江山静，终防市井喧。畦蔬绕茅屋，自足媚盘餐。”整首诗写得清新流畅，反映出他真有点像前人陶渊明“晨兴理荒废”了，因而树上的果实也是那样色泽斑斓，压满繁枝。再加上与妻儿们自种蔬菜，一家人的饭菜也转为“自足”。怡然之情，泛出言表。

由春经夏入秋，杜甫更留恋他的柑橘林。五古《阻雨不得归瀼西甘林》开端即写道：“三伏适已过，骄阳化为霖。欲归瀼西宅，阻此江浦深。”突降的大雨导致瀼溪暴涨，他欲归受阻，不免焦急。“伫立东城隅，怅望高飞禽”，恨不能身化为鸟飞过去。“草堂乱悬圃，不隔昆仑岑”，直摹他的当下心理：草堂近在咫尺，非比玄圃、崑崙，为什么就回不去呢？在这里，他自己用了“草堂”一词。既无可奈何，又展开玄想：“园甘长成时，三寸如黄金。”柑之个大色靓，恍若已可看见。终于回到瀼西后，他又以《甘林》为题写出另一首五古。从“舍舟越西冈，入林解我衣”，到“迟暮少寝食，清旷喜荆扉”，他对果园林间和草堂内外的清旷宜人，简直抑不住心旷神怡。

《树间》一诗，进一步描绘出了草堂院里两株柑树的诸般可爱：“岑寂双甘树，婆娑一院香。交柯低几杖，垂实碍衣裳。满岁如松碧，同时待菊黄。几回沾叶露，乘月坐胡床。”两树交柯，清香弥院，果实累累，枝叶青青，形神香色凝会于一。沾露乘月，树间休憩，这分明又是乐何如之。而《白露》一诗，还应时吟咏了“白露团甘子”，“渐知秋实美”，无尽的怡悦在杜诗里相当罕见。

事实上，杜甫在东屯也有草堂。《自瀼西荆扉且移居东屯茅屋四首》的诗题内，“茅屋”即茅草屋，与“成都草堂”实为茅屋同一个道理。其二的前四句所写“东屯复瀼西，一种住青溪”，即交代了两处茅屋的相似性。“来往皆茅屋，淹留为稻畦”则透露出，东屯茅屋附近只不过有稻畦而无柑林罢了。奉节曾发现《重修东屯草堂记》残碑，“东屯草堂”四字当可佐证。

草堂与柑橘合在一起，当是一笔弥足珍贵的文化遗产，其人文传承和旅游开发价值均超过白帝城。远可比成都，越千百年杜甫草堂依托一条浣花溪，早已积垒式地演进成为当地第一文化地标，美誉度和感召力都远在正宗的武侯祠和昭烈庙之上。近可看忠县，当年杜甫仅在《禹庙》诗中提了一句“荒庭垂橘柚”，二十年间也已唱响“满城山水半城橘”。奉节如今开悟“诗·橙奉节”了，但愿真能够务实急起，后来居上。

二十五

“黔中”进入唐诗

李白有一首《送赵判官赴黔府中丞叔幕》的送别诗，应酬性甚强，格调并不高，无须引述或点评。但诗里率先涉及“黔”字，却颇可注意。

这个“黔”，并非指今贵州省的简称。“贵州”的得名，始于北宋宣和元年（1119 年），朝廷加授时任奉宁军承宣使、知思州军事的土著首领田佑恭为贵州防御使，贵州方成为州一级的行政建置（地在今之贵阳一带）。直至明代永乐十一年（1413 年），设置贵州承宣布政使，贵州才建置为省。建省后简称为黔，则因为唐宋以前，省辖地域的大部分地区归属“黔中”，连黔灵山、黔灵河也因之命名。

唐代的“黔中”，与“黔州”搅在一起，历时性地常有变更。黔州始设于北周建德三年（574 年），治在今彭水县郁山镇。隋炀帝大业三年（607 年），改黔州为黔安郡。唐高祖武德元年（618 年），改黔安郡为黔州。唐玄宗天宝元年（742 年），又改黔州为黔中郡。唐肃宗乾元元年（758 年），又改黔中郡为黔州。天宝黔中郡和乾元黔州均设都督府，亦辖彭水、黔江（今黔江区）、洪杜（今酉阳县）、洋水（今彭水一部分及贵州省沿河）、信宁（今武隆区）、都濡（今贵州务川一带），并领思州、辰州、播州、矩州等二十多个羁縻州。唐人诗文当中的“黔”，一概指黔州或黔中郡，“黔中”亦代黔州。

唐代宗广德元年（763 年），杜甫在梓州（今四川三台）作的《送王十五判官扶侍还黔中》，也是一首应酬性的送别诗，可就相当有人情味。其前四句为：“大家东征逐子回，风生洲渚锦帆开。青青竹笋迎船出，日日江鱼入馔来。”起首的“大家（音 gū）”如称伯母，对王十五判官侍奉母亲还乡，所乘江船上天天都有竹笋、江鱼供奉倍加赞赏。其后四句为：“离别不堪无限意，艰危深仗济时才。黔阳信使应稀少，莫怪频频劝酒杯。”充分表达出了依依惜别之意。诗题点明了“黔中”，因而与李白那首诗一起，标志着历史地域概念“黔中”进入了唐代诗歌画廊。

白居易于唐宪宗元和十四年至十五年（819 年至 820 年）担任忠州刺史期间，留下了两首情系黔中的诗。一首为唱和性的《酬严中丞晚眺黔江见寄》：“江水三回曲，愁人两地情。磨围山下色，明月峡中声。晚后连天碧，秋来彻底清。临流有新恨，照见白须生。”严中丞为时任黔中观察使严谟。黔江本名牂牁江，又称延水、涪陵水，元代始得名乌江；当时以地属黔中，亦称作黔江。严谟写了一首晚眺黔江的诗寄赠白居易，白居易作为与他同样宦游僻远荒州的朋友，同病相怜，以诗作答，“愁人”句即点出了情结纽带。兴许是严谟的诗描述过了黔江的山光水色，所以中间两联由山写到水，也极力地点染夸赞，以宽慰朋友的心。磨围山通写作摩围山，其山光水色迄今犹在，值得彭水人为之而骄傲。

另一首为送别性的《送萧处士游黔南》：“能文好饮老萧郎，身似浮云鬓似霜。生计抛来诗是业，家园忘却酒为乡。江从巴峡初成字，猿过巫阳始断肠。不醉黔中争去得，磨围山月正苍苍。”前四句赞扬萧处士，看得出他俩不仅只是诗酒朋友，而且白居易对肖处士的精神追求也相当了解。后四句由景入情，实际上是慰勉和祝福。

大凡送别诗，由景入情、慰勉祝福是少不了的，但不同的人、不同的诗，关注要点和表达倾向会有差别。如在贞元后期号称文坛坛主的权德舆，在其《送黔中裴中丞阁老赴任》诗中，第九句至第十二句所写“景霁山川迥，风清雾露开。辰溪分浩淼，僰道接萦回”，分明是在尽量发掘穷山恶水的光亮层面，借以宽解裴中丞潜在的郁闷情绪。由此引向第十三句至十六句“胜理环中得，殊琛徼外来，行看旬岁诏，传庆在公台”，祝愿裴中丞早日获得召还诏书，重任朝堂要职，也就水到渠成了。在其《献岁送李十兄赴黔中酒后绝句》里，他则写的是：“一樽岁酒且留欢，三峡黔江去路难。志士感恩无远近，异时应戴惠文冠。”前两句承认了前途的艰难，但后两句仍落在建功立业的殷切期许上。

送别诗更多的是对友人此去前途的担忧。如曾自称“五言长城”的刘长卿《送侯御赴黔中充判官》一诗开篇便写道：“不识黔中路，今看遣使臣。猿啼万里客，鸟似五湖人。”仅“不识”二字便深寓着忧虑。中唐另一位著名诗人司空曙《送庞判官赴黔中》诗里更写得明白：“天远风烟异，西南见一方。乱山来蜀道，诸水出辰阳。”深恐友人会有不测。唯有以苦吟驰名的孟郊，《赠黔府王中丞楚》诗里写到了“旧说天下山，半在黔中青。又闻天下泉，半落黔中鸣”，意在用山水之美之奇鼓舞友人前往。

从盛唐后期直至中唐，写到了黔中的诗远不限于以上所举。其数量之多，是当时的渝州、涪州、万州均不能及，堪称巴渝诗歌史上一个奇迹。

二十六

元稹与薛涛

中唐时期的政治衰败，社会躁动，并没有导致文学枯萎。相反地，有别于盛唐的现实生活，还催化出了诗歌和散文的革新联动。作为新乐府运动的两大旗手，元稹和白居易并称为“元白”，在剑作和理论两个向度上，都有卓越表现。

元稹出生于唐代宗大历十四年(779 年)，比白居易晚生七年。但他俩同年登科，同中科策，官场沉浮也有诸多相同点，蔚为中华诗歌史上一道奇异风景。只是与巴蜀接上人生履迹关系，元稹却比白居易早了十年。唐宪宗元和四年(809 年)三月，他以监察御史身份出使东川，还在那里结识了世称“女校书”的薛涛，留下一段风流佳话。

监察御史为御史台属官，官阶仅为正八品上，却有着纠弹奏事之权，因而大小官员对他们都有所忌惮。再加上元稹本人诗名早著，私慕薛涛，而当时的西川、东川军政大员又多有能诗者，所以委派薛涛作代表(有如当今社会情感联络大使)，从成都专程赶赴剑南东川节度使的治所梓州(今四川三台)接待元稹，如同《唐才子传》所说“遣涛往侍”。于是乎，时年四十一岁的薛涛与时年三十岁的元稹，便发生了一段姐弟情。

这段姐弟情，从当年三月相见开始，至七月元稹离蜀为止，持续了四个多月。即便分离后，仍然情未了，元稹有诗《寄赠薛涛》可以作证：“锦江滑腻蛾眉秀，幻出文君与薛涛。言语巧偷鹦鹉舌，文章分得凤凰毛。纷纷辞客多停笔，个个公卿欲梦刀。别后相思隔烟水，菖蒲花发五云高。”诗的前六句，依次回忆薛涛的姿色之美，才调之高，文人和权贵追捧之盛，结尾两句再倾情抒发相思之殷。看得出，尽管明知不可能结成夫妻，风流才子元稹还是对薛涛动了真感情的。

这一切，原本与巴渝无关，然而，当年薛涛送元稹离蜀，途中留下了《海棠溪》和《谒巫山庙》两首诗，就与巴渝密不可分了。

薛涛的人生经历颇特殊。她生于一个官宦人家，因父亲早死，十六岁时沦为乐妓。但她不同于以声色事人的一般乐妓，而是历事十一镇剑南西川节度使，均“以诗受知”，并且与诸如韦皋、李德裕、白居易、裴度、杜牧、刘禹锡、张祜等在内的名士多有唱和。她平生作诗约五百首，留传至今的有八十九首。

今所存薛涛诗中，除上述两首作于巴渝外，另有三首点染到了巴渝地区的名物风情。其一为《送扶炼师》：“锦浦归舟巫峡云，绿波迢递雨纷纷。山阴妙术人传久，也说将鹅与右军。”其二为《酬文使君》：“延英晓拜汉恩新，五马腾骧九陌尘。今日谢庭飞白雪，巴歌不复旧阳春。”叙事用典顺手拈来，秀气透出款折多情。特别是第三首《酬雍秀才贻巴峡图》：“千叠云峰万顷湖，白波分去绕荆吴。感君识我枕流意，重示瞿塘峡口图。”前两句评画，已将瞿塘峡口的山水胜势笼括浑一，可以视为人不在巴渝，诗却既形象又大气地描绘了巴渝。后两句表达了对雍秀才的感激之情，而“枕流”意谓情志高洁，还深寓着彼此之间情趣相通的悠远涵蕴。

《海棠溪》合是过渝州所作。前面两句“春教风景驻仙霞，水面鱼身总带花”，正面描述出她对当时海棠烟景的真切感受。论时序，应在夏季了，可是海棠溪仍然如同春光常驻，仙境一般的霞光萦绕。溪水也不曾变浑，而是依然清澈见底，鱼儿自由自在地翔于水面，与瓣瓣落花追逐嬉戏，仿佛身带落英似的。画境美，意象幽，虽有烟而无雨，却令后世的海棠烟雨也未必能及。后面两句“人世不思灵卉异，竟将红缬染轻沙”，进一步抒发了她个人的即时性礼赞，意谓这一切都是天公所赐，不是人为可得，“红缬染轻沙”的妙悟比喻更把“风景驻仙霞”推向空灵。整首诗写得鲜明的灼，妍秀清雅，当视为历代第一首为海棠溪留真的诗。

《谒巫山庙》诗题里的一个“谒”字，表明了薛涛必到过巫山。巫山庙又叫神女庙，故址在巫山县飞凤岭的山麓。诗为七律，八句乃：“乱猿啼处访高唐，路入烟霞草木香。山色未能忘宋玉，水声犹是哭襄王。朝朝夜夜阳台下，为雨为云楚国亡。惆怅庙前多少柳，春来空斗画眉长。”诗中主要用楚襄王巫山云雨的典，借古讽今，讽喻唐王朝已在重蹈覆辙。结尾两句尤妙，将庙前柳枝比作女子用黛画眉的眉，影射唐王朝衰落始自于唐玄宗宠信杨贵妃，不是红颜致祸，而是昏君误国，女性表达相当独特。有人将这首诗归为韦庄作，《唐诗快》则指出“语气颇类女校书”，难以判定归属，姑且分录并存。

薛涛能够到渝州，到巫山，必是借送元稹离蜀之便无疑。既如此，为什么没有元稹同行作的诗传至今呢？文献失据，难以妄测。恐怕恰似说他比白居易更早写过多首竹枝词，今存诗里却无一首竹枝词一样，只能成为难解之谜。

二十七

《离思》与《楚歌》

元稹是一个风流才子，毕生才调超群，广结女人缘，用情常深，然而不专。他九岁解诗赋，十五岁以明经擢第，二十一岁与白居易同登拔萃甲科。登科前自凤翔游蒲州，与双文（即《莺莺传》中的崔莺莺）发生初恋故事，后来有艳诗《会真诗》重述。为攀附权贵以图仕进，二十二岁即弃双文而娶妻韦丛。在韦丛生前身后，他相继与当时才女裴柔之、薛涛、刘采青等长期保持情人关系，后来还将刘采青纳入家门为妾。

人生一杯酒，有乐也有忧。正当元稹与薛涛在巴蜀地区卿卿我我的时候，独守空房的韦丛却暴病而亡了。那年月山川阻隔，音讯难通，元稹回到长安才得知发妻已逝，天人永隔。为妻营葬后，他的心绪极度恶劣，为一桩小事触怒宦官，被辱驿门。不久后，竟因之而被贬为江陵（今湖北荆州）士曹参军，在那里委屈地困处了四年多，其间写了《离思》五首。

《离思》五首中，最为脍炙人口、古今传唱的是第四首："曾经沧海难为水，除却巫山不是云。取次花丛懒回顾，半缘修道半缘君。"特别是其第一句，升华成了成语"曾经沧海"，用以比喻过去经历过大世面或大风浪，对一般世事或者风波见惯不惊，习以为常，也用来代指男女间的情爱。

“曾经沧海难为水”，典出《孟子·尽心上》的“观于海者难为水”，意谓看见了大海以后，什么江河湖泊就难再算大水了。汉末曹操《步出夏门行》诗谓：“东临碣石，以观沧海，水何澹澹……秋风萧瑟，洪波涌起。日月之行，若出其中。星汉灿烂，若出其里。”就是对“观于海者难为水”的大气磅礴的形象写照。

“除却巫山不是云”，典出战国宋玉的《高唐赋序》所撰“巫山之女”向楚襄王自“荐枕席”，自称“妾在巫山之阳，高丘之阻，旦为朝云，暮为行雨，朝朝暮暮，阳台之下”。其中的“旦为朝云，暮为行雨”合成为“云雨”一词，通常代指男女幽会，也可以代称男女性事。

元稹连用这样两个典，浑若是对“离思”对象推心置腹说：“你我之间的爱情已经历过大风大浪的考验，再没有别的人或别的情可以来取代；你我之间的欢恋已饱受了朝云暮雨的滋润，再没有别的欢娱或别的恋络可以更令我魂牵梦萦，没世难忘。”这是对离别之后，分处两地的爱人作的深情表白，大有海枯石烂心不变之势，修辞固然夸张，情意确也真挚。

那么，元稹当时的“离思”对象究竟是谁呢？历来的注释多说指韦丛。然而此说疑点甚多。诗题的“离”字，盖为在生者两地分离的离，而不是夫妻之间生离死别的离。韦丛辞世来久，元稹若追思，理当是悼亡。他后来作过《三遣悲怀》诗，反复咏叹“昔日戏言身后事，今朝都到眼前来”“诚知此恨人人有，贫贱夫妻百事哀”“闲坐悲君亦自悲，百年都是几多时”，那种离愁别绪充满哀痛悲伤。而所有五首《离思》诗里，均如“取次花丛懒回顾，半缘修道半缘君”一样，是对诸如“须臾日射燕脂颊，一朵红苏旋欲融”“闲读道书慵未起，水晶帘下看梳头”等深闺中男女欢爱、欣赏细节的重新细品，显然与对亡妻的追思缅怀格调相悖。

远不止此也，还必须推究巫山云雨用典指向。巫山云雨喻男女幽会，通常是对婚外情而言，移于夫妻之间未免用典失当。证之以《离思》本诗，一再地提及“闲读道书”“半缘修道”，也与唐代习用仙、道代指妓女、情人。《会真诗》结在“行云无处所，萧史在楼中”，即可兹旁证。因此，元稹当年的“离思”对象，最可能的是双文，其次是薛涛，乃至于别的情人。

如今有人凭“除却巫山不是云”一句，指认《离思》之四是写巴渝的诗，同指认李白的《峨眉山月歌》为巴渝诗一样不靠谱。如果能成立，那么凭

“曾经沧海难为水”一句，岂不也是写沧海的诗了吗？显然难以自圆其说。

究其实，元稹在江陵期间，确有一首诗写过巴渝的，那就是他《楚歌十首》之九：“三峡连天水，奔波万里来。风涛各自急，前后苦相推。倒入黄牛漩，惊冲滟滪堆。古今流不尽，流去不曾回。”整首诗写得明白如话，流畅自如，把三峡水势酣畅淋漓地写意了出来。其结尾两句还寄托着哲思，表达出韶光易逝，时不再来，必须及时努力的人生意向。

称《楚歌》而不称《巴歌》，元稹自有其历史地理的充分依据。战国时，整个三峡地区都归属楚国巫郡。而晋《华阳国志·巴志》明确指出：“江州以东，滨江山险，其人半楚。”北宋苏辙在忠州作《竹枝歌九首》，第一首就写的是：“舟行千里不至楚，忽闻竹枝皆楚语。楚言啁哳安可分，江中明月多风露。”贯穿元稹当年的古今，从滟滪堆到黄牛峡都算楚地，尽在情理中。

二十八

心安即是家

元和十三年(818年)十二月,任江州(今江西九江)司马已近四年的白居易,受令迁任忠州刺史。次年三月举家从浔阳出发,溯江而上,五月方到任。元和十五年(820年)五月,又获升任尚书司门员外郎的诏书,夏末离开忠州。因此,他担任忠州刺史看似跨了三个年头,实际上履职仅一年有余。时间虽短暂,忠州却是他人生转型期的第二驿站。

江州是白居易的人生志趣、仕途命运和诗歌倾向,从前期的"兼济天下"、屡遭贬谪和感时诗、讽喻诗为主,向后期的"独善其身"、迭次升迁和感伤诗、闲适诗为主转型的第一驿站。忠州紧承其后,在他整个人生轨迹上,起着不容忽视的纽结作用。

按唐代行政体制,江州为中州,司马为正六品下的官员,忠州为下州,刺史为正四品下的官员,从官阶看调任忠州刺史是升官。但是,如其《初到忠州赠李六》诗所写:"好在天涯李使君,江头相见日黄昏。吏人生梗都如鹿,市井疏芜只抵村。一只兰船当驿路,百层石磴上州门。更无平地堪行处,虚受朱轮五马恩。"忠州的县情显示出了吏风生硬,市井萧条,交通困窘,白居易的心境是很苦闷的。

好长时间内白居易都被苦闷所左右着。如《木莲树图并序》之三所写："已愁花落荒岩底，复恨根生乱石间。几度欲移移不得，天教抛掷在深山。"他借木莲树自喻，既"愁"且"恨"，宣泄对被"抛掷在深山"的不公遭际的万般无奈和满腹牢骚。于是乎，如《东楼招客夜饮》所谓"莫辞数数醉东楼，除醉无因破得愁"，他用酒来麻醉自己。又如《钱虢州以三堂绝句见寄，因以本韵和之》所谓"遥知清静中和化，只用金刚三昧心"，他还"栖心释氏"，极力从礼佛中求得解脱。

如此心态和行事，固然浸染着消极情绪，但同时也有积极的一面。那就是白居易要守住官德底线，用自己的选择方式来保证做到独善其身，而决不仗着山高皇帝远，自污其行，贪渎枉法。在此前提下，他还要尽可能地践行"为政以德"的儒家思想，向着兼济天下的公德高标看齐，因地制宜地多为地方造福，多为民众做事，而决不心口不一，慵怠无为。其《委顺》中间四句写道："外累由心起，心宁累自息。尚欲忘家乡，谁能算官职？"表明他较快地抑制了"外累"，达致了"心宁"，决计忘记自己的家乡，更不成天谋虑个人的官场前程，而要多为忠州做些好事实事。

循诗责实，白居易的第一政绩就在行政教，减省赋敛。《征秋税毕，题郡南亭》一诗写道："高城直下视，蠢蠢见巴蛮。安可施政教？尚不通语言。且喜赋敛毕，幸闻闾井安。岂伊循良化？赖此丰登年。案牍既简少，池馆亦清闲。秋雨檐果落，夕钟林鸟还。南亭日潇洒，偃卧恣疏顽。"在语言不通的情况下，他趁着丰登年，公正合理地征收"皇粮""国税"，"闾井安"反证了他做得顺民意。而"简少""案牍"，则反映出不巧立名目，妄加折腾。这在农业自给经济社会里，确属大得民心的德政善政。

二是力推种树种花，改良生态环境。《东涧种柳》诗里说"不如种此树，此树易荣滋"，三年即便"可以见依依"，因而在州城严颜桥下的溪涧两岸植柳造林。《东坡种花二首》之一描述"持钱买花树，城东坡上栽"，快捷地见到了"百果参杂种，千枝次第开"的景象。东涧、东坡因之而扬名域中，嘉惠后人，越一千二百年迄今仍然滋美忠县。

三是关切民瘼，改善民生。前者如《赠康叟》："八十秦翁老不归，南宾太守乞寒衣。再三怜汝非他意，天宝遗民见渐稀。"经常资助那位流落忠州的康姓老人，冬天不忘送棉衣，真正堪称"巴心巴肠"。后者如《寄胡饼与杨万州》所写："胡麻饼样学京都，面脆油香新出炉。寄与饥谗杨大使，尝看得似辅兴无？"将长安的芝麻饼制作技艺传到忠州，既给忠州人添了美食，也让一些人以之为生计。凡此之类，全都落实到个人，做好到细节。

此外还有四，创意性地与州民沟通。《代州民问》诗谓："龙昌寺底开山路，巴子台前种柳林。官职家乡都忘却，谁人会得使君心？"以州民口吻提出问题，实质上是就"开山路""种柳林"向州民们交心。而《答州民》诗谓："宦情抖擞随尘去，乡思销磨逐日无。唯拟腾腾作闲事，遮渠不道使君愚。"则进一步表明，白居易已经消除"外累"，安下心来，愿意在忠州做更多的实事好事。

在一"问"一"答"之前，白居易已写出《种桃杏》一诗："无论海角与天涯，大抵心安即是家。路远谁能念乡曲？年深兼欲忘京华。忠州且作三年计，种杏栽桃拟待花。"他在为民多做实事好事的为政进程当中，超越个人的宠辱得失，悟出了"大抵心安即是家"的官德正理，达到了兼济天下与独善其身的和谐交融。

二十九

荔枝生巴峡间

白居易在忠州东涧种柳，东坡种花，其实是一种代表性的种植口号，并没有搞单一化，而是桃李杏梅竹菊等普适性植物应有尽有。与之同时，他对当地特有的，既往从未见过的木莲和荔枝更是情有所钟，赏爱不已，两者中尤以荔枝为甚。

白居易初尝荔枝，便惊叹莫名，当即馈赠给时任万州刺史的友人杨归厚，并赠诗分享。《题郡中荔枝诗十八韵兼寄万州杨八使君》开篇便写道："奇果标南土，芳林对北堂。素华春漠漠，丹实夏煌煌。叶捧低垂户，枝擎重压墙。始因风弄色，渐与月争光。"不仅推尊为"奇果""芳林"，而且对花、实、叶、枝所具特点逐一点赞，对昼夜间的色泽变化也不肯放过。进而又迭用比喻，如"夕讶条悬火，朝惊树点妆"形容晚上成串的荔枝好比悬空火苗，清晨的荔枝缀满树间浑若美人彩裙，如"星缀连心朵，珠排耀眼房"夸耀密布的荔枝果实胜似碧空繁星相连，又仿佛珍珠成串，令人目眩，凡八喻而方休，极尽铺张扬厉。其先其后描摹荔枝特色的诗作多矣，论形象生动，细致入微，很少能够望其项背。

杨归厚尝过荔枝，打算引种到万州，白居易又赠物赠诗。《重寄荔枝与杨使君时闻杨使君欲种植故有落句戏之》一诗写道："摘来正带凌晨露，寄去须凭下水船。映我绯衫浑不见，对公银印最相鲜。香连翠叶真堪画，红透青笼实可怜。闻道万州方欲种，愁君得吃是何年！"两个友人的心气相通，喜好相同，整首诗既见荔枝之美，又显友情之美，写得丝毫不落俗套。

白居易自己更要种荔枝。有一首诗题就叫《种荔枝》："红颗珍珠诚可爱，白须太守亦何痴。十年结子知谁在？自向庭中种荔枝。"他把荔枝比喻为红颗珍珠，不顾自己当时已年届四十九岁，并且"发兼二毛"，满头花白，仍痴情地在所住西楼的堂前庭院亲种荔枝。明知荔枝须经十年才结果，十年后浑然不知人在何处，他也要那样做。一个"痴"字，道尽了荔枝的"诚可爱"，以及他的爱荔枝之"诚"，同时还包涵着嘉惠后人的宽仁心意。

他还将西楼命名"荔枝楼"。《郡中》诗见其情趣："乡路音信断，山城日月迟。欲知州近远，阶前摘荔枝。"看得出，庭前原先就有的荔枝树，果实累累，伸手可摘。《荔枝楼对酒》则另是一种情调："荔枝新熟鸡冠色，烧酒初开琥珀香。欲摘一枝倾一盏，西楼无客共谁尝？"用荔枝佐酒，色与香做伴，略想一想那种情境就很别致。唯一令他遗憾的，乃在独酌无相亲，他期盼着与客共尝。

离开忠州前，白居易写过著名散文《荔枝图序》，向亲友们介绍荔枝。明代杨慎《艺林伐山》称颂"此文可歌可咏，可图可画"，事实上，此文还有历史地域经济史料的价值。除文中描述荔枝的树形、叶、花、实等的特点，大可与前引《题郡中荔枝诗十八韵兼寄万州杨八使君》相互发明外，开头的一句"荔枝生巴峡间"切不可轻易放过。其中的"巴峡"，通指唐代上起戎州（今四川宜宾）、下至夔州的沿江地带，意味着荔枝远不止是盛产于忠州。

早于白居易，杜甫过戎州时，《宴戎州杨使君东楼》诗里已曾有句"重碧拈春酒，轻红擘荔枝"。至夔州以后，《解闷十二首》之九又写出了："先帝贵妃今寂寞，荔枝还复入长安。炎方每续朱樱献，玉座应悲白露团。"之十还有："忆过泸戎摘荔枝，青枫隐映石逶迤。京华应见无颜色，细颗酸甜只自知。"杜诗当中的"炎方"，正可对应白文当中的"巴峡"。尤其值得注意的是，杜诗还将这一地带所产的荔枝，与杨贵妃食荔枝联系起来了。

明确的指认，见于北宋苏轼《荔枝叹》。那是一首七言古诗，入题先写出了贡荔枝的状况："十里一置飞尘灰，五里一堠兵火催。颠坑仆谷相枕藉，知是荔枝龙眼来。”继而在写出“飞车跨山鹘横海，风枝露叶如新采”之后，抨击了“宫中美人一破颜，惊尘溅血流千载”。然后再点示出：“永元荔枝来交州，天宝岁贡取之涪。”涪，即唐代涪州，今重庆涪陵。苏轼到过涪州，他的说法理当不是空穴来风。

一直到明清两代，涪陵仍然产荔枝。明人夏邦谟有一首七律《荔圃春风》：“南海移来种最奇，贞姿绚烂艳阳时。焉知涪地株林实，偏荷昭阳国色知。当日曾劳人远贡，而今不复马飞驰。喜逢君德同尧舜，独重贤才贱荔枝。”“荔圃”址在涪陵西长江边，据传由给杨贵妃提供贡品荔枝而得其名，“荔圃春风”曾是“涪州八景”之一。清人李天英《过荔枝园》诗只有四句：“栈阁铃声杂雨悲，马嵬谁更吊娥眉？荔枝不管兴亡恨，一夜春风满旧枝。”吊古伤今，明显浸淫着历史沧桑感。

或许晚清以降官民人等过分“不重斯”了吧，如今的“巴峡”地带，除了四川合江荔枝还有名外，重庆境内就只剩下江津塘河尚存少许良品了。其间的兴废，颇有追索的必要。

三十

见此争无一句诗

白居易宦游巴渝期间，并不只是人在忠州才有诗，而是来去途中都曾有感而发，留下好几首诗。其间过巫山所作七绝《题峡中石上》，应是进入巴渝地域的第一首诗，并且于景于情都令人兴味顿生。

其前两句写景："巫女庙花红似粉，昭君村柳翠于眉。"见到了两处文化遗址，不用典而只纪感，"红似粉"和"翠于眉"都写得色彩鲜明，对衬强烈，显示出了清新可爱。回顾甫离江州时《浔阳宴别》诗谓"共嗟炎瘴地，尽室得生还"，途经归州时《入峡次巴东》诗谓"不知远郡何时到，犹喜全家此去同"，看得出白居易的心境明朗多了。正因此，其后两句自然延伸到抒情："诚知老去风情少，见此争无一句诗？"这个"争"是"怎能"的意思，意味着只要有了真情实感，无论身在何处，境遇如何，他作为诗人必定会写诗。

紧接着便产生了五律《夜入瞿塘峡》："瞿塘天下险，夜上信难哉！岸似双屏合，天如匹练开。逆风惊浪起，拔篸暗船来。欲识愁多少，高于滟滪堆。"首联的气势尽管不及李白《蜀道难》开篇的几句，但一个"险"字，一个"难"字，仍无愧突兀警策，先声夺人。而一个"夜"字，更凸显出白居易是写夜航，前人所无，别开生面。颔联两个比喻，也是感受独到。颈联当中的

“篸”字音 niàn(念),指挽舟竹索,“拔篸”即为拉纤。用诗句写到纤夫拉纤,而且是夜船拉纤,白居易实为千古第一人。尾联那个“愁”字用得颇不寻常,与其说是担忧自身不安全,不如说是为纤夫越险犯难,担惊受怕。仁者之心,略见一斑。

经巫山过夔州到忠州。白居易行行停停,一路不知听过多少峡江男女唱竹枝词。在刺史任上,也不止一次听过唱竹枝词,有其《听竹枝赠李侍御》诗为证:“巴童巫女竹枝歌,懊恼何人怨咽多。暂听遣君犹怅望,长闻教我复如何?”民歌竹枝词所常见的“怨咽多”的特点,无疑给了他新奇特异的情感冲击,他才会对李侍御说,你偶尔听一听竹枝歌便会惆怅凝望,我长期听又将教我怎么样?言外之意分明是,怎能教我没有一句诗,我也要仿做文人竹枝词。

现存文人竹枝词当中,早于白居易的仅有顾况《竹枝曲》:“帝子苍梧不复归,洞庭叶下荆云飞。巴人夜唱竹枝后,肠断晓猿声渐稀。”从前两句看,顾况是在楚地(今湖南、湖北)触景生情,写出了这首竹枝词的。从后两句看,顾况曾游过三峡,听过“巴人夜唱竹枝”,并且留下了与白居易十分相近的审美印象。白居易继顾况之后,仿效民歌竹枝词,创作出了文人类的《竹枝词四首》,并且留传至今。

其一:“瞿塘峡口水烟低,白帝城头月向西。唱到竹枝声咽处,寒猿暗鸟一时啼。”前两句点明了听唱竹枝词的地点和时段,水雾弥漫和月亮西斜不仅透露已经唱到后半夜,而且渲染了环境氛围。后两句的意境与顾况的后一句相似,但说寒猿、闇鸟都同人一起悲咽,韵味却是更加深长。

其二:“竹枝苦怨怨何人?夜静山空歇又闻。蛮儿巴女齐声唱,愁杀江楼病使君。”这一首显然是前一首的继续。一个“怨”字重复领起,揭示出“声咽”的内在原因。“歇又闻”表明时断时续,与“齐声唱”都是民歌竹枝词的演唱特点,并加重了“怨”。然后归结到“愁杀”,表现诗人自己已经与演唱者们同声相求,同病相怜。

其三:“巴东船舫上巴西,波面风生雨脚齐。水蓼冷花红簇簇,江蓠湿叶碧凄凄。”与前两首相比较,时空环境俨然大变了。这是在一个风雨天,诗人由远及近地观览江面上和江岸边的即时性景象,黯然地生出莫名伤感。“红簇簇”与“碧凄凄”对比性强,但全诗基调,分明如花似叶,又“冷”又“湿”。

最后一首写道:“江畔谁人唱竹枝？前声断咽后声迟。怪来调苦缘词苦,多是通州司马诗。”这一首与前三首的不同处,一是由个别引出一般,归纳出了民歌竹枝词的两大共性。其一为声调,每句唱词七个字,总是前四个字一顿,悲切梗塞,后三个字再续上来,沉缓滞重。其二为格调,总是浸透着一个“苦”字,并且总要由词意的“苦”将格调的“苦”表达出来。二是末句反映出,时任通州(今四川达州)司马的元稹,比白居易更早已曾创作过文人竹枝词,而且传到忠州一带来,为民众所接受、所喜欢、所习唱了。一个“多”字表明,元稹所作之诗不止一首。然而太可惜,元稹的竹枝词并未传下来,白居易当年如果料到了,不知当作如何感受。

据前人记述,白居易不但会写竹枝词,而且会唱竹枝词。他那样诚恳地向民歌学习,拿过来又为我所用,委实太值得当今诗人踵武。

三十一

激扬竹枝词的最大功臣

刘禹锡与白居易为同龄人，他俩后半生意气相投，义重谊深，并称“刘白”。巧的是，白居易离开忠州的第二年，即唐穆宗长庆元年(821年)，刘禹锡便被任命为夔州刺史，接踵似地到巴渝做官。更加巧的是，刘禹锡也热心学习民歌竹枝词，仿作文人竹枝词，并在创作实践与理论推介两个方面都比白居易下了更大功夫，取得了更多成绩，从而成了历朝历代激扬竹枝词的最大功臣。

《新唐书·刘禹锡传》说，他在夔州任职期间，仿民歌竹枝词，“乃倚其声，作竹枝辞十余首”。今存《竹枝词九首》及《竹枝词二首》，合计十一首，都是文人竹枝词的传世经典之作，语言生动活泼，格调清新开朗，为中华诗歌发展产生过较大影响。

歌唱男女情爱，历来是民歌永不枯竭的主题之一，业已过了知命之年的刘禹锡也不回避。《竹枝词九首》之二写道：“山桃红花满上头，蜀江春水拍山流。花红易衰似郎意，水流无限似侬愁。”三四两句的比喻独出心裁，脍炙人口，“侬”的自称则反映出女性成为抒情主体。《竹枝词二首》之一所写：“杨柳青青江水平，闻郎江上唱歌声。东边日出西边雨，道是无晴却有晴。”其间“晴”与“情”谐音双关，曲尽其妙，尤其令人拍案叫绝。

描写山水风情，另是一个主题。其“九首”之一谓：“白帝城头春草生，白盐山下蜀江清。南人上来歌一曲，北人莫上动乡情。”白帝城为传说中的公孙跃马、刘备托孤之所，公孙述和刘备均为北方人，因而巧借山水，劝人莫动乡情。但思念之情总是难以抑制的，因而又有之四所谓：“日出三竿春雾消，江头蜀客驻兰桡。凭寄狂夫书一纸，家住成都万里桥。”诗里隐藏着一个峡江女子，托江边停船的“蜀客”给远在成都经商不归的“狂夫”带去一封书信，劝丈夫不要在成都另安一个“家”，务必要心系家乡，尽早归来。曲折的情致并没有明说，但是可以意会出来。

“北人”来峡江谋生，“狂夫”去成都经商，折射出了生活不易，世事艰难，这一个主题也多有表现。“九首”之六写道：“城西门前滟滪堆，年年波浪不能摧。懊恼人心不如石，少时东去复西来。”前两句滟滪堆的“不能摧”，反衬着后两句的世事波澜，人心易变，实际仍是家中女人对出门男人变心的担忧。而之七所写：“瞿唐嘈嘈十二滩，此中道路古来难。长恨人心不如水，等闲平地起波澜。”更是对人心易变的深广忧虑。用“嘈嘈十二滩”衬“道路古来难”，忧虑还推延到了社会历史的层面。三四两句，犹寓哲理。

但并非都是“懊恼”，都是“长恨”，而是还有对劳动情境、生活情趣的由衷讴歌。前者如“九首”之九：“山上层层桃李花，云间烟火是人家。银钏金钗来负水，长刀短笠去烧畲。”整首诗都写春耕时节的山民劳作。“银钏金钗”代称女子，她们的分工，是到山涧里背水，可见山区用水艰难。“长刀短笠”代称男子，他们的责任是到田间地头去烧草木灰，可见当时三峡地区还在流行刀耕火种。后者如“九首”之五：“两岸山花似雪开，家家春酒满银杯。昭君坊中多女伴，永安宫外踏青来。”所谓的“踏青”系指一种民俗，即在每年清明前后，男男女女都要结伴到野外郊游，纵情观赏一番春景。通常还要在野外进食，喝一点儿春酒。

刘禹锡的《竹枝词九首》前面本有一段“引”，亦即小序。其主要内容为：“岁正月，余来建平，里中儿联歌《竹枝》，吹短笛，击鼓以赴节。歌者扬袂睢舞，以曲多为贤。聆其音，中黄钟之羽，卒章激讦如吴声，虽伧伫不可分，而含思宛转，有淇、澳之艳音。”文字里的“岁”，指长庆二年(822 年)。“建平”为三国时期东吴景帝永安三年(260 年)所设置郡名，北魏时郡治在今巫山县境内(今巫山县有建平乡)。唐代巫山县归夔州管,所以,这里的建平代指整个夔州。“联歌”亦即齐唱。民歌竹枝词是歌、舞、乐三位一体,除了联歌外,还有个唱,以及吟唱与和声伴唱相结合两种形式。三种形式均为野唱,伴随着笛声、鼓声载歌载舞,歌舞者手里还常舞动竹枝。小序集中归纳出了主要的特点。结合白居易的竹枝词所论,后世研究、传扬竹枝词,就具备了第一手的理论依据。

自从刘禹锡对民歌竹枝词进行实地发掘考察,定其音律,析其起毕,并且大力推介后,这一民歌奇葩便进入了中华诗歌的华美殿堂,由唐宋至明清汇聚成了文人竹枝词的诗歌潮流。他本人创作的竹枝词,比白居易的竹枝词更富民歌味,也被后来人尊为极品,苏轼誉之为“此奔逸绝尘,不可追也”,黄庭坚则赞之为“词意高妙,元和间诚可以独步,道风俗而不俚,追古昔而不愧”。

三十二

认得诗人在此间

在三峡地区，特别是巫山上下，从上古开始便有击鼓焚山、烧龙祈雨的民间习俗，由魏晋至唐宋进一步有了烧畲下种的农事活动。刘禹锡身为夔州最高长官，第一要务就在于恪守以农为本，关注农耕生产。形之于诗，他不仅在《竹枝词九首》之九写出了一句“长刀短笠去烧畲”，而且还以《畲田行》为题，创作了一首多达二十八句的五言歌行。

“何处好畲田？团团缦山腹。钻龟得雨卦，上山烧卧木。”前两句一破题，即点明了畲田环绕在山脚至山腰的坡地上。烧畲就是焚烧田地里的草木，用草木灰充作肥料，以备春播。要增强肥力，烧畲适宜在雨前进行，因而按照巫卜传统，先要利用龟甲占卦。占卦的步骤，先是钻龟甲，既而再用火灼，然后看龟甲上的裂纹以定吉凶，务必要求得吉卦，呈现雨象，才能高高兴兴地进入下一步。后两句诗反映出来的正是占卦祈雨的景象。

从第五句到第二十句，诗从白天写到夜晚，形象生动地描绘出了烧畲的声势和过程。其中“照潭出老蛟，爆竹惊山鬼”两句，既实且虚，暗含着巫风理念，即凭借烧畲声威，将潜藏在深潭里的蛟龙神怪惊出来，赶紧升空布雨的意思。“本从敲石光，遂至烘天热”，概述的是靠敲石取火，把白天原本

“红焰远成霞”“猎猎度青林”，到夜晚却已“俱逐晓风灭”的烧畲山火重新点燃，达到夜以继日的效果。然后才有了第二十一句至第二十四句：“下种暖灰中，乘阳拆牙蘖。苍苍一雨后，苕颖如云发。”意即果然祈雨得雨，趁热播种，豆科植物和禾科植物都迅速萌芽发蘖。

最后四句意味深浓：“巴人拱手吟，耕耨不关心。由来得地势，径寸有余阴。”刘禹锡分明看出来了，“巴人”祖祖辈辈习惯了靠天吃饭，得雨播种后就不再关心翻土锄草之类事了。他既为他们依仗天时地利得以维持生计高兴，又替他们的农事行为过分粗放，难以应对天灾人祸，怀着一份隐忧。

当时的夔州，辖奉节、云安、巫山、大昌四县，刘禹锡在辖区内遍访古迹，吊古怀旧自然也是少不了的。其《蜀先主庙》诗写道：“天地英雄气，千秋尚凛然。势分三足鼎，业复五铢钱。得相能开国，生儿不象贤。凄凉蜀故伎，来舞魏宫前。”前五句赞扬刘备和诸葛亮的历史功业和英雄气魄，虽见识精到，却并没有超越前人。警奇处在第六句一转，就贬斥了昏庸亡国的刘禅，并且把“生儿”却“不象贤”的责任隐约地归在了刘备身上，发人之所未发。结尾两句更用了刘禅投降以后，司马昭在洛阳举行宴会接见他，故意安排原属蜀汉的歌妓跳舞侑酒，在场者大多伤感，刘禅却“喜笑自若”，并说出“此间乐，不思蜀”的典故，将其“不象贤”点染到了极致。

他的《巫山神女庙》也不同凡响。“巫山十二郁苍苍，片石亭亭号女郎。晓雾乍开疑卷幔，山花欲谢似残妆。星河好夜闻清佩，云雨归时带异香。”诗的前六句，纯从自然界的神女峰形象着笔，既写峰也写人，天人合一、语义双关地描绘出了神女的美好情态，后两句陡然一转，切入社会，发出“何事神仙九天上，人间来就楚襄王”的疑问，实质上是对巫山云雨污秽故事的断然否定。整首诗写得清朗俊爽，刚直豪放，诗人的挚情与哲人的睿智浑然一体。

在夔州期间，刘禹锡广交朋友，在他的诗里不时有示现。如七律《送义舟师却还黔南》，颈联谓“如莲半偈心常悟，问菊新诗手自携”，表明那位义舟师不仅是佛门中人，而且还是一位诗友，随时会有新作生成。尾联“常说摩围似灵鹫，却将山屐上丹梯”更透露出相互无话不谈，义舟师将摩围山比喻为古印度灵鹫山尤显心性。又如七律《秋日题窦员外崇德里新居》，首联即宣示“长爱街西风景闲，到君居处暂开颜”，表明他与那位窦员外私人交谊已然不一般。而其尾联称“莫言堆案无余地，认得诗人在此间”，则进一步显示出，他是公余偷闲，友会散心。特别是结尾一句，可以视作大部分诗都是那样产生的。

后一首七律，历来多被认为是诗人在长安时作，或许因为有“崇德里”之故。然而，当年的奉节城内也可以有崇德里，另一首七律的诗题《夔州窦员外使君见示悼妓诗，顾余赏识之，因命同作》即旁证，合当是作于夔州。整首诗为：“前年曾见两鬟时，今日惊吟悼妓诗。凤管学成知有籍，龙媒欲换叹无期。空廊月照常行地，后院花开旧折枝。寂寞鱼山青草里，何人更立智琼祠？”凭前四句可明白，那是一个原在宫廷教坊，后来流落民间的年轻乐妓，不幸薄命而亡。结句的“智琼”，本是《搜神记》里与魏弦超悲欢离合的神女，引来代指那个乐妓。刘禹锡设问谁会替她立祠，体现出他对社会地位低贱的女子的厚宽和悲悯。

诸如此类的十几首诗，题材、主题、格调都呈现出多样性，它们同十一首竹枝词一起，构筑了刘禹锡夔州诗的靓丽风景。

三十三

记住王濬

“巴山楚水凄凉地，二十三年弃置身。怀旧空吟闻笛赋，到乡翻似烂柯人。沉舟侧畔千帆过，病树前头万木春。今日听君歌一曲，暂凭杯酒长精神。”这首题作《酬乐天扬州初逢席上见赠》的七律，写于唐敬宗宝历二年(826年)冬天。当时刘禹锡刚结束了长达二十余年的贬谪磨炼，奉调回东都洛阳，因而诗中表达出了对宦海沉浮、世事变迁的豁达襟怀。但同时，他对“弃置”于“巴山楚水”的“凄凉”经历也是刻骨铭心的，“怀旧空吟”将伴他终生。

长庆四年(824年)春，刘禹锡夔州刺史三年任满，调任和州(治今安徽和县)刺史，转入“二十三年弃置身”最后一站。离开夔州时，他留下了七律《别夔州官吏》：“三年楚国巴城守，一去扬州扬子津。青帐联延喧驿步，白头俯伛到江滨。巫山暮色常含雨，峡水秋来不恐人。唯有九歌词数首，里中留与赛蛮神。”颔联表明，送行者众，折射出他任职期间颇得人心。颈联举“巫山”“峡水”的自然特征，传递出他对夔州难以割舍的复杂感情。其中的“恐”字为巴渝地区的俚语用词，意思为闷热如蒸，他居然也学到了，用上了。尾联则将他作过的竹枝词喻为屈原《九歌》，明白宣称留给当地民众的迎神赛会作为唱词用，纪念之意贯注其间。

行至今湖北沙市西的松滋渡，刘禹锡又写了七律《松滋渡望峡中》：“渡头轻雨洒寒梅，云际溶溶雪水来。梦渚草长迷楚望，夷陵土黑有秦灰。巴人泪应猿声落，蜀客船从鸟道回。十二碧峰何处所？永安宫外是荒台。”整首诗情调凄清，在他的诗里相当罕见，决非常态。后四句较之前四句，不难清晰地看出，他对巴人、蜀客和巫山、夔州的忆念之深，超过了正经过的楚地。

当年四月，途经西塞山，刘禹锡继续有七律《西塞山怀古》问世：“王濬楼船下益州，金陵王气黯然收。千寻铁锁沉江底，一片降幡出石头。人世几回伤往事，山形依旧枕寒流。今逢四海为家日，故垒萧萧芦荻秋。”西塞山位于今湖北黄石，山体突出到长江当中，形成长江弯道，地势十分险要。他身临其境，禁不住咏史怀古，借古叹今，小而言之为巴渝历史，大而言之为中华历史，贡献了这首壮美沉雄的千古名诗。

诗前四句咏史怀古。西晋武帝咸宁五年(279 年)，时任益州刺史、龙骧将军的王濬奉诏伐吴，从巴郡率水陆大军出三峡东下，一路势如破竹，威震东吴。王濬在巴渝地区多年一直建造楼船，其船上以木为城，每船可容两千余人。东吴末帝孙皓命人在长江中游用铁锁沉江，用铁索横江，企图靠千寻铁索阻住王濬楼船。然而这一切都白费功夫，王濬大军突破了千寻铁索，从武昌顺流直下，直逼东吴的国都金陵(今江苏南京)。第二年三月，晋军攻破石头城，孙皓到营门向王濬投降。以之为标志，终结了从 184 年至 280 年期间长达九十六年的汉末、三国割据分裂局面，恢复了久违的国家统一。刘禹锡这四句诗，追怀那段壮烈史实，状雄阔往事举重若轻，如在目前。

诗后四句借古叹今。五六两句为大转折，用“山形依旧”对照“人世”的“几回”变迁，由形而下引向形而上，深沉地追索大历史的经验教训。西晋灭吴以后，只维持了短暂的国家统一，便发生了“八王之乱”，导致了从 317 年至 589 年之间长达二百七十二年，史称东晋、十六国和南北朝的第二次中华历史进程中的大分裂、分治局面。以之观照唐朝，“安史之乱”就是从军阀割据催生的。好不容易至中唐稍微安生一点，821 年至 822 年河北三镇又重陷入军阀割据，那就是第七句所特指的“今”。所以，在“故垒”环境怀古，他担忧的是大唐王朝将重蹈覆辙。事实证明了他这不是杞人忧天，此诗八十三年后，大唐王朝果真就那样滑向灭亡了，然后就是五代十国。

王濬“下益州”，实为下巴渝。西晋武帝泰始元年(265 年)，时年五十九岁的王濬出任巴郡太守，面对民生凋残的惨状，一方面严禁弃婴溺婴，由官府拨米斛养婴儿及其乳母，使数千男婴得以存活，一方面轻徭薄赋，恢复生产，数年间即使巴郡安定发展。泰始八年(272 年)王濬升任为益州刺史，加龙骧将军，仍然在巴渝地区修舟舰，练水军，谋伐吴大计。正因此，咸宁五年(279 年)十一月，时年七十三岁的王濬能率七万水陆大军从巴郡东下，顺长江灭吴。先前蒙他救活的男婴多已成丁，从军打仗，加入了他的先头部队，随他一起建立殊勋。

毫无疑问，王濬是中华历史上终结分裂、重建统一的一位大英雄，刘禹锡的诗穿越时空记住了他、歌颂了他。但是，在今之重庆历史名人馆陈列的一百位外籍历史名人里，尽管多数列名者的历史功业不能与他相提并论，却没有他的位置。如此遗忘大不应该，理当改变。

三十四

竹枝词妙曼峡江

民歌竹枝词起源于三峡地区，始盛于齐梁时期，作为长江上游民歌的代表体式，与长江中游的西曲和长江下游的吴歌一起，成就了南朝民歌的鲜活。然而，西曲和吴歌都有当时文人记录下来，得以流传其本初风貌，唯有竹枝词缺乏文献记载。直到中唐，顾况、白居易等骚人墨客仿作竹枝词，特别是刘禹锡在创作上和理念上都鼎力激扬，催生出来文人竹枝词，中华诗歌史上的这一旷世奇葩才能光彩不灭。

在清康熙年间编纂的《全唐诗》中，收录了二十九首唐人竹枝词，当然远非全部。如元稹的竹枝词命运一般，多数唐人的竹枝词都已湮没失传了，委实可惜。唯其如此，这二十九首竹枝词就格外珍贵。从内容上看，它们基本上是在三峡写的，或为三峡而写。以之为据不难判定，三峡地区不但是竹枝词的起源地，而且是唐代竹枝词的创作中心和传播中心。竹枝词与略早于它的"巫山高"诗题诗式双美齐耀，共同构建了巴渝儿女对中华诗歌史——乃至中华文学史、中华文化史的最大精神文明贡献。正因此，2007 年我写《重庆赋》，特拟了"'巫山高'唱响铙歌，竹枝词妙曼峡江"两句。

唐人竹枝词在题旨上有一个特点，那就是半数以上切入儿女情爱，要不然也会涉及风土民情。白居易和刘禹锡的作品已然多有反映。

比他俩年长四岁的李涉作过《竹枝词五首》，这一特点也相当突出。如其二："巫峡云开神女祠，绿潭红树影参差。下牢戍口初相问，无义滩头剩别离。"下牢关在今湖北宜昌西，无义滩在今宜昌黄牛庙山下，都在巫峡以下的地带。丈夫或经商，或从军去那里了，独守空门的妻子为其生命安全担忧，别离的愁绪难以排遣，缠绵悱恻的万千情愫全付与了一个"剩"字。如其四："十二峰头月欲低，空聆滩上子规啼。孤舟一夜东归客，泣向东风忆建溪。"这又换成了女子对情人的思念。子规鸟即杜鹃鸟，啼声悲切，借喻女子自身的多情系念。建溪远在今福建北部，与三峡同样多有险滩，谁知情人此去后能否再见，哀怨尽在"啼"声中。

文人竹枝词常有别于民歌惯式，咏儿女情长并非总是拘于其间，还有逞意寄怀，借古讽今。白居易的"蛮儿巴女齐声唱，愁杀江楼病使君"，刘禹锡的"长恨人心不如水，等闲平地起波澜"是如此，李涉的竹枝词里也有表现。如其三："石壁千重树万重，白云斜掩碧芙蓉。昭君溪上年年月，偏照婵娟色最浓。"表层的意境，自然是在用山水秀色映照昭君美色，但深层的寄托，分明是在惋叹自古红颜薄命，担忧今之三峡美女难免会步昭君后尘。如其五（又被归于许浑，题《楚宫怨》）："十二山晴花尽开，楚宫双阙对阳台。细腰争舞君沉醉，白日秦兵天下来。"第二、三、四句，次第用了《高唐赋序》阳台云雨，《墨子·兼爱中》楚王好细腰宫中多饿死，《史记·秦本纪》公元前278年秦将白起率军攻破楚国郢都（今湖北江陵）等三个典故，组合式讽喻本朝现实危机，主题指向一目了然。

从文体的角度看，李涉所作一如白居易和刘禹锡所作，都是七言四句，押平声韵。其间的细微差别在于，白居易所作与顾况所作颇为近似，还像七言拗体绝句，刘禹锡所作就相对自由，句内的音顿平仄几乎无从规循，较接近民歌本色，李涉所作则介乎其间。略比较便折射出，文人竹枝词始自中唐，即出于民歌又超乎民歌，既依傍雅诗绝句又突破雅诗绝句，在多样性的审美追求中有所创新，因而能衍生成为一种独立的诗式。

竹枝词也有七言二句体的。年岁晚于他们的皇甫松所作《竹枝六首》，即为七言二句典型。如其一："槟榔花发（竹枝）鹧鸪啼（女儿），雄飞烟瘴

（竹枝）雌亦飞（女儿）。”两句诗内容连贯，描述出一种自然景象，虽清新明快，却并不足为奇。奇的是，将前四后三所用衬词也标出来，衬词“竹枝”的“枝”和“女儿”的“儿”押平声“支”韵，实为竹枝词通例。如果用于歌、舞、乐一体演唱，“竹枝”和“女儿”就是伴唱和声用语。近人任半塘《竹枝考》解释说：“此因当时民歌之声而作，非对古乐府文字之拟作。”足见保留了民歌韵致。第一首至第五首句尾都押平声韵，唯第六首“山头桃花（竹枝）谷底杏（女儿），两花窈窕（竹枝）遥相映（女儿）”，上句尾字“杏”和下句尾字“映”押的是去声“敬”韵，开了仄声韵先河。

唐以后，竹枝词历经宋、元、明、清，不仅遍及国内除西藏以外的各个地区，在汉族和一些少数民族间通行，而且传到了亚、欧、美、澳的华人世界。题材内容和形式风格也超越唐、宋范式，更具多元性和更加多样化。1997年出版的《中华竹枝词》一书，辑录了唐至民国初年的两万一千多首竹枝词，接近《全唐诗》总量之半。规模和影响如斯之巨，却迄今未能如西曲、吴歌那样列入国家级非物质文化遗产项目，实在令人莫名其妙。

三十五

《巫山高》焕发风采

中唐以降的三峡地区，不仅文人竹枝词蔚然兴盛，标新立异，而且兴于齐梁、振于隋唐的传统诗题《巫山高》，内容和形式两个层面皆有生机，焕发出了新的风采。从皇甫冉、戴叔伦、卢象、孟郊、李贺到罗隐，无论是否在三峡上下留下履迹，都以《巫山高》为题留下了个性华章。

皇甫冉作的《巫山高》写道："巫峡见巴东，迢迢出半空。云藏神女馆，雨到楚王宫。朝暮泉声落，寒暄树色同。清猿不可听，偏在九秋中。"首联由峡及山，凸显山的高峻。颔联化用典故，描绘峡的幽深。颈联进一步挑出泉声、树色两个特点，渲染四时变幻的峡间胜景。尾联收结到猿啼凄清上，由景入情，声情并茂。神女、楚王和朝暮、清猿，固然都是传统《巫山高》的不二素材，但都融入了极富质感的峡江声色，又都是新的气象，新的格调，丝毫没有因袭之弊。而且此诗改用为五律，起承转合都语词婉转，意象明朗，流畅自如，浑然天成，更突破了本初樊篱。传说刘禹锡过巫山时，见有千余首题诗，特挑出这一首及他人的另外三首称作翘楚。明代胡应麟《诗薮》评论那四首诗，认为"当以皇甫冉为最"。

戴叔伦三十二岁时，曾在时任吏部尚书兼盐铁转运使刘晏幕中任秘书正字，押解钱粮过云安，曾从三峡经过。他的《巫山高》是一首歌行："巫山峨峨高插天，危峰十二凌紫烟。瞿塘嘈嘈急如弦，洄流势逆将覆船。云梯岂可进，百丈那能牵，陆行巉岩水不前。洒泪向流水，泪归东海边。含愁对明月，明月空自圆。故乡回首思绵绵，侧身天地心茫然。"前四句写眼中景，山突出高和危，水张扬急和险，一气呵成了七言四句。后九句抒胸中情，情尽从景出，景亦共情迁，交错使用五言句和七言句，急促铿锵，不避直白，甚至用了俗语"那能"。从结尾的两句看，很可能同他那次在押解公干过程当中，曾在云安遇劫相关。

比戴叔伦小九岁的卢象，曾被贬官为果州（今四川南充）长史，也有机会从三峡经过。他的《巫山高》又题为《峡中作》："高唐几百里，树色接阳台。晚见江山霁，宵闻风雨来。云从三峡起，天向数峰开。灵境信难见，轻舟那可回？"论情真意切，论情景浑融，都与戴叔伦所作不在同一级次上。但变五古为五律，整首诗确也写得文辞清丽，开阖自然，殊非村学究强讲工对所可以比拟。首联用"树色接阳台"以状巫山之高，并且暗用典，以与尾联的"灵境信难见"前后相呼应，结构相当巧。

孟郊与贾岛齐名，都以"苦吟"著称，世有"郊寒岛瘦"的说法。他的《巫山高》又题为《巫山曲》，是一首七古："巴江上峡重复重，阳台碧峭十二峰。荆王猎时逢暮雨，夜卧高丘梦神女。轻红流烟湿艳姿，行云飞去明星稀。目极魂断望不见，猿啼三声泪滴衣。"内容基本属传统老套，但在形式上追求瘦硬奇险，的确堪称历历可见。一是平仄平，一诗三换韵。二是盘空作硬语，如"碧峭"，如"泪滴衣"，尤其如五六两句峭拔警奇，力图造成出人意表的物象刻画。三是真有"目极魂断"的意境呈现，足见下足了苦吟功夫。与前三人相较，他是别具一格。

李贺比孟郊小三十九岁，他作诗的呕心沥血更为著名。其《巫山高》也属七古："碧丛丛，高插天，大江翻澜神曳烟。楚魂寻梦风飔然，晓风飞雨生苔钱。瑶姬一去一千年，丁香筇竹啼老猿。古祠近月蟾桂寒，椒花坠红湿云间。"与孟郊所作之诗小同而大异。小同在于，用语造境都尚警奇，道人之所不能道，状人之所不能状。大异在于，用"神曳烟"比喻江水翻腾，江雾缭绕，仿佛神女的裙裾在风烟当中摆动，充盈如同《楚辞》的浪漫主义的想象，由"楚魂""瑶姬""古祠"领起的三重描写，同样是《楚辞》般的植物喻人，浪漫主义情致十分浓艳精绝，似屈原之后独李贺一人。与之相匹配，每句都押韵，也是汉末曹丕以后极罕见的。

罗隐在李贺身后才出身，为晚唐人。其《巫山高》有十二句："下压重泉上千仞，香云结梦西风紧。纵有精灵得往来，狖轭䡈轩亦颠陨。岚光双双雷隐隐，愁为衣裳恨为鬓。暮洒朝行何所之，江边日月情无尽。珠零冷露丹堕枫，细腰长脸愁满宫。人生对面犹异同，况在千岩万壑中。"前八句用仄声韵，借鉴屈原《九歌·山鬼》的浪漫手法，描绘出神女灵异的活动。后四句转平声韵，质疑楚怀王爱恋神女，显示出了批判精神。

五位中唐诗人，一位晚唐诗人，各写出一首独显个性、独具特色的《巫山高》来，标志着《巫山高》这一系同题诗，与时俱进地有了创造性发展。它们一起焕发出新的风采，除了给中华诗山增添光彩而外，还可以启示后人，题材只是创作的引子，能不能出新出彩，关键还在于具体的审美创新。

三十六

“忠州四贤”万古流芳

白居易任忠州刺史，尽管实际在任时间不过一年多一点，但因为真做到了为政以德，造福一方，嘉惠后人，所以历千余年一直备受景仰。诗歌作为民心晴雨表，自中唐伊始，便持续地琴音绵邈。

晚年白居易仕途大顺，官至从二品的太子少傅，因而后世人称白傅或者白太傅，中唐诗人皮日休即以《白太傅·居易》为题，写过一首二十八句五言诗，盛赞他“逸才生自然”“乃是经纶贤”。对于他的“经纶贤”，诗中一再地点赞“立身百行足，为文六艺全”“清望逸内署，直声惊谏垣”，甚而颂为“所刺必有思，所临必可传”。若拿他的忠州政绩和政声加以验证，这样的美辞决非虚妄。

值得注意的是，在当年忠州，白居易并非唯一时贤。在他以前二十多年间，刘晏、陆贽和李吉甫三位宰相级贤良官员，已曾先后任职忠州，并且留下德政懿行。其中的陆贽，后人尊为中国历史上的十大名相之一，刘晏和李吉甫也是中唐的名相。北宋绍圣四年（1097 年），知州王辟之将他们和白居易合称“四贤”，在州城内建四贤阁，皆有像设。如斯独特的人文盛况，不仅今之重庆境内各个区县独此一家，而且放诸全国也闻所或闻。

王辟之曾请黄庭坚撰写《四贤阁记》又题为《忠州复古记》。黄庭坚指出，“以四公俱贤，图像为四贤阁”，盖“思欲追配古人，可谓乐善矣”。明人江朝宗续作《四贤祠记》，也特意强调：“夫景行先哲，君子之心也。四贤之迹，虽曰不同，观其立心行事，在当时者，可考见也。”所以“州之人士，景仰而矜式之”。四贤阁于明季毁圮后，天启六年至崇祯四年(1626—1631年)任忠州知州的马易从又创修白公祠，以传承“好德之在人心，犹江河之在地也”。与他们的心意相呼应，从两宋至于明清，诗人咏赞从未中断。

北宋时，张镃的《读乐天诗》写道：“诗到香山老，方无斧凿痕。目前能转物，笔下尽逢源。学博才兼裕，心平气自温。随人称白俗，真是小儿言。”对乐天诗通俗易懂倍加赞赏。汪元量的《忠州荔枝楼小憩》诗以“竟日扬鞭不暂闲，畏途叠叠是青山”破题，则着意钦佩白居易的执着有为。至南宋，陆游在其《雨中游东坡》诗里咏叹“更恐他年有遗恨，晓来冲雨上东坡”，尤其抒发了矜式效法前贤之情。

明代的熊化和谢士章，都以《白公祠》为题写过七律。前者后四句为：“唱竹漫寻携酒处，折梅聊寄嗅花情。频年征调凋残地，极目高台烟雾尘。”语句依稀表露出，作者身处明季的乱世，太期盼能过上昔日白居易治理忠州的舒心好日子。后者的颔联直书“老为刺史怜同调，僭拟诗人笑我痴”，承接首联“二月南迁正解帷，白公祠下且倾卮”，踵武白居易以图有作为的志趣表达尤为明白。尾联所唱出的“到来学得忘忧累，醉听巴童唱竹枝”，进一步宣示，他有怎样的现实憧憬。明季与宋末多有相似之处，因而谢士章的这首诗，颇与陆游的《雨中游东坡》情调相仿佛。

清人张问陶的《忠州即事七绝二首》，径直将陆贽遗址与白居易遗址连接到一起。其一谓：“西涧东坡尚俨然，看花曾及暮春前。屏风山外今宵月，照我重来又七年。”前两句写白居易昔年种柳种花处，追怀白傅至为明显。后两句里的屏风山，通称翠屏山，在忠县江南岸，迄今仍然有陆宣公墓，因而追怀对象已改为了陆贽。其二谓：“尚书墓下青山好，太傅祠前碧玉流。长庆贞元人去后，一官谁称古忠州?”尚书墓即陆贽墓，碧玉代指鸣玉溪(解为长江亦通)，都属于标志性的历史遗址。其间植入了青山常在、碧水长流的文化意蕴，借喻陆贽和白居易英名长驻，英风长存，比表层含义更蕴藉深厚。然后再今昔对照，借古伤今，痛陈自陆贽、白居易等四贤去后，忠州的官吏再也没有人为政之德能够与他们相称，古今浩叹如闻其声，如显其神。

清人熊学壎《春日访四贤阁遗址》一诗也写道："东坡东涧绿成荫，圣哲祠堂何处寻？名宦几人曾肖像，迁流此地有同心。冰霜自足师吾辈，风雅无能嗣好音。隔岸屏山青未了，巍然陆墓柏森森。"整首诗的遣词造句，多有模仿甚或套用杜甫名诗《蜀相》的前四句，即"丞相祠堂何处寻，锦官城外柏森森。映阶碧草自春色，隔叶黄鹂空好音"的痕迹。但从命意看，颇与张问陶上述绝句之二相近，仍然是堪称有感而发的。

类似的诗历代纷出，应世达旨，合起来就反映了一条关乎立心行事的为官要旨，那就是"忠州四贤"共具的"贤"，说到底即在真心实意爱民为民，真行实作惠民利民，言行一致地笃守和践行"忠"的本义，因而能够万古流芳。这是一份异常珍贵的、不会过时的政治文化遗产，今之忠县人，今之重庆人，都该比前人更加珍惜。

三十七

说不清的“巴山夜雨”

“君问归期未有期，巴山夜雨涨秋池。何当共剪西窗烛，却话巴山夜雨时。”这首题作《夜雨寄北》的抒情短章，历来脍炙人口，为李商隐代表作之一。

品读这首诗一点不困难。前两句拟设问答，向远在长安的友人表达出了深切的思念，并以独具特色的环境描写，向友人倾吐出了自己客居巴蜀的孤寂情怀。后两句紧扣“巴山夜雨”，不避复沓，另辟新境，展望他日与友人重聚时，此景此情必定会成为剪烛夜谈的佳话题材。语固浅而意实深，含蓄曲折却不失清新流畅，将文人雅诗的细腻婉转与民间歌谣的朴素隽永熔合于一体，迥异于他另外一些“用典太多”的晦涩诗作。

然而，品读本诗不困难，并不等于确解诗中的“巴山夜雨”同样不困难。李商隐身后一千一百多年，历朝历代注家蜂起，对于“巴山夜雨”的原发地究竟在哪里，迄今仍然是歧见并存，未能厘定。仅当今重庆即有两说，一说在佛图关，另一说在缙云山。在重庆以外，普遍认为在晚唐的剑南东川节度使辖区之内，即今之川北、川东主体地区，但也分为广狭两说。广指说宣称，巴山泛指东川一带的山；狭指说则认定，巴山在剑南东川节度使治所梓州(今四川三台)及其附近。具体在何处,都说不清楚。

其所以长期歧见并存,盖因为受制于两个方面的原因。一为直接原因,即李商隐本人并没有留言他在何时何地写出《夜雨寄北》,现存的文献资料也不足以考定“巴山”。二为间接原因,即从历史地理层级看,“巴山”概念的确存在着一定的模糊性,它既可以专指大巴山,又可以泛指秦汉巴郡所辖地域内所有的山。正因此,设若文献资料缺乏足够的依据,那么古人诗文当中提及的巴山,就有可能永久找不到定解。

类似于此的,还有李商隐的五绝《巴江柳》:“巴江可惜柳,柳色绿侵江。好向金銮殿,移阴入绮窗。”前两句形容巴江柳的浓荫密布,直将柳色的绿侵染了巴江的绿,恍若可见浑然一片。后两句借柳拟人,寄寓着一派胜似柳色的殷切希望,企盼能如“移阴入绮窗”那样地才获所用。多数注家指称,其间的“巴江”当在梓州及其附近,当今重庆也有人将其归为渝州,孰是孰非,亦难遽定。

不只是巴山、巴江如此,而是广及于古诗文所涉的巴水、巴峡,都有这个难解话题。既注定难解,除了按实学传统专事研究之外,一般人大可不必强作解读,硬执一说。据此理念回头看“巴山夜雨”,尽可以继续称原发于佛图关或者缙云山,却不宜把别的解读一概认作无稽之谈。

考察一下李商隐的生平行状,会有助于增益理性。唐宣宗大中五年(851 年)夏,其妻王氏卒,他年届三十九岁。当年七月,柳仲郢任剑南东川节度使,辟他为节度书记,十月升任节度判官,人在梓州。同年冬,差赴西川推狱,他到了成都,第二年春始返梓州。第二年四月,杜悰由西川迁任淮南,李商隐奉柳仲郢命往渝州界首迎送,旋即返梓。从大中六年(852 年)到大中九年(855 年),李商隐一直在梓州柳仲郢幕府中代掌书记,度过了他从四十岁到四十三岁的幕僚岁月,离梓州返长安距其四十六岁辞世仅三年而已。所以他写《夜雨寄北》,最大可能是在梓州幕府期间。

尽管如此,在梓州幕府以前,李商隐还是作过两首关乎巴渝的诗。那是在大中元年(847 年),时年三十五岁的李商隐应桂管观察使郑亚之辟为掌书记,五月随郑亚到任。当年冬,奉郑亚之命至南郑(今湖北江陵),到次年正月方返桂州(今属广西)。南郑地近三峡,他可能趁机游览过三峡,因而留下了《过楚宫》和《有感》两首七绝。

《过楚宫》写道:“巫峡迢迢旧楚宫。至今云雨暗丹枫。微生尽恋人间乐,只有襄王忆梦中。”前两句主要实写游览所见,“暗丹枫”为冬季的巫峡景色,与他冬天去南郑时令吻合。而“至今云雨”寥寥四字,即已嵌入了历史兴废之感,引出后两句的人生得失感叹。“微生”概指包括他个人在内的社会弱势群体的卑贱命运,“尽恋人间乐”意谓只要能有一点人生乐趣就可以满足,反倒是楚襄王那种权贵者的荒淫佚乐注定幻为一场梦,两极对比中透着批判。

《有感》写道:“非关宋玉有微辞,却是襄王梦觉迟。一自高唐赋成后,楚天云雨尽堪疑。”这一首诗可以视为前一首诗的姐妹篇。相同的是,批判的矛头直指楚襄王,同时也讽喻了历朝历代谬种流传的权贵者们。不同的是,进一步借宋玉的《高唐赋》以托古自喻,从而曲折地表明,他本人借男女之情而创作的诗,同样是寄托讽喻的。凭这两首诗,李商隐的清名十足可与巴渝诗歌史连在一起。

三十八

最先出夔门的巴渝籍诗人

果真如《华阳国志·巴志》所说，从上古至中古，巴渝本土的历代住民虽然“质直好义，土风敦厚”，却“失在于重迟鲁钝，俗素朴，无造次辨丽之气”。这体现在诗歌领域，《巫山高》和竹枝词都多亏了外籍人来开掘扬厉，文人雅诗更长期未见本籍人的身影。这一窘况，直至晚唐才有所改变，因为夔州云安（今重庆云阳）出现了一个李远。

李远字求古，一作承古，生卒年不详。唐文宗大和五年（831 年）登进士第，历任杭州、忠州、建州、江州刺史均有政绩，累官至御史中丞。诗文皆工，尤擅作赋，曾与杜牧、许浑、李商隐、温庭筠交游，与许浑齐名，时誉称“浑诗远赋”。《唐才子传》品其“夸迈流俗，为诗多逸气，五彩成文”，可惜诗多已散佚，《全唐诗》中仅存三十五首。尽管如此，也不愧为最先出夔门的巴渝籍诗人。

李远是关注现实生活的，但与多数诗人一样，切入点常在个人性的日常居处和友朋交往。如五律《闲居》：“尘事久相弃，沉浮皆不知。牛羊归古巷，燕雀绕疏篱。买药经年晒，留僧尽日棋。唯忧钓鱼伴，秋水隔波时。”折射出人在官场，却对晚唐官场的腐败庸俗心生厌弃，宁肯看淡个人沉浮，尽可能求得恬淡自适的离尘生活。如五律《送人入蜀》:“蜀客本多愁,君今是胜游。碧藏云外树,红露驿边楼。杜宇呼名语,巴江学字流。不知烟雨夜,何处梦刀州?”清丽的语词,工稳的骈对,将对入蜀友人的宽慰之情渲染得淋漓尽致。即便如此也终不掩愁,晚唐的蜀地是非环伺,并不像自然景象那样地美妙宜人,结尾两句藏着他的内心忧虑。

对晚唐的政治生态,李远的关切多通过怀古忆昔表现出来。如七律《吴越怀古》:“吴越千年奈怨何,两宫清吹作樵歌。姑苏一败云无色,范蠡长游水自波。霞拂故城疑转旆,月依荒树想嚬蛾。行人欲问西施馆,江鸟寒飞碧草多。”前四句追怀吴王夫差、越臣范蠡,对他俩的史事同一和结局迥殊片言尽释,洞若观火。后四句直面遗踪荒凉,感慨横生,只一个西施馆迹无存,便笼括了任何个人无法左右的千古兴亡,以吴越之古讽唐代之今不言自明。如七律《过马嵬山》:“金甲云旗尽日回,仓皇罗袖满尘埃。浓香犹自飘銮辂,恨魄无因离马嵬。南内宫人悲帐殿,东溟方士问蓬莱。唯余坡上弯环月,时送残蛾入帝台。”所忆的昔成为过往尚不足百年,可是,晚唐顶层统治者从中汲取教训了吗?他的讽喻指向尽在不言当中。其大胆影射当朝,反映出性格疏狂。

李远选择的题材具有多样性,表现手法尤其能不拘一格。如七律《赠写御容李长史》:“玉座尘消砚水清,龙髯不动彩毫轻。初分隆准山河秀,乍点重瞳日月明。宫女卷帘皆暗认,侍臣开殿尽遥惊。三朝供奉无人敌,始觉僧繇浪得名。”整首诗描写宫廷画师李长史为当朝皇帝“写御容”,亦即画标准像。首联写如何备墨动笔,颔联写如何描鼻点睛,直写过程,突出重点。颈联转换到侧面映衬,从而烘托出画像环境如何肃穆,如何庄严。尾联才用典,极力夸赞李长史画艺高超,冠绝古今。以宣扬“传神写照,尽在阿堵中”驰名的东晋画家顾恺之,与曹不兴、陆探微、张僧繇合称“南朝四大家”,本诗说“始觉僧繇浪得名”,等于说李长史的画艺超过了“南朝四大家”。

五律《翦彩》另是一格。所谓“翦彩”是一种古代风俗,指的是每年正月初七,女儿们将金银箔或彩帛剪成人像或者花鸟图形,要么插在发髻上,要么贴在鬓角上,也可以贴于窗户、门屏,或者挂在树枝上,充作装饰,以求吉祥。李远写道:“翦彩赠相亲,银钗缀凤真。双双衔绶鸟,两两度桥人。叶逐金刀出,花随玉指新。愿君千万岁,无岁不逢春。”前六句恍若清溪流动,每两句一层诗意，逐流递进般地写出了某一个女子翦彩的动机、剪出的图形和手法的灵巧，最后两句再归结到对“相亲”人儿的美好祝愿上。整首诗写得十分清新流丽，温馨可人，富含美感和情韵。

最别致的诗当数《咏壁鱼》：“鳞细粉光鲜，开书乱眼前。透窗疑漏网，落砚似流泉。潜穴河图内，吞钩乙字边。莫言鬐鬣小，食尽白苹篇。”所谓“壁鱼”，又叫衣鱼、蠹鱼、白鱼、蟫鱼、蛃鱼，是一种身体呈银灰色，灵巧、怕光、无翅的小昆虫，常见于书籍、箱笼、字画乃至衣服中，对书籍、字画有所损害。李远自是爱书的人，从藏书中发现了大量壁鱼，本该气恼。但他却像对待顽劣的小宠物那样，只将它们抖掉便罢了，并没有除之而后快。并且还为此专写一首咏物小诗，其宅心仁厚，可见一斑。

李远算不上出乎其类，拔乎其萃，但的确相当优秀。巴渝籍诗人从他开始走向全国，起步固然偏晚，却也称得上不俗不凡。

三十九

行到巫山必有诗

曾经有一个暖心的传说，说的是白居易由江州司马迁任忠州刺史的消息传到巫山时，秭归籍的巫山隐士繁知一有过一次个人行动。他推测，白居易过巫山，必定会去拜谒巫山神女庙。于是他提前将庙内墙壁粉刷一新，并在粉壁上题写了一首《书巫山神女祠》："忠州刺史今才子，行到巫山必有诗。为报高唐神女道，速排云雨候清词。"前两句直叙推测，不足奇，奇的是后两句还公然宣称，要报告神女，敦请神女兴云布雨，装点丽景，以待白居易触景生情而留下好诗。

尽管白居易并未如其所愿，但繁知一当年那样信心爆棚，断言"行到巫山必有诗"，确乎是一条契合事实的经验性表述。即便不远溯到屈原的《九歌·山鬼》，只用齐梁至中唐的历朝历代《巫山高》诗以验证，其言也绝非虚诳的炫耀。如果不拘于专有诗题，不限于特定巫山，而是扩展到大巫山地区，那么无论在白居易的生前或身后，诗人行到，甚或意到即会有诗，就更其是一个常态。仅从晚唐诗歌看，好例便层出不穷。

温庭筠是"花间派"的鼻祖，诗与李商隐齐名，时称"温李"。其《巫山神女庙》一诗写道："黯黯闭宫殿，霏霏荫薜萝。晓峰眉上色，春水脸前波。古树芳菲尽，扁舟离恨多。一丛斑竹夜，环佩响如何。”首联写眼前实景，两个双声叠韵词寓色寓形，立即注入了诗人自己的离愁别恨。颔联拓开想象神女的神态，用清晨的山峰比喻眉头的黛色，用春时的水波比喻脸上的神情，超乎寻常地生动别致。颈联再收转到个人情怀，用衰枯的古树暗喻自己潦倒不得志，用飘零的小船暗喻自己的离恨无处倾诉，哀凄婉转尤见缠绵。尾联照应首联，将庙前斑竹风吹响动，想象成神女的环佩窸窣声，将离愁别恨渲染到了极致，言有尽而意无穷。

传为韦庄作的《谒巫山庙》（或归为薛涛诗，题作《谒巫山庙》）也属于婉约一派，但寄寓的却是吊古伤今的兴亡之概。起始两句“乱猿啼处访高唐，路入烟霞草木香”写景破题，切入吊古。中间四句由之展开：“山色未能忘宋玉，水声犹似哭襄王。朝朝暮暮阳台下，为雨为云楚国亡。”用的典人所熟知，好在将山色水声、朝云暮雨全系向了家国兴亡，为后两句“惆怅庙前无限柳，春来空斗画眉长”的托古伤今做够了铺垫。古代女子通常用黛色画眉，诗人常以柳叶比作眉，自然界的画眉鸟又时常在柳间嬉戏，因而结尾人鸟合一，意味深长。

齐己是一位诗僧，尝住江陵龙兴寺，自号“衡岳沙门”。他的《送周秀游峡》诗写道：“又向夔城去，知难动旅魂。自非亡国客，何虑断肠猿？滟滪分高仞，瞿塘露浅痕。明年期此约，平稳到荆门。”佛门中人与红尘中人颇不一样，真的能够斩却不少烦恼丝，对人生世态看得比较开。他不是行到三峡，而是意到三峡，送他的凡俗友人周秀才溯江上行去游览三峡，预祝友人往返顺利。与众不同之处在于三四两句，叮嘱友人明白“自非亡国客”，尽可以忘情物外，畅怀游览，决不要担心会像诸多前人那样闻猿啼之声而愁肠寸断。五六两句涉笔滟滪堆和瞿塘峡，也不言其险其峻，而是视若稀松平常，那意思仍在示友莫担心。末尾两句预约再会，“平稳”二字顺势而出。

“平稳到荆门”，明显指下峡。郑谷所作《下峡》诗，面对同样的生态环境，发出的感慨即见大不同。前两句“忆子啼猿绕树哀，雨随孤棹过阳台”，勾画的是风雨猿声当中的下峡情景，“啼”字“孤”字都系于“哀”。“忆子”二字则隐含一个传说，即三峡猿猴因为失去孩子而日夜悲啼，连肠子哭断了都依旧在悲啼，借以喻人生失意，闻之倍哀。后两句“波头未白人头白，瞥见春风滟滪堆”，用的是倒装句法，极力形容只瞬间瞥过了滟滪堆一眼，便如经历了九死一生，水波还没有变白，人头却已愁白了。人生险恶，其义自见。

崔涂为今浙江人，唐僖宗光启四年（888年）进士，曾经游历过湘、鄂、巴、蜀，其诗多写羁旅离愁，调子相当低沉。七绝《巫山旅别》写道："五千里外三年客，十二峰前一望秋。无限别魂招不得，夕阳西下水东流。"他是在巫山十二峰前，眼望秋色，回顾既往三年的浪游历程。满眼秋高气爽，本该心旷神怡，但他却长年漂流在异地他乡，所以满怀无可奈何之情。

撇开几位晚唐诗人各具个性的诗美取向，联系此前诸多行到、意到巫山而产生的诗，不难看出"巫山诗"自有理由成为一个相对独立的诗学概念，从而支撑"中华诗山"。它与支撑"中华诗城"的"夔州诗"之间有一条天生纽带，那就是瞿塘峡，写瞿塘峡的诗向两边都可以靠，但两边却不可以互相替代。"巫山诗"和"夔州诗"都能汇入巴楚共有共享的更大的诗学概念"三峡诗"中，但大概念并不排斥小概念，今之重庆人梳理"巫山诗"不妨理直气壮。

四十

念及黔中亦有诗

本篇的标题，明显是套用上篇的标题杜撰出来的。好在这并不是生搬硬套，强作比附，而是对照中晚唐年间黔中地区的相关实况，不难发现有诗作证。

从初唐开始，僻远蛮荒的黔中地区便有一项特殊任务，那就是流放安置遭贬的官场人物。其中最为著名的代表，莫过于唐太宗李世民的太子李承乾，以及他的妻兄、大唐开国功臣长孙无忌。这样的事情，延及宋代仍没有止息。只不过，自盛唐以至中唐、晚唐，具体情况也有变化，到黔中的官员不全都是因贬谪而来。天宝元年（742 年）建置黔中郡，设立都督府，不仅为着要治理、开发黔州，而且还着意于要治理、开发今属贵州省的若干羁縻州，实质上是要扩大皇权有效统治的触须范围。那以后，不管本人乐意不乐意，就总有一些官员会被派往黔中地区去任职，任期届满能否调离殊难逆料。于是乎，本非贬谪也难免会有遭贬之感，即或不自视遭贬，亦不得不面对当时当地客观存在的恶劣条件。为官者本人如何对待，人不在黔中的朋友们如何宽慰他们，注定都要系于心念，并注定成为诗歌主题之一。

唐宪宗元和三年（808 年）八月，窦群出任黔中刺史，继后又升任黔中观察使，他的心态多见于其《黔中书怀》诗："万事非京国，千山拥丽谯。佩刀看日晒，赐马傍江调。言语多重译，壶觞每独谣。沿流如著翅，不敢问归桡。"起句"万事非京国"，明白无误地表达出了他的心知肚明，在黔中莫想再过京城的舒坦日子。次句的"丽谯"，本指壮丽的高楼，那要"京国"才有，而在黔中却变成了"千山"，强烈的反差映衬出了心境的落寞。"日晒""江调"两句，点出了生存常态。五六句再特别写族群杂居，言语不通，平时需要辗转翻译，连喝闷酒也只有哼唱旁人未必能懂的本语歌谣，落寞之怀又添孤寂。结尾两句更显得凄凉，江流水急乘船虽快，却连何日是归期也无从问。如此"书怀"，出自一个从三品官员，不能不令人感慨"夫复何言"。

李频为晚唐诗人，《全唐诗》存诗二百零八首，历代诗评有"清新警拔""清逸精深"之称。但他生平不尽详，从其《黔中酬同院韦判官》诗看，也曾经在黔中做官。诗的开头两句写道："平生同所为，相遇偶然迟。"分明交代出他与韦判官是在黔中才认识的，志趣相同，所以结交。三四两句"各著青袍后，无归白社期"表明，他俩都是下级官员（唐制八、九品官服青）；"白社"为隐士所居茅屋，连意欲归隐也身不由己，足见他俩还同病相怜。接下来，五六两句写"江流来绝域，府地管诸夷"，表层意思在诉说职事特征，深层意涵却是只能等因奉此，顺势而为。全诗结在"圣代都无事，从公且赋诗"两句上，流露出难有作为，枉耗生命之感，语词的清逸掩藏不住意念的警拔。

李嘉佑的《送上官侍御赴黔中》诗谓："莫向黔中路，令人到欲迷。水声巫峡里，山色夜郎西。树隔朝云合，猿窥晓月啼。南方饶翠羽，知尔饮清溪。"据两《唐书》本传说，他为人豪健恃才，倜傥不羁，在这首诗里以"尔"称上官侍御，真可以略见一斑。作为送行诗，立意之一反俗套，既不表示依依惜别，又不表现眷眷致意，却偏是说"莫向黔中路，令人到欲迷"，历数去黔中路上以及到达以后将见到的诸多奇异山水物象，更显出豪放任性。然而细品一品，劝勉友人莫视黔中为畏途，旷达以待之的一片至情，委实激荡于字里行间。

与之相接近的许棠诗《寄黔南李校书》谓："从戎巫峡外，吟兴更应多。郡响蛮江涨，山昏蜀雨过。公筵饶越味，俗土尚巴歌。中夜怀吴梦，知经滟滪波。"格调也是旷达的。所不同的是，许诗于山水物象之外，还引入了"俗土""巴歌"，并将这一切联系到"吴梦"，因而无异于寄托着勉励李校书"直把他乡作故乡”的殷切心意。

另两位晚唐诗人可就颇不一样了。一为顾况之子顾非熊，他素来以“性滑稽，好凌轹”著称，其《送皇甫司录赴黔南幕》写道：“黔南从事客，禄利向来饶。官受外台屈，家移一舸遥。夜猿声不断，寒木叶微凋。远别因多感，新郎倍寂寥。”在一个耻言利的传统文化语境当中，他公然明告友人，黔南的“禄利”“向来”都比别处丰饶，足可补偿外放做官的个人委屈。二为自号“九华山人”的杜荀鹤，在其《送人尉黔中》（或归为周繇作）诗里也写道：“盘山行几驿，水路复通巴。峡涨三川雪，园开四季花。公庭飞白鸟，官俸请丹砂。知尉黔中后，高吟采物华。”也公然明告友人，黔中历来盛产丹砂，足以保证“官俸”。用金钱物质利益宽解友人，很出格，也很诚挚。

与同一时段的渝州、涪州、万州相比较，此类黔中诗明显多得多。这并不意味当时的黔中地区社会发展程度更高。设若以此反差做研究话题，可以理出的头绪必会远逾于诗。

四十一

有个词牌叫《巫山一段云》

在中华诗歌史上，诗、词、曲源同流异，唐诗、宋词、元曲相继衍生成三大里程碑。其中的词，前承诗，后启曲，于唐代中叶始制谱定调，依声填词，称为“曲词”或“曲子词”。由中、晚唐至于五代，流行的曲名已达三百多种，词学渐具规模。北宋时期名家辈出，金声玉振，臻于极盛。南渡后虽然宫调失传，但词作为诗歌的一大别体，仍然继续缘情缀采，登峰造极。

词与音乐分离前，是要合乐歌唱的，音律和字句都有一定的规定，于是催化出多种多样的词的格式。给词的格式定个名称，就叫做词牌。词牌多于不变中有变，亦即与某一正体相较，除上下阕基本构建守恒而外，还可以因句式、字数、叶韵等小变而产生一种乃至多种变体。正因此，在清代的《钦定词谱》中，就共计收入了两千三百零六个“体”，实即包含了几乎所有的正体和变体。

这其中，有一个词牌非常值得今重庆人多加注意，它的名称叫《巫山一段云》，又称作《巫山一片云》或《金鼎一溪云》。中华大地名山多矣，但包括五岳在内，都没有专门领有一个词牌的，仅此一点便不寻常。

唐代教坊里，原本有一曲名叫《巫山女》，内容是据宋玉的《高唐赋》和

《神女赋》，咏唱楚怀王与巫山神女的欢会故事的。但《巫山一段云》的取名固然与之同一渊源，其曲调却并非沿之而来，而是承续南朝旧曲已入燕乐者，经唐昭宗李晔依声填词创制的教坊新调。

李晔留存的创调之作，计有两首《巫山一段云》。其一写道："蝶舞梨园雪，莺啼柳带烟。小池残日艳阳天，苎萝山又山。/青鸟不来愁绝，忍看鸳鸯双结。春风一等少年心，闲情恨不禁。"其入题即挑明了，是为梨园歌舞而作的，内容纯为青年男女的伤春情愫，与巫山神女故事一点儿都不沾边。其二写道："缥缈云间质，盈盈波上身。袖罗斜举动埃尘，明艳不胜春。/翠鬓晚妆烟重，寂寂阳台一梦。冰眸莲脸见长新，巫峡更何人？"与第一首略做比较即能发现，上阕描画的那个女子，已从梨园当中转到云水之间，是一个想象出来的形象。下阕进而揭开，那个明艳女子便是巫山神女，从而在内容上切合了词牌固有的含义。

不过，讲创调，主要指的是词牌格式，而不是词牌的字面意思。第一首《巫山一段云·蝶舞梨园雪》双调四十六字，上阕四句三平韵，下阕四句两仄韵、两平韵，为正体。而第二首《巫山一段云·缥缈云间质》与这却是大同小异，同在也是双调四十六字，也是上阕四句三平韵，也是下阕四句两仄韵、两平韵，异在下阕后两句所押的两平韵"新""人"与上阕的平韵为同一韵，不像第一首下阕后两句所押的两平韵"心""禁"与上阕的平韵不一样，换了韵，因而属变体。

变体不止这一种，还有另一种，代表作为唐末五代人毛文锡所创作的《巫山一段云·雨霁巫山上》："雨霁巫山上，云轻映碧天。远风吹散又相连，十二晚峰前。/暗湿啼猿树，高笼过客船。朝朝暮暮楚江边，几度降神仙。"毛文锡是高阳（今属河北）人，入蜀后长期担任大臣，对巫山显然更有真情实感。他的这首词，完全摈弃了传统故事，着力描绘雨后傍晚的巫山碧云天的神奇画境，不仅命意不落俗套，而且格调高远，语词清健，置于历代巫山诗不遑多让。在格式上也有所创新，变成了双调四十四字，上、下阕各四句、三平韵，且通押一韵，换头两句还由六字句变成了五字句。

五代"花间派"代表之一的益州华阳（今属四川成都）人欧阳炯，也有一首《巫山一段云·春去秋来也》："春去秋来也，愁心似醉醺。去时邀约早回轮，及去又何曾？/歌扇花光黦，衣珠滴泪新。恨身翻不作车尘，万里得随君。”其人惯于写艳诗，这一首词倒也规避了艳俗，拟用一个女子的口吻，表达出了怨君、随君的离情，写得比较干净，情致也较婉转。而在词的格式上，他是用的第二种变体。

与欧阳炯大体同时的李珣，祖先本为波斯人，家居梓州（今四川三台），也用第二种变体创作过两首《巫山一段云》。其一为：“古庙依青嶂，行宫枕碧流。水声山色锁妆楼，往事思悠悠。/云雨朝还暮，烟花春复秋。啼猿何必近孤舟，行客自多愁。”其二为：“有客经巫峡，停桡问水湄。楚王曾此梦瑶姬，一梦杳无期。/尘暗珠帘卷，香消翠幄垂。西风回首不胜悲，暮雨洒空祠。”两首都借巫山下的楚王宫遗迹吊古伤今，并且将愁落到今之行客心境上，的确有一些现实观照性。这一点，强过另三人的词。

唐五代以后，诸如北宋柳永、元初赵孟頫等人，都用《巫山一段云》词牌，创作过可读的作品。尽管相关佳作不算多，但有此词牌以及历代相关词作，无疑又给“中华诗山”新注入了一分底气。

四十二

侥幸留名的两位诗人

《全唐诗》是清康熙四十四年(1705 年)三月,彭定求等十人奉敕编纂,次年十月编成全书的。凭十人之力,经一年多时间编成的这部大书,共收诗近五万首,入编作者两千二百多人,为后世了解唐诗、研究唐诗保存和提供了丰厚的文献资料。但卷帙浩繁,成书匆促,考订粗疏,多有误收,近人已考订出误收的他朝诗多达数百首。不论是不是误收,入编的两位巴渝籍的晚唐五代诗人,多亏《全唐诗》才侥幸留名。

一位叫孙定,晚唐涪州(今重庆涪陵)人。自幼勤奋好学,博闻强记,成人后热衷功名,却时运不济,屡考进士不中。唐昭宗景福二年(893 年),又一次应试落第,他的心境十分郁闷。羁旅于长安,一回醉酒后,忍禁不住失意牢愁,乘兴写出一首七律:"行行血泪洒尘襟,事逐东流渭水深。秋跨蹇驴风尚紧,静投孤店日初沉。一枝犹挂东堂梦,千里空驰北巷心。明月悲歌又前去,满城烟树噪春禽。"诗成后,遥寄其兄孙储,《全唐诗》收录时标题《寄孙储》。据说他毕生作诗达千余首,除这一首因《全唐诗》得以留存外,其他的诗全散佚了。

这一首七律,倾诉屡试不中的愁闷悲凄,的确表现出了血泪沾襟,苦痛难尽，不到那个地步决然写不出来。前四句都好诠释，费解的关节在五六句。所谓“东堂”，本指晋代宫廷的正殿。晋人郤诜在东堂殿试得中，得意地自称“桂林一枝”，后人因而称试院为东堂。孙定引用了这个典故，意在告诉兄长，他的登第梦仍然没有幻灭。所谓“北巷”，则是“北门”的变通。唐高宗乾封(666—668年)以后，诏令弘文馆直学士刘祎之、著作郎元万顷等参加修撰事务，并于翰林院草创，参与朝政，以分宰相之权。翰林院在银台之北，他们常从皇宫的北门出入，故时称“北门学士”。“门”为平声字，第六句第六字该用仄声字，因而从权改称为“北巷”。孙定用这个典故，表明他自视甚高，志在成为北门学士那样的官。但“空驰”二字又反映出，他缺乏信心，生怕下一度应试仍然会名落孙山。结尾两句的意境，正是他的悲愁心境的写照。

另一位叫幸寅逊，一作幸夤逊，为夔州云安(今重庆云阳)人。五代时仕后蜀，得孟昶赏识，累官至史馆修撰、翰林学士，曾预修《前蜀书》。随孟昶归宋以后，先任右庶子，后任镇国军行军司马，年九十余而卒。平生能诗文，《全唐文》录其《谏孟昶书》一文，《全唐诗》录其诗作二首，断句五则。

诗作二首之一为《云》:“因登巨石知来处，勃勃元生绿藓痕。静即等闲藏草木，动时顷刻遍乾坤。横天未必朋元恶，捧日还曾瑞至尊。不独朝朝在巫峡，楚王何事谩劳魂。”前四句描述云的来处，由“静”与“动”的对照展现云的蕴积与庞沛，表面看是体物写景，内核里是要生发出后四句，以寄托他个人的新意。只不过后四句无非寄意于他侍奉的后蜀“至尊”，并不新，也不高明，反而露出谀美痕迹。之二为《登戎州江楼闲望》，仅存六句:“满目江山四望幽，白云高卷嶂烟收。日回禽影穿疏木，风递猿声入小楼。远岫似屏横碧落，断帆如叶截中流。”虽然缺失后两句，却由于不沾政事，纯全写景，反倒比《云》显得清健。特别是三四句与五六句两组对仗句，既体现出他体物的精微，又表现出他对偶成联颇具功夫。

断句五则一为:“苦教作镇居中国，争得泥金在泰山。”二为:“才闻暖律先偷眼，既待和风始展眉。”三为:“蒙君知重惠琼实，薄起金刀钉玉深。”四为:“嚼处春冰敲齿冷，咽时雪液沃心寒。”五为:“深妆玉瓦平无垅，乱拂芦花细有声。”无须太用心便能看出，这些断句不是已经成诗的残句，而是尚未成诗，备作他日之用的对偶句式的成句。

备作他日之用,可有两种解释。一是备应对“至尊”的征询。据《宋史·蜀世家》记载,公元964年除夕前几天,蜀主孟昶曾令幸寅逊在桃符上配两句吉庆的句子,以挂在寝宫的门两边。幸寅逊得句“迎新逢雨润,得瑞见花摇”交了上去,殊不知孟昶并不中意,而是自行拟出两句:“新年纳余庆,嘉节号长春。”据说这就是春联的由来。幸寅逊经此事后,有意识地准备了一些联语成句在那里,自在情理当中。

二是替自己作律诗备料。钱锺书撰《宋诗选注》,评介刘克庄,特别指出他为了防“诗因料少不成联”,习惯于事先分门别类地“作好了些对偶,题目一到手就马上拼凑成篇”,并认为那是“为了对联,非备料不可”。那是事实,但同时也是一种可行的和有益的方法,习作律诗或常作律诗都可资应用。极可能,幸寅逊主要就是为此而备。

名留《全唐诗》,并不意味着孙定和幸寅逊跻身优秀诗人之列,他俩还够不上。但他俩的这一存在,毕竟成了一个标志,宣示出李远之后巴渝诗人后继有人。

四十三

寇准诗与巴渝无关

寇准是北宋著名政治家，也是诗人，历史上与白居易、张仁愿并称“渭南三贤”。其传世诗集，现存诗三百零四首。以往从未听说过，他以巴渝题材写过诗，甚至还在巴渝写过诗。

然而，近年忽然情况变化。一个迹象是，一部汇编巴渝文献目录的大书当中，收录了寇准的《巴东有感》《峡中春感》等五首诗。另一个迹象是，一场评选重庆地区最美古诗的公众活动，评出了寇准的《武陵景》一诗，并且宣传，那首诗是寇准担任巴东县令不久后，到黔中考察民情时写的。前一个收录对不对，后一个评选确不确，都提出了新的问题。事关正误或真伪，就引生出考辨的必要。

《宋史·寇准传》记载，其人十九岁即中进士，时在宋太宗太平兴国五年(980年)。同一年出任巴东县令，二十二岁离去。在任三年间，创作出《巴东有感》《峡中春感》等诗，再正常不过了。关键是，从先秦至北宋，乃至于宋元迄今，巴东县的行政建置从未归属过巴渝地区，因而不能像大巫山那样由巴、楚两地共有共享文化成果。仅此一条便确定了，将寇准那些诗认作三峡诗名正言顺，若认作巴渝诗就名不正言不顺。

那么，寇准任巴东县令期间，有没有可能亲赴黔江考察民情，并写出《武陵景》一诗来呢？绝无可能。因为宋代实行路、州（府）、县三级行政体制，巴东县属荆湖北路的归州（治今湖北秭归）管，而当时的黔江却属夔州路的黔州（治今重庆彭水）管。隔路犹隔省，他若去考察民情，当属越职越权的违规行为。纵或只是私下忙中偷闲去，他也先得溯巫峡西上，进入夔州所辖的巫山县境，由南陵山转上通往黔江的山间古道。既而经过当时也属夔州路管的施州（治今湖北恩施），由东北折向西南，翻越几乎整座七曜山，然后才能通向黔江。

通向黔江之路究竟如何艰难？寇准辞世二十二年后出生的黄庭坚，有《竹枝词二首》传世，足以充当历史佐证。其一为："撑崖拄谷蝮蛇愁，入箐攀天猿掉头。鬼门关外莫言远，五十三驿是皇州。"其二为："浮云一百八盘萦，落日四十九渡明。鬼门关外莫言远，四海一家皆弟兄。"合起来看，一路上必须经过那么多的盘旋出路，那么多的江河渡口，而且山高谷险，连蝮蛇都要为之发愁，猿狖都要为之掉头，名副其实真个叫做处处"鬼门关"。后之黄庭坚是遭贬谪，非去不可，只好"鬼门关外不言远"。前之寇准根本犯不着以身涉险，无任何一条理由要去黔江，做他本分以外的事。

更何况，所谓《武陵景》无非五言四句："武陵乾坤立，独步上天梯。举目红日尽，回首白云低。"气势的确堪称博大，但一概直陈铺叙，写眼前景，抒胸中情，与考察民情毫不沾边。在寇准现存的三百零四首诗里，并没有见到这一首诗，即使真是他的遗诗，若论艺术性也不在其水平线上。看得出，一些今人欣赏《武陵景》，着眼点在"武陵"二字。因此，要辨明真伪，不得不考辨"武陵"的相关概念。

先从自然地理看，武陵山乃山脉专名，整山属于云贵高原云雾山的东延部分，盘踞在今湖北、湖南、重庆、贵州四省区的交界地带。1984 年命名的武陵源，仅是湖南省西北部的一部分，含张家界市的张家界国家森林公园、慈利县的索溪峪自然保护区和桑植县的天子山自然保护区。2009 年建立的武陵山经济协作区，通称作武陵山区，则是以武陵山脉为中心，以土家族、苗族、侗族为主体，扩大到了四省区毗邻地区，总面积达十余万平方公里，今重庆市的黔江、酉阳、秀山、彭水、武隆、石柱尽皆在内。三个概念既有联系，又有区别。

再从历史地理看，武陵郡始设于汉高祖二年（公元前 205 年），废止于唐肃宗乾元元年（758 年），主要在今湖南省的常德市和怀化市一带，最大时辖十三县，最小时辖四县。两汉至六朝期间，今重庆市的酉阳、秀山两县及黔江南部少数地域曾属武陵郡。唐代废郡设州后，唐至五代称朗州，宋称鼎州。但在唐宋诗文中，遵从崇古惯例，人们仍在武陵郡范围以内继续使用武陵概念。从这个特定意义上说，今黔江人追认武陵，当不属毫无依据。

尽管如此，要认定寇准任巴东县令期间，真到黔江写出过《武陵景》一诗，仍然令人不敢相信。因为他一生公忠体国，恪尽职守，断然不会荒殆自己的本职事务，花费一两个月去做那种名不正言不顺的非职分考察。

依据《宋史·寇准传》所记，宋真宗天禧三年（1019 年），寇准横遭诬陷，被第二次罢相后，曾再三被断崖式降职，相继知相州（今河南安阳），徙安州（今湖北安陆），任道州（今湖南道县）司马，最终于天圣元年（1023 年）九月客死雷州（今属海南）。其中的道州素有“屏蔽三湘”之称，他如果写出过《武陵景》，只有可能是在道州，而与巴渝毫不相干。

四十四

司马光和王安石都有《巫山高》

北宋历史上，司马光和王安石政见相左，围绕“新法”的兴与废互不相让，是一个广为人知的事实。这并不妨碍，司马光在史学上，王安石在文学上，都取得了出类拔萃的卓越成就。当然了，他俩都以《巫山高》为题作诗，更是不得不提。

司马光从来不以诗名世，但他的《巫山高》确实出手不凡，形式和内容都对传统的《巫山高》有着创新性的发展。整首诗以七言句为主，又间入长短句，其中一些句子还像散文句，杂言交错而至二十六句。句尾押韵，则是仄声韵和平声韵互见，个别句子甚至于两句一换韵。这样的改造，宛若他在对《巫山高》行“新法”。

其诗开头部分写道：“巫山高，巫山之高高不极。寒江西来曳练长，群峰森罗十二戟。清狖悲号裂翠崖，老蛟怒斗摧丹壁。轻生重利三巴客，一叶直冲高浪白。船头吟啸坐自如，仰视长天不盈尺。”紧扣住一个“高”字，他从自然和世俗两个层面展开描绘。在自然层面，他将峡江水比喻为一条拖长的白绢，切合凭高视下的感受；将十二峰比喻为森森罗列的十二支刺天画戟，视角变成了由下望高，喻体尤其警峭出奇。在世俗层面，他借助

“三巴客”的“仰视”，进一步烘衬巫山之高。

中间四句写巫山神女庙：“丛祠象设俨山椒，巫祝纷纷非一朝。云是高唐神女之所处，至今暮雨常萧萧。”第三句“云是”表明，只是听说而已，并没有实打实地体验过“巫祝纷纷非一朝”。这四句诗只起过渡性作用，为的是引出结尾部分，抒发他作为历史学家的资治感慨。

结尾部分由“我闻神理明且直，兴亡唯观恶与德”两句领起，以论入诗，直言不讳地表达兴在德、亡在恶的历史观。紧接着两句“安肯来从楚国君，凭依梦寐为淫昏”，为巫山神女洗刷污秽，质疑宋玉所编造的“自荐枕席”。随后便转到楚襄王的身上，直斥“襄王之心自荒惑，引领日望阳台云”。其间的“引领”意谓伸长颈子，用于刻画楚襄王朝思暮想荒淫放纵，既警醒，又传神。然后历数楚怀王受骗入秦，客死于秦，秦军先后攻破郢都、黔中，焚毁夷陵的历史事实，痛责楚襄王“独不思怀王西行不复返，甲光照地屯秦军。蚕食黔中下荆门，陵园宗庙皆烧焚。社稷飘零不复存！”的祸国恶行。最后抚膺长叹：“嗟嗟若敖蚡冒将，筚路蓝缕皆辛勤！”全诗收结于这长叹之中。

这一长叹大有深意。“若敖”名熊仪，于西周宣王三十八年（前 790 年）立为楚子，是为楚国先君之一。“蚡冒”名熊眴，于东周平王十四年（前 757 年）即位，也是楚国的先君之一。后来蚡冒弟熊通杀蚡冒子自立，称武王，开启了楚国争霸时代。司马光显然是以若敖、蚡冒指代楚国的历代先君，称颂他们的筚路蓝缕，艰苦创业，从而批评怀王、襄王的荒淫误国、祸国，并且可能导致亡国。这样的兴亡之叹，于北宋王朝而言，无疑具有现实的警示意义。以之为主题取向，使司马光的这首《巫山高》凌轹千古，迄今仍可以发人深思。

王安石也有两首《巫山高》，原题为《葛蕴作巫山高，爱其飘逸，因亦作两篇》。其一为：“巫山高，十二峰，上有往来飘忽之猿猱，下有出没瀺灂之蛟龙，中有倚薄缥缈之神宫。神人处子冰雪容，吸风引露虚无中。千岁寂寞无人逢，邂逅乃与襄王通。丹崖碧嶂深重重，白月如日明房栊。象床玉几来自从，锦屏翠幔金芙蓉。阳台美人多楚语，只有纤腰能楚舞，争吹凤管鸣鼍鼓。那知襄王梦时事，但见朝朝暮暮长云雨。”开头用散文句式分层次地描绘巫山景象，颇为出奇，也有飘逸气。但把神女故事想象成一场“邂逅”，并且铺陈叙写其盛，格调并不算高。

其二为：“巫山高，偃薄江水之滔滔。水于天下实至险，山亦起伏为波涛。其巅冥冥不可见，崖岸斗绝悲猿猱。赤枫青栎生满谷，山鬼白日樵人遭。窈窕阳台彼神女，朝朝暮暮能云雨。以云为衣月为褚，乘光服暗无留阻。昆仑曾城道可取，方丈蓬莱多伴侣。块独守此嗟何求，况乃低回梦中语。”前八句一韵，写巫山的高且险，令人悲恻顿生。后八句一韵，写神女的美和独，令人为之惋惜。其中的“昆仑曾城”“方丈蓬莱”又暗喻朝廷，因而责问神女为什么孤独守望，为什么梦中呓语，其实还寄托着自己不能厉行“新法”，只好退出归隐的满腹牢骚，思想深邃性超过前一首。

略加比较，不难看出，司马光和王安石不约而同地用《巫山高》为题作诗，在句式、韵律和结构上也不约而同地有所创新，在内容上则不同程度地突破了神女故事的固有框架而有所诉求，真是一个难得的巧合。王安石一生的文学成就无疑高过司马光，但仅就《巫山高》诗而言，却是司马光超过了王安石。

四十五

诗心见道心的周敦颐

周敦颐与寇准、司马光、王安石不一样，为官三十年都在地方，从未卷入过朝政争的湍流涡漩。这有利于他澄心静志，在为政之余潜心学术，凭《太极图说》和《通书》等不朽著述，成为宋代理学的开山宗师。同时他也工于诗文，其《爱莲说》历来都沁人心脾。

宋仁宗嘉祐元年至五年（1056－1060年），周敦颐以太子中舍人签书合州（今重庆合川）判官。据《宋史》本传记载，他为官刚正，理政干练，“事不经手，吏不敢决”。公余常为州人张宗范等讲授理学，张宗范特在城外学士山建“养心亭”作为其讲学之所，理学以之为始得在巴渝传播。周敦颐为之题写专文，倡扬“养心莫善于寡欲”“是贤圣非性生，必养心而至之”的义理，可惜碑刻已毁于兵火。

民国年间的《合川县志》，录入了周敦颐的《冠鳌亭》诗：“紫霄峰上读书台，深锁云中久不开。为爱此山真酷似，冠鳌他日我重来。”查紫霄峰为今湖南省武冈市内云山的主峰，海拔高约一千三百七十三米，下临资江，素为道家七十二福地之一。周敦颐为道州营道（今湖南道县）人，酷爱紫霄峰，与他宗奉儒家思想的同时，也颇服膺道家思想分不开。诗里的“此山”系指何山，已难以考实，但并不妨碍循其诗心而追踪他的道心。

同样说不准，是在赴合州通判任的途中，还是在离开合州以后履新的路上，周敦颐经过丰都县(当时隶属于忠州南宾郡)的时候，留下了《题酆都观三首刻石观中》。其一为："山盘江上虬龙活，殿倚云中洞府深。钦想真风杳何在，偃松乔柏共萧森。"其二为："始观丹诀信希夷，盖得阴阳造化几。子自母生能致主，精神合后更知微。"其三为："久厌尘坌乐静元，俸微尤乏买山钱。徘徊真境不能去，且寄云房一榻眠。"

丰都如今以"鬼城"名世，这个"鬼"，实则始于东汉末年产生的"五斗米道"，又称作"鬼道"。"鬼道"以"治"为教区，丰都地属"云台治"下的"平都治"。按道教传说，是东汉和帝年间的阴长生在平都山白日飞升而成仙，平都山因之有了道观。但那终究只能是传说，世俗实际当是"鬼道"始设了道观。唐宋以前叫做什么观，文献已失考。这组诗的诗题则可以证明，1056年至1060年间，该道观还叫做"酆都观"。

第一首描绘丰都观的山水风物，与三峡库区蓄水以前的形胜风貌完全一致，迄今仍能见其仿佛。第二首里的"丹诀"，系指阴长生合药炼丹，飞升之前所留的诗。据传有三首，历述他如何不袭五候，唯好仙道，苦修苦练二十多年，终于携妻一起飞升。"希夷"语出《老子》："视之不见名曰夷，听之不闻名曰希。"意指虚寂微妙。周敦颐早就服膺道家思想，此番造谒丰都观，自谓进一步从阴长生的丹诀悟得了阴阳造化的玄机。阴长生本是世俗母亲所生的儿子，能有参透玄机的造化，那么，自己作为后来人，也自信可以同他精神合和，比以往更明白阴阳造化的至精至微。第三首即点明了"久厌"尘俗，"乐"于追求玄冥寂静的真道境界。"徘徊真境不能去"总束全诗，吐露出他寓怀尘埃之外，不与世俗同污的道德情操，依稀具有庄子遗风。

宋代的合州统辖五县，除今合川区外，今重庆的铜梁全境及潼南、北碚部分，乃至今四川的武胜、岳池部分都在其辖区以内，因而周敦颐游览所至，亦有留诗。

今之铜梁，时称巴川，巴岳山迄今仍然是胜境。巴岳山中峰山盘二十余里，当时"有泉自山注下，曰天池"，周敦颐作了《天池》诗："清和天气年能几，短葛轻纱近水涯。风似相知偏到袖，鱼如通信不惊槎。笑凭山色倾新瓮，醉傍汀阴数落花。啸傲不妨明月上，一行归路起栖鸦。”一首记游诗，写得连风儿、鱼儿都有灵性，人更逸兴贲张，煞是清健洒脱。又有《观巴岳木莲》诗谓：“仙姿疑是华巅栽，不向东林沼上开。嫩蕊晓随梅雨放，清香时傍竹风来。枝悬缟带垂金弹，瓣落苍苔坠玉杯。若使耶溪少年见，定抛兰桨到岩隈。”前六句把木莲树的形象特征描绘得淋漓尽致，后两句巧借李白《越女词五首》之一结尾四句“东阳素足女，会稽素舸郎，相看月未坠，白地断肝肠”的典，用“耶溪少年”衬映自己，更婉曲有致地表达出了对木莲树欣赏不已的闲情雅趣。

周敦颐也亲近佛家思想，在今之北碚写的《游大林》和《宿崇圣》两首五律都有反映。前者收结于“天风拂襟袂，缥缈觉身轻”，写的就是超凡脱俗、忘形物外的感觉。后者始而称“公程无暇日，暂得宿清幽”，既而说“始觉空门客，不生浮世愁”，最终还宣示“彻晓都忘寐，心疑在沃州”，流泄佛门意念更显得略无挂碍。远世俗尘埃，乐寂静幽玄，佛、道思想在他那里高度融合。

四十六

迟到的"贞妇"赞

刘攽比司马光小四岁，政治倾向和学术修为与司马光相近，诗歌风格与欧阳修同调。但生性诙谐，与司马光、欧阳修大不相同。他参与修《资治通鉴》，专职汉史，所作《东汉刊误》历来为人称道。一生著述达百卷之富，以史学为主，诗文由后人汇编成为《彭城集》。

他写过一首七绝《女贞花》："巴妇能专利丹穴，始皇称作女怀清。此花即是秦台种，赤玉烧枝擅美名。"女贞是一种木犀科的常绿植物，有乔木也有灌木，并有长叶女贞、小叶女贞、红叶女贞、金叶女贞等多个品种。刘攽看到的当是红叶女贞，或许他把叶当成了花（花为白色），所以用"赤玉烧枝"来形容。赤玉即玛瑙，一派火红色，红成一片，势欲烧枝，极其鲜艳夺目。意味深长的是，前一句说了此女贞花是"秦台种"，亦即秦始皇为巴妇所设的"女怀清台"原有的良种，就使得"擅美名"的主体既是花也是人了。由后两句回看前两句，不难判定，整首诗实为因花及人，亦花亦人，着意在赞人，赞扬秦朝的巴寡妇清。

身为特别精通汉史的历史学家，刘攽这首诗的前两句，分明撷取自司马迁《史记·货殖列传》："巴寡妇清，其先得丹穴，而擅其利数世，家亦不訾。清，寡妇也，能守其业，用财自卫，不见侵犯。秦皇帝以为‘贞妇’而客之，为筑‘女怀清台’。……清穷乡寡妇，礼抗万乘，名显天下，岂非以富邪?”浓缩和提炼原句以为诗句，并同司马迁同一声调赞扬巴清，他是第一人。这首赞诗比巴清在世晚了一千二百多年，比司马迁传述晚了一千一百多年，所以是迟到。

尽管迟到，仍颇珍贵。刘攽不愧为有见识的历史学家，他是按照《史记·货殖列传》的本文真义，并且遵从“贞妇”之“贞”的先秦含义，而为巴清那样一位一千二百多年前的人文历史“女贞花”由衷礼赞的。这与现今一些人，硬用刘攽身后才定势的“贞节”观念解释秦代的“贞妇”，在学理性上有根本区别。

关于“贞节”和“贞妇”，“诗话”005《由“三贞”说“清节”》已经做过概略的辩证，这里只稍加补充。贞，本义为正，正经、正派、正大光明、守正不二等等都由之而出，夏、商、周三代普适于男女。秦始皇主政时期，泰山刻石的“男女礼顺，慎遵职事，昭隔内外，靡不清净”，会稽刻石的“防隔内外，禁止淫佚，男女洁诚”，仍然是这样。他的祖母宣太后、生母赵姬都相当秽乱，更何况长期战乱之后，需要女性大量生育，怎么会专门表彰某个女性不改嫁？汉代刘向著《列女传》，班昭著《女诫》，西汉宣帝神爵四年(前 58 年)、东汉安帝元初六年(119 年)旌显“贞妇”，都只是个别行为，顶多反映出讲贞已向女性倾斜而已。卓文君私奔，蔡文姬改嫁，均为正史所正面记录，即可折射出汉代倾斜并不严重。从“脏汉”至于“秽唐”，朝野上下一直性开放，正史、野史多有记载。北宋程颐讲“饿死事极小，失节事极大”，仍旧是兼指男女两性，语见《程氏遗书》卷二十二。将程颐这个话单指向女性，实始于南宋，李清照改嫁遭到诟病即为其表现。片面的女性“贞节”上升为国家意识形态，旌表“节妇”和树立“贞节牌坊”成为朝廷制度措施，是在明、清两代成定势，康乾年间登峰造极的。因此，将秦始皇认巴清为“贞妇”释作旌表她不改稼，不合乎历史真实。

这首诗的前两句语义显豁，语气连贯，明确重述是由于“巴妇能专利丹穴”，所以“始皇称作女怀清”。毫无疑问，准确诠释“贞妇”的“贞”，应该和只能扣紧“能守其业，用财自卫，不见侵犯”。如司马迁评赞所说，这当中，还包涵了她“礼抗万乘”。秦王朝是遵循《商君书》和《韩非子》的法家理念，以愚民之术治国，并且把工商之民划入“五蠹”之一的。巴清身为穷乡寡妇，能排除万难守住其业，并且为秦始皇陵地宫提供百吨水银，在采矿、冶炼、存储、运输等方面的建树实在令人惊叹不置。按照先秦《谥法解》所谓“大虑克就曰贞”，她的建树显然属“大虑克就”，亦即敢于承担大事，能够办成大事，堂堂正正，罕有匹及。名之为“贞妇”，犹如称她是一位正大的女强人，真如女贞花能“赤玉烧枝”。

自秦以降，皇权专制的历代王朝因袭性地重农抑商，重男轻女，正大的女强人委实堪称太少太少了。司马迁能在《史记·货殖列传》为她立一小传，从而让后人知道和记住寡妇清这一位中华民族亘古第一女实业家，刘敞又以诗为之作赞，对于中华文明传承都是大功德。

明末清初的画家、诗人金俊明也有一首《怀清台》诗：“丹穴传赀世莫争，用财卫国能守贞。龙祖势力倾天下，犹筑高台怀妇清。”他告诫他的同时代人，不要为巴清的身世、籍贯、台址、墓地之类争议不休，要铭记和敬重她“用财卫国能守贞”的重大贡献和高尚情操。比司马迁和刘敞加了个“卫国”，他是采用了关于巴清捐献巨资修筑长城的传说，那当然又是巴清的一“贞”。时至当今，仍有人在争怀清台究竟在长寿，在涪陵，还是在彭水，看来真该读一读金俊明这首诗，将关注焦点转移到正位。

四十七

父子同咏仙都山

北宋蜀籍文学家苏洵及其二子苏轼、苏辙合称“三苏”，皆擅胜诗文，文学成就超过了汉末三国的“三曹”，前无古人，后无来者。宋仁宗嘉祐四年(1059年)，“三苏”父子一起离蜀，取长江水道出峡赴京，沿途创作了不少赏景咏物、吊古怀旧和反映民物风情的诗，连一向作诗相对偏少的苏洵也时有所得。途经丰都时，他与苏轼同有题咏仙都山之作，不啻为一段佳话。

苏洵的七绝《题仙都山鹿》，前有一段小序：“至酆都县，将游仙都观。见知县李长官云：‘固知君之将至也。此山有鹿甚老，而猛兽猎人终莫能害。将有客来游，鹿辄放鸣。故常以此候之，而未尝失。’予闻而异之，乃为此诗。”然后才是七言四句：“客来未到何从见，昨夜数声高出云。应是先君老僮仆，当时掌客意犹勤。”历来有人将这些文字合作一篇散文视之，这也是可以的，且丝毫无碍品读玩味。正如宋人叶梦得《石林诗话》所说，苏洵的诗“精深有味，语不徒发，正类其文”。这首诗的前两句纪实性地概述异事，后两句即兴式地抒发异感，猜测仙都山的那只老鹿当是道观“先君老僮仆”，先君飞升前它习惯了殷勤待客。联想比较奇特，精深之味全在后两句中。

苏轼也以《仙都山鹿》为题，留下一首古风："日月何促促，尘世苦局束。仙子去无踪，故山遗白鹿。仙人已去鹿无家，孤栖怅望层城霞。至今闻有游洞客，夜来江市叫平沙。长松千树风萧瑟，仙宫去人无咫尺。夜鸣白鹿安在哉，满山秋草无行迹。"看得出，他同其父一样，认定了仙都山鹿是"仙人"留下的。按道教传说，汉末阴长生、曹魏王方平二人曾先后在平都山修道成仙，白日飞升，至唐代讹传而合称"阴王"，将平都山称"仙都山"。父子俩命意即取自此传说。但他与其父也有不同，他的意念中不乏道家思想影响，因而更多了些时光易逝、世事无常之叹。诗的前四句，便揣测出是因为阴、王二位"仙人"一去无踪，那鹿才留在尘世当中的。中四句进而专注于鹿，体察其孤栖无依，所以闻人至会通灵鸣叫。后四句更进一层，描述鹿迹亦无可寻的空寂环境，悲悯与慨叹交融于其间。其诗苍凉的韵致深过苏洵诗。

唯其着意更深，苏轼还留下了《题平都山二首》。其一为："足蹑平都古洞天，此身不觉到云间。抬眸四顾乾坤阔，日月星辰任我攀。"其二为："平都天下古名山，自信山中岁月闲。午梦任随鸠唤觉，早朝又听鹿催班。""蹑"是踩、踏的意思，前一首诗甫一入题便点明了是足踩山道，拾级而上，亲身探访平都山的洞天福地。从第二句起，即是用了极度夸张的描写手法，渲染和赞赏平都山的高峻和神奇，三、四句更畅怀抒发目极八荒、神游云天的豪情和逸兴。但联系《仙都山鹿》的"仙宫去人无咫尺"，以及第二首的"自信山中岁月闲"，苏轼当时的豪情和逸兴，又何尝没有间入道家特有的逍遥游情怀？倘或只讲豪情和逸兴，恐或并未完全把握住他的精神脉律。

这一点，从第二首诗的第三、四句足可以看明白。与鸠、鹿做伴，体现出当时的苏轼，已经倾心回归自然，向往能过神仙般的自由生活。只不过，与后之元丰五年(1082 年)作《前赤壁赋》，直言不讳地宣扬"浩浩乎如冯虚御风，而不知其所止，飘飘乎如遗世独立，羽化而登仙"相比较，亲近道家思想的程度尚有差异罢了。明乎此，方能认准老苏、大苏父子二人同咏仙都山诗的根本不同所在。

"平都天下古名山"一句，另有苏轼当年未曾料到的历时性效应，那就是丰都的平都山从兹以"名山"别称名扬天下。时迄于今，平都山道观虽俗称为“鬼城”，但作为国家级风景名胜区的正式冠名仍然是名山。这就成为一个明显的例子，证明了明代文学家钟惺所说的“一切山水，可以高深，而山水之胜反不能自为名；山水者，有待而名胜者也”的话多么正确。

尤为值得注意的是，苏氏父子虽在近道上大有不同，但二人的诗都记录了平都山的道教本原。这一点很重要，直接关涉到文化的指认。如今有些人言说名山或者“鬼城”，习惯于说成释道儒三教融合再加民俗，未警觉其似是而非。大足的宝顶石刻才该如此表述，而名山或者丰都，准确说应是道释儒融合再加民俗。

南宋乾道八年(1172 年)，陆游由夔州通判转任四川宣护使，赴任途经丰都，写有《平都山》一诗：“名山近江步，蜡屐得闲行。奔鹿冲人过，藏丹彻夜明。唐碑多断蚀，梁殿半欹倾。洞口云常涌，檐牙柏再荣。行逢负笼客，卧听送船声。乞我诛茆地，灵苗得共烹。”第四句“藏丹”系指传说中的阴、王炼丹，末句表达的是他也想在平都山上修身养性，可见直至南宋中期，平都山依旧是道教洞天。

四十八

弟兄同唱《竹枝歌》

“三苏”过忠州，苏辙先作了《竹枝歌九首》，并标明是“忠州作”。苏轼得见“子由之诗”，又“特缘楚人畴昔之意，为一篇九章”，也作了《竹枝歌九首》。这是继丰都父子同咏仙都山之后，烙着苏氏的印记，中华诗歌史上留存的又一段佳话。

这段佳话的最大看点，在于弟兄二人虽然是同题唱和，题材选择和主题取向却截然不同。苏辙继承了唐人竹枝词关注风土民情的传统，但同时有深化和强化，更加注重反映民生疾苦，揭露社会不公。苏轼则另取突破之道，不再写现实，而是转向重述历史，补往昔“足怨”而又“其所未道者”。

苏辙九首《竹枝歌》，呈现出“二二二二一”结构的层次推进。第一首“舟行千里不至楚，忽闻竹枝皆楚语。楚言啁哳安可分，江中明月多风露。”第二首“扁舟日落驻平沙，茅屋竹篱三四家。连舂并汲各无语，齐唱竹枝如有嗟。”主要描述民歌竹枝词的特征。第三首“可怜楚人足悲诉，岁乐年丰尔何苦？钓鱼长江江水深，耕田种麦畏狼虎。”第四首“俚人风俗非中原，处子不嫁如等闲。双鬟垂顶发已白，负水采薪长苦艰。”着重再现峡江地区底层民众的艰辛生存，特别关怀农村妇女的倍加苦悲。第五首“上山采薪多荆棘，负水入溪波浪黑。天寒斫木手如龟，水重还家足无力。”第六首“山深瘴暖霜露干，夜长无衣犹苦寒。平生有似麋与鹿，一旦白发已百年。”细化第二层内容，进一步描述劳动的艰危沉重，以及生活的牛马不如。第七首“江上乘舟何处客，列肆喧哗占平碛。远来忽去不记州，罢市归船不相识。”第八首“去家千里未能归，忽听长歌皆惨凄。空船独宿无与语，月满长江归路迷。”从农耕转到商贸，对从商贾客的飘零凄楚，表达出了深切的同情。第九首“路迷乡思渺何极，长怨歌声苦凄急。不知歌者乐与悲，远客乍闻皆掩泣。”总括前八首，结出对峡江民众的无边凄苦和深重悲怨既十分关切，又无力拯济的悲悯主旨，比白居易《竹枝词》的“愁杀江楼病使君”更透露出心在滴血的愁情。

苏轼《竹枝歌九首》，也是“二二二二一”结构。第一首“苍梧山高湘水深，中原北望度千岑。帝子南游飘不返，惟有苍苍枫桂林。”第二首“枫叶萧萧桂叶碧，万里远来超莫及。乘龙上天去无踪，草木无情空寄泣。”吟咏上古传说帝尧的女儿娥皇、女英奔丧九嶷山，投入湘水而死的故事。第三首“水滨击鼓何喧阗，相将扣水求屈原。屈原已死今千载，满船哀唱似当年。”第四首“海滨长鲸径千尺，食人为粮安可入？招君不归海水深，海鱼岂解哀忠直？”描述民众哀思屈原，特别点赞了屈原的忠直。第五首“吁嗟忠直死无人，可怜怀王西入秦。秦关已闭无归日，章华不复见车轮。”第六首“君王去时箫鼓咽，父老送君车轴折。千里逃归迷故乡，南公哀痛弹长铗。”由屈原而自然转折，哀思楚怀王，感叹其自投死路。第七首“三户亡秦信不虚，一朝兵起尽欢呼。当时项羽年最少，提剑本是耕田夫。”第八首“横行天下竟何事，弃马乌江马垂涕。项王已死无故人，首入汉庭身委地。”先歌颂项羽，再缅怀项羽。第九首“富贵荣华岂足多？至今惟有冢嵯峨。故国凄凉人事改，楚乡千古为悲歌。”四句全是议论，结出作歌用意，颇有一切皆成虚妄的意味在。

稍加对比即不难看出，苏轼的唱和之作，潜寓着弟兄情谊的成分。他对峡江民众生存状态的现实感受，显然不及苏辙深，也没有为之作歌的冲动，因而只能凭借知识储备讲历史，掉书袋。所讲的史事均与忠州无关，但先秦时期忠州地域曾经属楚，一个“楚”字便让唱和顺理成章。从思想性看，吊古怀人也自有其跨越时空的特定价值，迄今仍然可读可思。但就现实批判力和文化穿透力而言，弟兄间两组《竹枝歌九首》，毋庸置疑是兄不如弟。

尽管如此，这两组苏氏《竹枝歌九首》，对文人竹枝词的创新性传承和创造性发展所独具的意义，仍然不容忽视。最重要的一条，就如同前文所述，无论是苏辙的更加注重反映民生疾苦，揭露社会不公，抑或是苏轼的重述历史，都标志着弟兄俩一起发力，将文人竹枝词的题材、主题适应领域都有效地扩大了，从而引领宋人竹枝词的思想价值和社会意义都超越了唐人竹枝词。与之紧密联系的是，大量的议论引入竹枝词，对彰显思想价值和社会意义确有裨益，则是另外一条。

在表现形式上，打破唐人竹枝词通押平声韵的惯式，改为平声韵与仄声韵都可以押，这弟兄俩也功不可没。苏辙的九首是一、三、五、七、九押仄声韵，二、四、六、八押平声韵，苏轼的九首则是一、三、五、七、九押平声韵，二、四、六、八押仄声韵，更显出他俩是有意为之，无施不可。

四十九

大小苏《入峡》见高低

“一门三父子，都是大文豪。”朱德眉山题诗，如此赞扬“三苏”，论其同的确是很公允的。设若论其异，父子三人虽然同列唐宋八大家当中，终究还是有一定差别的。诗文都该推苏轼第一，他的词尤其与辛弃疾并称，领异于百代豪放词一派。苏辙与苏洵相较，则当称文不及父，诗略过之。大苏和小苏都有《入峡》诗，兄弟俩的诗品高低，于兹立见。

大苏的《入峡》是一首五古，凡六十句。开头八句写道：“自昔怀幽赏，今兹得纵探。长江连楚蜀，万派泻东南。合水来如电，黔波绿似蓝。余流细不数，远势竞相参。”起始两句即高屋建瓴，表明了早就倾慕三峡风光，今日终于得到了纵深观赏的机会。既而六句写长江三峡的来势和去势，若与杜甫《长江》诗的“众水会涪万，瞿塘争一门”相映照，堪称唐宋两大诗人合力写绝了峡江的大势。

第九至二十句描绘“入峡”所见自然景观：“入峡初无路，连山忽似龛。萦纡收浩渺，蹙缩作渊潭。风过如呼吸，云生似吐含。坠崖鸣窣窣，垂蔓绿毵毵。冷翠多崖竹，孤生有石楠。飞泉飘乱雪，怪石走惊骖。”几乎一句一物象，取象必传神，并且选用一连串新奇而又贴切的比喻，将瞿塘峡内的巨细景观铺陈欲尽，如在目前。在苏轼以前，白居易、刘禹锡等都描写过瞿塘峡景，绘景精湛虽不稍逊，胜似山水画卷却不如他。

接下来的十二句，由自然景观转到人文印象："绝涧知深浅，樵童忽两三。人烟偶逢郭，沙岸可乘篮。野戍荒州县，邦君古子男。放衙鸣晚鼓，留客荐霜柑。闻道黄精草，丛生绿玉篸。尽应充食饮，不见有彭聃。"眼中所见、耳中所闻与脑中所忆、心中所思交织在一起，一派荒凉、冷寂之感。从瞿塘峡而至巫峡，西周曾是夔子封君建邦的地方，虞复之际还有巫彭不老的传说，可是延至当下，却已变成荒州野县，世事之无常尽在不言中。

第三十三至四十四句，进一步描述峡江内的民俗风情："气候冬犹暖，星河夜半涵。遗民悲昶衍，旧俗接鱼蚕。版屋漫无瓦，岩居窄似庵。伐薪常冒崄，得米不盈甔。叹息生何陋，劬劳不自惭。叶舟轻远泝，大浪固常谙。"苏轼似乎已了解到，当时巫峡上下的居民，不少人是在前蜀王衍或后蜀孟昶割据时期迁移而来的，然而他们还保持着上古蚕丛、鱼凫时期的生活习惯。他们住的是夹板土屋或岩畔草屋，冒险砍柴却换不来足够维生的粮食。尽管如此，他们为了生存仍不避艰险，并且水性极好。痛惜和悲悯，不解和无奈，错综纠缠，一言难尽。第四十五至四十八句便直抒感喟："矍铄空相视，呕哑莫与谈。蛮荒安可驻，幽邃信难妉。"言语不相通，他与峡江人难以交流沟通，只是认定了那样的生活不堪承受。

最后十二句推向高潮，苏轼袒露襟怀，宣泄出了自己的人生态度："独爱孤栖鹘，高超百尺岚。横飞应自得，远飏似无贪。振翮游霄汉，无心顾雀鹌。尘劳世方病，局促我何堪。尽解林泉好，多为富贵酣。试看飞鸟乐，高遁此心甘。"他情动于中，借题发挥，以"孤栖鹘"自喻自励，表明了要恪守独立的人格，要追求自由的境界，而决不与各种各样的流俗为伍。后来他历仕仁宗、神宗、哲宗三朝，屡遭贬谪，始终坚持了这一人生态度，反复验证了他的表白绝不是徒托壮语，矫情欺世。

小苏的《入峡》也是一首五古，凡三十八句，两层诗意。前二十句为一层，写入峡所见水色山光。起句"舟行瞿唐口，两耳风鸣号"，即点明了入峡环境。紧接着写峡水，用"渺然长江水，千里投一瓢"形容乘舟入峡，用"呼吸信奔浪，不复由长篙"描摹舟行之疾，确有雄劲的气势。既而再写峡山，突出"两山蹙相值，望之不容舠"，也颇形象地表现出了入峡险峻一面。收束于峡中望天，只见“白云缭长袖，零落如飞毛”，独特的感觉相当新异，不是虚构者想得出来的。后十八句为另一层，转而写入峡所思，着笔于缅怀大禹治水，凿山开峡。想象大禹如何“屡与山鬼鏖”，连用了六句描述：“摧冈转大石，破地疏洪涛。巉巉当道山，斩截肩尾销。峭壁下无趾，连峰断修腰。”虽然不失为有想象力，终令人觉得太实，太窄，舒放不开。最后归到四句赞叹：“辽哉千万年，禹死遗迹牢。岂必见河洛，开峡斯已劳！”十分切题，也能收住，失在把话说得太尽了，像是在写史论，非要将话说透一般。

前人早已指出过，苏辙的性情沉静简洁，作政论、史论常体现为气韵宏大而淡泊。至于作诗，他力图追步其兄苏轼，诗风显得淳朴无华，文采稍逊。如像《竹枝歌九首》那样，以深刻的现实批判力和精警的文化穿透力略胜大苏一筹，对于小苏而言只是小概率偶然。而像这两首《入峡》，诗一长，需要的即兴感悟一多，大概率常态便显露出来了。

五十

黄庭坚缠梦竹枝词

黄庭坚比苏轼小八岁，诗与苏轼齐名，并称为“苏黄”。在“苏门四学士”中，他的成就最高。他崇拜杜甫，效法杜甫，开创了“江西诗派”。其书法亦为“宋四家”之一。宋哲宗绍圣元年(1094 年)十二月，他因参与修《神宗实录》，被构陷“诬毁先帝”而获罪，遭贬为涪州别驾，遣黔州安置。次年一月他独自一人离别汴京(今河南开封)，取道三峡，转入黔中，四月二十三日抵达黔州(州治今重庆彭水)。这一次贬谪之旅，使他同竹枝词结下了不解之缘，与苏轼、苏辙、范成大、杨万里合而成为宋代竹枝词“五大家”。

诗话 043《寇准诗与巴渝无关》已引述过黄庭坚的《竹枝词二首》。从巫山县江南岸的南陵山踏上去黔州的驿道，相传要翻转一百零八道弯，要经过四十九处渡口，所以他跋涉了那么久才抵达彭水。后来他在《新喻道中寄元明用觞字韵》诗中忆及“一百八盘携手上，至今犹梦绕羊肠”，还不胜感慨，浑若噩梦。但这两首竹枝词，并不是他最早作的竹枝词，先前甫入峡即已写过《竹枝词》。

那一首竹枝词写道：“自过鬼门关外天，命同人鲊瓮头船。北人堕泪南人笑，青嶂无梯闻杜鹃。”(此词又见苏轼、秦观集，作者向有争议，可存疑。)

其中的“鬼门关”，系指西陵峡中崆舲滩、青滩等险滩。据陆游《入蜀记》说，归州(原秭归故城)“负卧牛山临江，州前即人鲊瓮”，可知“人鲊瓮”在巫峡中。“瓮”即俗话所称“瓮子水”，即激流涡漩。船入涡漩必被卷入激流中，船毁人亡，人皆变成瓮里所装的“人鲊”，可见何等凶险莫测。黄庭坚身临其境，显然比陆游更早听到了“人鲊瓮”的说法，因而记入作品当中。

如《竹枝词二首》之一所写的“鬼门关外莫言远，五十三驿是皇州”，五十三驿当中有一个驿站叫歌罗驿，黄庭坚说他在那里梦见了李白，因而作《梦李白诵竹枝词三叠》。其小序说得明白：“予既作《竹枝词》，夜宿歌罗驿，梦李白相见于山间，曰：‘予往谪夜郎，于此闻杜鹃，作《竹枝词》三叠，世传之不？’予细忆集中无有，请三诵，乃得之。”他是假托了李白梦中相见说的话，似乎那三首竹枝词确为李白所作。其实当是他本人日有所思，夜有所梦造成的。黔中与夜郎相近，李白曾经被流放夜郎，所以他由于“命同人鲊瓮头船”，“青壁无梯闻杜鹃”而惊魂难销，萦而成梦。查《李太白集》并无竹枝词，因而《竹枝词》三叠当为黄庭坚所作。

其一为：“一声望帝花片飞，万里明妃雪打围。马上胡儿那解听？琵琶应道不如归。”起句的“望帝”本为上古蜀王杜宇的称号，传说望帝死而魂魄化作杜鹃鸟，啼血号叫不息，此即代指杜鹃鸟号叫。“明妃”即王昭君，本为西汉南郡秭归人，汉元帝竟宁元年(前33年)远嫁匈奴“和亲”，与望帝一样都有家不能归。而有家不能归，恰与黄庭坚的现实处境十分相似，所以会产生这两个意象。特别挑出“望帝”写，与《竹枝词》末句“青嶂无梯闻杜鹃”虚实互映，完全切合他的心情。

其二为：“竹竿坡面蛇倒退，摩围山腰胡孙愁。杜鹃无血可续泪，何日金鸡赦九州？”第一句与《竹枝词二首》之一描述的“撑崖拄谷蝮蛇愁”如出一辙，同样是形容悬崖峭壁上的羊肠小道何其险恶。第二句进而联想，即将去长住的彭水摩围山，也可能是同样险恶，与《竹枝词二首》之一描述的“入箐攀天猿掉头”不相上下。正因为如此险象萦梦，恐怖难释，第四句期盼获赦也才顺理成章。

其三为：“命轻人鲊瓮头船，日瘦鬼门关外天。北人堕泪南人笑，青壁无梯闻杜鹃。”简直就是《竹枝词》诗句的翻版，前两句略有改变，后两句全然照抄。从中透露出，那一路上黄庭坚日思夜想就是这些，一闭上眼睛就会历历在目，声声在耳。情急之间，想不出新鲜诗句多向表达，又不吐不快，于是假托梦见李白，三诵乃得。藏拙掩窘，实属无奈。

六年后，终于金鸡立竿，黄庭坚获赦可以返还江西故乡。归途经过夔州时，又作《竹枝词二首》。一谓："三峡猿声泪欲流，夔州竹枝解人愁。渠侬自有回天力，不学垂杨绕指柔。"二谓："塞上柳枝且莫歌，夔州竹枝奈愁何？虚心相待莫相误，岁寒望君一来过。"历来的过客闻三峡猿声，多会"泪沾裳"或者"泪沾衣"的，他自未例外。但迥异于众多过客的是，他在夔州听到民歌竹枝词，却连究竟是"解人愁"抑或是"奈愁何"，自己都理不出头绪来。"渠侬"为吴方言，犹如称"他们"；他们"自有回天力"，可以不学倒垂的杨柳，屈服于变故而至变成随人俯仰的人，那自己又怎么样呢？除了"虚心相待"，他简直是说不清楚。

始终纠缠在横遭放逐，历尽艰险，侥幸活命，不能自拔的噩梦当中，就是黄庭坚竹枝词的特定的意涵。他以前，他以后，都没有人向他看齐。

五十一

摩围山色迷醉斯人

从绍圣二年(1095年)四月至绍圣四年(1097年)三月,黄庭坚在彭水谪居了三年,然后再转谪戎州(今四川宜宾)。先是孤身一人,寓居于县城开元寺的"怡思堂"。大约一年后,妻儿由老家来聚,才重新有家庭生活。他向住持求得两块地辟为菜圃,并开轩艺竹,常自嘲"已为黔中老农矣"。横遭贬谪造成的心灵创伤,他只能在新的环境中,尽可能地自抚自医。

他有一首七律《送曹黔南口号》:"摩围山色醉今朝,试问归程指斗杓。荔子阴成棠棣爱,竹枝歌是去思谣。阳关一曲悲红袖,巫峡千波怨画桡。归去天心承雨露,双鱼来报旧宾僚。"谪居荒州,与亲人音讯难通,空望北斗星苦思苦盼获赦回归,千悲百怨煎熬折磨的孤凄心境尽现于字里行间。最耐人寻味的是其第一句,"醉今朝"三字足见他经常性地借酒浇愁,已然陷入今朝有酒今朝醉的状态。但冠以"摩围山色"四字,分明又不是那样尽落常套,而是另有深意藏焉。验之以其他诗词即会发现,摩围山色既概指彭水的山光水色,自然生态,又涵盖彭水的民物风情,人文生态,双重意涵都使他迷恋沉醉,从而有助于他渐次从心灵悲怨当中解脱出来。

《木兰花令·东君未试雷霆手》即传递出了个中消息。其上阕写道:

"东君未试雷霆手，洒雪开春春锁透。帝台应点万年枝，空巷偏欺三径柳。"端的是春雷尚未动，飞雪已迎春，他已依稀想象出满眼春色。下阕进一层写道："峰排群玉森相就，中有摩围为领袖。凝香窗下与谁看，一曲琵琶千万寿。"看得出，他是在凝香窗前凝目望远，观赏雪景，但见得群峰起伏，银装素裹，冰清玉洁，错落多姿，领袖群峰的便是摩围山。澄净的天地，寥廓的琼玉，不禁使他的愁结和怨绪为之一扫。瑞雪可以兆丰年，瑞雪也可以为人迎来新的愿景，上阕的春色想象就因之勃然生成。

另一首《木兰花令·黔中士女游晴昼》，当是其后赏春之作。在巴渝地区，特别是渝东南，素来有三月游春、踏春习俗，与别的地方不完全一样。如这首词上阕所写："黔中士女游晴昼，花信轻寒罗袖透。争寻穿石道宜男，更买江鱼双贯柳。"前两句并不稀奇，后两句则见特色。男男女女结伴到江滨游春，通常聚集于浅水期的河滩地带，活动之一是在沙滩、石滩上选拣石子，民俗传说可以由不同石子预卜生男生女，第三句所写即为此民俗。第四句写的顺便买鱼，用柳条将鱼穿起来提，也是一种应时土风。至于下阕所写："竹枝歌好移船就，依倚风光垂翠袖。满倾芦酒指摩围，相守与郎如许寿。"写的乘船嬉戏，同样他处罕见。前两句反映，男男女女在游船上野唱竹枝歌，实为一种颇自由的寻爱方式。后两句则意味着，经以歌寻爱，到以酒定情，那种情趣完全与传统礼教束缚无关。黄庭坚迷于其间，醉于其间，有什么悲怨不能暂时忘却？

心情能有所调节，有所改善，黄庭坚与人相交也减少了苦声。七律《赠黔南贾使君》即为一例。其首联"绿发将军领百蛮，横戈得句一开颜"当中，"绿发"谓黑发，两句连贯形容时任黔南知州的贾某人年轻英俊，早膺重任，能武能文，意气横生。颔联"少年圯下传书客，老去崆峒问道山"，借用张良圯下得授兵书的典故，夸赞贾某人曾得真传，熟谙兵法，将来还会在道教名山的崆峒山达致更大的修为。颈联"春入莺花空自笑，秋成梨枣为谁攀"，意指贾某人在崆峒山的园林必然会春华宜人，秋实喜人，不啻更为深远的勉励。然后再对出尾联"何时定作风光主，待得征西鼓吹还"，祝贺建功的殷勤溢于言表。

但离群独处，脱离谪居处境的心愿仍然强烈，在诗词里时有流露。如其《南歌子·诗有渊明语》一词的上阕："诗有渊明语，歌无子夜声。论文思见老弥明。坐想罗浮山下，羽衣轻。”为听不到子夜吴歌而感慨不已，议论诗文希图将唐代隐逸诗人轩辕弥明引为良友，甚至幻想要到岭南罗浮山问道求仙，杂七杂八的胡思乱想，皆折射出心神不宁。而其下阕所写：“何处黔中郡，遥知隔晚晴。雨余风急断虹横。应梦池塘春草，若为情。”才表达出了他的真实愿望在于回归江南，过上谢灵运《登池上楼》所绘“池塘生春草，园柳变鸣禽”那样的生活。

除创作以外，黄庭坚还颇喜欢凭借记诵，将前人的诗文陈句拿过来，或改造成自己的诗句，或截句组装为另外的一首诗或几首诗，并名之为“点铁成金”。如《谪居黔南十首》，南宋洪迈的《容斋随笔》即已指出“尽取白乐天语”“其七篇全用之，其三篇颇有改易处”，全不是他的原创。这样做，对于他当时主动排解谪居愁怨，以及借此调理思维，增添诗趣，确实会有一点儿助益。但几近抄袭，历来均有人诟病，指以为不足取，不足法，却是他当时无论如何都料想不到的。

五十二

化不开的乡愁

在中国科举史上，自唐高祖武德五年（622 年）产生第一位状元孙伏伽，到清德宗光绪三十年（1904 年）出现最后一位状元刘春霖，前后一千二百八十二年间共有一统性政权认定的状元五百九十二名（一说五百零四名），历代中重庆仅二人而已。最早的一位叫冯时行，他作为状元，比作为诗人更广为人知。

冯时行，字当可，史称宋恭州南乐碛（今重庆渝北洛碛）人，或说今北碚梁滩坝人。宋哲宗元符三年（1100 年）出生，徽宗宣和年间在缙云山相思寺内读书，宣和六年（1124 年）恩科得中进士第一。从北宋末至南宋初历任奉节尉、江原丞、左奉议郎等官职，因忠言进谏，力主抗金，深为秦桧所恶，外放万州任知州。绍兴十一年（1141 年）更被构陷，削职回乡，坐废十七年之久。直至秦桧死后的绍兴二十七年（1157 年）方得复起，历知蓬州、黎州，擢右朝请大夫、提点成都府刑狱，宋孝宗隆兴元年（1163 年）逝于雅州（今四川雅安），享年六十三岁。

削职坐废期间，冯时行先在万州、开州浪迹两年，既而回到乐碛小住，然后转到缙云山麓今蔡家湾处，置房买田，设馆办学。在教书育人之余，他不时会友、游山，兴之所至亦有诗作。执着一生的家国情怀，不能伸展为爱国之议、报国之行，便转化成醇浓的乡愁，怎么都化解不开。诗言志，自然对此常有所映现，但并没有宣泄无余。

乐碛又写作珞碛，今通作洛碛，属重庆渝北区。冯时行在那里留下了一首七言古诗，原题为《僧有悟策者，见予於洛碛江上，诵程子山、孙季辰、李仁甫赋成都信相寺水月亭之什。仆曩客成都，朝夕过信相，鉴公求此诗至再三。余谓诗于佛法，业成绮语，每笑诃之，不为作。今策诵二三公佳句，起予追赋长句付策，令寄鉴公》。其实是一则小序，说明了写这一"长句"的由来。成都信相寺建于南朝，明末已毁，清康熙三十年(1691 年)重建，改名文殊院。冯时行曾经常拜见信相寺住持鉴公，如今人在两地，特作此诗求悟策和尚转寄鉴公。今所传题作《信相院水亭》，系后人的取字简化。

起始四句颇为精彩："天行明月地行水，水月相去八万里。天公大力谁能移？月在水中天作底。"原诗题点明了的洛碛，地处明月峡以下。他巧妙地将明月峡的"明月"二字与水月亭的"水月"二字撷取出来，嵌入天地间铺排描绘，似是写景色，实为寄思念。中间四句便顺势挑明："我心与月明作两，真月本在青天上。虽云佛说我别说，恐入众生颠倒想。""我心"与"真月"一样明朗，担心会像众生那样颠倒想，实则一门心思对昔日的"朝夕过信相，鉴公求此诗至再三"的历历往事翻来覆去地想。结尾四句中，前两句"少城城隈佛宫阙，客哦水月僧饶舌"活画出了昔日情境，后两句"三峡水寒梅花时，起予对月赓此诗"再卒章显示此地心志。明月峡与其上游的铜锣峡、猫儿峡合称长江小三峡，珞碛隐含在其间。"赓"即续，意思是告诉鉴公，一天明月两地心，自己立足故乡，遥望成都，对水月亭无限思念。真实的情怀，浪漫的格调，在其诗中并不多见。

重返缙云山，重游相思寺，冯时行创作了五律《春日题相思寺》："系艇依寒渚，扶筇上晚林。山山春已立，树树雨元深。扫叶移床坐，穿云买酒斟。相思思底事，老大更无心。"相思寺在相思岩下，曾是冯时行苦读的处所，如今故地重游，自免不了感慨万千。但前六句依次写行程，写景致，写行为，都写得比较平实，唯有后两句才忍禁不住，表现出对于老大无成的于心不甘。然而只是怨而不怒，正话反说。

与之相近的，又有七律《温泉寺》："借问禅林景若何？半天楼殿冠嵯峨。莫言暑气此中少，自是清风高处多。岌岌九峰晴有雾，弥弥一水远无波。我来游览便归去，不必吟成证道歌。"温泉寺在温汤峡畔，为缙云寺下院，据传始建于南朝宋少帝景平元年（423 年），唐僖宗乾符元年（874 年）曾重新修葺。同样是故地重游，冯时行的这首诗寓真情于平淡，也是结尾两句才露出些许怨气。

冯时行在今蔡家湾设馆办学，其七律《题毛祖房屋壁》的乡谊情韵超过了前两首。首联"卜筑缙云山下村，缙云山色春满门"虽出以拗句，却显出欢欣。颔联"承当春色花成段，领略朋簪酒满樽"承之而来，一下子就点染出了春日的风光好，乡邻的亲情好。颈联"尽去机关驯虎豹，略推恺悌赦鸡豚"平中见奇，依稀体现出官场倾轧与乡谊醇厚的反差和憎爱。尾联"要知余庆须弥远，堂上森然见子孙"，既是对毛姓乡邻一家子的衷心祝福，也是诗人自己的愿望。

冯时行的诗偶有佳作，总体上不算杰出，但为官政声好，为人道德高，因而历来为邑人尊敬。宋宁宗开禧年间邑人蒲国宝亦中状元，世称为"双状元"。清代举人周开丰有《双状元碑》诗赞美道："巴国当南宋，冯蒲两状元。遗徽存石碣，可复继高骞。"从实比一比，冯的美誉度大过了蒲，原因之一即为有诗作传世。

五十三

无矫饰的德行

王十朋比冯时行年轻十二岁，都是由北宋晚期转入南宋前期的人，政治上、文学上和人品上颇有一些相似之处。王十朋于绍兴二十七年(1157年)得中状元，恰逢冯时行坐废十七年后复出，尽管二人从未结识。据《宋史·王十朋传》记载，他担任知州“凡历四郡，布上恩，恤民隐”，爱民忧民，政绩卓著。立朝为官清正刚直，屡议朝政，力主抗金，纪昀在《四库全书总目》里将他称为“当代伟人”。诗虽未入南宋第一流，但创作甚丰，朱熹挺赞“浑厚质直，思恻条畅，如其为人”。

宋孝宗乾道元年(1165年)，王十朋由知饶州转入知夔州，在任大约两年。这期间，他作诗三百一十五首，为杜甫之后在夔州留诗最多的诗人。他的诗怀古，咏史，议时政，写景物，观赏民俗，唱和诗友，题材相当丰富，大体以写实为主，平朴当中时见理趣。所有诗作里，最值得后来人品味的，是体现他官德的诗。

儒家真君子历来崇尚“为政以德”，王十朋念兹在兹，取法乎上。他最景仰诸葛亮，赴任途中便有《梦观八阵图》一诗，追慕诸葛亮的“奇才盖三国，壮志吞两都”。到任以后又作《题诸葛武侯祠》，衷心表述“我来再拜瞻遗像，泪满襟如老杜诗”。日久还有《夔路十贤》，缅怀屈原、严颜、诸葛亮、杜甫、陆贽、韦处厚、白居易、柳公绰、寇准、唐介等十位历代德行楷模。其四《少陵先生》写道：“子美稷禼志，空抱竟无用。夔州三百篇，高配风雅颂。”表明他要学习杜甫“致君尧舜上，再使风俗淳”。其五《陆宣公》所谓：“敬舆避谗谤，闭门不著书。活人集名方，炳然仁谊余。”则表明他还要学陆贽，无论自己的处境是逆是顺，都要为民众多做实事，多做好事。

王十朋不仅那样说，而且还真那样做。七律《行可再和用其韵以酬》即相当典型：“孤陋书生宽见闻，西来端欲扫儒门。怀人久作周公梦，访道欣闻孔子孙。书为爱民成再奏，泪因忧国有双痕。休论身世无穷事，但愿常陪北海尊。”其间第五句就是对一桩大事的实录。当时宋孝宗力图恢复，任由枢密院、茶马司从巴蜀地区征购战马，每一百匹或五十匹编为一纲，运到江淮，称作“马纲”。先前一直走旱路，费时较多，枢密院便决定改为走水路，已从隆兴二年(1164 年)开始执行。三峡水路太危险，民众视为害民弊政，叫苦不迭。王十朋调查以后，立即为民请命，上疏孝宗，恳请仍走旱路。被驳回后，他不顾自己仕途安危，继以《再论马纲状》上疏，力陈其弊，终于获得孝宗准允，如其所陈“且行旧路”。民众为之感激不已，他却视之“为生民立命”，该当那样做。“爱民”与“忧国”，他就这样以民为主，不唯上，只唯实，从而达到一致。

大事如此，小事亦然，并且决非偶一为之。如《给水》：“接筒引水下山陬，端为夔民解百忧。长使义泉名不断，莫教人费一钱求。”记的是夔州城内饮用水，须用竹筒从山涧引水，住民须得用钱买水。王十朋到任不久，便用自己的俸禄补贴公帑，设置“义泉”，“以水给民”。犹“惧后人废之”，特作此诗树为规矩，以期长久惠民。如《买山》：“书生为郡亦迂哉，剩买童山买木栽。但遣牛羊勿践履，它年定出栋梁材。”记的是夔州山坡多秃，他就决策“买山植木以庇之”，亦即植树绿化，改善生态环境。亦“惧刍牧不禁，作诗以告后人”，以求加强保护，能使树木成材。这全都是他的自觉行动，全不是短期行为，其政绩落实到惠民和利民。

《修垒》一诗尤见心迹：“莫将逆旅视居官，直作吾家活计看。墙壁时时为修葺，安知劳苦是平安。”前两句宣示王十朋的为官理念，决不把异地当官仅仅当作人生驿站，得过且过，慵懒无为，甚而至于干脆当作谋生方式，而要如《国语·鲁语上》所说，切实做到“居官者当事不避难”，务必“恤民之患，是以国家无违”。后两句举出实例，夔州的城墙年久失修，他就督令修葺一新，进而还要求守城兵士“随坏而修”，以求“城常固”。他告诫下属，只有经常性地持续性地多劳苦，才能确保平安。毫无疑义，这首诗里一、二、四句所讲的道理，不仅是他为官之德的概括表述，而且是他为官之行的指导思想，甚至深蕴着跨越时空的普世价值。

还有一组《十八坊诗》，更具体地倡扬了王十朋的为官德行。如《宣化》谓：“圣主有美化，丁宁戒守臣。毋令挂墙壁，宣以及吾民。”表达的是欲使民由之，必使民知之，决不能将教化之规变成空转。如《刑清》谓：“昔日循良吏，狱空无怨声。刑清本无术，心地要先清。”表达的是若要真做好导之以德，辅之以行，就必须让官员先做到心清人清，心正人正，而决不能残民以逞。这些诗句与前引诗句合起来看，一以贯之，毫无矫饰造作，毫无欺蒙虚妄，一位“布上恩，恤民隐”的贤良地方官的正大形象若在目前，令人钦佩。

五十四

郁闷熬制的陆游夔州诗

陆游的名字能与巴渝诗歌相连，无疑给巴渝诗歌添了光彩。王十朋离开夔州四年之后，乾道六年(1170年)陆游被重新起用，出任夔州通判，时年四十五岁。那以前二十多年，他一直仕途多舛，婚姻也遭遇变故。特别是五年前在隆兴通判任上，因为交结台谏，鼓唱是非，力说张浚用兵而遭罢免，闲居在家。尽管他被重新起用了，也是一个没有多少实权的远州副职，他的心境十分郁闷。在夔州将近两年，以"六十年间诗万首"(实为存世九千三百多首)闻名于后世的他作诗不足百首，明显数量偏少，而且还缺乏"说到胡尘意不平"的爱国诗，以及闲适细腻、朴质清空的写景诗，总体来看佳作并不多。

且看七律《假日书事》："万里西来为一饥，坐曹日日汗沾衣。但嫌忧畏妨人乐，不恨疏慵与世违。雕槛迎阳花并发，画梁避雨燕双归。放怀始得闲中趣，下马何人又叩扉。"起句便坦言，陆游之所以会不远万里，西来夔州，当一个辅佐知州的通判，只因为要给一家子人找吃饭钱。次句概述了当个通判何其无聊，经常只能坐在官署内照章办事，还要经受酷热烘烤。仅止如此倒也罢了，最难耐的是，官场里通行尔虞我诈，钩心斗角，忧谗畏讥，逼使他只能疏懒慵怠，洁身自保，尽量避免同流合污，第三、四两句即为写实。第五、六两句切入假日，借自然生态反衬政治生态，看似轻松，实为沉重。结尾的两句则是互衬，上句刚说过趁着假日自寻一点偷闲乐趣，下句就变成烦心事务又找上门来了，不甘心又莫奈何。

官场备受夹磨，气候亦多煎迫，酷暑和秋凉导致了苦病。其《久病灼艾后独卧有感》写道："白帝城高暮柝传，幽窗搔首意萧然。江边云湿初横雁，墙下桐疏不庇蝉。计出火攻伤老病，卧闻鸢堕叹蛮烟。诸贤好试平戎策，敛退无心竞着鞭。"如诗题所示，陆游是由夏入秋得了一场大病，久卧于病床之上，用艾绒熏灸反伤了身体，闻柝声而百感交集。他一向是力主抗金的，然而彼时彼际，他俨然已经心灰意懒，把献平戎良策当成别人的事了，自己只能收敛退让，不再像东晋刘琨那样"吾枕戈待旦，志枭逆虏，常恐祖生先吾着鞭"了。把"感"落在结句上，对陆游来说，当比病伤还要惨痛。

官场似乎无人关心陆游，他只能够尽可能自我排遣，观看踏碛即为一例。《蹋碛》诗凡十二句，居然只有开头两句写所见民俗："鬼门关外逢人日，蹋碛千家万家出。"三四两句切入民歌竹枝词，昔日刘禹锡感兴趣的是男男女女如何联袂歌舞，他所感喟的却是"竹枝惨戚云不动，剑器联翩日将夕"，突出的是"惨戚"。中间四句描述过"行人"状况之后，结尾四句进一层转到："人生未死信难知，憔悴夔州生鬓丝。何日画船摇桂楫，西湖却赋探春诗。"他对夔州真爱不起来，只一心一意期盼回杭州去。

陆游的夔州诗，确能反映他的书生意气、志士本色的，当数入峡之初所作《入瞿塘登白帝庙》。那是一首七言古诗，洋洋洒洒三十二句。前后两大部分，前十六句切入瞿塘峡，后十六句贴住白帝庙，每一部分又有两层。前八句赞瞿塘峡，"两山对崔嵬，势如塞乾坤"的确凸显出了雄峻的气势。次八句颂大禹功，发出"天不生斯人，人皆化鱼鼋"之叹，遣词命意也颇独到。再次八句转为咏史："参差层颠屋，邦人祀公孙。力战死社稷，宜享庙貌尊。丈夫贵不挠，成败何足论？我欲伐巨石，作碑累千言。"对东汉初年据蜀称雄的公孙述赞佩不已。最后八句，进一步拿公孙述的"跃马壮"，与蜀汉刘禅的"乘骡昏"，亦即卑膝投降作对比，表明自己"虽惭豪伟词，尚慰雄杰魂"，实际上是观照南宋当年现实，寄望宋孝宗能效法公孙述，千万不要步刘禅后尘。整首诗描述、议论、抒情结合，开阖自如，一气呵成，思想性、艺术性、可读性都毫不逊色于苏轼的《白帝庙》，在其夔州诗中堪称高标特立。

《入瞿塘登白帝庙》表明，陆游在夔州之所以会郁闷，主要是由他所遇到的官场政治生态和气候自然生态双向不适所造成的。历之愈久，不适愈甚，日日夜夜都受到郁闷煎熬，决定了他无心多写诗，即便写诗也难写出多少佳作。

这绝非妄断，后作可旁证。宋光宗绍熙五年（1194 年），时年六十九岁的陆游业已归耕山阴，闲适自怡。他"偶读梁简文《巴东三峡歌》，感之"，欣然拟作《三峡歌九首》，其实是回忆二十多年前夔州的经历。其三写道："十二巫山见九峰，船头彩翠满秋空。朝云暮雨浑虚语，一夜猿啼明月中。"点赞巫山彩林，何等轻灵愉快。其四写道："锦绣楼前看卖花，麝香山下摘新茶。长安卿相多忧畏，老向夔州不用嗟。"把夔州视为一处宜于养心、养老之地，根本就不像《假日书事》《蹋碛》所写那样印象恶劣。这都说明，二十多年前他爱不上夔州，不是预存偏见所致，而是由双重生态恶劣所注定的。同一个人，时移势易，心境大不一样了，诗也大不一样了，古今中外均不罕见。

五十五

白帝庙与公孙述

陆游《入瞿塘登白帝庙》一诗，有的版本题作《入瞿塘登白帝城》。据其本人的《入蜀记》记述，他是在乾道六年（1170 年）十月二十六日“入瞿塘峡”“晚至瞿塘关”“肩舆入关，谒白帝庙”的。这也与诗里“参差层颠屋”“宜享庙貌尊”等语句吻合，因此，当是白帝庙，不是白帝城。

“邦人祀公孙”的庙祀尊主公孙述，字子阳，汉代扶风茂陵（今陕西兴平）人。东汉光武帝建武元年（25 年），刘秀称帝，他也在成都自立为帝，国号“成家”，建元龙兴。传说他先前到过鱼复（今重庆奉节），见城内一井常有白气升起，状若白龙腾空，以为“白龙献瑞”，乃自称“白帝”，并将鱼复城改称“白帝城”，其所在山称“白帝山”。建武六年（30 年），他派任满、田戎率军出江关，与东汉军抗衡。任满在白帝城加强军备的同时，还注意发展农业生产，“于水滨垦稻田，因号东屯”，屯田“稻米为蜀第一”（见于《舆地纪胜》）。建武十一年（35 年），东汉军队攻占白帝城以后，刘秀派马援到成都劝降，公孙述怒道“自古来有降天子乎”，坚决不投降。次年十一月成都城破，公孙述力战而亡，汉将吴汉屠成都城。白帝城士民怀念公孙述，为他立像建庙，称“白帝庙”。

杜甫在夔州期间，曾在《夔州歌十绝句》之二中写道："白帝夔州各异城，蜀江楚峡混殊名。英雄割据非天意，霸王并吞在物情。"虽然未点明是赞公孙述，但称"英雄割据"，意指却是明白的。其《上白帝城》诗里也有句"英雄余事业，衰迈久风尘"，前一句仍然称公孙述为"英雄"。只不过，感性多于理性，尚未曾探究公孙述为何可以称英雄。

这其中，"割据"一词为关节所在。自先秦、两汉以降，主流意识形态一直讲"华夷之辨""正闰之辨"，强调要区分谁是正统，谁是僭伪。在由之而形成的"正统"观里，一是华夏族群的皇权王朝才算正统，二是"天命"所归的中原王朝才算正统，挑战正统的割据政权均属僭伪。司马迁在《史记》中确认《陈涉世家》属于离经叛道的异类。杜甫称公孙述为英雄，对主流正统观多少也有所挑战。

宋代崇尚理性，人文观念较之既往多有突破，其正面表现之一就在司马光对传统"正闰"的质疑中。《资治通鉴》里有一大篇近千字的"臣光曰"论述，公开怀疑"前代之正闰"。他勇敢地拷问："虽华夷仁暴，大小强弱，或时不同，要皆与古之列国无异，岂得独尊奖一国谓之正统，而其余皆为僭伪哉！"进而旗帜鲜明地表达史学立场："臣今所述，止欲叙国家之兴衰，著生民之休戚……但据其功业之实而言之。"正因此，《资治通鉴》以代汉而立的曹魏为纪，不以继汉而立的蜀汉为纪。依从这样的史学理念看公孙述，割据就不成其为问题，算不算英雄关键是看"其功业之实"。

苏轼并非史学家，然而，他是一位有独立思想和人文情怀的卓越的文学家，他的五言长律《白帝庙》歌颂公孙述，在理念上与司马光不谋而合。此诗的前十二句，倾诉他"共指苍山路，来朝白帝祠"，"迟回问风俗，涕泗悯兴衰"的访古心情。随即用"一方称警跸，万乘拥旌旗"转进，赞扬公孙述"远略初吞汉，雄心岂在夔"。然后，再一气六句，历数公孙述曾作过的攻略和曾显示的胆魄，最后才结出："失计虽无及，图王固已奇。犹余帝王号，皎皎在门楣。"不落"成则为王，败则为寇"的正统窠臼，将公孙述颂为雄图大略的失败英雄，苏轼的确超前启后，卓荦不凡。

陆游继苏轼之后，另辟蹊径，着力歌颂公孙述"力战死社稷""丈夫贵不挠"，并正面宣示"成败何足论"，同样站到了人文历史的制高点上。自唐至今将白帝庙与公孙述合在一起讴歌的诗，苏、陆二诗当为高标。

唐宋年间，先主庙在夔州城东，武侯祠在鱼复浦，都与白帝庙无关。延及明代，皇权专制登峰造极，“正闰”之争偏向一端。明武宗正德七年(1512年)，四川巡抚林浚认为公孙述属于“僭伪”，下令毁像，改祀江神、土神和马援，称“三功祠”。世宗嘉靖二十年(1541年)，四川安抚副使张俭又毁三功祠，改祀刘备、诸葛亮，称“义正祠”。二十四年后，四川巡抚段锦下令在义正祠中添供关羽、张飞，并且取“明君良臣”之义，改称为“明良殿”。从那以后，形成了“有先帝无白帝”的格局，于今尤甚。但无论历史变替如何吊诡，专制强权如何篡改，历代民众仍然统称其地为白帝庙。

后世的诗人也传承着苏、陆的理念。清初王士祯作《登白帝城》，仍以“跃马雄图余垒迹，卧龙遗庙枕潮声”之句，合颂公孙述和诸葛亮。乾隆年间盛锦的《登白帝城》一诗，前六句主要赞公孙述“子阳伯业划江开”“风生跃马有高台”，结尾两句“汉家陵阙同灰灭，泪尽寒猿日夕哀”才可怜刘备，倾向性一目了然。

五十六

范成大的奇异发现

范成大与杨万里、陆游、尤袤合称南宋“中兴四大诗人”。他不仅仕途相对顺畅，官做得最大，而且爱国诗和田园诗都取得了突出的成就。尤其是田园诗，钱锺书誉之为“中国古代田园诗的集大成”(语见《宋诗选注》)，晚年所作的《四时田园杂兴》在元末明初即已成为公认的经典。

宋孝宗淳熙二年(1175 年)，范成大出任四川安抚制置使，前后两年，赴任和离任都曾途经三峡。与他先前的历代诗人不同，也与他本人诗歌创作常态不同，他在经过巫峡、瞿塘峡和夔州的时候，特别注意观察峡江山水的鬼斧神工，并且有一些奇异的发现，纪之于诗，独标一格。

过巫峡时，范成大写出了《刺濆淖并序》。所谓“濆淖”，通称涡漩，其最险恶者即黄庭坚竹枝词里写的“人鲊瓮”。其序说得明白：“濆淖，盘涡之大者。峡江水壮则有之，或大如一间屋。相传水行峡底，遇暗石则濆起，已而下漩为涡。然亦未尝有定处，或无故突然而作，叵测也。舟行遇之，小则欹倾，大则与赍俱入，险恶之名闻天下。”整首诗长达四十四句，为五言古体，盖为纪此奇异而作。

“峡江饶暗石，水状日千变。不愁滩泷来，但畏濆淖见。”开门见山四句诗，点明滪淳的可畏，形成全诗之眼。再用四句强调其“叵测”之后，即展开了十二句描述：“安行方熨縠，无事忽翻练。突如汤鼎沸，翕作茶磨旋。势迫中成洼，怒霁外始晕。已定稍安慰，倏作更惊眩。漂漂浮沫起，疑有潜鲸噀。勃勃骇浪腾，复恐蛰鳌抃。”有势有形，绘声绘色，将滪淳的变幻莫测、险恶异常渲染得淋漓尽致，惊心动魄，读之若身临其境，骇然惊恐。既而十二句却陡然一转，力酣墨饱地描绘“篙师”“滩户”如何无所畏惧，如何“逡巡怯大敌，勇往决鏖战”，如何“九死船头争，万苦石上牵”。结尾十二句，畅怀抒发自己“今者击楫誓，岂复惮波面”的在场即时感受，还表示要“但催叠鼓轰，往助双橹健”。前后情境构成强烈的反差对照，凸显出作诗主旨在赞扬人，赞扬峡江的船工和纤夫。这同时也就诠释了诗题的“刺”，那便是贬抑滪淳，蔑视滪淳，浑若呵斥滪淳没什么了不起，峡江的民众定能征服你。其先千余年，从无这等诗，诗本体也奇崛异常。

《嘲峡石并序》亦异曲同工。同为长达四十四句的五言古体，序即交代了作诗因由：“峡山江滨，乱石万状，极其丑怪，不可形容，举非世间诸所有石之比。走笔戏题，且以纪异。”范成大连写了十六句，迭用比喻，大加夸饰，极力映现出乱石万状：“粗类坟壤黄，沉渍铁矢黑。或如沟泥涴，或似冻壁坼。堆疑聚縻粟，陊若坏城甓。槎牙镂朽木，狼籍委枯骼。礌砢包蠃蚌，淋漓锢铅锡。纵文瓦沟垄，横叠衣折襞。鳞皴斧凿余，坎窞蹴踏力。云何清淑气，孕此诡谲迹。”进而自称“我本一丘壑，嗜石旧成癖”，列举出八种他在别处见过的奇珍异石，与之相对比，做出“倦游所阅多，未易一二籍”的结论。末了还联及“绝代昭君村，惊世屈原宅”，倾情盛赞“或云峡多材，奇秀郁以积”的无与伦比。所谓“嘲”，实为用游戏笔墨赞美。

究其实，巫峡中那些“极其丑怪，不可形容”的奇异峡石，乃亿万年间造山运动和水石互动所生成的自然奇观。清人张问陶《由三分水至楠木园出巫峡》之一诗谓：“石走山飞气不驯，千峰忽作乱麻皴。”尽可以看作七百年后的另外一种审美感受，却远不及范成大的诗铺张扬厉，极状异象。三峡工程蓄水后，奇异峡石并没有淹没殆尽，后之来者实在应该留意观赏。

范成大还有一首《赤甲山诗并序》，更加令人匪夷所思，惊叹莫名。其序写的是：“鱼复浦泊舟，望月出赤甲山。山形断缺，如鼍龙坐而张颐，月自缺中腾上山顶，因有诗。”全诗仅八句：“月生赤甲如金盆，蹲龙呀口吐复吞。

长风浩浩挟之出，影落半江沉复翻。天高夜静四山寂，惟有滩声喧水门。高斋诗翁不可作，我亦不眠终夕看。”前两句写他舟中所见的赤甲山，在大如金盆的明月映照下浑若鼍龙（一种鳄鱼，俗称为猪婆龙）张口，将月亮吐出来又吞进去，吞进去又吐出来。后两句说这样的奇观连杜甫也想象不出来，他本人只能终夜观望。

但这绝不是范成大的幻觉，而是自然奇观的真实记录。1992 年 6 月 24 日下午 5 时半左右，我在奉节老县城依斗门下港口三楼候船，不期然间望见了阳光照射下的赤甲山，被白盐山挡住了山体下部，所凸半部活像是古猿面部，短额突棱，眉、眼、鼻赤黑相勒，历历可见。所见的详细印象，已记录在拙著长篇报告文学《神女告诉我》当中。范成大当年月光下的感觉像鼍，我当时日光下的感觉像猿，同在鼍和猿都有突出上颚。我深信，在今之奉节，只要找准一定的位置和时段，凭借月光或日光映照就仍能见到那一奇观。

五十七

质本俗来还俗去

自从唐代白居易、刘禹锡开过风气，后世的诗人过往三峡地区，常有人会按捺不住地踵武前贤，吸纳地气，尝试体验或创作竹枝词。范成大一贯关注世风民情，观察能力和表达能力都属一流，自然不会例外。他应当不是刻意追求，而是率性为之，却让他的《夔州竹枝歌九首》超越了前人，更加接近了民歌竹枝词的通俗本色，为他身后的文人竹枝词以俗为美、俗中蕴雅开了先河。

植根于峡江风土民俗，原本就是民歌竹枝词的一大本质特征，文人竹枝词起蘖萌叶便有依归。但范成大的相关视野超过了刘禹锡，对诸多风土民俗发人之所未发。如九首之一："五月五日岚气开，南门竞船争看来。云安酒浓曲米贱，家家扶得醉人回。"纪端午龙舟赛不稀奇，反映士民纵乐滥酒，则是头一个。又如其五："白头老媪簪红花，黑头女娘三髻丫。背上儿眠上山去，采桑已闲当采茶。"每一句都是一种民俗风情，在三峡地区以外难得一见。尤其第二句，年轻女子在头上盘三个发结，全然一个夔州特色。在重庆中国三峡博物馆里，展有三髻女陶俑，尽可参证。

与此相联结，还博采口语入诗，或取当地特色风物设喻入诗。前者如九首之三中有“半青半黄朝出卖，日午买盐沽酒归”，之四中有“瘿妇趁墟城里来，十十五五市南街”，“半青半黄”“十十五五”均为当地民间口头语，“趁墟”也是对赶集的俚俗称谓。后者则如第七首：“白帝庙前无旧城，荒山野草古今情。只余峡口一堆石，恰似人心未肯平。”第二句为暗喻，用满目荒凉的“荒山野草”比喻“古今情”，直将对岁月磨洗的怀古伤今之情刻画得触目惊心，意味无穷。第三四句为明喻，用“一堆石”即滟滪堆比喻“人心”的波涛汹涌，同样具有超强的历史穿透力和艺术震撼力。

在博采口语方面，以构思新巧、语言诙谐著称的杨万里，比范成大更见功夫。他的《峡山寺竹枝词》写道：“一水双崖千万萦，有天无地只心惊。无人打杀杜鹃子，雨外飞来头上声。”据说峡山寺在瞿塘峡，起句的“一水双崖”虽然似俗亦雅，却将峡江的逼仄陡峭形容得恰到好处。后三句全是民间口头语，特别是“打杀”和“杜鹃子”完全脱离了文雅气息。如果说第二句还只是书写现场感受，那么第三四两句单凭口语白描，就描画出了使人“心惊”的意境。另一首《竹枝歌》的后两句写道：“知侬笠漏芒鞋破，须遣拖泥带水行。”上句的箬笠和芒鞋都有地域性的民间特色，下句的“拖泥带水”尤为俚俗家常语，可两句合成的诗情画意不仅活泼生鲜，沾带泥土气，而且浸润着幽默风趣。

范成大和杨万里同为当时诗坛领军人物，后者的诗体还当世就被称为“诚斋体”，他们的如斯作为自有榜样的力量。经他俩，加上先前苏轼、苏辙和黄庭坚的共同引领，竹枝词在素有吴歌根基的长江下游地区，即今江西、江苏、安徽、浙江一带传播开来，继起者众。李埴即为其中之一。他的《巫山竹枝词二首》之二写道：“阳台门前六律山，女郎吹笛翠微间。日斜酒散同归去，笑插花枝满鬓鬟。”该诗采用的口语虽然不突出，描画当地女郎的民俗风情，却也令人读即欣然，眼为之亮，心为之动。

比李埴写得更多，由宋入元的孙嵩从夔州写到峡口，留下了《竹枝歌八首》。其一为：“滟滪堆头君莫行，瞿塘峡里不论程。龙吟小雨蜀天黑，等有明朝春水生。”第三句“天黑”，有如信手拈来，用了巴渝地区民间习用的口语。其二为：“行尽三巴三曲流，一滩自有一生愁。明朝已过夷陵岸，更宿江陵渔笛洲。”前两句不避重字迭用，借鉴了民歌造句的方法，第二句尤其在白话描述当中发出了人生感慨，言浅而意深。至于其五：“巴子城荒非昔人，公孙何处问遗民。千年惟有武侯碛，留与踏歌行早春。”前三句悉为平实观感，唯有第四句观照到了民俗风情。较之范、杨所作，显然差了档次。总体上好在，尽管还拘于七绝诗的平仄韵律，终究借鉴了民歌竹枝词的明白如话，做到了雅不避俗，俗能见雅。

也是由宋入元的汪元量作过《竹枝歌十首》，其中第一首和第八首与巴渝地区相关。第一首写道：“快风吹我入三巴，桂棹兰桡依暮花。一道月明天似水，湘灵鼓瑟下长沙。”第八首写道：“白头渔父白头妻，网得鱼多夜不归。生怕渡官搜着税，巴东转舵向巴西。”明显地看得出，前一首采用俗语相当有限，而后一首确系完全用俗语写成，“生怕”一词尤其既贴切，又生猛，活脱脱是全诗诗眼。其思想意涵也异常深邃，特别是后两句，给阅读者营构了充分的联想空间。

到南宋中后期，竹枝词实现了由民间向文坛的提升，尽管创作中心仍然在三峡地区，传播范围却已扩张到几乎整个长江流域。这其中，范成大和杨万里居功至伟，应当永久记住他们。

五十八

学理与诗心

从北宋后期至南宋末期近两百年间，程朱理学在巴渝地区传播渐广，影响日深。“二程”之一的程颐于宋哲宗绍圣元年（1094 年）以元祐党人“放归田里”，四年（1097 年）送“涪州编管”，元符三年（1100 年）方得以离开。他在涪州北岩普净院授徒讲学，黄庭坚曾来拜谒，并为普净院题名“钩深堂”。集理学于大成的朱熹，尽管本人未到过巴渝地区，但受业弟子众，对巴渝学人传扬理学有大的推动。他俩的一些传人也爱作诗，形成了巴渝诗歌发展史上一道风景，虽不十分靓丽，却有一定特质，不容漠然视之。

程颐在涪州授徒讲学三年，多赖其涪州籍弟子谯定帮助。程颐辞世后二十八年，即南宋高宗绍兴四年（1134 年），其弟子洛阳人尹焞来到涪州，居于北岩“三畏斋”。尹焞作诗《偶感贴壁》：“少蒙师教指迷津，老读羲经味入神。无限青山随意好，强来骑马踏红尘。”前两句表达出了对恩师的感激和崇敬，后两句更寄寓着继承师道的情愫和心志，于平实中透着清新。至绍兴五年（1135 年），涪州知州李瞻于钩深堂内建“伊川先生祠堂”，塑三人像，特让尹焞、谯定作左右陪祀。

合州巴川（今重庆铜梁）人度正，于宋宁宗庆元三年（1197 年）专程赶赴福建建阳，拜谒当时其说正被禁为“伪学”的朱熹，成为朱熹的及门弟子。他历仕多地，最终以礼部侍郎致仕，颇有诗作遗世。朱熹也能诗，1995 年版的《涪陵市志》载有一首题名朱熹的《北岩题壁》，不知是不是他向朱熹求得的，或者是他或别的人托名所作的。其诗写道：“渺然方寸神明舍，天下经纶具此中。每向狂澜观不足，正如有本出无穷。”其意旨在赞颂程颐理学的博大精深，但说理传道意味颇浓，诗却并不高明，颇异于朱熹的《观书有感》。这种学理诗，与度正诗里多为讲学说理之作往往流于寡淡相近，所以对他有怀疑。但这无确凿依据，仅止猜测而已。

度正也有少数诗颇具诗心，或显真情，或寄实感，或寓理趣，读起来能耐咀嚼。如《题锦屏山》：“积翠浮空老不枯，英灵今此定何如？万章松柏还蒙密，千载风云颇阔疏。一气周汉无间断，四时变化有盈虚。凭高极目怀嵩华，此愤何时可一摅！”面对岳飞爱婿张宪故乡阆中的锦屏山，他在写景中怀古，表达出了对中原沦陷的深切忧愤，确乎堪称情真感实。而《笼鸡》却写道：“笼中畜一鸡，饮啄颇云足。其鸡浑不顾，引颈欲逃出。旁鸡大爱之，贪食笼中食。回旋欲归笼，不省笼拘束。”全用俗语白描，煞是一则寓言，所寓之理难以用一言概括，所寓之趣又足以令不同读者哂笑、朗笑、酸笑或傻笑，相当难得。

阳枋为度正同乡，年轻于度正二十岁，少从桓渊、度正学习理学，属于朱熹的再传弟子。他在余玠驻节重庆，淳祐三年(1243 年)挂榜招贤时，曾数次上书献策革新蜀政，成为余玠的重要谋士之一。爱国和悯农，构成他诗作的主旋律。如其七律《赴大宁司理贽俞帅》：“见说三关息虎貔，风高白产卷旌旗。擎天磔柱瞿唐险，保蜀夫模阵石奇。誓出离山禽仲达，肯屯汉口学姜维。枕戈心事闻鸡起，未必间眠听竹枝。”前四句不吝夸赞赠诗对象军威雄壮，功业可期，后四句连用蜀汉诸葛亮、姜维相继抗曹，东晋祖逖闻鸡即蹴刘琨起舞的典故，进一步励其矢志抗蒙，北伐建功，颇具陆游诗风。《和苏提举喜雨》有句：“人道苏天真广大，岁逢商旱得流通。欲知八郡生灵喜，七月兴歌我稼同。”喜雨之情与农民联结，既真挚，又清健，殊非装腔作秀者可以企及。

即便说理诗，阳枋也能注入真情，使之神旺。如七绝《和王南运八阵碛》：“常山蛇势少能明，治法还从阵法寻。先正后奇严自胜，堂堂真是武侯心。”好就好在结句变格，一改前面三句的述说评论，而振之以情真意切的比类点赞，要不然便流为平实的韵语了。更为灵活自如的，是他把形象、意蕴之美化入情语中，缘情取象，因情成趣。如《瞿塘峡》之一：“曾闻滟滪屹瞿塘，雪浪摧山势独当。我至韵融方二月，水平石出映斜阳。”前两句纪瞿塘峡险恶常态，与第四句构成反差极强的形象对比，即已有了奇崛表征。最奇还在第三句，明知是二月枯水导致水落石出，偏说成“我至”即如何如何，情趣一下子就迸出来了。

阳枋还遗存了一首词，题作《临江仙·涪州北岩玩易有感》，“玩易”二字即见意趣。其上阕为：“乐意相关莺对语，春风遍满天涯。生香不断树交花。个中皆实理，何处是浮华。”其下阕为：“收敛回来还夜气，一轮明月千家。看梅休用隔窗纱。清光辉皎洁，疏影自横斜。”表面看，全词着意写春光丽景，实则是借春光明媚、丽景融泄的诸多意象，在上阕喻解浮华红尘，在下阕更提升到赞美《周易》的清明澄净，恍若追求物我两忘。深奥学理不着痕迹便化为烂漫诗心，阳枋较之度正以及尹焞，显然更吸引后来人的目光。

五十九

余玠首创《黄葛晚渡》

宋蒙(元)钓鱼城之战持续三十六年,南宋方面的第一任统帅是蕲春(今属湖北)人余玠。他于宋理宗淳祐二年(1242年)十二月出任权兵部侍郎、四川安抚制置使兼知重庆,“任责全蜀”。次年春到任,他设四川制置使司于金碧山下重庆府衙(今已修复署衙遗址,成为全国重点文物保护单位)。镇蜀十年间,他由冉琎、冉璞等辅佐,徙合州于钓鱼山,建立起了包括钓鱼城、多功城在内的山城防御体系,成为中国军事史上一大壮举。他积极组织攻防战,也多次取得重要胜利,功高当世,声名显赫。

余玠文武全才,诗也写得漂亮。重庆江南岸龙门山麓,绍兴年间建起一座觉林寺,过江越龙门浩迂回而入,拾级而上,便能拜谒。觉林寺西南方向一带,当时已经形成商贸居住区,为今南岸区下浩老街奠定了基础。余玠有一首七绝《觉林晓钟》写道:“木鱼敲罢起钟声,透出丛林万户惊。一百八声方始尽,六街三市有人行。”体味其意蕴,他是在隔江府衙里面,天刚拂晓便听到觉林寺的钟声了。连续三句数字入诗,具体而又生动地描绘出了寺钟的传播之久,影响之大,以及周边人众之盛,集市之早。对于了解重庆南岸经济社会的宋代状况,这首诗还有纪史价值,相当珍贵。那座觉林寺已于明末毁于兵火，清康熙二年（1663 年）所重建者今已不全，但报恩塔仍然存在。

余玠最有名的巴渝诗，当数七绝《黄葛晚渡》："龙门东去水和天，待渡行人暂息肩。自是晚来归兴急，江头争上夕阳船。"诗里的黄葛渡得名于黄葛树，又称为黄葛峡。明人曹学佺《蜀中名胜记》引《图经》说："涂山之足，有古黄葛树，其下有黄葛渡。"清乾隆《巴县志》说得更细更准，谓之"黄葛峡在县西南，江面宽阔，中隔珊瑚坝，非如他峡之险"。事实上，直至 20 世纪 80 年代以前，黄葛渡仍然存在。其江北岸渡口在今渝中区南纪门江滨，江南岸渡口在今南岸区临近玛瑙溪（今已不存）江滨，历江畔山坡石梯而上为今南坪后堡，梯道旁有极古虬的黄葛树，地名也就叫黄葛渡。但经过 20 世纪末大拆大建以后，黄葛树和黄葛渡都追随玛瑙溪消亡了，只留下后堡一个小地名，且鲜有人知晓。

试想象一下吧，八百多年前的余玠公务之暇，散步到了城墙上运目四顾，正巧望见了诗中所写那般情景，不禁触动诗心，将之写实性地记录了下来。前两句描述眼中之所见，江水东去，天宇空阔，自会让他心情大舒，因而聚焦到了等待渡江的行人放下担子在暂歇。后两句抒发心中之所思，他明白劳累了一天的人们急于归家，将会争渡，一切尽在情理当中。他理解那些劳苦民众，虽未多用一语渲染，关注民生的仁者心性已在其间。从审美的视度看，还描出了一幅巴渝社会人文风情画，当用油画形式才能再现出来。

自余玠首先命题创作出了《黄葛晚渡》以后，黄葛晚渡便成为清以前的"巴渝八景"之一。清乾隆年间，巴县知县王尔鉴主修《巴县志》时，"将巴渝旧传八景汰三增七，为十二景"，曾在《巴渝十二景》的跋中强调指出："重庆旧传八景，如龙门浩月、黄葛晚渡、金碧香风、佛图夜雨，此四景空灵缥缈，在有象无象之间，最称奇妙。"那诚然主要是就山水之灵说的，但移用到余玠的诗也颇为适用，余玠的诗也"在有象无象之间"。

王尔鉴的《巴渝十二景》组诗中，也有一首《黄葛晚渡》："野渡沙洲晚，江寒古木幽。迷离无过客，仿佛有行舟。两岸苍烟合，长天碧水秋。乘槎者谁子，风送乱星流。"诗写得相当工稳，描画山水物象也比较空灵，但是若论意韵情致、诗情画意，分明不及余玠的诗。足堪注意的，倒是他为此诗所写的一段小记:“南纪门外大江对岸南城坪有黄葛古树,偃盖渡旁。江横大洲曰珊瑚坝,舟子曲折行乃达彼岸。雨余月际,遥睇江烟苍茫间,舴艋往来,飘如一叶,亦佳趣也。”前两句比曹学佺说得精准多了,可资后来人详细了解已消逝的黄葛渡的基本特征。后一句宣示,黄葛晚渡的雨后景象、月下景象更有佳趣,显然有别于余玠所描夕照景象。诗必讲美,美不但需要发现,而且发现美尽可以有多种向度,因而不必考较是非。

王尔鉴之后,清代诗人多有再写《黄葛晚渡》者,就体现出各有所取。如姜会照所写:“老树根蟠古渡旁,珊瑚秀插水中央。空江秋影烟波阔,小立冥濛望野航。”如周开丰所写:“渝江秋色老,野渡暮生寒。天水苍茫合,烟岚缥缈看。悄无人共语,似有艓横滩。极目层城上,风高更倚栏。”如张九镒所写:“江村图画中,夕阳半明灭。老树旁屈盘,垂荫几千尺。去棹破残霞,回帆挂新月。四顾但苍然,长啸江天碧。”如罗学源所写:“归鸦夕照衔,渐入平羌灭。黄葛覆江滨,断岸高千尺。忽惊清影浓,遥山上明月。咿哑柔橹声,长空天一碧。”这些诗都有一定可读性,但又都是在作诗,不如余玠率性而为那样自然。

六十

颂歌献给钓鱼城英雄

南宋的钓鱼城保卫战，合州主将曾几易其人，英雄功业最显著的是王坚和张珏。宋理宗开庆元年(1259 年)一月，蒙古大汗蒙哥亲自率军围攻钓鱼城，时任兴元都统兼知合州的王坚与副将张珏组织军民据城坚守，顶住了蒙军的多轮进攻。战事延至七月初，蒙哥亲自到城下督战，“为炮风所震，因成疾”，不久因伤重逝于金剑山麓温塘峡(在今铜梁，一说北碚)。各路蒙古军因而撤军，钓鱼城之战的局部大胜在一定程度上扭转了总体战局，延长了南宋王朝的国祚。

消息传到江南地区，自号“后村居士”的江湖派著名诗人刘克庄，迅即写出《蜀捷》一诗加以歌颂。“吠南初谓予堪侮，折北俄闻彼不支。挞览果歼强弩下，鬼章有入槛车时。钟繇捷表前无古，班固铭诗继者谁？白发腐儒心胆薄，一春林下浪攒眉。”前四句以叙带议，赞扬胜利，并不算多么出彩。妙在第五六句连用两典，借三国钟繇撰《贺捷表》、东汉班固撰《燕然山铭》彰显了王朝威德，喻此“蜀捷”对宋室的重大意义，并寄托着还能有后续的殷切期盼。结尾两句还顺带嘲讽了畏战乃至主降的“腐儒”者流，扬眉吐气的快慰溢于言表。

合州解围后，王坚因功升任宁远军节度使，调离重庆，继而在左金吾上将军、湖北安抚使兼知江陵任上遭到权臣贾似道疑忌排斥，于景定四年(1263 年)在和州贬所郁郁而终。王坚辞世前一年，张珏继马千任合州知州，并于宋度宗咸淳三年(1267 年)晋升为四川制置使，驻节重庆领导川东地区的抗元斗争，前后坚持十一年。景炎三年(1278 年)正月重庆城破，张珏打算转移到夔州重整旗鼓，不料在涪州被俘，然后于押往大都(今北京)，途中自缢殉国。

张珏殉国于元世祖至元十七年(1280 年)，先前早已身陷大都囹圄的文天祥闻知噩耗，英雄相惜，特集杜甫诗句撰成了《悼制置使兼知重庆府张珏》一诗："气敌万人将，独在天一隅。向使国不亡，功业竟何如！"第一句集自杜甫《杨监又出画鹰十二扇》的七八句"疾禁千里马，气敌万人将"，杜诗原意在称美雄鹰迅疾勇猛，气势超凡，文诗拿过来正好以雄鹰比喻张珏的英雄气质超群绝伦。第二句集自杜甫《遣怀》的第三十五句至三十六句"萧条益堪愧，独在天一隅"，杜诗原意是"忆与高(适)李(白)辈，论交入酒垆"，多年分别不见，感喟自己独自一人漂泊羁旅于夔州一隅，文诗拿过来则变其实而用之，称颂张珏在南宋实已国亡以后，还大义凛然，坚持抗元，率领军民独钓中原。第三四两句也集自杜诗，姑不再引原诗，只考其语义。很明显，文天祥是在深情惋惜张珏生不逢时，回天无力，否则必将建立更伟大的功勋。

这之前，宋恭宗德祐二年(1276 年)，丞相伯颜率领的元军主力已经占领南宋国都临安(今浙江杭州)，谢太后领恭帝出降，文天祥、陆秀夫拥益王赵昰、广王赵昺流亡到福建、广东，南宋王朝业已事实上灭亡了。而其前一年，驻守常州的宋度宗朝第七副将王坚之子王安节，坚持抗战九个月以后，已于十一月巷战受伤被俘，拒降壮烈捐躯。文天祥也写了《将军王安节》："激烈伤雄才，直气横乾坤。惆怅汗血驹，见此忠孝门。"四句诗同样都集自杜诗。末句集自杜诗《览柏中允兼子侄数人除官制词因述父子兄弟四美载歌丝纶》的开头两句："纷然丧乱际，见此忠孝门。"不言而喻，文天祥是将原诗里的柏氏父子兄弟用来借代王氏父子的，因而这首诗不仅歌颂了王安节，而且也歌颂了王坚。

降及明清，歌颂钓鱼城英雄的诗时有所见，且不乏佳作。如明英宗正统十年(1445年)的合州知州胡应先所作的《钓鱼城怀古》一诗,前四句为:“孤城百仞接云烟,撑拄巴渝半壁天。率土已为元社稷,一隅犹守宋山川。”就着眼于宋蒙(元)钓鱼城之战的总体格局,歌颂了坚守钓鱼城的南宋将士的英雄气概和独特奉献。清代中期的合州本土诗人冯镇峦,也作过一首《钓鱼城访古》,其中的“半壁东南竟陆沉,鱼山一垒枕江浔”重述的是钓鱼城的战略地位,“孤城远抱中原势,百战还坚壮士心”则进一步歌颂了独钓中原、百战不挠的英雄精神。其中写得最好的,当数明代杨慎于世宗嘉靖十八年(1539年)作的《钓鱼城王张二忠臣祠》。

那是一首拗体七律:“钓鱼城下江水清,荒烟古垒气犹生。睢阳百战有健将,墨翟九守无降兵。犀舟曾挥白羽扇,雄剑几断曼胡缨。西湖日夜尚歌舞,只待崖山航海行。”中间两联迭用典故,借喻王张,曲尽其妙。概言之,第三句以在唐代安史之乱中坚守睢阳孤城的张巡、许远“守一城,捍天下”,类比王张为同样的健将。第四句用战国墨子善设机巧,九防九胜公输般故事,代指王张擅长防御,坚不可摧。第五句借晋代顾荣的舟中挥扇,处乱不惊,喻王张胆略过人,指挥若定。第六句引《庄子·说剑》的“曼胡之缨”,指王张“雄剑”几度获胜,犹如斩断了敌方结冠的带子,屡建殊功。合起来,简直就是对王张如何英雄的精美描画。

六十一

怀古忆前人

近些年，所谓“崖山以后无中国”之说时不时地沉渣泛起，搅扰视听。其鼓吹者故意看不见，世所公认的中华国家二十四史当中有一部《元史》，与先前的《魏书》《北齐书》《周书》《北史》《辽史》《金史》等非汉民族所建国家史合在一起，将近占了二十四史的三分之一。但无论他们如何巧舌如簧，都改变不了元朝终止五代、两宋、辽金以来长达三百七十二年的分治局面，底定大中华一统国家版图，促成中华民族大家庭构建的历史事实。

从秦汉到明清，皇权专制的大小王朝虽然多有更替，后之于前必有所承续即为事实之一。以“四川”为例，得名始于宋真宗咸平四年（1001 年）将益州路、梓州路、利州路、夔州路合称为川峡四路，后简称为四川。而四川建省却是在元朝。先是元世祖中统三年（1262 年），设陕西四川行中书省，治所在京兆（今陕西西安），当时南宋尚未亡国。后是一统以后的至元二十三年（1286 年），才将陕西与四川分割开来，另设四川等处行中书省，简称四川行省，治所在成都。其间至元二十五年至二十七年（1288—1290 年），四川行省还一度移驻重庆。这样的承续至少表明，元朝的统治者在理念上并不拒绝承认前朝可以有所承袭。

由宋入元的原南宋士大夫，自然更不会只认新朝，不认前朝。南丰（今属江西）人刘壎，年三十七适值宋亡，入元后曾任昭郡学正，终于延平教授。他身为元朝地方学官，却不忘南宋死节之士，特创作了《补史十忠诗》，其第十首为《四川制置使知重庆府张公珏》。为五古诗，共二十句："坤维拓提封，形胜古天府。血战五十秋，零落余八柱。江南传箭急，谁暇此回顾？落日古渝城，仗钺乃甚武。天东甑虽堕，吾自强支柱。渡泸躬讨逆，归来战弥苦。萧条下夔关，机阱伏中路。咄咄怏敌仇，谁与掩抔土？哀哉关西雄，国亡犹不负。同时督军将，腰金插双虎。"诗称张珏为"关西雄"，赞张珏能"强支柱"，纪颂张珏"躬讨逆"之功，抒发"谁与掩抔土"之叹，家国情怀显然还归属前朝。于刘壎个人而言，不忘故国、缅怀忠义自是天经地义的理念抉择。但他并未因之而遭到犹如后之清代文字狱般的丧身灭族，也折射出元朝政治具有相对宽松的一面。

其次子刘麟瑞，也有《挽四川制置使张珏》一诗："玉垒浮云五十秋，关西虓将勇无俦。三吴甑堕犹坚守，八柱唇亡不耐愁。泸水捷收劳腰橐，夔门机伏失兜鍪。吾君不负毋宁死，遗恨谁怜怏敌仇。"张珏本是凤州（今陕西凤县）人，所以他同其父称张珏为"关西雄"一样，称张珏为"关西虓将"，并推称"勇无俦"。三四句概述张珏的功业，犹如颂其"坚守孤城，独钓中原"。第五句特举收复泸州之功，第六句专指未能实现夔州重振之痛，惋惜之情已寓其中。结尾两句提升到颂扬张珏忠贞报国、宁死不屈的爱国精神，挽诗也写得慷慨激越，有过父翁。

与刘壎同年代的著名戏曲作家白朴，入元后终生不仕，有词《天籁集》传世。其中有一首《水龙吟·送史总帅镇西川时方混一》，标题颇耐人寻味。史总帅叫什么名字，有什么作为，均无须细究。仅从"送"与"镇西川"四字即可看出，白朴虽立志不仕，却与新朝高级将领有了交往，并且关系非同一般。"时方混一"指元已灭宋，一统天下，但为时未久，白朴特地加上了这四个字，表明他已认同了这个新朝。详情度理，这决然不是仅止他一人如此，在汉族文人当中应有一定代表性。

词的上阕全是称颂史总帅的，无须引述置评，只看它的下阕："我望金陵，王气尽消磨，区区江左。楼船万舻，瞿塘东瞰，徒横铁锁。八阵名成，七擒功就，南夷胆破。待他年，画像麒麟阁上，为将军贺。"除最后三句是直接对史总帅的贺词之外，前面的各句均为明面怀古，暗里喻今。所谓的“金陵王气”，统括了三国孙吴，南朝陈氏，也隐隐约约指向了南宋。紧接的三句承之而来，用了刘禹锡《西塞山怀古》中的“金陵王气黯然收”句意，涵纳了西晋王濬灭吴、隋初杨素代陈的两大史事。继后的三句，则用蜀汉诸葛亮两个故事，也与东向、南征相关。这一切全都取自既往汉族王朝征战历史，与元灭南宋、混一全国契合如一。

蒙古族人阿鲁威，元仁宗至元惠宗朝曾历任高官，有一首散曲《蟾宫曲》：“问人间谁是英雄？有酾酒临江，横槊曹公。紫盖黄旗，多应借得，赤壁东风。更惊起南阳卧龙，便成名八阵图中。鼎足三分，一分西蜀，一分江东。”该诗娴熟自如地连用三起三国人物所涉故事，用语协韵、造境命意都真率畅达，清新雅致。这比白朴的词更能反映出，不只是汉族人，还包括蒙古族人，都自觉地认同了中国传统文化，并一起传承，一起创新。民族国家的精神命脉在于文化，怎么能够漠然不顾这类事实，硬是要诓人相信“崖山以后无中国”呢？

六十二

三峡总关情

唐诗、宋词、元曲，相继崛起于中古时期，共同构建了中华民族文学史的三大高地。元曲的基体散曲，虽对宋词乃至唐诗都有所继承，但主要源自于辽、金、元的北方胡乐和民间俗曲，市俗化和音乐化程度更高，并且讲究“得机趣为工”，文体和基调均为创新。元曲衍生出戏曲支撑杂剧，进一步强化了雅俗共赏的审美趋向，积极影响到明清小说、传奇的次第兴旺。有所起必有所落，传统诗词虽然仍为文人学士所钟爱，却再无可能重现唐宋的极盛。

传统诗词日趋小众化，直接导致元代诗词的格局和成就在整体性上不及唐宋，但并没有颓靡沉寂。在巴渝地区，唐宋数百年间诸多著名诗人过往吟唱、竞领风骚的繁荣景象虽然不复再见，与巴渝相关联的元人作品却也集中地指向三峡。并且，这些作品大多不是履迹所至心旌摇动的产物，而是书画题咏或者友朋寄赠的成果。只不过也有别于元稹《离思》之四“除却巫山不是云”那样的纯为喻体，元人诗作凡对三峡一带古往人事、名物风情有所涉及，都是以之为描述对象，因而也能归属写巴渝之列。

如元代著名学者，祖籍蜀郡仁寿（今属四川）的虞集，就曾写过《题东坡帖》。其小序明确交代:“东坡先生书少陵翁《负薪行》,笔力与辞气同一高古。忆在江上闻舟人竹枝一首,漫识于此。”前一句是对苏轼所书杜甫名作《负薪行》帖的倾心礼赞,从而引发了后一句的“忆”。后一句所忆往事,是曾经在峡江听闻船工唱过一首竹枝词,音犹在耳,于是乘兴之所之,在东坡帖的空白处随手书写出来。所写的是:“鱼复浦前春水生,负薪渡江初月明。凭郎莫下巫峡去,楚王宫殿在专城。”是不是昔日舟人所唱竹枝词的原词,不知道,也不须深究。但从中表现出来了的,分明是虞集作为巴蜀人,对峡江竹枝词的别样真情。

如元代著名画家、诗人王冕,倾其一生似未到过巴渝地区,也有一首五律叫《雨过》:“雨过山光润,烟浮野色昏。清泉流近砌,黄叶拥衡门。世事凭谁论?高情只自存。忽思浣花老,又欲向东屯。”他一生志行高洁,隐居不仕,此诗前四句纯然白描,描画出了他雨后清新的隐居环境。五六句一转,由“世事”追寻“高情”,猛然联想到了杜甫。杜甫因安史之乱漂泊巴蜀,曾先后在成都的浣花溪畔和夔州东屯依托草堂寄居,结尾两句便抒发了他对杜甫高情的踵武之意。他晚年正值元末战乱,与杜甫当年历史背景颇为相似,所以这一联想十分自然贴切。

王冕还题过《吹箫出峡图》。那是一首七言古体诗,全诗十六句托物咏志,旷达洒脱。诗人在回忆“我昔放舟从此出,捩拖挂帆气欲折”之后,直吐出“春风回首三十年,至今认得山头月”的心声。紧接着四句为:“草堂清晨看图画,画里之人闲似我。波涛汹涌都不知,横箫自向船中坐。”虽然并没有点出杜甫,但他以前的历代诗人唯有杜甫曾在峡江住过草堂,联系到《雨后》更可以认定。他将杜甫吹箫出峡想象得那样气定神闲,极大程度上实为夫子自道,或者自期。但崇敬杜甫,追效杜甫之情,于这四句诗已比前诗更见显豁。

曾被虞集称作异材引荐为官的傅若金,作过一首七律《题书船入蜀图,送黄尚质赴夔州蒙古教授》,特别有意思。如诗题所示,诗是题在书船入蜀图上的,题诗是为了送人赴任。教授为宋元明清所设学官,元代诸路散府及中州学校均设教授,位居提督学事司之下。黄尚质所任学官,职在传授蒙语、讲授蒙学,所以称蒙古教授,可见元朝政府重视蒙汉文化的沟通交融。黄尚质以船载书,足见其人也重视尽责传布,甚至还有人替他绘了那样一幅图。诗的首联“楚客之官泛蜀船，画图盈尺见山川”，破题即见由来。颔联“九江树色潇湘外，三峡猿声滟滪前”概述行踪，表明了是从江西经湖广再到四川。颈联尤其特色鲜明，上句“方译渐通巴俗语”，反映出在夔州已然实现了蒙汉双语互通，下句“国书新绝汉人传”则说明，是因为官方指定汉人学习的蒙文“国书”已暂时缺供了，所以要另载一船书去。尾联“岂无好事能携酒，问字时时集讲筵”，意若谓何妨随船携酒，以助就职后乘兴开讲，答疑解惑，轻松当中不乏诙谐。诗写得相当轻健鲜活，而且具备文化传播交流史价值，格外珍贵。

此外，如李孝光《次萨使君六合诗韵》诗中写的“瞿塘雪解水初回，浪触金山怒转雷”，顾瑛《春雪方霁柳塘雅集四首》之四写的“小亭结在瀼西头，况复春半雨初收”，都颇具三峡地域特色。梁寅的《荆州歌》凡五句：“夔州六舸下扬州，如雷叠鼓春江头。花开满城不少留。瞿塘风波似翻海，朝朝出望为郎愁。”尽管是假托荆州思妇口吻写的，但一、二、四句都着意三峡，特征突出。该诗在体式上则颇接近词曲的小令，打破了诗常规，或多或少会对后来三峡地区的五句子山歌产生影响。无论这些诗审美品位高下如何，都有一个共同点，那就是活迸迸且热喷喷的三峡情。

六十三

元人爱唱竹枝歌

元代中华一统，竹枝词创作便出现一次飞跃，作者之众、阶层之广、流布之远都堪称空前。在大都(即今北京)，宋褧、袁桷等翰林学士，以及马祖常、许有壬等朝廷高官，竞相作竹枝词，首开北京竹枝词之风。虞集、王恽、刘肃、周巽、黄公望、陶孟恺等达官贵人和文人学士也相与唱和。在全国范围内，东北之辽宁，西北之陕西，西南之四川，东南之潮汕，竹枝词无不热于一时，雅俗皆唱。尤其是在浙江杭州地区，以元代文坛领袖杨维祯为班首，形成了西湖竹枝词流派，并出现了以薛兰英、薛蕙英为代表的女性竹枝词，杭州地区取代了三峡地区的中心地位。

尽管如此，三峡地区终究是竹枝词的原乡，歌咏三峡人文风情的竹枝词仍然不绝如缕。除由宋入元的孙嵩、汪元量等均有三峡竹枝词传世之外，诸如袁桷、周巽、丁鹤年、陶孟恺等人，也有情牵三峡的作品产生。

袁桷未到过三峡地区，但他与蜀人虞集同为学士，交谊深厚，曾应虞集之约作《伯生约赋竹枝词因再用韵四首》。题中的“伯生”为虞集的字。四首之一写道：“君家竹叶江水清，我家竹枝三峡声。三峡随水江上去，回首望乡终眼明。”首句的“竹叶”代指酒名，即竹叶青，借以称美虞集请他所饮美酒如江水一般清冽。由酒而及诗，竟使袁桷作的竹枝词也有了三峡声，次句的联想堪称奇妙。由之引出三四句，表达出了对三峡的向往之情。之四更是妙趣横生，前两句“爱君酒滑滑如泥，白眼叉手头愈低”，上句夸奖虞集的酒细腻可口，不辣不燥，下句形容虞集喝高了，两眼翻白、双手交叉、头渐低垂的醉态，不是挚友断然不可能如此相调侃。后两句“南邻琵琶不堪听，自舞柘枝惊春啼”，进一步描述了虞集醉态毕露，嫌别人的琵琶弹得不中听，自顾自地跳起了由西域传入的柘枝舞，直惹得四座喧哗，惊叹不置。这样的文人纵酒风情画，难得一遇。

周巽所作的《竹枝歌十首》，反映出他对三峡地区的民物风情有相当的了解。例如：“滟滪堆前十二滩，滩声破胆落奔湍。巴人缓步牵江去，楚客齐歌行路难。”一、二、四句悉为烘托第三句，“巴人”指峡江纤夫，他们一步一步地匍匐拉纤，令他这个吉安（今属江西）人见所未见，讶异得不得了，也赞叹得不得了。再如：“夔州日落听啼鸟，乱石空围八阵图。傍渚行行访遗迹，武侯奇才天下无。”第三句“行行”二字取自《古诗十九首》的“行行重行行”，顺手拈来形容如何不停奔走，寻访诸葛亮的八阵图故垒遗迹，既自然，也生动。又如：“叠嶂连云气势高，江心巨石起洪涛。怪底终年行路者，艰危如此不辞劳。”前两句多见于他人作，只一个“吼”字用得如闻其声，如见其形。后两句为流水句，“怪底”显然是俗语，意思是难怪不得会这样，连通了看，分明也是由衷地佩服“终年行路者”。应该说，他这些感受，比好多唐宋诗人都更为真实。

丁鹤年为色目人，生活于元末明初，曾为发生“反色目人”风潮而浪迹江湖。他身陷社会底层，生存体验自然会跟肉食者不尽一样，因而他的《竹枝词二首》别具情调。其一为：“竹鸡啼处一声声，山雨来时郎欲行。蜀天恰似离人眼，十日都无一日晴。”起句的“竹鸡”又叫“竹鹧鸪”，是巴渝地区农村才见的一种雉科小鸟，山雨欲来便会啼叫。用竹鸡引出山雨，足见他熟悉那样一种地域特征。再从“郎欲行”引出“离人眼”，并且奇险地用了一个“眼”字暗喻雨水太多，不利出行，更使整首诗显得别致。其二为：“水上摘莲青的的，泥中采藕白纤纤。却笑同根不同味，莲心清苦藕芽甜。”前两句用“青的的”形容莲心绿得鲜丽，“白纤纤”形容藕芽白且细长，如果没有切实的观察，断然是写不出来的。而后两句的“笑”，更是摘莲采藕的人才会有的，丁鹤年仿佛与他们同样笑了。

还有一位陶孟恺，也是元末明初人，在元代曾任江西永丰教谕，入明后又随宋濂修纂《元史》。其《竹枝词》写道："白盐山下水流急，白帝城边枫叶稀。唱断竹枝人不见，山头月落鹧鸪飞。"前两句写景为主，但分别落在"急"字和"稀"字上，也寄寓着因物生感的情绪感应。后两句由情统括，但情语也是景语，景因情现，情在景中。闲适恬静中，多少有一点感伤，文士气息可感可触。

无论偏于俗，还是偏于雅，元人的竹枝词若与宋人的竹枝词相比较，都呈现出两个异质性特征。一个是，与宋人崇尚理趣不同，元人更崇尚情趣，竹枝词在题材内容和形式风格上多追溯唐人，复归于唐。另一个是，尽管竹枝词总体上复归于唐，却也并不是亦步亦趋，只是在审美情趣上特别讲究优美，讲究愉悦，讲究和谐。正因此，竹枝词创作能在元代走向繁荣，其势头诚然不及元曲，却是在传统诗词之上。

六十四

写尽巫山十二峰

“巫山十二重，皆在碧虚中。”唐人李端的《巫山高》诗如此咏叹过。至迟从初唐开始，便出现了巫山十二峰之说，但具体所指和具体定位并不太明确，也不太一致。及至后于他的陈陶作《巫山高》，仍然只能大体描绘：“玉峰青云十二枝，金母和云赐瑶姬。”

到宋代，人们不再满足于泛指泛咏，渐次注意逐一辨识，分别映现。久而久之终于大致辨清了，峡江左岸自西向东依次有登龙峰、圣泉峰、朝云峰、神女峰、松峦峰、集仙峰，右岸自西向东依次有飞凤峰、翠屏峰、聚鹤峰，另外有起云峰、上升峰、净坛峰在长江支流神女溪畔。乘船过三峡，谁也望不到神女溪畔三座山峰，因而陆游作《三峡歌》只能兴叹：“十二巫山见九峰，船头彩翠满秋空。”

可喜的是，在陆游所处年代前后，已经有不止一位诗人具备探奇求实的精神，不避跋涉攀援之苦，对十二峰逐一考察，并且逐峰发而为诗。现存最早的一组《十二峰诗》，一峰一首，合计十二首，出自阎伯敏笔下。其中第十首，写到了距峡江边最远处的净坛峰：“山头枝枝竹扫坛，舟子竹枝歌上滩。炷香上庙掷杯珓，但乞如愿舟平安。”前两句写出了净坛峰头多竹，船工爱唱竹枝歌的特色性民物风情，后两句反映出那里还有净坛庙，口唱竹枝歌上滩而至的船工是为进香求愿保平安，其真实性当无疑义。

继其后，吴世延以《十二峰》为题，也有一组十二首诗。第二首写翠屏峰，描述为："四合藤萝羽葆垂，远烟蒙覆画屏围。青冥向上凝神望，似叩天关第二扉。"前两句将翠屏峰的藤萝密布，青翠欲滴，在烟云迷蒙中犹如画屏的特色风景重现出来了，后两句进而抒发登临望远的逸兴，比喻作结相当新奇。第十首写栖凤峰（即飞凤峰），同样抓住了风物特征："碧梧修竹翠微间，刷羽朝阳不可攀。寄迹云林飞有处，会朝阿阁迩天颜。"既有栖凤状态形成的静态描摹，又有飞凤高翔入云的动态想象，意蕴指向聚焦于高，不身临其境，断无可能靠冥思苦想作出来。

袁说友与他俩不一样，是用七言古体，写了一首三十句的《巫山十二峰二十五韵》。前十句以叙为主，追述"饱闻巫山冠巴峡，奇峰十二相参差"，表达"昔年图画尝一见，欲见此山无路之"的向往。中间十二句先写行迹"扁舟西溯上三峡"，再写心态"心目洞骇俱忘疲"，然后铺陈所见所感："蓦然钟鼓高唐上，峰峦二六排旌旗。一峰霞彩迥在望，一峰展翠开屏帷。无心出岫云吐色，偃盖平峦松并枝。仙踪鹤驾羽衣近，坛石瑶台阊阖低。"巫山十二峰，峡江左右两岸各六峰，盖由其诗率先认证。虽然他并没有逐一点示各峰形象，但十二峰中诸如霞、云、翠、屏、峦、松、鹤、坛之属的主要特点，已大多点染于其间。最后的八句收归拢来，倾情赞赏，赞之以"群峰角立变态异，一一大巧乾坤为"犹感不足，更赏之以"天下名山亦多矣，未有列岫奇如兹"。从中看得出，像他这样登临数峰以后写出来的诗，与其先其后数不胜数的峡中仰望之际吟成的《巫山高》，在质感上大不相同。

而与他们都不一样，由宋入元，主要生活在元代的著名书家、画家、诗人赵孟頫，不仅是在峡中写，而且是一概用《巫山一段云》词牌，创作出一组十二首逐一依傍巫山十二峰的优雅新词。在中华诗歌史上，用一大名山命名的词牌写尽同一名山的十二座名峰，这组词当属独一无二。这个独一无二产生于巴渝地区，巴渝诗歌无疑因之而多了一束异彩。

赵孟頫的《巫山一段云》殊难尽引，仅举两例。如其二写望霞峰（即神女峰）："碧水鸳鸯浴，平沙豆蔻红。云霞峰翠一重重，帆卸落花风。澹薄云笼月，霏微雨洒蓬。孤舟晚泊浪声中，无处问音容。"一反历代写神女老套，毫不沾扯相关的传说故事，只是描述峰下舟中所见之景，略抒孤舟晚泊之情，氤氲着些许莫名的愁绪。到了末句才似有若无，仿佛点到了神女，却又并不坐实，仅令读之便感到他是心有所思，难见难言。如其八写十二峰中最高（海拔一千二百一十米）的登龙峰："片月生危岫，残霞拂翠桐。登龙峰下楚王宫，千古感遗踪。柳色眉边绿，花明脸上红。欲寻灵迹阻江风，离思杳无穷。"也是描写傍晚时分的孤寂凄清，上阕一二两句的四个意象组合语语皆景，字字含情，三四两句方才触及阳台传说。下阕前两句也是未点神女，已写神女，描摹想象中的神女丽色极尽其妍，"绿"与"红"对衬炼字令人惊奇。由之引出后两句，他的追寻和离思又实又虚，韵味深长。其余的十首大抵如此，十二峰峰峰皆是借题写心，委婉多致。

宋元诗人的这些作品足以证明，巫山十二峰既是自然胜景，又富有人文意涵，古往今来尽可任人多向度切入，多样化映现。题材宝藏永远都是内质富集、外延苍翠的，能不能凭之写出锦绣华章，就看诗人的个性资质了。

六十五

明人亦爱竹枝词

竹枝词在明代延续了元代的繁荣势头，从明初的一些开国功臣和著名文人，到明末的大批文学家和艺术家，都加入了创作行列。杭州依然是创作传播中心，并带动了周边地区的上海、南京、苏州、扬州、宁波、绍兴群起跟风，参与者众，新作品多。从全国范围看，元代尚未波及的山东、福建、云南、甘肃诸省，也勃兴了竹枝词。从题材内容看，写男女情爱、民物风情仍为主流，但逐步有所拓宽，出现了专题化的趋势。巴渝本籍人固然仍少崭露头角，外籍人的优秀作品却仍然是时有所见，并在数量上超过唐宋元。

明朝开国功臣之一的刘基，字伯温，刘伯温的军师名气在民间话语中仅次于诸葛亮。一般人未必知道，史传称他“所为文章，气昌而奇，与宋濂并为一代之宗”。他曾创作过《竹枝歌》：“阳台云雨漫荒唐，巫峡啼猿枉断肠。莫向苍梧山下去，九疑愁色满潇湘。”怀古论世，有宋人风。后两句涉及娥皇、女英潇湘故事，可以不管它，前两句却明明白白贴近三峡。直斥楚襄王阳台云雨故事的荒诞不经，表现出了政治家的眼光和气魄。诗人慨叹巫峡猿啼历来令人枉断肠，更于不动声色中，寄寓着对历史兴亡的思索和惆怅。

高启于明初任翰林院国史编修，曾应召参修《元史》，洪武七年（1374年）受牵连问罪，被腰斩于南京，年仅三十八岁。他与杨基、张羽、徐贲并称“吴中四杰”，《四库全书总目提要》誉为“天才高逸，实踞明一代诗人之上”。他的《竹枝歌六首》全是写三峡地区民物风情的，前三首归于巴渝，后三首则归于荆楚。与刘基不同，他主要是宗尚唐人，长于抒情，然而也不惮掺入议论。

第一首为：“蜀山消雪蜀江深，郎来妾去斗歌吟。峡中自古多情地，楚王神女在山阴。”其中第三句是所有六首的题旨纲领，“多情”则是诗眼，全凭头两句生发出来。雪消了，水涨了，意味着春天到了，男男女女争唱竹枝歌挑引传情的好时节又开始了，一个“斗”字尽显风情。第四句也结得妙，直将楚王神女通看作其间一对，等闲难觅如斯意趣。第二首为：“鱼复浦上石累累，恰似侬心无转回。船归莫道上滩恶，自牵百丈取郎来。”用女儿口吻寄语情郎，前两句表明心意坚定，化用了“江流石不转”之意，简直叫人拍案叫绝。后两句进而表态，愿意为情郎上滩拉纤，共度险关，更活画出了峡江女儿火辣、执着、勇敢的形象。这样的形象，纵或在刘禹锡的竹枝词里也未见过，委实不可轻易放过。第三首为：“江水出峡过夔州，长流直到东海头。郎行若有思家日，应教江水复西流。”将女儿盼郎归心情之迫切，刻画得入木三分，想象既奇且新。

朱有燉是朱元璋之孙，嗣封周王，也来凑热闹。不过他并不是仗恃权势，附庸风雅，倒确是属意翰墨，通晓音律，有其创作的杂剧三十一种显示出功力。他的《竹枝词二首》真写得情趣盎然。如其一：“春风满山花正开，春衫女儿红杏腮。侬家荡桨过江去，为问阿郎来不来。”第一句起兴便洋溢着春意，第二句比喻更张扬着春情。最新奇的是，女儿家主动划船过江，去逼问情郎肯不肯赴约，大胆、泼辣、急切均如春水可掬。如其二：“巴山后面竹鸡啼，巴山前头沙鸟栖。巴山巴水到郎处，闻郎又过后门西。”简直像是描写出了一出女追男的戏剧小品，如果不熟悉农村生活，不深谙儿女情态，他这一个“皇三代”注定会写不出来这样的诗。

万武是一个武将，明成祖永乐年间任宁波卫指挥佥事，后随军出征战死于云南。他作的《竹枝词》写道：“瞿塘峡口放轻舟，两岸猿啼乱竹秋。侬意只如山下石，千年不逐水俱流。”（亦有人归为魏安作）据宋代吴僧赞宁

《笋谱》说，竹笋“当二三月为秋”，故“竹秋”点明了时令在二三月。时令暗寓着春情，因而三四句那样发誓，反映女子爱情坚贞。其设喻精奇，与高启第二首竹枝词前两句堪称异曲同工。彼此间的差别在于，高启之喻更侧重坚定不移，万武之喻更侧重始终不变。

多少男人以三峡为题材创作竹枝词，实在是难以说清说尽。须当特别提及的，是一个生平不详的朝鲜族女子，叫做成氏，她也留下了《竹枝词二首》。其一为：“空舲滩口雨初晴，巫峡苍苍烟霭平。长恨郎心似潮水，早时才退暮时生。”用潮水时涨时落，喻郎心易热易冷，不仅比喻十分贴切，而且只有女性才能敏感把握。其二为：“瀼东瀼西春水长，郎舟已是向瞿塘。巴江峡里猿啼苦，不到三声已断肠。”把历代传唱、广为人知的“猿鸣三声泪沾裳”只稍微改了改，就点石成金，更夸张，更震撼，也体现出女性更敏锐，更精微的心理特征。

从以上所述不难看出，在有明一代，竹枝词的创作水平固然没有高于前代，但也没有低于前代。讲繁荣，根本的依据就在爱竹枝词的人更多样化了，从而使作品也更加丰富多彩了。

六十六

天官守正领官风

从隋文帝开皇十八年(598 年)首开科举，到清德宗光绪三十一年(1905 年)废止科举，科举制度在历史中国实行了一千三百零七年。这期间，一个足够大的地方途经科举应试有多少人中过进士，有多少人做过大官，就成了衡量那里文气昌盛不昌盛的主要标志之一。其道理毫不复杂，颇与当代中国评价一个省市的文化发展水平如何，常要看它有多少学子考取清华、北大，多少专家成了两院院士相似。以之回眸看巴渝地区，不得不承认，历唐宋元七百多年，尽管偶有惊鸿一瞥，却终究是乏善可陈。反映在诗歌创作上，灿烂和荣耀主要依托外籍人士。这种不无尴尬的文化态势，直至明代才大为改观。

明代的大为改观，领头人叫做蹇义。他是重庆巴县(今重庆渝中)人，洪武十八年(1385 年)考中进士，奉旨入朝谒见太祖朱元璋，以“奏对称旨，语言诚实”备受嘉奖，赐名“义”(原名为“瑢”)。历仕太祖、惠帝、成祖、仁宗、宣宗、英宗、五朝六帝，官至吏部尚书，进位少保、少师，始终以忠义守正立朝。明朝吏部为六部之首，吏部尚书通称为“天官”，因而蹇义称“蹇天官”。宣德七年(1432 年)致仕后，宣宗赐给他一座府第，御书匾额“一个臣”和门联“祈天永命天官府，与国休戚国老家”，那座府第就叫天官府。重庆市渝中区迄今保留着天官府，并有蹇家桥和蹇家巷，就为着纪念他。

蹇义遗留于世的诗里，有一首七律《赠杨员外归蜀省墓》：“紫诰初颁焕玉音，扁舟重过大江浔。峡中锦缆牵春色，天外蒲帆带夕阴。折柳离亭生别思，焚黄先陇遂初心。故园父老如相问，为说叨承雨露深。”前三联写得四平八稳，切合诗题，也符合他的身份。后一联就不单薄了，他是殷切叮嘱赠诗对象杨员外：你这趟返回巴蜀依规省墓，但凡有家乡父老问起你的过往由来，务必要强调说明皇恩浩荡，否则就没有自己的一切，包括这次承旨省墓。这样的叮嘱，于私谊上发自肺腑，于公义上则凸显出了人臣本分，既属天经地义，也能由小见大。

既有言传，又有身教，蹇义在无意识中为后之来者树立起了守正为人、清正为官的良好榜样。略依年之先后数一数，诸如以廉厉御史著称的巴县人牟俸，清正廉洁政绩斐然的右都御史合州人李实，仗义执言的翰林院侍读学士巴县人江朝宗，“直声动天下”的庶吉士合州人邹智，“骨鲠英风海外知”的户部给事中涪州（今重庆武隆）人刘秋佩，不畏权势弹劾严嵩的刑部尚书荣昌人喻茂坚，秉公执法廉直拒贿的户部主事涪州（今重庆垫江）人夏邦谟，刚肠铁骨参劾魏忠贤的山西道御史荣昌人喻思恂等，都是他的守正精神的传承人，在史册上留有令誉。他们能科举应试得中进士，理当能作诗，可惜志不在兹，留下来的诗作不多。

邹智于宪宗成化二十二年（1486 年）举四川乡试第一，时年二十岁，有《马上口占》一首赠示郡人：“龙泉庵上苦书生，偶窃三巴第一名。天下许多难了事，乡人何用太相惊?”表现出了他性格阳光，心直口快。入朝做官后，屡次上疏针砭时弊，指斥权臣，举荐忠良，于孝宗弘治元年（1488 年）被构陷下狱，惨遭三木鞭挞，犹自神色自若，无所曲挠。次年断崖式贬官，任广东石城吏，愤然写出一首《辞朝》诗：“云韶声静拜彤墀，转觉婵媛不自持。罪大故应诛两观，网疏犹得窜三危。尽披肝胆知何日，望见衣裳只此时。但愿太平无一事，孤臣万死竟何悲!”无私无畏，敢作敢当，忠直之气穿透时空。

夏邦谟于世宗嘉靖三十年（1551 年）辞官回乡，常与蜀中才子著名诗人杨慎相唱酬，写过一首咏景佳作《桂楼秋月》：“老桂婆娑白玉楼，月华三五正中秋。天香有种清虚散，宝鉴何人玉斧修？金粟清芬横海宇，仙娥装点出云头。岁中能有几宵好，吟到天明意未休。”桂楼秋月原本为涪州八景之一，址在涪陵城西秋月门大街，今已不存。他的这首诗，首联即点破中秋赏月，颔联、颈联铺陈描述月如宝镜，晶莹剔透，更有桂花襄赞，香盈宇内，尾联进一步倾吐对中秋月依恋不舍的情致。整首诗写景为主，情寓景中，丝毫未露以月自喻的心理痕迹。但月之高洁，历来都如同人之高洁，所以这首诗仍折射出了他的平生志趣。

巴县人王应熊为神宗万历四十一年（1613 年）进士，思宗崇祯六年（1633 年）官至礼部尚书兼东阁大学士，徇私包庇有所不检点为人诟病，两年后乞休归里。归里后作有《曲水寺》一诗：“朱明初丽日，曲水此含烟。浅藻浮翛鹭，深林响杜鹃。禅枝松缀子，僧饭豆归田。一宿谁能少，犹能免俗牵。”曲水寺在当时的巴县智里人和乡（今属重庆九龙坡）龙潭山，看来他是真想在那里摆脱尘俗，过些恬淡日子了。清军入关后，他应福王之命出任兵部尚书兼文渊阁大学士，总督川湖云贵军务。清顺治四年（1647 年）重庆城破以后，他拒绝招降，病逝于仁怀（今贵州赤水）土城。与前列诸人相比，他虽性情刚直，却有徇私的过失，好在复出以后做到了守正不屈，大节上无亏。

六十七

江渊诗润江津

在江津城区石狮子街，有一处重庆市级文物保护单位，叫做“江公享堂”。那是明宪宗成化元年(1465年)，原工部尚书加太子少师江渊被谪戍辽东八年以后，获赦还乡，宪宗朱见深赐给他的一座府第。朱见深还亲书一联：“北极勋臣府，西川相国家”，勒石于大门两侧，迄今仍然保存着。

江渊为明代重庆府江津县(今重庆江津)人，明宣宗宣德五年(1430年)中进士，入选翰林院庶吉士，授编修。明英宗正统十四年(1449年)，蒙古瓦剌军大举南下，英宗在土木堡(今北京怀来东)被俘，明军溃败，京城危急。江渊与于谦等人力主固守京师，反对南迁误国，并进献守城之策，深得监国的郕王朱祁钰赏识，擢升其任刑部右侍郎，参与军事。击退瓦剌军以后，朱祁钰被拥立为帝，即明代宗，以江渊协助于谦保卫京城有功，再升其为刑部右侍郎兼翰林学士。明宪宗将他称为“北极勋臣”，即据此定位。工部尚书实职为正二品，太子少师加官为从一品，所以又称“西川相国”。

回到江津后，江渊还活了八年，方于成化九年(1473年)辞世，享年七十三岁。他原本资质卓异，工于诗文，这八年间更珍重晚晴，发挥所长，著有《锦荣集》《观老集》及《江津八景诗》《江津后八景诗》等传世。

《江津八景诗》凡十六首，每一景两首，均为七言八句，前一首古体，后一首律诗。单从这种结构形式看，江渊就不乏创新意识，诗也写得气韵不俗。如第一景《鼎山叠翠》的第一首："层峦叠巘摩晴空，推螺染黛谁为工？苍松远嶂暮烟紫，碧桃浅映春霞红。见说嵩高降申甫，孔硕之章振今古。愧我宦游空白头，归来与世曾无补。"前四句用平声韵，从多角度描述鼎山的形态和景象，诗情画意轻盈秾丽。后四句转为用仄声韵，自白式议论归来心态，却又深寓着补世初心未能尽展的几许怨艾。第二首则写道："几江形势甲川东，山势崔巍类鼎钟。岚净天空青嶂耸，雨余烟敛翠华重。钩帘对酒情偏逸，拄笏吟诗兴颇浓。安得辞荣归故里，巢云直卧最高峰。"浑若在诉说，登高望远，把酒临风，鼎山与几江合构的形胜是足以令人心旷情逸，乐而忘忧，体味出还是做个世外人好。两诗前后对照，意境殊不一样。

《江津后八景诗》凡八首，每一景一首，均为七律。如第二首《石笋凌云》："岧峣玉笋插云烟，万丈丹梯未可缘。屹立数峰高拔地，孤撑一柱上擎天。盘根迥出鸿蒙外，落箨原从造化先。拟驾飙轮凌绝顶，徐看海水变桑田。"石笋山在今江津石门，并不算很高，当年的江渊却不惜夸张，极状其高。而前六句状山之高，全为了结出最后两句，抒发出自己必凌绝顶的壮心未老。如第六首《栖清书院》："春风岩畔草青青，苔藓模糊篆刻平。壮志已随龙虎逝，剑光犹傍斗牛横。三余事业今安在？一代文章空有名。桂影婆娑明月夜，咿唔疑有读书声。"题材换到了人文景观。栖清书院本为圣泉寺，曾是江渊入仕以前的就读处，对景怀旧，感慨横生。其中的"三余"，出自汉末三国时期魏人董遇的读书方法，即"冬者岁之余，夜者日之余，阴雨者时之余也"。重新提及，足见他对往昔忆念之深，对读书要求之严，对后学寄望之远，过来人形象跃于笔端。

江渊的高祖江万里，是南宋后期南康军（今江西都昌）人，理宗宝庆二年（1226 年）进士。为官四十余年，至左丞相兼枢密使，秉性峭直，力主抗元。宋末元军攻襄阳，江万里主动辞左丞相，出镇江西。恭宗德祐元年（1275 年），饶州城被元军攻陷，江万里与其子江镐，带领着全家老小、仆人一百八十多人，投入芝山止水池殉国。江渊对其高祖缅怀不已，作《追悼万里祖赋》三首，主题和情致与写景抒情诗另有其特色。

其一写道："屋社轶事洵足嚬，文章政治谁为真？麟经大义久嗔腹，羽镞临危岂爱身。环佩声微燕邸署，衣冠血涨锦江滨。成仁取义由心适，慷慨从容在史唇。”其二写道：“良史并夸列骨香，巍然更曜鲁灵光。高光首偕玉枝共，大节苦惊雷电茫。百雉尚留传箭迹，清囊仅见出师章。哀黎尽化苌弘碧，应傍忠魂奏玉皇。”两首诗中都用了汉唐历史典故，以比类他这位高祖的高光大节，恕不逐一破解，只浅释“鲁灵光”。灵光殿，本是西汉景帝之子恭王刘余在鲁国曲阜建造的一所宫殿，传至东汉犹存。东汉文学家王延寿为之作《鲁灵光殿赋》，卒章显志，结于“神之营之，瑞我汉室，永不朽兮”三句上。江渊正是借取其义表达出他认为江万里应与先代忠魂一样受到良史传颂，甚至于“巍然更曜”的想法。其敬佩先人之诚，其博通史籍之才，都凸显在了这两首诗中。

“耕读传家久，诗书济世长”，自汉唐以降一直普适于中国社会。江渊这些诗不仅芳流江津，而且德沛江津，润泽了其后数代的江津人，促成江津从明代起文运大昌。仅凭这一条历史贡献，其人其诗便应该伴鼎山共存，逐几水长流，而不宜只就诗论诗。

六十八

刘规家教可观

“诗可以观”是孔子诗论的重要命题之一。观，就是观察了解，普适天地万物和人间万象。孔子本着礼乐教化的价值观念，重视诗的社会功能和认识功能，所以将“可以观”放在“可以兴”后面，放在“可以群、可以怨”前面。置诸《诗经》以降的中华诗歌史验证，有理由确认，孔子是对的。历朝历代读诗和论诗，这个观从未缺位。但与之同时，不及兴和怨那样备受关注，也已经成为不争的事实。好在那时的巴渝诗里，涉及刘规一门两代的家教家风，可以提醒人们重视观的作用。

刘规字应乾，为明中期重庆巴县的一位乡贤。元末至正年间，刘家从湖广移民入川，定居巴县西柳市里，亦即后之人和乡。明宪宗成化五年(1469 年)，刘规中进士，曾历任浙江余姚知县，后擢升御史，巡按山东。因弹劾不法官员遭到贬谪，以母老乞休告终。

在官时和还乡后，刘规始终如一地注重家教家风，培养出了两个颇优秀的儿子。次子刘春，成化十九年(1483 年)四川乡试第一，二十三年(1487 年)廷对第二，历官至礼部尚书，年六十二卒后赠太子太保，谥文简。其弟刘台，明孝宗弘治五年(1492 年)四川乡试第一，九年(1496 年)中会元，历官至参政，后退居林下四十余年，高寿九十余而终。巴县朝天门内曾有兄弟解元坊，文庙内曾有榜眼坊，以旌表刘氏兄弟。

刘春高中榜眼时，刘规写过一首《寄子刘春登第》的七律勉励儿子："吾年廿五以生汝，今汝离怀廿五年。对策御阶诗独步，传胪金殿喜争先。皋夔事业诸书载，周召勋名万古传。寄语汝曹力珍重，寸心期不负苍天。"首联两个"廿五年"，既点出了天伦巧合，更倾泻出一个慈父对儿子的仁爱宅心。继颔联称述儿子廷试对策成绩优异，为刘氏一门争光之后，颈联更进一步举出了上古时期皋陶、夔龙的事业和西周初年周公、召公的勋名传世不朽，对儿子树立高标，深寄厚望。尾联犹如反复叮咛，倍显至情。这样一首诗，十足以视作一番特殊家训，对长大成才的儿子不忘继续进行家教。

刘春不负父之教，由前所述其仕宦简历，已然能够充分证明。除为官以德，仕途有成而外，他对友人的忠信真挚，也是在为人上讲究"乐多贤友"（《论语·季氏》），恪遵父教的一种表现。明武宗正德二年（1507年），他写过一首题作《送晖都纲授职还渝》的赠诗："巍巍古刹傍尘寰，曲径深幽水半湾。翠竹参差侵佛座，白云布护映禅关。梦因怀土寻常到，仕偶逢时尚未还。惜别为君真缱绻，愧无文字送高闲。"晖都纲名叫晖东明，僧职都纲，法号叫寿庵禅师，是一位世外高僧。其所在寺庙叫治平寺，始建于北宋英宗治平年间，后于明世宗嘉靖元年（1522年）改建为罗汉寺。刘春与晖都纲相交往，既反映出他敬佛尚禅，也折射出恋乡情结。正因此，诗的前四句极力描述治平寺的出尘风光，五六句不惜直白点示出"怀土"之情，结尾两句再向友人倾吐"惜别"依依之意。这首诗，后勒碑于罗汉寺的藏经阁之殿庑下，与杨慎、杨名题、吴皋的诗碑合为四诗碑。

家教培育家风，家风体现家教。家教、家风究竟怎么样，不光要由自家人的言行品德来持续检测，还得看别的人有怎样的客观评价。时人李东阳、谢迁、杨廷和先后以《赠刘春刘台》为题，对刘氏兄弟称赞不已，那样的交口赞誉更饱含验证意义。

李东阳是湖南茶陵人，明英宗天顺八年（1464年）进士，累官至太子太师、吏部尚书、华盖殿大学士，卒谥文正。他的诗为："每爱西川玉一双，独承恩旨到乡邦。长途未畏连云栈，胜地终夸濯锦江。旧喜文场先入彀，近看史笔已如杠。郫筒载酒秋初熟，隔坐生香透碧窗。"

谢迁是浙江余姚人，成化十一年(1475 年)状元，累官至兵部尚书兼东阁大学士，加少傅，卒谥文正。他的诗为:“绣衣遗老未成翁，金匮仙郎早录功。家有甲科传世屡，郡名重庆与堂同。蓬莱绝顶天仍近，滟滪高时峡始通。莫学相如诧汉史，上林词赋待才雄。”

杨廷和是四川新都人，成化十四年(1478 年)进士，武宗正德三年(1508 年)以南京户部尚书入直东阁，世宗嘉靖二年(1523 年)晋太傅，卒谥文忠。他的诗为:“君家兄弟好文章，经学渊源有义方。夺锦两刊乡试录，凌云双立解元坊。大苏气节古来少，小宋才名天下香。从此圣朝添故事，巴山草木也生光。”

三人都是那个时代的正人君子，入仕都比刘氏兄弟早，官位也比刘氏兄弟高，他们的赞誉决非当今的“红包评论”，而是君子爱惜君子，称美君子。他们三位的诗与刘家父子的诗合在一起，数百年后仍然可以观，让人深信刘春、刘台都秉承父教，服膺儒道，道德节操和才学政绩无不优秀。进而还可以看出，刘家一门的家教即为君子之教，家风即为君子之风。这种家教和家风，则植根于刘规其人身为乡贤的贤良信仰。信仰先儒倡扬的贤良文化，力行先儒倡扬的贤良文化，才铸就了一门两代公德、私德出类拔萃。

六十九

宦迹巴渝多有诗

明弘治、正德年间(1488－1521年),崛起了一个以李梦阳为中心,主要人物包括何景明、王九思、边贡、康海、徐祯卿、王廷相的文学流派。他们打着复古的旗帜,提出“文必秦汉,诗必盛唐”的口号,对钳制思想的八股文和缺乏生气的台阁体发起冲击,试图在拟古、学古的过程中重构文学的主情品格,于继承中有创新。在文学史上,他们合称“前七子”。

王廷相是仪封(今河南兰考)人,明孝宗弘治十五年(1502年)进士,时年二十八岁。在“前七子”中虽然排名最后,却与边贡一起,以短诗清新、明快著称。他于明武宗正德四年(1509年)监察御史任上,得罪大宦官刘瑾,被外放任陕西按察使、四川按察使,因而宦迹能到达巴渝地区,得诗十余首,另有《巴人竹枝歌六首》和《巴人竹枝》。

在夔州一带,王廷相写过《夔州》《巴峡》《望峡》等诗。其中五律《夔州》写道:“独舸东川客,千峰白帝秋。山开巫峡险,江入洞庭流。览迹悲前代,抡文惬此游。中原无跃马,耕凿遍夔州。”前四句从大观上写景,虽独乘小船,时值秋天,却浑无孤凄、肃杀气氛,反倒显出他的视野开阔,心胸畅达。后四句从抡文中寄情,只拈出公孙跃马一个典故,就引发出对当地社会承平的欣慰。另有一首《登瞿唐城望杜工部故迹》的七律，本是凭吊他尊敬的先贤杜甫的，怀古及今之情并不拘泥于斯。他写的是："杜子东归滞三峡，秋风茅屋瀼西东。卧龙跃马几回梦，赤甲白盐相对雄。骥足如存看历块，凤翎崛起耻因风。长歌激烈悲生事，吾道扁舟异代同。"前四句将杜甫的成都草堂和夔州草堂合起来说是纪杜甫行迹，将杜甫曾诗颂过的公孙述和诸葛亮合起来说是纪杜甫诗作，缅怀景仰之情落在一个"雄"字上。后四句由实转虚，扩展开去，追思历代的过往高才，以"异代同"表达出了踵武之意，并不张扬，却见风流。

有意思的是，王廷相还有一首七律《夔州简卢朝言》，为以诗代书寄赠友人的。首联"巴东山高水如注，游子东行傍归路"，指明了自己是东行出川。中间两联由"傍"字而来，既用"五月江平滟滪堆，咫尺瞿塘谁敢渡"告之以瞿塘上下已然涨水，行船遇阻，又用"峡里云霞日日新，伏龙跃马已成尘"说明了滞留日久，然而并没有无奈的意思。为什么能那样？尾联说明白了："清歌长啸风流在，且醉夔阳竹叶春。"就是说，夔州固有好酒竹叶春，足可让我且歌且醉，风流自在。这样一首诗，显然比前两首诗更见个性，更有温度。

东行至夔州之前，王廷相已留迹重庆城，有一首七律《发白崖》为证。白崖即白崖山，后来又叫龙隐山，山上原有白崖寺。据传说，明惠帝朱允炆遭逢建文四年(1402 年)靖难后逃至重庆，一度隐于白崖寺为僧，故得名为龙隐寺。寺所在水陆码头早已形成场镇，亦因之而叫龙隐镇，即今磁器口古镇。王廷相的这首诗，当为磁器口最早古诗，尽管那时候白崖山还没叫龙隐山。

《发白崖》全诗为："霜青沙塞欺我衣，蛮方岁暮还思归。苍山冥冥落日尽，古渡渺渺行人稀。可怜生事尚羁旅，何日宦情真息机？沧州鸥鹭同萧散，魏阙动华绝是非。"从中反映出，王廷相羁旅白崖是在岁暮时节，距次年五月将近半年，他这个四川按察使一路上还有公务或者应酬。长久陷于宦迹漂流中，他已经心生厌烦，所以期盼着"宦情真息机"。"息机"语出唐人韦应物《秋夕西斋与僧神静游》诗"息机非傲世，于时乏嘉闻"，意涵为摆脱事务，停止活动。不能息机，根源在官场当中，尤其是朝堂是非太多，防不胜防，所以他期求终能"绝是非"。这首诗相当沉郁，甚至苍凉，迥异于清新、明快那种常态。

最能体现清新、明快的，是其《巴人竹枝歌六首》。如其二："野鸭唼唼一双飞，飞到侬池不肯归。莫共鸳鸯斗毛羽，鸳鸯情性世间稀。"用野鸭双飞暗喻情人关系，用"不肯归"点示情感热络，意象和情致都别开生面。不求像鸳鸯那样雌雄偶居，不离不弃，暗示出只要能够纵情相恋就好，不必讲天长日久，白头偕老，如此张扬情爱尤为大胆新奇。如其三："蒲子花开莲叶齐，闻郎船已过巴西。郎看明月似侬意，到处随郎郎不知。"援用了唐人竹枝词的惯用手法，用女子口吻表达对情郎的依恋不舍，执着如一，句句清新如莲，明白如月。将"侬意"比作"明月"，想象更不凡，状人之所未状。如其五："郎在荆门妾在家，年年江上望归槎。荼蘼种得高如妾，纵有春风枉却花。"表现思妇盼望丈夫归来的痴情，亦嗔亦怨，又是后两句比喻新颖脱俗，意象宛然。

《巴人竹枝》同样别具风情。前两句"杨花作雪草连天，郎下荆吴又一年"，反映出隔年望夫，因春情浓。后两句"江上浣纱郎不见，问郎错问下江船"，错愈显其真。王廷相宦迹巴渝前前后后不过半年内外，竟能写出如此饶富巴渝风的竹枝词，的确值得点赞。

七十

对"影"成三人

明"前七子"中,并非只有王廷相才留下巴渝诗,还有何景明和徐祯卿,他们也在不同时空作过巴渝诗。如果套用一下李白《月下独酌》诗里的名句,尽可称作对"影"成三人。

何景明比王廷相晚生九年,早逝二十三年,在"前七子"中却处于仅次于李梦阳的主脑地位。他思维敏捷,见识独到,主张拟古、学古要"领会神情","不仿形迹",力求臻至"达岸舍筏,以有求似"的出新境界。倡以言,践以行,他的创作比较重视时政题材,也比较关注社会下层,作品尚才情,呈现出了既稳健又秀逸的个人风格。

《明史》本传说:"景明志操耿介,尚节义,鄙荣利,与梦阳并有国士风。"这样的品格,从他在夔州作的《寄怀端虚堂》一诗当中可以体现出来。诗题的"端虚堂"何所指,已失考。但宋人杨万里曾有《题萧端虚和乐堂》诗,起于"玉笥风回峡山雨,两公对床方软语",中经两联四句,对长公、少公"白头兄弟"和睦情态进行了描述,结于"紫荆花开连理枝,孝友未要时人知",可知"端虚"长关乎为人之道。"端"或指品行端正,"虚"或指心性虚静,均同他的志趣通融。所以其诗写道:"草堂风物迥无伦,夔府诗成更有神。携酒几时容入社，卜居今日愿为邻。谢安亦有东山妓，文举元多北海宾。珍重城边花竹树，年年不厌访君频。”整首诗都是称美那位端虚堂主的，但是，前四句引杜甫，五六句引谢安和孔融，又浸润着他对引以为作比的三位前贤的人品节操的景仰。尤其是前四句先实后虚，一二句不吝美词，直颂杜甫一生登峰造极的“草堂风物”和“夔府诗成”，三四句再综合化用杜甫在夔州所作的多首诗的题旨和意境，并加以深化，不啻对“端”做出了典型诠释。至于谢安的吟啸自若，必以妓从，孔融的“座上客常满，樽中酒不空”，则偏重释“虚”。释“端”为主，释“虚”为从，并且各有高标仪型，实足以张扬他本人的固有“国士风”。

另一首《高夔州先生示赏李秀才园中芍药诗用韵奉答》，志趣风情与之相同调。首联即赞“李家芍药开满堂，夔州太守更清狂”，“清狂”意谓放逸不拘，李白如是，杜甫如是，那位姓高的太守也如是，何景明本人自然亦如是，故而不加掩饰地指点出来。颔联两句“题诗晚坐朱栏静，对酒春怜白日长”，描绘出何景明想象中的高太守与李秀才如何纵酒赏花，题诗遣兴，无异清狂的注脚。颈联两句“好为池台留烂熳，莫教风雨怨凄凉”，名是咏芍药鲜艳，实亦赞人性坦荡。转结到尾联“佳期卧病难乘兴，怅望残花忆谢郎”，表达出了他因卧病而未能与高、李同欢的遗憾。“谢郎”即谢安，用在这里是以古喻今。

何景明十六岁中举，十九岁中进士，实实在在博学多识，上所引两诗均有展现，但还有更多样的诗性表达。如五律《义正祠》：“漂泊依刘计，间关入蜀身。中原无社稷，乱世有君臣。峡路元通楚，岷江不向秦。空山一祠宇，寂寞翠华春。”他同时代的许多人，对刘备与诸葛亮的君臣关系，以及刘备、关羽、张飞的名为君臣实如手足的特殊关系推崇备至，而这首诗却显示出颇不以为然的态度。如七律《先主庙》：“峡口风高猿夜号，孤舟灯火宿烟皋。草深废井人家少，水落寒山雉堞高。自古金汤难恃险，当时版筑岂知劳？永安亦在荒城里，玉殿凄凉空野蒿。”题在庙却不写庙，偏写一千二百多年前刘备所建的永安宫，历经历史风雨剥蚀之后的破败凄凉，虽不乏惋叹，但主旨却在批判，后四句的批判意味至为深沉。

何景明的写景诗，往往会在讲究情景交融的同时，以论入诗，略抒己见。如《峡中》：“自昔偏安地，于今息战侵。江穿巫峡隘，山凿鬼门深。浊浪鱼龙黑，寒天日月阴。夜猿啼不尽，凄断故乡心。”起始两句便迥异他人，将峡中之地定性为“偏安地”，从公孙述、刘备以降峡中所建之“国”都一篙竿打尽了。议论之后再写景，“隘”“深”“黑”“阴”无不刻画出偏安前景必然黯淡，鄙薄之情溢于言表。而《滟滪》诗则写道：“霜落夔门树，寒江滟滪孤。狂澜须此障，砥柱赖谁扶？入峡愁孤客，当关用一夫。何劳念西域，千载固舆图。”结尾两句透露出，他倾心于发扬为一统国家坚守疆域版图的中流砥柱精神颇具明前期的开疆拓土气概。

徐祯卿是“前七子”之一，又与唐寅、祝允明、文徵明合称“吴中四才子”。他只有一诗题作《送客》，与巴渝相关。其诗只有四句：“春水瞿塘滟滪堆，溶溶天际锦江回。蜀客兰桡唱歌发，千山树色拂帆来。”尽管其中只有第一句写到瞿塘峡一带特色物象，毕竟是本诗一个寄意对象，既有别于元稹诗中“除却巫山不是云”的仅止为喻体的巫山，也有别于李白诗中“夜发清溪向三峡，思君不见下渝州”里都只是预设旅经之地的三个地方。就凭这一首诗，或者说是一句诗，他便与巴渝地区结下一点诗缘，也真个堪称难得一遇。

七十一

张佳胤名列“嘉靖后五子”

明嘉靖中期至隆庆年间，以李攀龙、王世贞为首，包括谢榛、吴国伦、宗臣、徐中行、梁有誉在内的“后七子”，重新举起了文学复古大旗。在学古、拟古上，他们比“前七子”更加注重讲法度，主格调。尤其是王世贞，十分强调诗歌格调要“本于情实”，能“因意见法”，进而提出了“有真我而后有真诗”的精审命题。这个流派引领数十年风骚，一直影响到万历年间。追随这个流派，并发挥过重要作用的余日德、魏裳、汪道昆、张佳胤、张九一等五人合称“嘉靖后五子”，其中的张佳胤为重庆府铜梁县(今重庆铜梁)人。

嘉靖二十九年(1550 年)，时年二十四岁的张佳胤中进士，展开了长达三十六年的仕宦生涯。他由补大名府滑县县令起步，在地方和中央历任多职，累官至兵部尚书，钦授一品大员，加太子太保，直至万历十四年(1586年)才病退还乡，两年以后病逝。在仕宦期间，他的足迹几乎遍及于东南西北，平乱、保边、修长城、击倭寇屡建功勋。他逝后被追赠为少保，天启初年追谥襄宪，一生堪称立德、立功、立言兼而有之。

张佳胤工诗文，有《崌崃集》传世。嘉靖三十二年(1553 年)，时年二十七岁的他携诗拜会“后七子”的盟主李攀龙，大受赏识，从此遂与“后七子”

流派结下不解之缘。两年后，他又结识了王世贞、宗臣、吴国伦等，相与唱酬，交游甚欢，受王世贞影响特别大。后来他在《李沧溟先生集序》中说："诗依情，情发而葩，约之以韵。文依事，事述而核，衍之成篇。"在《复友人论时学》里又说："某惟，诗者持也。古人亦云持人性情。三百之蔽，义归无邪而已。夫人秉七情，有触即发，对境咏志，天籁自鸣。"这种诗学观，明显受到王世贞说的启发，并有着他个人的体悟和创见。其"性情"之说，对后来的公安三袁"性灵说"还有开启作用。理论引领创作，他的诗情感真挚充沛，格调高迈俊朗，气势慷慨奋厉，就是二者高度统一的必然结果。

张佳胤二十余岁东出夔门，赴京应试，过三峡写的两首律诗，便已反映出了等闲难及的诗情。其一为七律《三峡堂》："舣舟下席楚云生，落日清霜白帝城。踏碛难忘诸葛阵，野田曾为杜林耕。休言天地终陈迹，翻使江山借重名。事业文章看二子，风流无限古今情。"起始两句写景，立见气象阔大。中间四句怀古抒情，对诸葛亮和杜甫极其景仰，做出名重江山的奇崛评价。结尾两句既是从事业和文章两个维度颂扬二子，又寄托了个人的宏远志向，古与今、人与己融合得浑然若一。其二为五律《宿黄牛峡》："春到黄牛峡，江辞白帝城。楚云高不落，巴水去无声。绝塞书难得，孤舟月更明。棹歌听自短，几处夜猿鸣。"就情景交融、浑然天成而言，比《三峡堂》更为精美。尤其是颔联，将景与情、物与我合和得天衣无缝，意境和情调格外高迈。

其后多年的宦游四方，张佳胤至必有诗，有诗必能敞亮襟怀。出使闽越，他高吟："高台落日对江风，眺尽孤城海色中"（《平远台晚眺同吉侍御李户曹》）。按察云南，他惊叹"西南天尽见雄都，气象中原自不殊"（《入滇城》）。巡抚晋冀，他浩歌"天风洒扫中条石，坐折长虹作钓竿"（《登太行山四首》之一）。连职守边防的《峨眉山营作》，他也写得豪气干云："戎马东防后，寒山落木时。镝鸣惊雉兔，霜重湿旌旗。梦里江湖隔，行间鬓发知。不应询此地，亦唤作峨眉。"

明神宗万历十年（1582 年），年届五十六岁的张佳胤以右佥都御史兼署浙江巡抚，平定杭州兵变之后，作过一组七律《同陈双山宪使偕其弟季山水部登乌石山四首》，其中一首写道："万山同登江上台，海门东望思悠哉。衔杯雷雨千峰过，立马云天四塞开。绝域风流逢谢陆，中原词赋愧邹枚。

相看羽翼南溟近，徙倚浮空大鸟来。”颔联两句意气飞扬，自画出了一个儒将建功后的潇洒形象。颈联先后用谢安、陆逊自比武略，用邹阳、枚乘自比文才，然后尾联更用《庄子·逍遥游》大鹏意象自伸壮志凌云，尤为表现得允武允文，纵肆闳博。

这之前三年，张佳胤曾经巡抚保定、宣府、陕西等边防重镇，并设计制服了塞外桀骜不驯、时常滋扰的部族头人满老大，维护了汉蒙之间的正常边境交流往来。为此他有诗《阅边古北酋妇率部族扣关行酒四首》。其一为：“诸部匈奴晓扣关，穹庐千里过青山。隔河拍手呼儿女，来见东巡大朵颜。”其二为：“阶前荐体野黄羊，湩酪盛来可可香。绕席胡儿争劝进，堪怜好歹太师尝。”如此之类，除去其间因袭传统的歧视性语词，真是难得一见的民族和睦风情画。

列名“嘉靖后五子”，借用当今的时髦话语，张佳胤是他所处年代的一个全国著名诗人。能够成为一个全国性的文学流派的重要诗人，历唐宋元明四代巴渝诗人中，他当属第一人。巴渝诗歌史理当如何记录他，委实堪称昭然甚明。

七十二

忘不了杨升庵

在“前七子”及“后七子”相继活跃于明代文坛期间，四川新都(今属四川成都)出了一位大才子，敢于特立独行，拒随复古潮流。他就是东阁大学士杨廷和的儿子杨慎，字用修，号升庵。明人李贽将他与李白、苏轼连在一起，合称为“三仙”。清人李慈铭说“有明博雅之士，首推升庵”。依此说，后人通常把他同解缙、徐渭合称“明代三大才子”，并且以他为首。

杨慎二十四岁时，于武宗正德六年(1511 年)状元及第，历官翰林院修撰、经筵讲官，参与修《明武宗实录》。但由于他秉性刚直，不畏权势，于武宗、世宗两朝，多次不避斧钺，犯颜直谏，政治生涯异常坎坷。世宗嘉靖三年(1524 年)，终因“大礼仪”获罪，两次遭廷仗，然后谪戍云南永昌卫(今云南保山)。投荒三十多年，朝廷六次大赦天下均无他的份，直至嘉靖三十八年(1559 年)卒于戍所，年七十二。天启初年他才得追谥文宪。

尽管如此，杨慎却始终保持积极向上的心态，发挥自己颖敏过人、家学深厚的长处，精于研习，勤于著述，做到了对经史、诗文、词典、音韵、金石、书画无所不通，在天文、地理、生物、医学上也有造诣。其诗词曲，尤能广泛吸纳六朝、初唐诗歌的一些长处，并且博采桑间濮上的民歌优点，形成了自己秾丽婉至的诗歌风格。“滚滚长江东逝水，浪花淘尽英雄”，《三国演义》开篇所引的那首《临江仙》词便出自他的笔下。提起杨升庵，知晓者比知杨慎者多得多。

离蜀应试时，以及谪戍期间回川丁父忧，杨慎曾经有机会到重庆，路过三峡，为巴渝留下了一些诗歌作品。虽然诗歌为数不算多，仅是他平生所作两千多首诗词曲的一个零头，但巴渝人也因之忘不了他。

明清时期，铜罐驿是重庆府巴县（今重庆巴南）的一大水驿，杨升庵乘船沿江东下，自然会在那里停楫歇一歇，于是有了《铜罐驿》诗：“金剑山头寒雨歇，铜罐驿前朝望通。天转山移回合异，春添江色浅深同。巴农麦陇层云上，楚客枫林返照中。水底鲤鱼长尺半，寄书好到锦亭东。”从时令上看，他经铜罐驿正值春寒料峭，雨后夕照。首联的一个“望”字，引出颔联、颈联的景色观感，写得相当绮丽流畅。其间的颈联还反映出，当年的铜罐驿，农耕和商贸都颇兴旺。尾联由水底鲤鱼长达尺半，翻到寄信回新都去报平安，自然跳跃，恍若神来。

船抵重庆城以后，杨慎又写出《渝江登陆二首》。其一为：“来往舟如屋，相随一月期。低回不忍去，翻似别家时。”从锦江入岷江再转长江而乘船出蜀，一路流连于江上将近一月，因而由渝江联想到别家，思念之情油然而生。其二为：“旷野惟看树，高城不见人。新花临水发，照影为谁春？”由于是身在船上，船泊江滨，从下往上看只能望见重庆城墙，望不见城中人，所以会有这些感叹。这似乎是伤感，其实不，仍是承接前一首诗的情愫，在思念着别离一月的家人。

同时段作的另一首诗表明，杨慎确是“登陆”入过城的，其诗题叫做《寿庵禅师招饮治平寺禅藻亭次方洲杨探花韵》。题内的寿庵禅师，就是刘春《送晖都纲授职还渝》诗所赠对象那位晖都纲。诗题还点出，同时应招会饮的还有一位中过探花的杨方洲，虽属于初识，却都是雅人，因而他乃次韵赋诗：“驮经自石头，卓锡倚山幽。僧宝传衣见，儒珍接席留。猕窗窥海月，猊枕听江流。坐觉诸天近，昙花落未休。”禅藻亭在治平寺藏经阁前，显然是寿庵禅师拿出一些珍贵经书让他俩看了，并介绍过经书的来历，所以会有前四句。后四句中“猕”通“弥”，代指弥勒佛，“猊”指佛的狮子座，“诸天”和“昙花”均为佛门用语，合在一起意在称颂那些佛经的学理闳富，无比珍贵。

这种应酬诗，反不如《铜罐驿》和《渝江登陆二首》耐得凡人品味。但治平寺为罗汉寺前身，对巴渝本土宗教历史的认识价值不可忽视。

最脍炙人口的当数杨慎的《竹枝词九首》，那是他的诗歌代表作之一。写于何时虽难以判定，但写遍三峡上下，的确别具特色。如其一："夔州府城白帝西，家家楼阁层层梯。冬雪下来不到地，春水生时与树齐。"描画出了依山而建的干栏式吊脚楼。如其二："日照峰头紫雾开，雪消江面绿波来。鱼复浦边晒网去，麝香山上打柴回。"将新春时节劳动场景写得十分生动。如其五："青江白石女郎神，门外往来祈赛频。风沾青旗香雨歇，山桂花开瑶草春。"映现的是祭盐水女神的巫风活动。如其七："神女峰前江水深，襄王此地几沉吟。丽华温玉朝朝态，翠壁丹枫夜夜心。"虽沿用旧题材，却写出了新意境，显出化腐朽为神奇的真功夫。

凭借《竹枝词九首》以及人品和声望，杨升庵成了川、滇地区竹枝词的引领人物。竹枝词不仅在川西、川南、川北蓬勃发展，而且在云南广为勃兴，他功不可没。除题材内容仍以民俗风物、男女情爱为主外，川、滇竹枝词颇具唐代主情之风，崇尚清新绮丽，也与他已作垂范分不开。

七十三

才子各显才情

“惊湍触石石欲落，绝壁与天争一握。峡东冲激转奔雷，白日蛟龙怒相角。”这是一首题为《瞿塘天下险》的七言古体诗的前四句，将瞿塘峡的雄奇险峻描绘得形势峥嵘，声响震裂，诗风豪放得惊心动魄。后六句由前之仄声韵转用平声韵，不写峡中而写峡上：“望中砥柱何崔嵬，曾见当年征战来。禹凿汉江犹在眼，金舆铁镇成寒灰。行人记取秋风里，云是瞿塘滟滪堆。”写峡上也不是重在写滟滪之险，而是跳跃到追怀过往，着眼征战，并且所重述的征战既远溯到大禹硫凿，征服自然，又泛忆到历朝军争，变易历史，仿佛在说天下险也只等闲，既奇崛，又淡然。其作者即为解缙，“明代三大才子”中年代最早(1369－1415年)的那一位。诗就像他的狂草一样纵荡无法，起于突兀处，再止于意识流。

“明代三大才子”的另一位徐渭，生卒年(1521－1593年)均后于杨慎，平生多才多艺，既是异才，又是狂生。除戏剧理论和戏剧创作都有成就外，他还诗文书画俱佳，自诩“吾书第一，诗第二，文三，画四”，人誉之“得李贺之奇，苏轼之辩”。他的《竹枝词三首》，本是立足于他的家乡浙江绍兴一带写的，但第二首却联结到三峡：“高楼一曲下塘词，绝胜瞿塘歌竹枝。瞿塘梦中空莫雨，下塘台上有西施。”下塘在浙江境内，与瞿塘都有一个“塘”字，他就句句见“塘”，翻出一首竹枝词来。第三句还指称瞿塘没有巫山神女，衬托第四句的下塘有西施，佐证第二句的“绝胜”，简直浑如在夸耀哪里及我的家乡好。联想之新奇，自炫之爆棚，都显现出其异其狂。

在解缙之后，徐渭之前，“后七子”之一的宗臣有《送袁令之夔州二首》存世。其一写道：“送君何处折梅花，南去关山多暮霞。汉吏由来能化蜀，马前春色动三巴。”诗里暗用西汉初期文翁兴学、教化蜀人的典故，与送姓袁的县令南去夔州任职，寄意袁令能效文翁“化蜀”的题旨相当贴切，可谓言浅而意深。其二写道：“春风二月到瞿塘，白帝城边春草长。不必桃花满千树，他年人亦比河阳。”结句河阳为县名，在今河南省的孟州市西，以多桃花著名。第三句点到桃花，其实也暗用了一个典故，那就是唐代河南人刘禹锡贬官多年以后，曾经一度奉诏回朝，可能重新被擢用。当年刘禹锡写过一首《元和十年自朗州召至京戏赠看花诸君子》的七绝，后两句为“玄都观里桃千树，尽是刘郎去后栽”。宗臣只取其正面意涵，无异于借以祝福袁令，早日奉诏回朝升官。两首诗都温婉有致，浸透真情，与“后七子”的诗歌主张非常之合拍。

比张佳胤年后七岁的“嘉靖后五子”成员张九一，也有两首写三峡的诗，一名《东瀼》，一名《西瀼》。前一首写的是：“瀼水来不绝，巴江去若飞。天垂三峡窄，人住两崖稀。宛宛虹行树，疏疏雨坐衣。西征浑未已，羡尔暮潮归。”后一首写的是：“东瀼与西瀼，青天对落虹。远山虚自应，流水曲相通。石濑征帆过，江皋晚树空。草堂长好在，寂寞傍丹枫。”张九一为人清正豪爽，王世贞誉其为“笃行君子”。这两首诗虽算不上他的代表作，但写景寄情，高华清健，颇有初唐五律气象，亦自不俗。

别号“少室山人”的胡应麟，主要生活在万历年间，以博学多才著称，著有《诗薮》传世。他的诗承接“后七子”余风，诗论强调要讲兴象，创作和理论均由重格调转向了重神韵。其七绝《秋日送人之夔州》写道：“黄牛峡口暮云愁，白帝城前江水流。落日片帆秋色里，千山行尽见夔州。”四句诗全在描状暮云秋色，只一个“愁”字融入字里行间，营构出一派苍茫的意境，那就体现兴象。其七律《送易惟效观察之蜀中同李司理作二首》之一写道：“荧煌箫鼓夹离筵，处处棠阴拂画船。叱驭重看行栈日，观棋犹忆烂柯年。

瞿塘急峡高牙外，夔府孤城大纛前。满目匡山云雾色，好凭遗碣问青莲。”整首诗都借庐山（匡山）视角展开想象，状船行峡江如在目前，送别殷念尽寓其间，又别是一种寥廓意境，并且表现出了深长的韵致。

晚明文学家，竟陵派的创始人之一钟惺，诗论力主性灵，诗作风格为幽深孤峭，并且往往参以禅旨，因而有“诗妖”之称。他的五古《瞿唐》有句：“滟滪根孤危，悍流不能去。立石如堵墙，中劈才一缕。”五古《夔门即事十韵》有句：“岸远猿投砾，杖危鸟构桥。菑畲穿石隙，篱舍系峰腰。”无不体现幽深孤峭。而七古《上白帝城望杜少陵东屯居止遂有此歌》所谓“杜陵野老虽间关，不肯卜居不经奇”，七古《暂驻夔州詹郡伯黄杨二司李招集白帝城戏柬》所谓“人生客游何者美，其一友朋一山水”，则于幽深孤峭之外，注入了些许禅意。

解缙、徐渭、宗臣、张九一、胡应麟和钟惺无一不是明代的著名才子，但才情不一样，作出诗来风韵格调也就不一样。不一样孕育出多样性，多样性才会催生万紫千红，他们都能身教后人。

七十四

喻时首写《重庆》

在重庆罗汉寺藏经阁殿庑下的四诗碑里，除有杨慎、杨名题、刘春各一首诗的诗碑外，还有署名吴皋的《过滩》《舟夜》《重庆》三首诗的诗碑。这块诗碑的落款署时为“嘉靖岁壬子首夏”，不难查明指嘉靖三十一年（1552年）初夏，但署名“吴皋”究指何人，多年来缺失明确说法，注家只说“生平不详”。

吴皋是明代诗人喻时的号。喻时为光州（今河南光山）人，生于武宗正德元年（1506年），世宗嘉靖十七年（1538年）中进士，历官吴江县令、御史，终至南京户部侍郎，于穆宗隆庆五年（1571年）辞世。嘉靖二十六年（1547年），严嵩再度以大学士入阁，时为御史的喻时指斥其奸，被外放山西任职。因病归乡后，又奉诏“强起按蜀”，到任后整肃吏治，使“蜀以大治”。镌刻于罗汉寺内的三首诗，即是他担任四川监察御史，巡按巴蜀漕运期间，在重庆创作的。他字中甫，号吴皋，又号海上老人，著作名偏爱用号，诗文集就叫《吴皋先生文集》《海上老人别集》，本来的姓名喻时反倒有所淹没。

喻时的《重庆》是一首七律：“一片石头二水环，天镛城阙破愁颜。逐家岚气生衣上，隔市江光入座间。莺羽晴歌明月峡，树林春点缙云山。玉珍未必能胜此，收拾清朝拟重关。”他所咏的重庆城，乃明初戴鼎所筑九开八闲十七门的重庆城，规模和气势都远超过了蜀汉李严和南宋彭大雅所筑的重庆城。城体屹立在渝中半岛金碧山上，浑若一大片天生磐石，长江和嘉陵江犹如天生的护城河，三面环绕，诗的起始两句正是形象描绘。自从有重庆母城以来，还没有任何人这样描绘过重庆城的总体形象，他的首写之功决然不可磨灭。

清康熙初年，李国英任四川总督，主持维修过被明末清初约五十年战乱破损过的重庆城墙，恢复了“天生重庆”的奇观。从那以后，清代诗人歌咏重庆的诗作层出不穷，数量之多远逾于既往历代总和，其中不乏特写重庆城或重庆府，总体观照重庆形象的佳构名句。

如康熙年间，随父宦游夔州，既而客居巴县的浙江乌程人张安纮，就以《蜀中人士有天生重庆之谣，拟诗为记，八月十八夜梦题府署，止忆颔联，醒而续之，上郡宪陈真亭》为题，作过一首七律：“咄嗟南北几回湾，轮廓欹斜山水间。山作城墙岩作柱，水为锁钥峡为关。生成地险天疑下，登步堂高日可攀。俯瞰兰皋追胜迹，存余劫灰出黄菅。”其前六句一唱三叹，倾情歌赞重庆城的金城汤池，天然形胜，比喻时的诗更酣畅淋漓。另有一首五绝《渝州》：“水向峡中去，城缘天半开。龙门留碣石，山上起楼台。”仅用四句二十字，就将重庆既是江城又是山城的独特形势，相当洗练地勾勒出来了。

如康熙十一年(1672 年)王士祯典试四川，其副使郑日奎写过《登重庆府澄清楼》一诗，前四句为：“扁舟来过古巴国，独上危楼一纵探。城郭大都依壁岸，人家一半住烟岚。”他是江西贵溪人，对重庆这种城在山上，山在城中，城内居民仿佛生活在云烟山岚之间的特异景观闻所未闻，见所未见，因而观察和再现的角度也与众不同。

如乾隆二十四年(1759 年)中四川解元的崇庆人何明礼，更以《重庆府》为题写过一首七律：“城郭生成造化镌，如麻舟楫两崖边。江流自古书巴字，山色今朝画巨然。烟火参差家百万，波涛上下浪三千。锣岩月峡谁传出，要使前贤畏后贤。”这首诗气象阔大，格调高迈，不仅注意到天生重庆，而且着意于人建重庆，反映出了经过“湖广填四川”的“移民实川”政策在重庆促成的经济社会繁荣局面。后一个方面时常被人忽视，他却着力发掘并映现出来，确是他的过人之处。结句所表达的社会发展观，切合于乾嘉年代重庆城的发展实际，尤其显示出人所未能及。

再往后，乾隆五十五年（1790 年）进士，四川遂宁人张问陶所写七律《重庆》中有句“一字帆樯排岸直，满城灯火映江寒”，七绝《重庆舟中和亥白二首》之一中有句“万家楼阁层霄上，金粉鲜明照一山”，也斑斓多致，脍炙人口。于同治二年（1863 年）会试登第，入川做过多地县官的江西奉新人宋家蒸，《舟次重庆》诗中有句“郭中万户屯，郭外千舟舣”，《抵重庆》诗中有句“天生巨石作金城，烟火楼台十里横”，同样有特色，传唱不衰。

需要特别提一提的，是清末改良派的重要代表人物之一，同治末年当过四川学政的直隶南皮人张之洞和他的七言古体诗《重庆府》。整首诗纵横恣肆，并非专注写重庆一地。但其中有句“名城危踞层崖上，鹰瞵鹗视雄三巴”“荆湖东控辟门户，子午北乡通幽遐”，明显见得是从区位优势和周边关系上体认重庆的，浑然有别于既往所有人只看两江合抱，只认重庆母城。对于直辖后的大重庆而言，诗文作品如何观照总体重庆与半岛母城，力求做到既见森林，又见树木，其启示性价值当大于诗本身。

七十五

学者型官员曹学佺

讲巴渝诗歌，务必不可忘记晚明诗人曹学佺。他的《蜀中名胜记》一书，不仅记录了明代四川各道、府、县的山水人文名胜风物，而且收存了历朝历代的大量诗歌，成为一份珍贵的文化遗产。他还在巴渝地域留下了一些诗作。

明神宗万历二年(1574 年)，曹学佺出生于福州侯官县。二十三年(1595 年)中进士，授户部主事。三十七年(1609 年)任四川右参政，两年后升任四川按察使，四十一年(1613 年)因得罪蜀王而被罢职回籍。在川为官四年多，他不仅抑制豪强，为民众办过诸多好事，而且悉心考察和研究历史、地理，撰述出《蜀中方物记》《蜀中风土记》等专著多种。他被劾去职后，家居二十余年，更淡泊名利，勤于著述，家有藏书上万卷，平生累积著书达三十多种、一千三百二十九卷。唐王隆武二年(1646 年)九月，清军攻占福州第二天，他在家乡自缢殉国，年七十二。

作为一位名副其实的学者型官员，曹学佺毕生好学不倦，对文献、经学、史学、文学、地理、天文、音律、禅理等都有研究，尤工于诗词，善写景抒情。他还善于度曲，曾谱写过闽剧的主要腔调之一的逗调，被后来人尊为闽剧始祖之一。诗作颇得晋唐风尚，时常显露出温婉敦和、坦荡怡然的君子气象。其名联“仗义每多屠狗辈，负心多是读书人”，显现其心志高洁，是非分明。凭借才华和贡献，他名列于“闽中十才子”之首，应该说是实至名归。

曹学佺在重庆时作过五律《登涂山绝顶》：“百折来峰顶，三巴此地尊。层城如在水，裂石即为门。涧以高逾疾，松因怪得存。瑞堦金翠色，人世已黄昏。”首联即记行迹，抒感慨，表明他是从盘折纡曲的山间小路登上涂山绝顶的，随即凭高四望，引出中间两联。颔联两句，是对两江合抱的渝中半岛的描画，上句凸显出城在水上，下句点染出山水同构，两江合处如开龙门。颈联由远望转到近望，由浑宏大观转到独特细节，特写山涧疾泻，怪松错出。尾联再回望来路，“堦”是“阶”的异体字，层层级级的山路已被夕阳染成一片金翠色，所以视为“瑞堦”。八句中五句写景，均为登临涂山绝顶后望得之景，胸荡气逸、坦然自得的情语全都藏入景语中。

城内的金碧山脊，自宋至明建有五座规模宏大的佛寺，叫崇因寺。曹学佺以《崇因寺》为题，也作过一首五律：“背江才入寺，上岭久闻钟。法到巴中说，僧从山下逢。藤萝开八水，金碧傍孤峰。寂静身心悦，焚香出古松。”其《蜀中名胜记》有言：“城内有崇因寺有净香亭，修竹檀栾，与金碧台相掩映。”又说，治西“八十里有长安洞，秉烛深入可里许……相传崇因寺前居民屋内有洞与此通，故崇因寺亦谓之长安寺也”。诗里五六句及第八句所写，悉为当时存在的寺周景观，第七句正是因之而生情。长安寺已于抗日战争年间被日寇飞贼炸毁，今仅存地名，重庆二十五中所在之处即为寺之原址。

在夔州，曹学佺留下了七律《武侯八阵图》：“鼎足三分事已成，图开八阵旧知名。喧豗峡浪终难破，错落江沙若不明。人日尚传来踏碛，将星遥映在行营。至今千载无人识，独有桓温鉴别精。”一首怀古诗，让他写出了别种滋味。起始两句显然化用了杜甫《八阵图》诗“功盖三分国，名成八阵图”的句意，但接下来的中间四句，既不像刘禹锡《观八阵图》诗那样纵论“会有知兵者，临流指是非”，也不像苏轼《八阵碛》诗那样指斥“至人已心悟，后世徒妄说”，而只是客观描述千载以降现实犹存的自然态势和人文风情。结尾两句才表明态度，他欣赏的是桓温《八阵图》诗的“访古识其真，寻源爱往迹”，识不了真就决不主观议论，学者的谨严作风依稀可辨，既敦和，又温婉。

曹学佺还有《夔府竹枝词四首》。其一为：“早看东南暮看西，蜀天只怕上头低。东边日出纯无用，云暗上头三尺泥。”对照迄今犹存的巴渝俗话“有雨天边亮，无雨顶上空”，看得出他真识得这种气候变幻特征，并用俗语表现出来。其二为：“君居北井妾南沱，对面相看隔路多。须趁渔舟过急峡，还随乌翼上斜坡。”也是用俗语，反映的却是另外一种巴渝特色，亦即人居隔坡隔沟，“看到屋，走得哭”。其三为：“今日峰高云束腰，平平一掌在明朝。朝来出门又如是，侬是好言郎莫焦。”仿女子口吻劝慰男人不要怕天气变幻莫测，“莫焦”亦即不要担心，巴渝俚语真用得出神入化。其四为：“沿江坎上即田畴，满店烧春酒气浮。峨眉五月雪水消，刚让侬家割麦秋。”写峡江地带梯田风光，盈店酒气，映现出来的是小春之后农闲时节的地域风情。这些诗歌合起来足可证明，他这个学者绝不是书呆子，而是很善于体察地域性的风物民情，并将民间语词拿来为我所用的。

品评任何一个人的诗歌造诣，基本依据不在数量多或少，而在质地优或劣。以之回顾曹学佺，他在巴渝地区传存的诗虽然屈指可数，但有一首就算一首，几近无不可点可赞，那就应该说，他是一个学者型官员的同时也是一位优秀诗人。

七十六

理学家诗人来知德

“昔年行路不知路，今日登高始觉高。知路知高天近午，泗滨伫目驾飞舠。”这首诗题为《题京师邸壁》，作者为来知德。

来知德字矣鲜，号瞿塘，明夔州府梁山县（今重庆梁平）人。他生于嘉靖四年（1525年），卒于万历三十二年（1604年），当属于曹学佺的先辈。尽管都是学者，都是诗人，但人生轨迹、治学方向和诗歌格调却都大不一样。来知德早年也曾热心科举，但自从嘉靖四十一年（1562年）赴京会试，第三次落榜后，便回乡“杜门谢客，穷研经史”。他不像曹学佺那样通达博识，而是集中主要精力专注于研究《周易》，终于成为理学大家。其身后，官府为之修建来子祠，神宗御赐“崛起真儒”匾额，家乡称为“仁贤之乡”，所著《周易集注》广受学界重视。平生作诗歌八百余首，大多存于《来瞿唐先生日录外篇》当中。

篇首所引诗，即为来知德第三次会试落榜后所作。他自己曾说过：“某作诗随意兴所到，亦未当计工拙。”《题京师邸壁》正反映出他落榜以后，告别既往的科举梦想，转到日后的学问精务那样一种即时意兴。首句叠用了两个“路”字，明明白白指人生道路，表现出了决意否定昔年之非。次句再叠用两个“高”字，暗含着《礼记·中庸》所宣示的“君子之道，辟如行远必自迩，辟如登高必自卑”的深意，折射出了他要另走一条人生道路，努力攀登治学高峰。第三句的“天近午”，意在感叹人到中年了，时不我待，必须抓紧。第四句化用了朱熹《春日》诗中“胜日寻芳泗水滨，无边光景一时新”的意蕴，表明他的登高目标是很明确的，那就是要瞄准程朱理学，驾着飞快的小船追寻不息。四句诗看似平常，实颇奇崛，飘飘然若有凌云气象。

隆庆二年(1568 年)间，来知德曾应邀出三峡，浏览大江南北的名山大川，并且北上拜谒孔庙。途经夔州时，留下七律《白帝城二首》，都是前四句寓情于景，后四句怀古抒情。如第一首的后四句：“万里有怀频极目，百年何事不怡颜？可怜前度杖藜者，衣短钗长鬓更斑。”如第二首的后四句：“阴雨年年生蔓草，堕碑处处枕莓苔。卧龙跃马都成梦，只写清诗伴酒杯。”无不寄兴于寥廓，却又间入了苍凉情怀。而到了武昌，《黄鹤楼》则写的是：“城郭参差水带沙，峰峦崒嵂走龟蛇。千甍烟绕仙人阁，五色霞分帝子家。天外看谁还跨鹤，寰中有客又乘槎。桐山双凤栖何处，一望晴川树色斜。”极目楚天，心境空阔，写景和用典都挥洒自如。尾联中的“桐山双凤”代指北宋理学大师程颐、程颢两兄弟，表达出了他对二程的无比景仰。

对同道学人，来知德一向引为知音，同气相求，同声相应，不时有诗酬唱。万历十一年(1583 年)，时任夔州知府、万县人傅达吾曾给他的《日录》作序，称他为“千载真儒，直接孔氏之绝学”。他因之而作出《谢傅达吾送〈日录〉序》一诗。那是一首七律，首联“醉脸昏昏策杖藜，瑶光玓玓下茅茨”，概述自己如何迎接送序使者。颔联“人间雁到花黄日，天上虚横月白时”，进一步描画序到的环境。颈联“款叚自思非骏骨，碔砆今已化琼枝”一转，前一句自歉，后一句赞扬傅达吾的德行，犹如说多赖傅达吾的序点赞称述，才使得自己这一部著作从颗粒玉石一显而变成晶莹玉树。尾联“乘风欲寄登堂意，对使先吟木李诗”，进一步暗用《诗·卫风·木瓜》“投我以木李，报之以琼玖”的典故，表达出感激不尽、必将报答的拳拳心意。只有真正的君子之交，才会如此以诗答谢，丝毫不与权势或金钱勾扯瓜葛。

诸如此类的诗，无不归于雅正。但来知德这个理学家，并非只有清正为人、高洁处世的主体人格，而是还能亲近田园，回归自然，时常创作出多种情调的田园诗、咏物诗、寓言诗和说理诗，甚至不惮引乡音俚语入诗。如

《一日四乐四首》,其一《玩图》写道:"个中原有先天易,壁上新添太极图。欲与庖牺相揖让,日间那得此凡夫?"其二《登釜山》写道:"白云穿破翠微堆,云里苍松手自栽。大笑一声天地外,人间何地少蓬莱。"其三《与兄饮》写道:"万事无心一老翁,兄为明月弟清风。竹根醉倒双双起,风起西方月起东。"其四《醉卧》写道:"竹林顶上覆棕蓑,一枕虚无梦不多。睡觉不知天早晚,数声牛笛下前坡。"这组诗作于他年届五十八岁那一年,依次勾画了他的四种田园生活情态,从而舒张了他多年以来潜心注易、寄迹山水、兄弟情笃和安贫乐道的精神境界。比一比前世的陶渊明,诗风诗品虽难以同日而语,真淳和自由却不遑多让。

在那个科举考试应试及第、入仕做官几乎成了文人学士唯一正道的岁月里,来知德敢于迷途知返,毅然决裂,回到巴渝乡间专心致志做学问,并且取得卓越成就,堪称千百年难得一遇。品读其诗,想见其人,不说是"高山仰止,景行行止",真诚敬畏总是不可或缺的。

七十七

篡改白帝庙林俊始作俑

既有学问，又能作诗，不一定为人都正派善良，明末阮大铖便是一个恶劣的代表。即便是好人，也不一定做的每样事情都能算好事，甚至还可能做过坏事，明代中期的林俊就属于这一类。

据《明史·林俊传》说，林俊字待用，号见素，成化十四年(1478年)进士，累官至刑部尚书，为孝宗弘治、武宗正德年间名臣。世宗嘉靖六年(1527年)卒，谥贞肃，有《见素集》传世。其间于正德四年(1509年)起抚四川，即担任四川巡抚，直至“世宗即位(1522年)，起工部尚书”方才离川，前后长达十三年。本传称他“以耆德起田间，持正不避嫌”，“中外想望其风采”，应是正人君子无疑。

林俊的诗颇见心性，《夔州抒怀二首》即能略见一斑。其一写道：“乌白云闲重此清，一机晚落竟何情？性偏懒自贪山色，事转难时爱鹊声。地扼蛮荆元用武，学当俎豆少闻兵。拊柔厌乱关天意，圣主宵衣业太平。”入题便用了梁简文帝萧纲《妾薄命》诗中“转山犹可遂，乌白望难期”的典故，以乌鸦变白比喻不可能做到的事，与暂得于山川之间偷闲构成了意象落差。验之以本传，他抚川期间所遇到的最大难事乃兵匪蜂起，变乱丛生，必须用兵镇压，方能换取安稳，他也真是为之而煞费苦心，收到成效。但如这首诗三四两句所写，如此勉为其难，并不合乎他情钟云山、性喜悠闲的本心；亦如这首诗五六两句所写，他平生所学在于以“俎豆”之事所代指的礼乐儒道，用兵也不是他之所长。尽管如此，安抚民众、弭平动乱终究关系到政权安危（即“关天意”），他必须克尽职守，排除万难，以报答宵衣旰食的当今皇上，以为天下求太平，七八两句终于表达出这一信念。前六句是情，后两句是理，情服从理，诗旨便显于要公忠体国。其二有句“未愁蚁冗深难塞，只恐炉灰冷复燃”，正是这一诗旨的延伸，透露出他纵或得闲于观览夔州山水云天，也还担心着余孽未尽，再生祸乱。

时有发生的兵匪祸乱，必不可免地会给黎民百姓造成深重苦难，甚而至于家破人亡，血流遍野。其七律《右垭写怀》直书：“露宿官山月转晴，山垭老泪寄苍生。檄书夜下秋前捷，野哭时悬枕上声。墟落鸢鸦荒骨乱，石田狐鼠晚蒿平。经心门井溪来血，流入瞿塘水尚腥。”后四句所写民间惨状，简直令人触目惊心，其深刻程度可以与杜甫的同类诗相比并。由之回味前四句，林俊的“老泪寄苍生”显得十分诚挚，十分沉重，三四句的强烈对照分明还有自责之意。

即或是写景为主的诗，林俊也没有忘记时刻困扰他的事，如五古《铁门扇》：“瀼西一舍许，两山势回合。巨石状城门，铁衣护周匝。楚蜀相犬牙，乾坤互辟阖。当关一夫守，万马不敢发。云龛入玲珑，元气深吐纳。风搜群窍开，水树声互答。推蓬暂此清，巫山事杂沓。”所谓“铁门扇”，是他对夔门的直观感受和形象比喻，前十二句全都为之铺陈描述。但最后两句，仅止“暂此清”三字便表明他难得悠闲，“杂沓”二字更浓缩着不知多少一言难尽的政事繁杂和难题不断。一个勤于公务、知难而上的好官形象，若隐若现寓藏于其间。

以上四首诗，很可能作于正德八年（1513 年）。因为正是那一年，林俊派人毁了传存近一千五百年的夔州白帝庙内原祀公孙述的塑像，而另塑江神、土神，以及曾经劝阻公孙述称帝的汉将马援的神像，取名三功祠以代白帝庙。推详他的本意，很可能是着眼于维护中央王朝的正统权威，以实际作为排斥割据僭越的异端遗存。他在四川巡抚任内遇到的纷至沓来的叛乱现实，很可能正是刺激他那样做的直接动因。然而，不管他有多少自认天经地义的大小理由，他都是在凭借政治权力加文化理念，篡改既成历史及其文物呈现，做了一件蠢事和坏事。囿于皇室血缘维系的正统观念，他意识不到刘备与公孙述其实是一样的，即都是特定历史条件之下产生的割据英雄，因而不惜厚此薄彼，尊此抑彼，开了一个恶劣先例。三功祠与白帝庙风马牛不相及，所以到嘉靖十二年(1533 年)，四川安抚司副使张俭再如法炮制，毁三功祠而改祀刘备、诸葛亮，号义正祠。再过二十四年后，四川巡抚段锦又增设关羽、张飞神像，并取"明君良臣"之义，改称明良殿。由于他们相继改篡历史原貌，就造成了白帝庙有其名无其实，有先帝无白帝，林俊注定是始作俑者。

"始作俑者，其无后乎?"那是《孟子·梁惠王上》传述孔子的话。两千多年来，始作俑者通常泛指恶劣行为、恶劣风气的领头人，林俊成为篡改白帝庙的始作俑者实在难辞咎。但到 2008 年前后，居然又会另有其后，将经清代、民国直迄共和国时期积累而成的白帝庙内非三国文化遗存，特别是东、西碑林一律清空，而独尊所谓三国忠信文化。与其相呼应，忠县石宝寨也是那样，让山西人关羽的汉白玉神像巍然独坐其顶层上。从东汉初年开始，历隋唐宋元明清的文化积成的立体宝库就那样被消亡，而代之单一化了，难道不需要追询为什么，而力求恢复历史文化的原貌吗?

七十八

作诗讽权贵刘道开无畏

《天官守正领官风》已然提到，王应熊任礼部尚书兼东阁大学士期间，曾经有过徇私包庇的不检点行为，因而为人诟病，终至乞休归里。那是在崇祯八年(1635 年)，用权包庇巡抚杨一鹏，被人弹劾，咎由自取。返乡后的崇祯十二年(1639 年)，其弟王应熙横行乡里，引发公愤，乡人赴京控诉王应熙不法事四百八十余件，贪赃款一百七十余万，也牵连到了他。

事件的因由在于，乡贤倪斯蕙为万历二十年(1592 年)进士，累官至南京户部侍郎，因不满魏忠贤阉党擅权，以尚书服色致仕还乡，在重庆城内置巴字园怡养，人望甚高。但其子倪天和却不是善类，勾结重庆知府余新横行乡里，与同样横行乡里的王应熙积暇累衅，成了死对头。王应熙唆使倪斯蕙的堂孙倪大成赴京诬告倪斯蕙"在籍不法"，导致朝廷下诏破其家，囚其子，激成累及千余家的大狱，使年逾七十五岁的倪斯蕙忧愤而死。乡人为之抱不平，因而赴京控诉王应熙，牵连到王应熊。

大狱骤起，使另一位乡贤不肯置身事外。他叫刘道开，乃刘春兄刘相之子鹤年的玄孙，字非眼，别号了庵居士，生于明万历二十九年(1601 年)，卒于清康熙二十年(1681 年)。崇祯六年(1633 年)乡试中举以后，就更加笃志于学，潜心研习兵农水利，曾受到过先达王应熊的赞赏。他也有诗《曲水寺次王相国韵》："溪响杂新雨，林疏透晚烟。过桥才下马，欹枕便闻鹃。僧出因收米，客来讲种田。巨公题韵在，谁把碧纱牵。"次韵酬和王应熊的《曲水寺》诗，说明他原本敬重王应熊，有私谊，无私怨。

刘道开还写过《崇因寺和曹能始先生韵》："年来画粥地，梦醒即闻钟。古刹标题在，名人恨不逢。绿偎当牖竹，青峙隔江峰。僧结跏趺坐，函经只少松。"诗是次韵奉和曹学佺的《崇因寺》的，格调清新，意韵高远，颇有曹诗风神。"名人恨不逢"一句，既反映出他是读诗碑后写出此诗的，也表明了他对贤达由衷地仰慕。联系前诗看，他若要对王应熊有所不恭，决然不会出自轻率。

前诗题中称"王相国"，关系到了明代职官。自从明洪武十三年(1380年)发生胡惟庸案，滥杀胡党一万五千余人，并于洪武二十八年(1395年)敕谕"国家罢丞相"之后，终有明一代都未再设丞相。先是由吏、户、礼、兵、刑、工六部尚书直接对皇帝负责，行内阁实权，并置华盖殿、武英殿、文渊阁、东阁、文华殿五种殿阁大学士备皇帝顾问。至仁宗(1425年在位)以后，诸大学士历晋尚书、保、傅等职官，品位尊崇，偃然如汉唐宰辅。再到世宗中叶夏言、严嵩相继用事后，大学士就俨然成为真宰相，权势在六卿之上。王应熊还乡前为礼部尚书兼东阁大学士，称作"王相国"恰如其分，毫无阿谀奉承之嫌。

但是，王应熙仗恃兄长权势激成大狱，王应熊又不能自证其清白，刘道开就不能明哲保身，缄口不言了。他以《大狱叹》为题，作出一首七言古体讽刺诗，旗帜鲜明、语词激烈地发出讨伐声。诗前的小序特别点明："相弟王应熙挤公子倪天和，激众叩阍，破及千家也。"全诗每四句一韵，凡九转韵，层推迭进如一篇犀利檄文。在历数倪斯蕙因"生儿不类"而横遭冤罪，王应熙"营谋积聚许多年，毁巢取子在俄顷"，抨击其"杀人媚人等儿戏"，哀怜倪家的"曲直是非焉敢问"以后，他以西汉"为人刚直，不谀权贵"的灌夫自喻，将热讽冷嘲直指王应熊："时移势异应相让，未必无风能起浪？介弟虽然善推敲，谁其主之大丞相。丞相耳目密于鳞，开口不如闭口人。相逢且谨不平语，此语若闻丞相嗔。"前四句热讽，分明认定王应熊就是幕后主使之人，难辞兴狱罪责。后四句冷嘲，犹如说晓得你王相国权势熏人，耳目众多，谁敢非议你谁就得罪你；隐而未发的声音却是，我偏不怕你，偏要揭露你和抨击你，看你其奈我何。

一首诗犹嫌未能尽意，刘道开又跟着写出《高门行》和《废宅行》两首歌行，对王应熊挖苦嘲讽，穷追猛打。前一首由“高门成，高门坏，三十年间生变态”引起，对比倪、王两家兴替，将王应熊、王应熙兄弟的巧取豪夺比作“春风蝴蝶飞过墙，贪他一院好青菜”，辛辣峭刻，令人解颐。结尾再行引古设喻：“君不见汾阳之府改为寺，马燧之宅化为园。古来甲第尽如此，何必欷歔叹此门？”俨若警告王应熊，你王家也逃不出这条规律。后一首在重述过王家门庭煊赫一时，已临破败后，还将王应熊复出之后退守遵义讥斥为“主人虽掌讨贼权，无饷无兵远远避”，无异嘲讽其弄权在行，打仗不行。蔑视权贵如粪土，他真抵近了无私无畏。

鲁迅说过：“我们从古以来，就有埋头苦干的人，有拼命硬干的人，有为民请命的人，有舍身求法的人……这就是中国的脊梁。”刘道开大义凛然，敢于再三以诗嘲讽当世权贵王应熊，可以视为拼命硬干。明末重庆出了刘道开，出了他的这些讽刺诗，无疑是一抹赤热的亮色。

七十九

将军本色壮诗情

在佛图关石壁上,曾镌刻过两首明代诗,清至民国犹存。今虽已漫灭难识,但仍记录在乾隆《巴县志》里。其一为:“当年先业树蚕丛,奕叶何堪振父风。自信承家惭长子,敢云报国绍元戎。儿童旧颂平蛮绩,父老新传剿播功。武烈谬叨绵世泽,孤忠一脉贯长虹。”其二为:“东逐西驰岁又深,凯旋驻马漫开襟。三巴兵革龙泉迴,六月烽烟雁字沉。关塞自惟怜白发,庙廊谁为暴丹心。良弓鸟尽应无用,缓整鱼竿钓海浔。”传本署题《佛图关纪事二首》,作者为刘綎。

刘綎字省吾,嘉靖三十七年(1558 年)出生于江西南昌。其父为四川都督刘显,刘綎勇敢有父风,荫任为指挥使。万历年间,他率军南下击退缅甸入侵,平定罗雄叛乱,东出朝鲜抗击倭寇,屡建战功而擢升为辽阳总兵。万历二十七年(1599 年),播州(即今贵州遵义)宣慰使杨应龙联结诸苗发动大规模武装叛乱,攻陷綦江,直逼重庆。明王朝急令李化龙为兵部右侍郎,总督湖广、四川、贵州军务兼巡抚四川,调集三省兵力,分八路征讨叛军。刘綎调任四川总兵,率主力一路由重庆至綦江,主攻播州娄山关,于次年四月破娄山关,建“平播第一功”。平播事了,班师回重庆任左都督,他即兴创作出《佛图关纪事二首》。

据《明史》本传记载，平播历时五个月，“刘綎勇略冠诸将，劳最多”。第一首中“父老新传剿播功”，第二首中“凯旋驻马漫开襟”，前一句纪事，后一句志感，便点明了“纪事”之本。而“振父风”“暴丹心”“武烈谬叨绵世泽，孤忠一脉贯长虹”，则反复伸张心志，表现出他为将之本的价值理念。值得注意的是，第二首结在“良弓鸟尽应无用，缓整鱼竿钓海浔”两句，还透露出他并不片面追求征战建功，而是希冀着止戈为武，实现和平，让他能解甲之后海滨垂钓。这样的将军本色，就不是一般武夫可比的，而是充盈着格外壮美的人文情怀。

同一背景下，刘綎还寄情于《凯旋驻师渝州述怀二首》，当年刻在南纪门内的金马寺。其一为：“韬略无能继父风，西川前后领元戎。重惭推毂握兵柄，敢倚平夷数战功。奕世君恩延赏久，累朝官诰锡封隆。何当两地无宁日，兵火年年一样红。”前六句与后两句俨然形成对照，表明他并不因为立功受封得意忘形，反倒为世无宁日而忧患无已。其二为：“逆竖频烦西顾忧，简书重命运前筹。斩关聊施赢驴技，破围应消汗马愁。一念孤忠悬日月，千年公论付春秋。太平自是无征战，且脱戎衣归马牛。”“一念孤忠悬日月”金声玉振，说明他的自信心极强，决不会因任何舆论改变心志。“太平自是无征战”更是警句，将他的止戈追求推向极致。

然而，晚明时期的内忧外患层出不穷，刘綎回避不了征战不息的宿命。万历四十六年(1618 年)辽东战事告急，他被调往山海关抗击后金(清之前身)，次年战死于萨尔浒之役。熹宗天启元年(1621 年)，追赠他为少保。时人评价他说：“闻中朝诸将中，勇敢善用兵推刘綎第一”。

刘綎殉国后两年，亦即天启元年(1621 年)九月，四川永宁宣慰使奢崇明又发动了武装叛乱，以重庆为东京，建号“大梁”，改元瑞应，直至思宗崇祯三年(1630 年)才平息下去。荣昌人刘时俊为万历二十六年(1598 年)进士，累官至南京兵部主事、太仆寺卿，当时已辞官还乡。奢崇明乱起，他上奏朝廷，请予讨伐，受命督兵征讨。旋驻军于佛图关，力阻奢崇明部将樊龙、张彤所部援救城内叛军，然后与石砫宣抚使秦良玉合兵力战，收复了重庆。平乱后任兵部右侍郎，崇祯二年辞世后被追赠为兵部尚书。

刘时俊驻军佛图关时，作过七律《驻军佛图关》：“军驻严关扼上头，凭栏百里望皆周。群山翠点高低列，两水清涵上下流。地险我何妨进退，孤城彼自受羁囚。一时纵目还生喜，釜底游鱼可待休。”其诗风豪壮，充分显现出凭险控关，内囚孤城内的叛军，外御增援的叛军，必能克敌制胜的信心。这期间，他的两个儿子冒险犯难送来了火药，又作七律《喜二子自江南来携硝磺到渝助军》：“专征久已愧庸才，家事何常复念哉。江外忽惊双桨至，膝前瞥见两儿来。勤王早觉亲恩重，赴难还将国用裁。移孝作忠惟此际，一番喜动转成哀。”家国同构，忠孝同伦，当国难当头时，必须移孝作忠，这首诗体现出了他矢志恪守此道，义无反顾。

彼时彼际，刘时俊还作过《读刘綎将军佛图关石刻有感》。起始两句“后事宜从前事求，奢酋未必胜杨酋”，浑若表态说要效法刘綎。中间四句追念刘綎：“朝中命甫三推寄，阃外功旋一阵收。锦字石间空万古，鸿名纸上重千秋。”但同时，字里行间的所有意涵，又何尝不是自期和自励？结尾两句“迩来旧业堪追否，自笑将军亦姓刘”，颇别致，颇幽默，然而照应了起始两句，将他自己的壮烈情怀赍张无余。好个“亦姓刘”，实为都姓刘，外籍人刘綎和本籍人刘时俊一姓同宗，一壮同风，为巴渝军事史和巴渝诗歌史留下了一片浓墨重彩。

八十

巾帼英雄铸美名

在由秦至清长达两千一百三十二年的历史长河里，有正史记载，直接受到当朝皇帝称赞褒美的巴渝女性只有两位，一位是秦代的女实业家巴寡妇清，另一位，那就是明代的女军事家秦良玉。

秦良玉又名贞素，万历二年(1574 年)出生于忠州(今重庆忠县)，二十余岁时嫁给石砫宣抚使马千乘为妻。万历二十七年(1599 年)随夫征播州，次年正月“追入贼境，连破七寨”“为南川路战功第一”。万历四十一年(1613 年)，马千乘遭陷害入狱死，时年三十九岁的秦良玉代领石砫宣抚使之职，走上独立女将之路。她教军士操练白木杆长枪，号“白杆兵”，皆骁勇善战，远近畏惧。泰昌元年(1620 年)，她奉诏援辽，白杆兵参与浑河血战，其兄秦邦屏战死沙场。天启元年(1621 年)，熹宗封她为二品夫人，赐“忠义可嘉”匾额，命她回川参与平息奢崇明叛乱。她引白杆兵驰援成都，收复重庆，平叛后论功得授都督佥事之职，并充任总兵官。

明思宗崇祯二年(1629 年)，皇太极率后金军绕道喜峰口入关偷袭，攻陷永平(今河北卢龙)等四城，迫近北京。督师辽东的袁崇焕赶紧从山海关领主力入关，在蓟州一线抗击金军。秦良玉也奉诏勤王，出家财以济军饷，率领白杆兵赶赴北京。各地勤王兵马达二十余万人，但多有畏缩不前之辈，秦良玉却配合袁崇焕战斗在第一线。明军收复四城后，时年二十岁的当朝皇帝朱由检，在平台召见时年五十五岁的勤王功臣秦良玉，赐给她一品官服，并“赋四诗旌其功”，命她回川“专办蜀贼”。那以后不久，袁崇焕被诬“通敌”凌迟处死，男女两位英雄的命运真是冰火两重天。

朱由检的《赐石砫女宣慰司秦良玉四首》均为七绝诗。第一首写道：“学就西川八阵图，鸳鸯袖里握兵符。由来巾帼甘心受，何必将军是丈夫？”这位年轻的末代皇帝，借八阵图立言，居然夸奖秦良玉的文韬武略堪追诸葛亮，显见确是欣赏备至。进一步夸她是巾帼英雄，超过男将们，其见识也相当不平凡。第二首写道：“蜀锦征袍自剪成，桃花马上抖繁缨。世间多少奇男子，谁肯提兵万里行？”前两句主要是表彰秦良玉不仅主动请缨，而且输财助饷，比一般的应诏勤王更忠义可嘉。正因此，后两句以反诘句出之，从而强化了第一首已表达过的褒美性主旨。第三首写道：“露宿风餐誓不辞，呕将心血代胭脂。北来高唱勤王曲，不是昭君出塞时。”依然着眼于秦良玉的女性身份，表扬其勇毅卓异，万难不辞。因女性而及女性，还拿她与王昭君比较，意在凸显她是经克敌制胜而保全国家的。第四首写道：“凭将箕帚扫胡虏，一派欢声动地呼。试看他年麟阁上，丹青先画美人图。”朱由检表示，实现复兴大明的素志以后，要在麒麟阁内为功臣画像，第一个就画女将秦良玉。尽管这位崇祯皇帝并未能实现素志，但他这一组诗，前两首男女对比，第三首女女对比，最后一首许愿丹青画像，名标青史，充分表明了他对秦良玉是发自肺腑地赞赏不已的。将之置诸二十四史，堪称绝无仅有。

《明史》本传评价说：“夫摧锋陷敌，宿将犹难。而秦良玉一土舍妇人，提兵裹粮，崎岖转斗，其急公赴义有足多者。”清代人撰前朝史，如此赞扬秦良玉，足见她这一位巾帼英雄真名实相副，已然名著青史。

后来人对秦良玉也不乏赋诗称美。如清末女革命家，号称鉴湖女侠的秋瑾，就作过《题芝龛记赞良玉八首》。其间一首写道：“古今争传女状头，谁说红颜不封侯？马家妇共沈家女，曾有威名振九州。”诗里的“沈家女”指明末女将沈云英，青年时即随父出征，父战死后她又率部解道州之危，因功敕封游击将军。秋瑾将她同秦良玉合在一起来称赞，意在张扬巾帼英雄不止一个人，并且都能够“威名振九州”。另有一首写道：“莫重男儿薄女儿，平台诗句赐蛾眉。吾侪得此添生色，始信英雄亦有雌。”她呼应了朱由检的平台赐诗，强调了男儿能做到的女儿也能做到，还表明了自己为有秦良玉这样的巾帼英雄楷模而骄傲，只差说出自己也要成为那样一个人。降及1944年抗日战争期间，郭沫若作《咏秦良玉四首》，其第一首同样宣示：“石柱擎天一女豪，提兵绝域事征辽。同名愧杀当时左，只解屠名意气骄。”诗里拿明末将领左良玉与秦良玉对照，只一个“愧”字便揭示出，不如女儿的男儿多矣。

而今而后，仍然应该敬重秦良玉，赞美秦良玉，但要注意实事求是，既不妄贬，也不虚褒。《重庆历史名人典》称她“是中国正史唯一登录的巾帼英雄”，“唯一”即失实。且不说《宋史·韩世忠传》录有其妻“梁氏”（即梁红玉），《明史·冉跃龙传》录有其妻“舒夫人”（酉阳人称之白夫人），历代正史《列女传》中也不乏因战功而登录的女性，只追溯《隋书·谯国夫人传》即能证其非。其传主冼英史称冼夫人，陈武帝永定年间因指挥平叛而被封为中郎将、石龙太夫人，隋文帝开皇九年又被封为谯国夫人，周恩来将她誉为“中国巾帼英雄第一人”。如果不承认正史有传的其他巾帼英雄，恐或并不算真正敬重、赞美秦良玉。

八十一

品不够的高僧诗

在中华诗歌的廊苑里，向来不乏高僧大德的身影，巴渝诗歌自不例外。若纵向比较，巴渝地区高僧诗数量最多、品位最高的时期，当数清代。

首树高标的是破山海明。他是晚明著名的临济宗禅师，从明天启六年(1626年)起便在梁山(今重庆梁平)开始弘法，至清顺治十年(1653年)更在梁山创立了双桂禅院(今双桂堂)，并将其建成西南禅宗祖庭。他集佛学、书学、文学于一身，被尊为“古佛出世”和“小释伽”，诗歌大量遗存于所著《双桂草》《破山海明禅师语录》当中。

他写过一首《自赞》诗：“这个川老蜀，浑无奇特处。问禅禅不知，问教教不熟。懒散三十年，人天忽推出。握条短杖藜，打佛兼打祖。”整首诗全用俚俗口语，诙谐多趣，一气贯注地表达了大自在的禅悟境界。参酌其另一首《永庆寺》诗所写：“踢倒须弥镜影空，逢人徒鼓舌尖红。黄鹂不识吾生意，叫落庭前一树风。”不难体味出，他是参透了“一即一切，一切即一”的禅机，任运自然，物我两忘。

特别值得注意的是其《示长白诗人》一诗：“海内多诗者，才思独尔真。一生清冷句，千载不藏名。气骨烟波色，萍踪雨露情。调高人自重，偃鼠岂同营?”讲真,讲气骨,讲格调高洁和人格自重,无疑既是他的诗品追求,也是他的人格自律,没有一丝一毫的矫饰遮掩。这一切,几乎都体现在《吊太常古文学》诗里了。“笔砚同心刚两年,何须先我去逃禅?蠹鱼欲吐三生梦,小玉频呼一粥缘。倒砌残红谁解举,摩天嫩绿自能妍。可怜昔笑今成哭,冷泪如冰落柩前。”对“笔砚同心”的亡友倾吐真情,终了结在禅宗所尚的一切随缘。

清康熙七年(1668 年),僧德玉住巴县华岩洞,开结摩场,十方云聚甚众。其后重建华岩寺,弘开法席,大振宗风,至康熙四十年(1701 年)以九十高寿圆寂。他有诗《坚牢嵌》:“大千尚有坏,何物可坚牢。建以灵于地,到而人亦豪。瞻崖揭画意,咏涧泻秋涛。那事不千古,谁为损一毛。”所讲的禅理出自《维摩诘经》,认为人生由地、水、风、火四大元素组成,终将归于空无,因而无生无灭即得真如实相。这与破山《行书七绝二首》之二所写:“长生不若无生好,识得无生人不老。不老拟同春复秋,年年此日惊花鸟。”在禅理上是一致的。

佛门禅宗极讲究悟禅,而不局限于念经坐禅,所以常将对大自然中各种物象的体认和描绘,变成自己的感悟和心态,寻常风景亦寓禅机。如乾隆年间僧道智的《千尺井》诗所写:“来源滴滴石为穿,裂破青山作两边。长笛一枝吹冷雪,断虹千尺走寒烟。煮茶香透松梢月,洗砚云生镜里天。涤尽诸方禅五味,百川谁敢与争先?”前六句就分明一句一禅境,一境一禅意,诗中有画,画中有悟。后两句再总束归结,点明禅悟,宣示禅理,从而具备了普泛性意涵。

依循这条路,即便纯是写景记游诗,高僧作的诗也各有禅趣。如与僧道智大致同时的僧寂崇的《石船载月》就写道:“大荒野岸一舟横,虽有云帆怕远征。春涨半摇沙岸阔,秋深满载月轮轻。江村夜静何尝系,芦荻花繁相对明。船子高歌人已睡,寒风吹动水禽声。”僧清纯的《春日偕友游觉林寺》则写的是:“览胜乘春兴,同人到觉林。四围山护竹,一带树留禽。铁笔书云表,冰泉界碧岑。幽崖风细细,缓步发清吟。”前一首写景,后一首纪游,却都浸润着物我相融的自然自在。

年后于他们,历道光、咸丰、同治三朝,住持白帝庙四十余年的瘦木,又称三德和尚也颇有破山风范,佛学、文学皆通,诗歌、书法皆长,享有“诗僧”

的美誉。于同治十年(1871年)辞世后,他有遗诗十一首被邑人选出镌刻,其诗碑曾陈列于白帝庙内西碑林。

瘦木有诗《题面壁图》:“诚哉面壁翁,修道忘形影。遍拶熊耳山,工夫加一等。神悟岂偶然,真机师独领。鼻观洞中天,趺坐原非井。尝将恰恰无,了明即惺惺。觉破九重山,为人始摩顶。”所题图上的“面壁”,原典出自达摩祖师在嵩山少林寺“面壁而坐,终日默然”,后世佛门弟子乃将坐禅静修称之为面壁。全诗十二句,主要是对达摩祖师面壁历程的追慕重述,同时也寄寓着他自己的精研心路。“神悟”得“真机”,“觉破”非“偶然”,禅机禅悟尽在其间。参以《答秋舫》诗:“饥饭困眠守幽独,白云一坞隐茅屋。辱君高躅问蒲团,落叶满山寻瘦木。”更足资证实他曾怎样潜心佛学。

他的《学书口占》记录:“老衲学书四十九,信手涂鸦不知丑。出门撞见阿逸多,笑破一张大阔口。”通俗畅达,幽默风趣,大可想见诗如其人。而《杜公祠》却又写道:“杜老来夔门,三迁傍翠峦。草堂余瀼水,诗卷剩词坛。四海伤多故,一生悲寡欢。黄金何日铸?山衲愧清寒。”不但尊崇杜甫之情溢于言表,而且言浅意深,韵稳辞工,人品和学仰都隐然可风。这样的“诗僧”,当有多少世俗诗人不可以企及?

八十二

唱不完的竹枝歌

中华竹枝词发展到清代，进入鼎盛时期。就其传播范围看，不但已经遍及包括西藏、台湾在内的各个地区，产生了多民族的竹枝词，而且广布于亚洲、欧洲、拉丁美洲，为其他任何诗式所不能及。作为发源地的长江三峡一带，尽管不再是创作中心和传播中心，也同样名家纷至，佳构迭见。

由明入清的王夫之是杰出的思想家，与顾炎武、黄宗羲并称“清初三大家”，诗作和诗论均颇多造诣。康熙六年（1667 年）他作《竹枝词十首》，其二为：“暮雨朝云神女峰，三朝三暮黄牛踪。入峡来回看不厌，出峡对面不相逢。”其三为：“巫山不高瞿塘高，铁错不牢火杖牢。妾意似水水滴冻，郎心如月月生毛。”其十为：“巫山欲出三峡中，狼山还隔海门东。何人不打开船鼓，何人解使斗帆风。”每一首的前两句，都紧贴着三峡巴渝段名胜。每一首的后两句更是各见机心，各显特色，为他的历代前人所未曾道。此堪称题旧语新，耐人寻味。

也是由明入清的经学家、文学家毛奇龄，所作《竹枝词二首》的第一首独具一格。其前两句“十二峰前十二滩，嘈嘈急水渡来难”，写滩多水急，船渡艰难，一点不新鲜。但后两句“瞿塘看似桃花马，只少装成八宝鞍”，上句的比喻已然出奇，下句的比喻则是更加别开生面，令人品起来如嚼橄榄，愈嚼愈生津。

清初理学家，康熙年间官至吏部尚书、东阁大学士的熊赐履，也有《竹枝词二首》。第一首写道："白帝城边月转低，巫山凄断杜鹃啼。扁舟直下黄牛峡，一夜风吹到鄂溪。"描状三峡放舟的轻快迅疾，虽然不及李白《早发白帝城》那般脍炙人口，但专写月夜出峡，风吹至鄂，的确相当有灵气。第二首写道："瞿塘急口乱沙洲，落日孤峰万里游。江上陵娥何处是，推篷遥望洞庭秋。"三句的"陵娥"系指上古传说中的尧女舜妻娥皇、女英投湘水而死，湘水与四句的"洞庭"均在清代的湖广。由瞿塘至湖广的"落日孤峰万里游"，居然只在"推篷遥望"间，与等一首同样是写三峡放舟的轻快迅疾，都不著点墨，即见意境。

董榕为雍正十三年（1735 年）拔贡，历官江西赣宁道，著有传奇、诗集传世。他的《竹枝词五首》当中，第一首特写："瞿塘女子好春游，踏碛犹知忆武侯。八阵图前寻小石，摇摇和风系钗头。"描摹的是三峡一带春游的习俗。据道光《夔州府志》卷十六《风俗志》记载："夔人重诸葛公，每岁以人日倾城出游八阵图碛上，谓之踏碛。妇人拾小石之可穿者系于钗头，以为一岁之瑞。"用四句诗描摹出这一地域性的民间风俗，既比方志更具形象性，又体现出竹枝词的映现功能更加多样化。

乾隆年间的举人涂宁舒为梁山（今重庆梁平）人，他的《竹枝词二十四首》也是反映巴渝地区民风民俗和岁时节令的，但又有其别出心裁的创新诉求。他以农历的月份为经，每月写两首，同时以乡俗和农事为纬，组合成了自成体系的二十四首。如三月份的五、六两首，前一首写道："清明前后走轻雷，一路愁云锁不开。惟有东风偏解事，满山吹起纸钱灰。"写的是清明时节要祭祖坟，巴渝土语叫"上坟"，要在坟前陈供品，烧纸钱，愁的就是阴雨连绵。"解事"的意思就是懂事，说春风懂事，亦即体谅人们的心情，意味着放晴了，纸钱灰飞，人也心安。后一首写道："桂水觞开三月天，遨头直到浣溪前。烟花十里春如海，好趁春风放纸鸢。"开头的"桂水"即今垫江桂溪，"觞开"意味着溪畔寒食，与放风筝均为习见的春游活动，"烟花十里"尤显出游人之众。类似的"泛咏风土"之作很多地方都有，甚至衍生出了动辄上百首、一百零八首、一百二十首、超二百首的空前奇观。

清代还有相当多的行业性竹枝词，如龚维翰（生平待考）的《川船竹枝词十首》。其一为："雕花船子四舱开，几净窗明绝点埃。隔岸如将呼板主，邻舟没事斗掀牌。"川江上船主叫做"板主"，当是那时的行业规矩。"掀牌"又叫打纸牌，迄今在川渝民间仍然流行。川江船行风情，从中可见一斑。其三为："嘈杂乡音入耳中，掌家籍贯半川东。衅船鸡酒人人醉，一揖而来有太公。"川江船家开船时要杀一只大红公鸡，先将鸡血涂于船的缝隙处，然后共饮鸡血酒，以祈求平安。"太公"即为船老大，祭仪均须由老大主持。写这一风俗，比第一首更活灵活现，不熟悉生活的诗人决然写不出。

以上竹枝词都见诸文字，而未能见诸文字的民间竹枝词，更不知有过多少。乾隆年间的巴县知县王尔鉴写过一首杂言古体《介石早发喜雨》，倒数三四句为"农夫拍手歌农歌，牧童牛背唱竹枝"。题中的"介石"，即今巴南区的界石镇。牧童骑在牛背上都能随口唱竹枝词，足见当时竹枝词传播多么广远，民众何其喜欢。事实上直迄当今，举凡渝西、渝东北、渝东南地区列入国家级非遗目录或市级非遗目录的多种民歌，除五句子山歌有武夷山基因外，绝大多数都是竹枝词的后代品种。

八十三

崇杜诗风弥漫峡江

杜甫的夔州诗，标志着他毕其一生诗歌创作的最高成就，也铸定了他与李白双峰并峙、双星同耀的历史地位。贯注于夔州诗的家国情怀、人格魅力、审美情趣和诗品建树，以及杜甫及其诗作留在夔州的遗址遗踪，历来广受后人景仰。在有清一代，峡江上下更弥漫着崇杜诗风，给夔州诗城留下一卷多彩画图。

由明入清的诗人宋琬，在清初诗坛上与施闰章并称“南施北宋”，稍后又加王士祯、朱彝尊、查慎行、赵执信号称“六大家”。晚年曾任四川按察使，在夔州作有《拜杜少陵草堂》一诗：“少陵栖隐地，古屋锁莓苔。峭壁星辰上，惊涛风雨来。岁华三峡暮，身世七歌哀。欲作招魂赋，临流首重回。”面对杜甫夔州草堂的荒凉陈迹，他不胜伤感哀痛之至，忍禁不住有了呼唤“魂兮归来”的心灵悸动，言虽尽而意未穷。

方象瑛为康熙六年(1667 年)进士，二十二年(1683 年)曾典试四川，其《使蜀日记》对三峡风物、逸闻掌故记述颇详密。所作七古《杜少陵宅》中，在重述过杜甫由成都草堂到夔州的瀼西、东屯草堂的往事后，将怀古视向落到了“宅舍东屯屡易主，故券伤心踪如扫”的现实感上，从而归结出无限的怅惘:“我来西阁问绮疏,哀蛩无声魂悄悄。不见伤秋感兴人,日暮江村数归鸟。”不是真崇杜,难有如斯情。

年早于方象瑛,辞世于康熙十二年(1673 年)的程可则,为“岭南七子”之一。他的《题少陵画像》诗与宋诗、方诗大异其趣,是凭画像而盛赞杜甫。从赞“杜陵老子生绝奇,苍髯赤面英雄姿”(与近人蒋兆和所画的杜甫像大不一样)开始,几乎回顾了杜甫一生主要经历,进而归到总括性的颂扬上:“一生落拓无穷已,独有豪吟号诗史。同时比肩仅李白,后来作者纷谁是?”然后反复兴叹,既感慨“杜陵一没已千秋,吾徒仰止空悠悠”,又倾诉对画像者的“先生望古有殊契,神交岂直形为谋”,表示“我亦弱龄重高咏,乞将粉本归南州”,以期借画像而与杜甫神交。达意方式之奇特委实罕见。

康熙年间当过四川江油县令的浙江钱塘(今浙江杭州)人朱樟,留下《泊夔州西郭二首》。其一为:“据险窥无外,丹梯四面悬。漏江难补地,峭石敢摩天。灯集依沙舸,筒浇负郭田。几多流寓辈,只有少陵传。”其二为:“初试登楼眼,夔门胜事新。橘官秋到树,鱼舅大于人。久客悲逾壮,骄阳气不驯。岷江疏凿巧,共美禹公神。”前一首奉杜甫为唯一,已然凸显他对杜甫尊崇之高了,后一首更拿杜甫在夔州的诗歌成就与大禹疏凿岷峨之功相提并论,尤其表明了他将杜甫认作高山仰止,直与大禹共美。称颂之极,古今无匹。

浙江上虞人张凤翥为乾隆十三年(1748 年)进士,曾任四川彭山县令,卸任后应夔州知府李复发、江权等先后延请,主讲莲峰书院,寓居夔州长达六七年。期间所作《十贤咏》,从屈原咏起,第四首即咏《唐检校工部员外郎杜甫》。那是一首五律,前四句写道:“志在稷契间,名落江湖里。干戈滞扁舟,文艺仰诗史。”虽无新意,却颇精当。另有一首七律《次杜公祠落成》:“江汉思归滞此乡,孤舟一系岁时长。辞家不学巢由隐,报国空怀稷契襄。高阁山川多啸咏,荒台云雨独悲伤。只今谁访清溪迹,太守风流继草堂。”颔联拿传说中的上古隐士巢父、许由与杜甫比,折射出中华传统文化当中的道家、儒家两种情怀、两种选择,他显然是肯定杜甫的取向在儒。颈联的伤怀,则表现出他对杜甫“报国空怀稷契襄”的德行景仰和历史无奈。

张凤翥后一首诗的尾联,指向了乾隆三十八年(1773 年)江权继李复发任夔州知府,将东瀼、西瀼之间的原晋阶书院改建为杜公祠一事。杜公祠落成之日，府县官员和文人学士聚会庆贺，江权赋七律《杜公祠落成》一首，李复发和张凤翥等人相继次韵奉和，共计得诗十三首。江诗为："拾遗垂老客江乡，楚塞秦关入望长。鸟道千盘过陇蜀，鲸波一棹隔荆襄。孤衷展转惟忧国，白发栖迟只自伤。瀼水东西歌啸地，定知陟降在斯堂。"李复发《次杜公祠落成》为："閟宫重梅水云乡，一代诗人俎豆长。风月关情思鄠杜，江山人望忆樊襄。麻衣谒帝间关恨，丹旐招魂客旅伤。自泛巫夔嗟剩馥，瓣香犹幸在斯堂。"崇杜之情悉显于诗自不在话下，那样的文化氛围，那样的为官风气，实在太需要后之来者对照反省，着意追寻。

表达崇杜主题、抒发崇杜心声的诗人、诗作延续不断，一直到同治、光绪年间仍然清风拂煦。清末奉节秀才刘玉铨写过多首这一类诗，其中尤以七律《谒杜公祠》写得好。"谁知爱国忠君意，尽入穷愁作浩歌。万里烽烟乡信绝，五陵衣马故人多。风尘回首思归去，霜雪盈头奈老何？毕竟涓埃犹未答，天涯吟望苦蹉跎。"整首诗诵之行云流水，听之金声玉振，跨越时空与杜甫心灵对接，和谐共鸣，直可以视为这股诗风的神韵提存。

八十四

名人题咏装点巴渝

明万历四十六年(1618 年),钟惺给曹学佺的《蜀中名胜记》作序,曾强调指出:“山水者,有待而名胜者也。”所谓“待”,也就是必要条件,他认为主要有事、诗、文三项,而这三项无不源于人。用他的话说,“古今以文字为山水名胜者,非作则述”,名人的题咏能够助山水成为名胜。其实不止山水为然。

朱彝尊是清代初期的著名词人,开创了浙西词派。他有一首《东风齐着力》,下阕写的是:“巨石拥中央,舟一叶过时,险甚瞿塘。竹鸡啼罢飞雨暗,丛篁处处,水轮山碓炊烟动,菰米偏香。滩声急,断矶青树,又挂残阳。”前三句勾勒瞿塘峡口以上滟滪堆的险象,虽突出了险,遣词造境却颇从容。中四句描摹峡内风光,若没有前面那个“险”字,反倒透出了自然的野趣。后三句尽管再点出“急”,但依然是在指画峡内夕景,有如淡墨一抹。格调和意境都有别于历代诸多瞿塘峡诗,再加上长短句固有的节律悠扬,会给人以新的审美触动。

纳兰性德既是满族贵公子,又与陈维崧、朱彝尊并称“清词三大家”,题咏影响更不寻常。他的一首《临江仙》,与朱词相仿,也是下阕聚焦瞿塘:

“原是瞿塘风间阻，错教人恨无情。小阑干外寂无声。几回肠断处，风动护花铃。”不同于朱词的是，他拟用了闺中思妇的怀人口气，将人之未归转托到风之无情，不经意间却张扬了瞿塘之险。

李念慈是顺治十五年（1658 年）进士，与陕西老乡李颙、李因笃合称“关学三李”，诗画皆擅时名。他以五古写《滟滪堆》，既有对险象的妙喻：“险戒象马浮，喧骇鲸鲵吼。长年狎奔涛，气酣如中酒。”又有对兴亡的浩叹：“缅彼雄杰人，霸王今何有？德盛无坚壁，形势亦刍狗。”写《瞿唐峡》另为一格，前八句描绘山水之险，次八句追怀疏凿之难，又次八句回忆经历之苦，最后八句竟切入了人生感悟：“古人戒垂堂，保身良有托。胡为逐物役，乘陵骇远魄。何时休行迈，名山住芒屩。结庐稳青岩，吟啸向寥廓。”善写山水却不拘景色，独抒胸臆而自成境界，审美性和感染力殊非常调者可比。

康熙年间曾任四川学使的宋衡，一度寓居重庆江北香国寺，考察巴渝风俗，做成《巴歈四章》。其一为：“天成形胜地，一石两江环。宇内人争聚，区中货拥关。年年瞻王气，处处画屏山。陆海斯无愧，西川未足班。”集中映现重庆母城的天然形胜和商贸繁荣，这首诗比较早，称胜过西川更开了先河。但其三却专事批评，指出重庆“人文虽已盛，物力奈艰何”“一遇无登岁，嗷嗷鸿雁多”，并且还存在“冶容饶面首，游侠妙朱窝”的不良习俗。其四更从正反两面做出挥斥：“决不居人后，何由得在先？妄人矜鼠璞，匹妇按龙泉。命似琉璃碎，城如沙碛坚。可怜形胜地，大美未能全！”扬长揭短，振聋发聩，迄今仍有警示价值。

乾隆十八年至二十一年（1753－1756 年）任巴县知县的袁锡夔，写过一首《张关行》，最早以诗传述“渝州门户东铁山，又东四十里曰张关”。诗中历叙匪盗之害后，表明“我来官此心烦忧”，终使“数年蚁附十余户，百姓创作新兴铺”，无异于为清初重庆的复兴历程存留了一个缩影。而其《夜泊寸滩》所写：“小艇摇明月，停桡得寸滩。犹闻城市话，渐觉水云寒。蛙鼓喧清夜，渔灯乱急湍。高崖有老衲，安坐一蒲团。”留真的则是一个码头场镇，迄今仍可以寻见一角身影。

清中期的启蒙思想家和著名文学家龚自珍，虽然一生并没有到过巴渝地区，但凭其渊博学识，至少对峡江风物烂熟于胸。道光十九年（1839 年）岁在己亥，他作七绝三百一十五首统名为《己亥杂诗》，其中第一百零六首写道:“西来白浪打旌旗,万舶安危总未知。寄语瞿塘江上贾,收帆好趁顺风时。”那是一首政治寓言诗,前三句都寄象于瞿塘峡上下的商贾行船,峡江险恶常导致人难以把握住自身安危,因而必须按第四句行事。第四句那种命意,显然是在告诫他自己以及同道,怎样才能保全自身,以期能够因势利导地“更法”“改图”。然而返回到意象本原,这不仅对商贾,而且对所有人,何尝不一样适用?

咸丰五年(1855年)中举人,后来钦赐翰林院检讨的王闿运,曾在重庆留下过好几首诗。其中的《寄堕林粉与梦缇因题五韵》写道:“江州堕林粉,旧擅六朝名。无人知古艳,独买赠芳馨。莫恨红颜老,曾窥玉镜赪。从来有名价,已足重千龄。世女那能妒,妆成见典型。”堕林粉是一种古代巴渝所特有的传奇化妆品,北魏郦道元《水经注》里即有记载:“县下又有清水穴(今重庆南岸清水溪)……因名粉水,故世谓之为江州堕林粉。”身为老学士的王闿运,居然不仅买粉赠人,而且特意作诗为之打广告,真是一段绮香佳话。这同时证明了,名流达人的题咏装点巴渝,题材尽可大小不拘,履迹、心迹所至悉可发而为诗。

八十五

王士祯领一代风骚

与朱彝尊并称“南朱北王”的王士祯，除号阮亭外又号渔洋山人，因而世称王渔洋。他是顺治十五年(1658年)进士，康熙年间累官至刑部尚书。平生擅各体诗词，尤工七绝，继钱谦益成为清初的诗坛盟主。诗论源于唐司空图“自然”“含蓄”说，宋严羽“妙悟”“兴趣”说，以“不著一字，尽得风流”为要诀，开创清诗“神韵派”。他还热衷于竹枝词创作，提出“泛咏风土”的主张，历作多种地域主题的竹枝词。一生作诗千余首，早期以清丽华赡见长，中年以后转为清淡苍劲。

康熙十一年(1672年)六月，时任户部郎中的王士祯奉命典四川乡试，由陕西入四川。典试毕，于九月十五日离开成都，乘船至嘉定、叙州等州府，于十月初八抵达重庆，初十再东下三峡。这一次经历，得诗三百五十余首，编为《蜀道集》。他时年三十八岁，正值诗风转型期。

途经江津县(今重庆江津)，王士祯作过七绝《棹歌》:“红叶碛边红叶飞，黄鱼沱上黄鱼肥。百丈牵江怯西上，三巴迎客好东归。”前两句点染乘舟所见沿岸风景、风物，选字用得自然而轻巧，对句洋溢着跃动的韵律。后两句由所见纤夫拉船艰难而去，跳转到所思与之恰相反的顺流东归，以

"怯"衬喜，并将心中喜由无字处托出，更显出清爽流丽。诗有竹枝词韵味，所以诗题不避标出"歌"。同时有七律《江津县晚泊寄怀李绥阳公凯》："路入江州爱晚晴，青山红树眼中明。斜阳潮送孤舟上，沙岸人牵百丈行。故国至今悲蔓子，乘槎曾共访君平。城南便是牂牁路，一夕相思白发生。"前四句格调依然近乎《棹歌》，后四句怀古感物，就露出了些许苍凉。

抵达重庆后，王士祯曾盘桓过两日。头天他吟出《渝州夜泊》："涂山斜月落，巴国曙鸡鸣。乱艇烟初合，三江潮夜生。霜寒催晓角，石气肃高城。不寐闻猿啸，迢迢入峡声。"看得出，全写的是夜泊江浒、难以入眠的错杂感受，心态和物态都归于凄清。然而，次日弃舟登上涂山游览后，他再写出的《涂山绝顶眺望》就不一样了。首联"飞瀑落长虹，登临见禹功"，起势即见胸襟豁朗；颔联"山围巴子国，苔没夏王宫"，概写俯瞰重庆城的总体印象；颈联"峒俗乌蛮近，畬耕白帝同"，伸及远眺山水后的寥廓联想，开阔浩远感直追杜甫的"山带乌蛮阔，江连白帝深"。由之而转结于尾联"渝州天堑地，感慨大江东"，既自然而然，又苍凉遒劲，并且神韵飞扬，有如大江东去。

离重庆而向三峡途中，王士祯一有体验感悟，便会即兴作诗。如《舟出巴峡》："曲折真成字，沧波十月天。云开见江树，峡断望人烟。新月数声笛，巴歌何处船。今宵羁客泪，流落竹枝前。"如《泊木洞驿》："灯火宿江皋，孤峰戴驿高。云开看斗柄，峡静响风涛。树密猿争挂，人多虎不骄。丛祠无路到，何处荐溪毛。"论精美，这两首诗赶不上《涂山绝顶眺望》，与《渝州夜泊》在同一档次。但它们也决然不是只求文从字顺的学究诗，若拿他主张的竹枝词"泛咏风土"来看，仍堪称各自把握住了一些风土特征，且咏出了一些韵味。

进入三峡地区后，王士祯诗兴勃然，陆续创作了包括《西陵竹枝词四首》在内的三十多首诗。除了继续"泛咏风土"外，在夔州期间，还特别切入了崇敬先贤的两大主题，一是崇敬诸葛亮，一是崇敬杜甫。

崇敬诸葛亮，王士祯最著名的诗自当数七律《登白帝城》："赤甲白盐相向生，丹青绝壁斗峥嵘。千江一线虎须口，万里孤帆鱼复城。跃马雄图余垒迹，卧龙遗庙枕潮声。飞楼直上闻哀角，落日涛头气不平。"尽管前四句都是泛览性的览物怀古，五六句还将公孙述与诸葛亮相向对举，但由他俩的"余垒迹"和"枕潮声"而引出结尾两句，那种"闻哀角"，那种"气不平"，已将他对诸葛亮的功业未成的深切惋惜和盘托出。另一首七律《晚登夔府东城楼望八阵图》便是专颂诸葛亮的："永安宫殿莽榛芜，炎汉存亡六尺孤。城上风云犹护蜀，江间波浪失吞吴。鱼龙夜偃三巴路，蛇鸟秋悬八阵图。搔首桓公凭吊处，猿声落日满夔巫。"不需要任何注释便能认定，他对诸葛亮的敬畏和赞美，与杜甫的《八阵图》高度一致。

崇敬杜甫，则集中反映在王士祯的五律组诗《瀼西谒少陵先生祠五首》当中。其一有句"老作诸侯客，心依供奉班"，其二有句"弟妹干戈里，朝廷涕泪中"，反复咏诵杜甫虽身世飘零、骨肉离教，却仍然心依北斗、情系家国。其三有句"太息隆中业，平生庾信情"，则是借取杜甫夔州诗里的怀古关切，与其四有句"湘娥何处是，楚客至今悲"，将杜甫同屈原相联系一样，歌颂杜甫的诗品和人格。其五进而写道："欲去频回首，停舟滟滪堆。东屯渺云水，西阁莽蒿莱。感事悲《诸将》，怀人赋《八哀》。昆明遗碣在，落叶满苍苔。"浑若拜谒的总结，将对杜甫及其遗踪的缱绻情愫，情景交融地渲染得见人见性。正多赖他如此垂范地崇杜引领，所以历有清一代，峡江上下弥漫着崇杜诗风。

八十六

涪州吊古迹

清代涪州为散州，不辖县。辖区虽然大幅度地缩小了，但人文历史悠久，文物古迹众多，文化积存丰厚，仍然是骚人墨客驻足凭吊，作诗歌咏的长春对象。

王士祯当年途经涪州，看准了两个目标，一个是北岩点易洞，一个是江中白鹤梁。北岩本是涪州城区长江北岸北山坪南麓的一道砂岩峭壁，长约三百米，并无奇崛性。但山水可以凭借名人履迹成为名胜，北岩就因为北宋绍圣年间，理学大师程颐在那里凿洞注《易》，设堂授徒，文学大家、书法大家黄庭坚又为之题名"钩深堂"，渐次集点易洞、钩深堂、碧云亭、洗墨池及致远亭而形成一处名胜古迹。白鹤梁则位于涪州城北长江中，由一道长约一千六百米、宽约十六米的砂石梁构成。自唐代以降，梁上留存雕刻石鱼十八尾，文字题刻一百六十五段，记录了历代枯水年份水位，被誉为"水下碑林"。涪州人文历史之盛，离不开这两处文物古迹作为支撑。

拜谒北岩点易洞，王士祯作出五律《道经涪陵游北岩点易洞》："鸡鸣截江去，磊落见残星。古洞生苍藓，层岩列翠屏。五溪秋水岸，万里碧云亭。蜀洛清流尽，千秋忌独醒。"拂晓前便过江去，首联一入题，即反映出诚心诚意。颔联就近地描述点易洞之幽深和北岩之秀峻后，颈联再望远展开联想，突出碧云亭的胜势。尾联紧承“秋水”而荡开怀古，以“蜀洛”寄意，抒发了对程颐的景仰之情。浏览江中白鹤梁，又留下七绝《江心石鱼》：“涪陵水落见双鱼，北望乡园万里余。三十六鳞空自好，乘潮不寄一封书。”诗里的“双鱼”专指白鹤梁上一对线刻鲤鱼，“三十六鳞”特指鱼身所刻的三十六片鱼鳞，足见其身临其境，观察极仔细。此诗的拓片，迄今保存在涪陵博物馆内。

王士祯去后，涪州籍诗人吊北岩的诗作时有所出。如黄基《碧云亭》写道：“昔人曾此劝农桑，人去亭空事杳茫。黔水倒垂波万顷，屏山遥映树千行。几层苔藓偎春草，无数蝉声噪夕阳。欲问遗踪谁可问，无言桃李笑含芳。”中间四句写的是盛夏景象，由远及近，绘声绘色，恰可与王诗所写秋景相互映衬。后两句借景抒情，用了《史记·李将军列传》里“桃李不言，下自成蹊”的著名典故，暗喻程颐后继有人，凭吊之意和景仰之情亦有王诗神韵。如张师范《点易洞》诗里着意遥念程颐“数百年前文运厄，九三爻里系辞精”的人生历程，陈昉《致远亭》诗里放眼摹写程颐“弹琴清澈千年水，放鹤闲游万仞心”的大师风范，都有独特视角和意韵。

陈昉的《洗墨池》，还特写黄庭坚：“分明点书走惊蛇，书法涪翁自一家。濡墨不同头作草，临池想见墨生花。溪光澹荡松烟合，字迹分披雁影斜。六曲小桥闲眺望，黑蛟蟠处乱云遮。”所称洗墨池，在涪州北岩三畏斋的东侧，原有一溪积水若池。传说黄庭坚从彭水到涪州拜访程颐期间，曾涤笔其水，故得斯名。石刻“涪翁洗墨池”五字，迄今仍可识。这首诗虽以洗墨池为题，但诗眼却在“想见”二字，前承首联“点书走惊蛇”，后启颈联和尾联的一连串博喻，将黄庭坚出神入化的书法艺术描绘得引人入胜。毫无疑问，这首诗不但是对黄庭坚的倾情礼赞，更还是一曲不可多得的书法审美歌。

同样地，涪州籍诗人吟赞白鹤梁，也有不少诗可读可传。如杨名时的《白鹤梁题咏》：“江有鱼兮石上镌，浪生鳞甲拥为莲。鉴湖不游惊鱼笛，白鹤将鸣和有年。在藻兴歌时已远，临渊难羡钓谁先？风流刺使悬鱼节，化作游鳞颂今贤。”这是一首拗体诗，构句造境如游鱼一般自由自在。前四句描画实景，将白鹤梁上的鱼、鳞、莲等石刻悉皆升华为活物，连接到鹤鸣更浮想联翩。后四句由物及人，怀古颂今，也比较自然流畅。张师范的《题石鱼》仅五言四句："石鲸自有形，跃入蛟龙宅。霖雨及时行，永显濠梁迹。"一个"跃"字活迸乱跳，引出后两句，就点化出"石鱼出，兆丰年"的主题意蕴。刘镕经的《题白鹤梁》由"江水西来去自东，浪淘淘尽几英雄"引起，三四两句"两三鸣鹤摩天渐，卅六鳞鱼兆岁丰"差可为杨诗、张诗作注，不及杨、张二诗鲜活。但诗歌最后结在"遍舟载得潞州酒，醉听渔人唱晚风"，仍不乏韵味。

特别值得记住的清初涪州诗人，是周煌。他于乾隆二年（1737 年）中进士，乾隆二十一年（1756 年）出使琉球，乾隆四十年（1775 年）任《四库全书》总阅，后历任工部尚书、兵部尚书、皇太子总师傅、都察院左都御史。所著《琉球国志略》，最早记录钓鱼岛。他平生工诗文，有《海山诗稿》传世。其七律《游点易洞》写道："谁从伊洛讨渊源？洞口犹应识旧痕。隔槛有风常入座，落花如雪正当门。斗山直北人师重，仗履之东吾道尊。亦拟尹谯来问字，空岩岑寂竟忘言。"他从追溯理学渊源切入题，经追忆程门立雪的故事，想象当年讲学盛况，再设喻北斗泰山，称颂程颐的德高望重，然后才结到个人的向慕。整首诗典雅醇厚，含而不露，又别是一种风韵。

八十七

忠州怀白公

白居易在忠州任刺史期间，东涧植柳，东坡种花，时常亲力亲为，留下了不少养民如养树的传世名篇。后人追怀白居易，多以东坡遗迹为映像，见坡见花如见白公。王士祯出峡路过忠州，特意登岸寻访东坡，孰料却未能寻得白公东坡，怅然而作《访白公东坡不得七绝二首》。

第一首为："巴歌渝唱总纷纷，长庆新诗久不闻。欲访东坡但搔首，浪花高卷入蛮云。"白居易是唐宪宗元和十三年至十五年(818－820年)任职忠州的，离开忠州的次年即为唐穆宗长庆元年(821年)，因而这首诗的前两句是在怀古兴叹，叹息自从白居易离开忠州之后，无论巴歌渝唱怎样地纷繁多姿，都再也赶不上白公诗。后两句描述为访东坡四处询问，却无人能指明东坡遗址在哪里的大失望。被问者答不出来，只能憨厚地以手搔首，那种窘态被点画得如在目前(若释为他本人急得搔首，亦通)。

第二首为："东坡东涧绿成荫，刺史当年惠爱深。想见竹枝歌舞处，木莲花映水林擒。"这首诗是退而志感。虽然未访得东坡确址，但能想象出近千年，东坡东涧已经绿树成荫，从而认定那都是白公当年的惠民爱民实绩荫庇后人。"想见"二字引出白居易曾涉笔的竹枝歌，曾钟爱的木莲花，无异于深化白公“惠爱深”。

王士禛告别忠州以后，巴蜀诗坛巨擘张问陶也曾一再造访忠州，追怀白公。其《忠州即事七绝二首》第一首写道：“西涧东坡尚俨然，看花曾及暮春前。屏风山外今宵月，照我重来又七年。”仿佛一首自纪行状诗，记录了七年之间，两访忠州，前度东坡看花乃在暮春前夕。屏风山又叫翠屏山，在长江南岸，山上有陆（贽）宣公墓，白居易在江北曾作楼以望之。所以第二首，就将陆贽与白居易合在一起来抒发缅怀之情：“尚书墓下青山好，太傅祠前碧玉流。长庆贞元人去后，一官谁称古忠州？”诗里的“长庆”已见王士禛诗，“贞元”则指唐德宗贞元十年（794 年）陆贽被贬到忠州担任别驾，一住十年，客死忠州一事。结句的诘问石破天惊，分明表达出了一种历史性评价：在陆贽和白居易身后，忠州的主政官员的德行政绩，再也无人与“古忠州”的“忠”字含义全然相称。

熊学壎的《春日访四贤阁遗址》，与张问陶认知相埒。其诗写道：“东坡东涧绿成荫，圣哲祠堂何处寻？名宦几人曾肖像？迁流此地有同心。冰霜自足师吾辈，风雅无能嗣好音。隔岸屏山青未了，巍然陆墓柏森森。”第三句的诘问，与张问陶同声相应。第四句的正面肯定，只多了“四贤”中的刘晏和李吉甫，但主要仍指陆贽和白居易。“同心”的“心”，实即忠心，“古忠州”义涵的那个忠心。“四贤”之贤，归根结底同贤在真心实意爱民惠民，那正是本原意义的忠。

忠的本义是尽心尽意，诚信无欺，如《论语·学而》所强调的“为人谋而不忠乎”，普泛适用于所有层级的人际关系和社会关系。《左传》里，多向度地宣扬过“所谓道，忠于民而信于神也”，“上思利民，忠也”（桓公六年），“公家之利，知无不为，忠也”（僖公九年），“临患不忘国，忠也”（昭公九年），“相三君矣，而无私积，可不谓忠乎”（襄公五年），“将死，不忘卫社稷，可不谓忠乎”（襄公十五年），并不像宋、元、明、清那样缩小到单向度地讲究臣忠君、臣民忠社稷。忠州四贤所力行的忠，显然合乎秦汉以前本原性的忠。张问陶和熊学壎作为清代士人，能够溯源忠的本义称美陆贽、白居易，堪称有胆识。王士禛着意关切“刺史当年惠爱深”，抑属与之相通。这比今人诠释忠县的忠偏重巴蔓子，甚或拉扯上严颜，而忽略了四贤，不知高明多少。今人舍近求远地搬来与忠县没有半点儿关系的山西人关羽充当忠的代表，尤其辜负了唐代四贤。

降至清宣宗道光元年(1821 年),忠州出了一个李世棻,一直活到清德宗光绪十一年(1885 年,另一说 1883 年)才辞世。他做过彭泽、临川等地县令,后寓居上海,以“二爱仙人”作为笔名,常在《申报》上发表诗作,当时人称“小杜”。尽管后半生常年客居他乡,仍一再地题咏怀念白居易以及陆贽。

《忆白文公祠次王先生尔鉴巴台题壁韵》是一首七古,李世棻全凭着记忆,依乾隆年间王尔鉴作的《巴台》题壁诗原韵而成诗。前四句用仄韵为:“石悬明镜烟横带,人自烟中来镜外。竹枝久断巴女歌,木莲犹认甘棠在。”后四句用平韵为:“西涧东坡留古魂,吸藤说饼多遗闻。醉吟阁上黄花酒,长忆年年九日樽。”从中表现出,他对白居易的忠州诗作、忠州政绩都烂熟于心,因之发而为诗,尽显崇敬之情。

李世棻另一首拗体七律《读家书寄示家人兼酬里中亲友》写道:“白傅陆墓昔曾游,访古青山最上头。我去几人乘兴往,梦中依旧大江流。追思胜迹难为客,私惜华年易感秋。一幅蛮笺情万缕,凭风吹上荔枝楼。”好个“情万缕”,真可谓剪不断,理还乱。客居思乡,感秋寄慨,全都托付给白公“荔枝楼”。其意兴诚然别于前引诸诗,但情致之深,似在前引诸诗之上。

八十八

巫山走出傅作楫

在被消逝近十年的奉节白帝庙东碑林里，原有一通十分抢眼的石刻诗碑，碑上镌刻着一首六言诗："危石才通鸟道，青山更有人家。桃源意在深处，涧水浮来落花。"诗的原作者为唐代的刘长卿。清康熙四十一年(1702年)六月，当朝圣祖皇帝爱新觉罗玄烨将其拿过来，改原诗的"空山"为"青山"，"定在"为"意在"，就御赐给了大臣傅作楫。那时不兴讲知识产权，对《赐傅作楫》一诗版权谁属无须争论，只由御赐诗追思傅作楫。

傅作楫(约 1661—1727 年)又名傅恒，字济庵，原籍巫山。清顺治年间，因避战乱，随父移居到奉节。康熙二十六年(1687 年)乡试中举，历任地方官，政绩卓著。康熙三十五年(1696 年)杖击太监，当朝皇帝认为有御史风骨，内用直隶主考。六年后擢任北城河南道监察御史，玄烨赐给了他那首诗。康熙四十三年(1704 年)任左副都御史，一度遭谗遣戍边方。至康熙末年"蒙温旨还乡"，不久辞世，有《雪堂诗集》等传世。

早在入仕前，傅作楫便因作出《永安宫》一诗而名动遐迩。其诗写道："当年此处遗明诏，卖履分香一字无。嗣子不才君可取，老臣如此罪当诛。艰难力尽三分鼎，始终恩酬六尺孤。今日西陵抚松柏，青青依旧鸟空呼。"

这首诗的不同凡响之处在于，年轻的诗人敢于疑古，善于从无字处读出有，从而破解瞒和骗的文字迷雾遮蔽住了的历史奥秘。第二句的"卖履分香"典出曹操的《遗命》，曹操临终对妻妾作的安排清清楚楚，明明白白，而刘备却与之相反。第三句所述，见于《三国志》的《先主传》和《诸葛亮传》，那是刘备对诸葛亮不放心，虚情假意作试探。而"非刘氏而王者，天下共击之"是汉初刘邦早定的规矩，诸葛亮心知肚明，所以会有第四句所述的那种诚惶诚恐。三四两句拟对答语而成流水对，表现力极强。加上五六句，反映出了诸葛亮是真"鞠躬尽瘁，死而后已"。但前三句勾画的刘备，却异常虚伪，因而他们君臣之间并不存在忠信默契。

其实这不是傅作楫为哗众取宠，妄作推断，而是有《三国志》的裴松之注作依据。裴松之注《三国志》那段话语，只引用了东晋历史学家孙盛的评论："备之命亮，乱孰甚焉！世或有谓备欲以固委付之诚，且以一蜀人之志，君子曰不然。苟所寄忠贤，则不须若斯之诲；如非其人，不宜启篡逆之涂。是以古之顾命，必贻话言，诡伪之辞，非托孤之谓！"傅作楫据以立言，对比强烈地写出刘备之伪和诸葛亮之忠，否定历代前人陈陈相因的忠信诳语，所以这首诗，尤其是三四两句能够让人耳目一新。

更可贵的是，这并非个例。尽管面对白帝庙，苏轼曾赞公孙述"一方称警跸，万乘拥旌旗"，陆游曾叹公孙述"丈夫贵不挠，成败何足论"，傅作楫的杂言诗《子阳城歌》仍能发出贬抑的声音。在描述"上有子阳，下有瞿塘"的江山之险以后，他一剑封喉地抨击"河山美且雄，割据无嘉德"。然后，用"兔葵犹发隔江红，杜宇闲啼春水碧"的自然景象，回衬"白盐赤甲空插天，十万降旗下岩壁"的历史沉沦，结尾一唱三叹地直斥："吁嗟乎！井底蛙，公孙述！"这当然也有史籍依据，《后汉书·马援传》即记载马援说过："子阳，井底蛙耳！"其《楚王宫》结于"一丛亡国后，空有鹧鸪啼"，《八阵图》结于"遗憾无须辩，君王自永安"，同样表现出诗人的独立思考，立异标新。

七律《白帝城》另是一格调："瞿塘峡口彩云间，白帝城南不可攀。西控巴渝收万壑，东连荆楚压群山。花开香锁鱼凫国，月上寒侵虎豹关。别后天涯漫留恋，几回搔首鬓毛斑。"这首诗是傅作楫还在北京高官任上，为抒发怀乡情结，回忆白帝城的形胜而创作的。所以从首联破题，便迥别于前人习用的吊古怀旧，而将诗思直接指向天地之间。中间的两联气势磅礴，音律顿挫，直可与杜甫《白帝》诗的颔联“高江急峡雷霆斗，古木苍藤日月昏”媲美，并且各有千秋。尾联的抒情，也神韵悠然，殊非无病呻吟可拟。

傅作楫的怀乡诗，反复系于伴他成长的书院。如《圣泉书院诗》，不仅忆及“近浦开明镜，遥峰上郁蓝，谷疑青灌口，地似绿天庵”的幽静环境，而且伸及“兴来携绿绮，春到载黄柑，牧唱无冬夏，奚童有二三”的怡真童趣。最后由“有时欣自赏，无事只闲探”的往昔，收回到“文心真大快，幽梦亦何惭”的现实，既缠绵，又清健。如《有怀巫峡书屋》，七言二十四句六换韵，尤为深寓人生感叹：“巫峰矗立云之表，青山沧海催人老。借问窗前旧啼莺，可见朱颜长美好？”

对杜甫，傅作楫十分崇敬，借《瀼溪草堂》流露出真情：“一代风流鲜颉颃，几年漂泊瀼溪旁。摊书只对青山静，把钓唯看绿水长。旧恨空搔双短鬓，新诗漫索九回肠。自怜我亦悲秋客，皂帽何时过草堂？”由崇杜而欲学杜，挚切的心愿不遮不掩。虽然总体诗歌成就并没有赶上杜甫，但较之同时代人，他也是“鲜颉颃”，巴渝诗歌史决然不能低估傅作楫。

八十九

风流特数张问陶

有清一代二百六十七年间，成就最高、名气最大的巴蜀诗人，出在四川遂宁。他叫张问陶（1764—1814 年），字仲冶，号船山，以号名于世。乾隆五十五年（1790 年）中进士后，授翰林院检讨，历官吏部郎中、莱州知府。晚年归隐吴门，自号蜀山老猿。作诗主性灵，与“乾隆三大家”袁枚、蒋士铨、赵翼齐名，时人誉为“青莲再世”“太白少陵复出”，近人钱锺书认为该由他取代蒋士铨名列“乾隆三大家”。他有《船山诗单》传世，影响远非区域性名家可及。

乾隆五十七年（1792 年）岁尾，张问陶入仕将近三年之后，曾回乡省亲，路过重庆。雅兴勃发，他在重庆作诗十余首，最值得纪念的是七律《重庆》和七绝《重庆舟中和亥白二首》。前者写道：“腊鼓鼕鼕岁又残，巴渝东望尽波澜。风林坐爱相思寺，云水遥怜不语滩。一字帆樯排岸直，满城灯火映江寒。西行便是还乡路，惭愧轻弹贡禹冠。”其中的五六两句，是对乾隆年间重庆城船舶觙集、灯火璀璨的真实写照，以诗记史难能可贵。后者其一为：“落日戎戎峡鸟还，石城三面水潺湲。万家楼阁层霄上，金粉鲜明照一山。”其二为：“东水门前日易斜，故乡风景似天涯。船头独立深宵月，看冷渝州十万家。”其一描绘重庆的山水形胜，凸显了城在山上，山在城中，称得上独具只眼。其二翻作思乡情愈烈，命意奇崛，体现出独抒性灵。

西行至江津，张问陶先写了五律《月夜泊江津与亥白兄夜话慨然有作》：“绕县水如儿，停桡月在船。暮山明寺火，冬郭聚人烟。宦味三年熟，乡心五夜悬。扁舟聊载酒，风利且随缘。”前四句描写江津城映像，抓住了冬月初照的主要特征，轻巧自然。后四句转到思乡情结，“五夜悬”三字笔力千钧，彰显出了刻骨铭心。再写出七律《石门驿》：“残云漏出斜阳影，飞上僧楼第七层。松溉山浓人入画，石门风乱水生稜。十年作赋嫌乌有，千里浮家感最能。恨少堆船三万卷，一冬闲煞读书灯。”前四句记行程感受，跳动的音律挟着流动的灵感，确实有表现力。然而后四句写驿中思绪，就不是单一的怀乡情所能诠释清楚的了。浸润其间的，似乎有对仕宦生涯的不甚满意，所以会生发“嫌乌有”之慨。很可能，甫及三年便还乡一趟，就与自认的满腹经纶难在官场尽其用有关。

要放飞襟怀，抒张性灵，最适宜的场景既不在官场，也不在家乡，而在广阔的天地之间。所以张问陶一再过往长江三峡，作的诗大多神采飞扬，一空依傍，别开境界，流传数百年仍是锦绣珠玑。其《峡夜呈亥白四首》之四所写：“诗笔何年遍九州？牛腰大卷在船头。天生君我为兄弟，可许峨眉独久留。”劈头一句的敞亮宣示，就体现出了他的创作追求。

单为瞿塘峡，张问陶便一咏之不足，即再咏之。五律《瞿塘巫峡》写道：“瞿塘蟠大壁，巫峡削千峰。处处奇相敌，山山妙不重。诗随林壑变，天辟画图浓。何日真游遍，穿云策短筇。”在他的眼里，无论是以雄奇著称的瞿塘峡，还是以幽秀著称的巫峡，都是变幻无穷的诗，都是色彩斑斓的画，“奇”和“妙”都令人销魂于其间。他强烈地体验到，在天地造化所铸就的大自然的诗画面前，人的笔墨实难毕现。但他仍然要观照，要赞美，如《瞿塘峡》所写：“峡雨朦朦竟日闲，扁舟真落画图间。便将万管玲珑笔，难写瞿塘两岸山。”

事实上，张问陶不仅诗擅胜场，而且书画皆精。其《由三分水至楠木园出巫峡》之二写道：“石走山飞气不驯，千峰忽作乱麻皴。变他三峡成画图，万古终无下笔人。”比《瞿塘峡》更将诗意推进了一步，这姑且不论，仅看第二句，简直是以中国画的披麻皴、折带皴等水墨染擦法，比喻巫山一带大自然的鬼斧神工。千秋三峡诗多矣，如此独具匠心的新奇比喻，他是头一人，也是独一人。而《巫峡同亥白兄作》第一首的："云点巫山洞壑重，参天乱插碧芙蓉。可怜十二奇峰外，更有零星百万峰。"前两句的诗中有画，虽然并没有用画法做比喻，但此"乱"对应彼"乱"，他分明是将画法乱麻皴转化成了自创诗法。

对杜甫的崇敬，张问陶居然古今对接，将个人身世与前贤遭际合而为一。其七律《夔州怀少陵》写道："潦倒徒怀灞上游，老来诗笔遍夔州。东屯秔稻三年熟，西阁云山万里愁。鸡栅水筒随竖子，短衣雄剑谒诸侯。移家我亦成都客，落日空登白帝楼。"前两句都在追怀杜甫，后两句猛一转就将个人接上了，言虽已尽，意自无穷。

诗题屡见的"亥白"，是张问陶兄长问安（1757—1815 年）的号。张问安也是一位诗人，与其弟张问陶、张问彤合称"遂宁三张"。他的《泊重庆》诗写道："人家高出翠微间，石上层城匝地环。一种市楼灯火夜，清辉寒到月中山。"格调和意境都相当不俗。张问陶先他而逝之后，他作了《哭船山仲弟三首》痛悼，第三首中有句"诗名自足传千载，佳节真看少一人"，不但充溢着手足深情，而且表现出知弟莫如兄。

九十

才子纵才情

与张问陶大体同时代，或年略先，或年略后，巴蜀诗坛的才子辈出，相当活跃。那个年月里，没有什么“川渝口水战”，大家都把巴山蜀水当作自己生息的原乡，从来不因行政区划有别而彼此生分。真开放，真包容，各逞其才，各纵其情，为巴渝诗歌发展各自做出了贡献。

绵州罗江县(今属四川德阳)人李调元(1734—1803)，是清代有名的文学家和戏曲理论家。乾隆二十八年(1763 年)进士，历任广东学政、直隶通永道，因得罪权臣和珅而遭充军伊犁，后以母老得释归。有《雨村曲话》《雨村剧话》等传世。他的《八阵图歌》是一首七言歌行，长达四十一句，平仄有间，凡十换韵。诗内盛赞诸葛亮“身比管乐殆过之，心折关张良有以”，为之发出“惜哉出师方尽瘁，内蛮跳踉分其势”的呐喊，这犹不足奇，奇的是以古鉴今，将历史兴废比作一盘围棋，最终结在“今人不少能兵者，黑白枰中总不清”。而其七律《谒杜少陵祠》则写道：“漂泊谁为浩荡游？当年杜老此淹留。一朝诗史为唐作，万丈文光向蜀留。风雨茅祠仍见拔，云烟瀼宅尚含愁。艰难我亦栖迟久，试问秋怀得试不？”慷慨悲凉，剑气逼人。重庆曲艺界流传李调元在渝的段子，多显其人的机警风趣，当是他多重性格的反映。

早一点儿的四川丹棱人彭端淑(1699—约1779年),与张问陶、李调元并称"蜀中三杰"。雍正十一年(1733年)即中进士,历任吏部郎中、顺天乡试同考官、广东肇罗道等职。后辞官家居,主讲成都锦江书院二十年,有《白鹤堂诗稿》《雪夜诗话》等著传世。乾隆四年(1739年),夔州知府李复发兴办莲峰书院,他应约作《郡守李公创建莲峰书院颂并序》。在序的末尾,他明确说出作颂目的,是"窃代夔人士颂公不忘,并以告来者"。颂为四十八句四言诗,确实是仿《诗经》中颂诗体式,但又因时发为新声。他赞扬李复发"既重养民,尤勤教士,仁风披拂,遍植桃李"。他将李复发与西汉景帝末年"仁爱好教化"的蜀郡守文翁相后先比并,称美李复发的功德是"爰开石室,规制聿崇,读经讲义,化洽文翁"。整首诗写得典雅和顺,清新自然,一扫《诗经》不少颂诗的枯燥乏味。

乾隆三十一年(1766年)中进士,历官至安徽巡抚、兵部左侍郎、刑部右侍郎的铜梁人王汝璧(1741—1806年),字镇之,号铜梁山人。其父王恕、其兄王汝嘉均以进士身份入翰林,故有"一门三进士,父子同翰林"之说,但官做得最大、诗成就最高的是王汝璧。他平生创作诗词一千二百多首,辑有《铜梁山人集》。他诗学韩孟,《国朝全蜀诗钞》誉以为"沉雄恣肆,格高韵远,得雅人深致,卓然为蜀大家"。人颇敬重张问陶,其杂言歌行《题张柳门太史诗钞》兼体现这两端。诗从"我本巴岳后生者,后生又见堂堂张"发端,一出语便见韩诗气势,也凸显出对张问陶的格外赞佩。一气写下去,又发出了"我爱其人不得见,长蛇生马神飞扬,安得将子置我傍,酌以葡萄金卮之酒同评量"的心底强音,不仅进一步体现出这两端,而且表达出了他对高远格调的审美追求。词尤为豪放,如小令《三台·题羊杜词二首》。其一写道:"偏是书生多感,登高容易生悲。自与此山不朽,何须清泪沾衣?"其二写道:"不解杜郎好事,功成焉用文为?果使沧桑陵谷,谁知更有沉碑。"浑如两首六言诗,被他写得议论纵横,自负和自期之情溢于辞。

巴县西里冷水场(今重庆九龙坡华岩)人龚有融(1754—1830年),字晴皋,号绥山樵子,晚号拙老人,以书画驰名当世,致重庆有"家无晴皋字,不为读书人""家无晴皋画,必是俗人家"的流行舆论。乾隆四十四年(1779年)中举后,曾任山西崞县知县,有惠政,三年秩满县人为立生祠。还乡后开书斋教学,常以诗画自娱。诗文推崇李杜韩苏,著有《退溪诗集》。其《戏遣》诗写道:“残年差喜未全枯,小技何妨任自娱?文不直钱诗有债,书嫌恶札画尤粗。竹将吟屋深深掩,茅为山亭密密铺。纵有关心谁可语,仍于石砚课朝晡。”有牢骚,有自嘲,然而句句口语入诗,真情实感奔如山溪。另一首《山居示子珪》,历历在目地描绘山居的诸般惬意之处后,结在“此境颇不负平生,买幸得之露微禄,我老恨不能读书,何以消受此清福”四句上,显出他还是相当达观的。

垫江人李惺(1785—1864年),嘉庆二十二年(1817年)进士,选翰林院庶吉士。他是一位教育家,在文学、哲学、书法等领域均有宏深的造诣,著有《药言》《冰言》《老学究语》等遗世。其《瞿塘峡》一诗写道:“地不此间裂,江应无处流。群山开一缝,万里送孤舟。古石黝如铁,秋潭腻似油。自怜非画手,甯取人双眸。”一个老而弥新的题材,竟让他以山为主,以水为宾,再加上颇为出奇的比喻,真写出了新意。另一首诗《八阵图》,也同样如此,紧扣住“人难移正统,物敢啮阴符”的关系展开咏叹,最后归结为“卦老何曾变,棋残总不枯”的历史循环。后之来者赞不赞同他的观点不要紧,可贵之处在于,他的诗总能发挥自主意识,选取独特视角,不拾人牙慧,不因袭陈说。因而他与李调元、彭端淑、王汝璧、龚有融异中有同,同在其敢于而且善于放纵才情。

九十一

诗友结诗社

清乾隆年间，重庆诗坛产生了一个诗社，对巴渝诗歌的发展起到了促进作用。诗社的盟主为乡贤龙为霖，主要成员有同邑周开丰、何元鼎、张宗蔚、刘作孚、曹龙文、张以縠等，以及平都易半山、双山陈锦石等，先后有二十来人，巴县知县王尔鉴也时常参与活动。

龙为霖（1689—1758 年），字雨苍，号鹤坪，康熙四十五年（1706 年）进士，曾在云南、广东等省担任地方官。乾隆元年（1736 年）辞官归乡，在今重庆九龙坡鹤皋岩王坪山建九龙滩别墅，既奉母家居，又联络同好，创为诗社，极诗酒酬唱之乐。前后二十余年间，诗社同人们以诗会友，雅集频仍，创作出联翩佳构，其本人也有《荫松堂诗集》传世。

九龙滩别墅山清水秀，室雅亭空，自是龙为霖不时召饮诗友的首选。诗友来集，尽畅其怀，锦章妙句自然而然争注笔端。高为阜以《春日雅集》为题写过一首七绝："时近清明万象新，渡头停棹又来人。风光不独龙翁得，又聚同侪仔细吟。"如一则韵文小品，真实而又形象地记录下了一次活动。张宗蔚的《龙鹤坪九龙滩别墅二首》更能彰显出雅集风神，如其第二首："日向深山坐翠微，陶然自得养天机。题诗池上观鱼跃，酌酒亭前看鸟飞。大小舟从门外过，往来人自渡头归。闲情课读栽花柳，不与尘嚣较是非。”不仅有景有情，而且见心见志。

张宗蔚所写，与龙为霖本人的心志完全吻合。龙为霖曾作《九龙滩别墅杂诗十首》，其中一首写道：“别业初开向九龙，耽幽僻性几人同。澹烟笼日春阴候，古木栖云暮霭中。千棵竹摇三径雨，一林鸟唤百花风。从今习静观朝槿，世路尘埃一洗空。”远离官场的钩心斗角波谲云诡，斥逐世象的蝇营狗苟尔虞我诈，在山水林木间求得几分干净和宁静，成为他们共同的价值选择，志同道合正是他们结成诗社的基础。

其他诗友的屋舍或者书社，尤其是名胜古迹，也成为他们应时雅集的适意选择。如龙为霖的七言歌行《春日渡江会饮体仁书舍因游海棠溪诸园抵暮而归》，就叙写出他从“花时挈伴渡江去，肴核已具牡羚肥”，经“盘桓厌饫日旁午，还来就酌豪兴滋”，到“迅偕同人寻返棹，江心犹觉香风吹”的几乎一整天聚会经历。其结尾四句写道：“人生如寄贵适兴，春朝况值百华䨽。君不见杜牧齐山开口笑，菊花尚插满头归。”典用唐代杜牧《九日齐山登高》诗里的“尘世难逢开口笑，菊花须插满头归”句意，将他们这群诗友放旷人生、尽享芳华的无忧志趣和盘托出。同一回雅集，张以谷也留下了七言歌行《春日渡江饮张体仁书舍因游海棠溪诸园薄暮而归》，不仅盛夸“张子体仁有高致，不居城市居江湄”，而且点明“吾侪心折更有慕，海棠溪景素相思”，反映出他们确实心相通。

这一群诗友当中，不少人既工诗文，又兼擅书画，因而作诗赠答和书画题咏都是缺不了的交流方式。例如，龙为霖的表兄周开丰，字骏声，号梅厓，就是诗书画皆通，并在诗社中举足轻重。他有一首《海棠溪赠友集唐句》：“静者心多妙（杜甫），未尝出户庭（杜甫）。山中一夜雨（王维），江上数峰青（钱起）。小洞穿斜竹（张祜），寒潮落远汀（吴融）。开筵且共赏（韦应物），扶汝醉初醒（杜甫）。”凭着深厚的唐诗功底，拈来六位唐代诗人的佳句集为一体，将赠友之情表达得恰如其分。龙为霖为他作的五言歌行《梅厓墨竹》，巧妙地将苏轼与文同“原系中表行”拿来比喻自己与周开丰的中表关系，并且点赞“梅厓泼墨时，画竹乃非竹，此中有真性，其人本如玉”，同样中肯而得体。

同题作诗，既各逞其心，又有助相长。王尔鉴厘定“巴渝十二景”，第一景为“金碧流香”。重庆母城建立在金碧山上，其最高处在今大梁子，由明至清有金碧台，俯瞰江城不但能饮虹览翠，而且清风徐过有香流袭袂，寻之却又并无花木，特是一异，故定此景。王尔鉴笔下的《金碧流香》写道：“巴山耸秀处，金碧有高台。何处天香至，疑从月窟来。”想象奇特，固是一解。姜会照的《金碧流香》另是一解：“风满林亭月映苔，心清自有妙香来。”他认为妙香并非来自天上，而是源自心中，颇有一点《坛经》所记惠能说的“心动幡动”的禅意。周开丰的《金碧流香》却又是一解：“轻飏何处至，虚谷异花香。”他认定是从山谷中来，并且指定“杏坛原咫尺，宁止接甘棠”，实实在在，不容置辩。张九镒的《金碧流香》折中其间，既说“芙蓉千万叠，爱此一峰深”，又说“岚翠泼高阁，天香吹素襟”，较实有别于周诗，较虚有别于王诗。同一景观生发出多种观照，决非诗友间抬杠互掐，而是充分体现出诗的审美呈现具有多重可能性。

这个诗社是否命过名，如命过名究竟叫什么诗社，文献资料已难考索。然而有名无名不重要，重要的是巴渝地区第一次有了诗社这一组合形式，借以形成诗人的群体，大有助于巴渝诗歌如琢如磨地长足发展。当今重庆能成为诗歌重镇，它无疑是一个不容忽视的坚实节点。

九十二

龙为霖领赞巴蔓子

重庆历史名人馆里的巴渝本籍名人,巴蔓子排名第一。其事迹,见于晋人常璩所著《华阳国志·巴志》的一段记载:“周之季世,巴国有乱,将军蔓子请师于楚,许以三城,楚王救巴。巴国既宁,楚使请城。蔓子曰,‘藉楚之灵,克弭祸难。诚许楚王城,将吾头往谢之,城不可得也!’乃自刎以头授楚使。楚王叹曰,‘使吾得臣若蔓子,用城何为?’乃以上卿礼葬其头。巴国葬其身,亦以上卿礼。”

据历代传说,巴蔓子的头葬在今湖北省恩施市西北;身的安葬地,则有今重庆市忠县西北、渝中区七星岗附近莲花池旁两种说法。据王尔鉴修纂的《巴县志》说,现存于莲花池旁的巴蔓子墓,是经雍正年间的郡守张光鏻修立碑表,乾隆二年(1737年)又由县民周尚义捐修,砌成石墓的。其后从民国至共和国时期,又因城建而一迁再迁,乃如现状。

从《华阳国志》成书的东晋永和年间,到王尔鉴指明的乾隆二年,历时一千三百多年,再没有见到文献资料提及巴蔓子。巴蔓子英名响震,是在龙为霖及其诗友结成诗社之后,始于他和周开丰的一次踏青活动,且由他领赞。

龙为霖以《踏青过巴蔓子墓》为题创作出一首七律："刎颈高风悬日月，存城旧事邈山河。行经西路孤坟惯，思入东风芳草多。得如此臣真足矣，无降将军更如何？廉颇立懦归忠魄，岁岁游人莫浪过。"他所着意赞颂的，是巴蔓子刎颈存城表现出来的崇高爱国精神，首联两句即做出了高度概括，尾联更浓缩为"忠魂"。自兹以降，直迄于今，首联的概括仍是评价巴蔓子的主调和定评。

周开丰同样以《踏青过巴蔓子墓》为题创作了一首七律："莫踏坟前带露莎，中藏毅魄有神呵。吾城尺寸终难得，楚使寻常敢若何？东地得全同胜算，南宾孤守足悲歌。夕阳杜宇时相吊，遗碣无闻蔓草多。"他所谓"毅魂"，与龙诗的"忠魂"大致上同义，诗的前六句都以之为本。但与龙诗明显不同的是既颂毅魂，亦多惋叹，惋叹巴蔓子的遗碣多年以来少有人关注，结尾两句尤为深沉。

王尔鉴是否曾与他俩一道踏青，不知道，但其杂言歌行《巴蔓子墓》写得虎虎生风。前六句为："穹窿哉，蔓子墓，渝城巅，石封固。多少王侯将相陵寝穴樵儿，独此屹立两江虹势迴盘护。"陵墓与陵墓对比，猛的一下子便将巴蔓子墓的历千百年犹自不朽烘托出来。中四句为："头断头不断，万古须眉宛然见；城许城还存，年年春草青墓门。"争若一副对联，对巴蔓子的精神不死、英气长存做出了显扬。后七句再进一步以奸衬忠，由"君不见背弱主，降强主，断主之头献其土；又不见明奉君，暗通邻，求和割地荣其身"，发出"惜哉不识蔓子坟"的浩叹。整首诗纵横恣肆，深寓史论，着力彰显的是巴蔓子那种"头断头不断""城许城还存"的忠义气节将万古长存。

在他们身后，重庆本籍诗人不乏继起颂扬者。如嘉庆二十一年（1816年）优贡生黄中瑜，在其《吊巴蔓子墓》诗中，不仅肯定了"一个尸留两地香，想见当年气英武"，而且更礼赞"兴亡事亦只寻常，气壮山河万万古"。龚有融之子、嘉庆二十四年（1819 年）举人龚珪，在其《巴蔓子墓》诗中，称美的也是"劫灰飞久烬巴楚，将军之墓独千古"。

外地诗人同样地敬慕巴蔓子。道光二十二年（1842 年）署重庆知府的浙江金华人王梦庚，特在七言歌行《巴蔓子墓》写道："楚葬其头巴葬身，上卿隆礼昭异数。堂房突兀郁崇邱，万古三巴瞻垄树。"咸丰八年（1858 年）曾主川东书院讲席的云南晋宁人何彤云，所作七言歌行《巴蔓子墓》较之更胜一筹。一入题，他便倾情盛赞道："臣头可得城难与，一剑临风谢强楚。将军真是社稷臣，不惜一身保疆土。"把舍身卫国的牺牲和奉献点了出来，是他超越前人的贡献。他还严厉批判了明末王应熊家族"削平邱垄起楼阁"的罪过，热忱放歌"将军之墓万古存"。

巴蔓子以及巴蔓子墓沉寂一千三百多年之后，终于重新响震，巴蔓子的英雄行为、勇毅气节、忠诚品格和爱国精神还得到了深入开掘和精准诠释，多亏龙为霖及其诗友首建其功。到时下为止，尚未曾发现有任何别的人群或者组织，以别的方式做这件事的任何文献资料。这样一种独一无二性，比他们的诗品如何更值得充分关注，在巴渝诗歌发展史上当记下一笔。

从思想价值的取向看，他们对巴蔓子及其精神做出的评价毫无疑义都是对的，有的诗句还成了经典名句，而今而后都该传扬。这是基本面和主导面，尽可以与社会主义核心价值观相关内容相通相融。但从《华阳国志·巴志》文本原述看，巴蔓子的许城而不与城行为中，也有不尽符合当代文明中以契约精神为内核的诚信原则的成分存在，不能够视而不见。即便从爱国大局出发违约，也存在着害国的风险，如果当年楚王的两种选择不是舍"城"取"臣"，巴国将会如何就很难设想。只讲其一，不讲其二，当年行通了，而今而后未必都那么幸运。

九十三

王尔鉴诗释黄葛树

讲重庆历史，王尔鉴（1703—1766年）是一位勋绩卓著的重要人物。他是河南卢氏人，字在兹，号熊峰，雍正八年（1730年）进士，乾隆十六年（1751年）来任巴县知县。那之后，王尔鉴不仅两任巴县知县，还在今重庆境内任过黔江知县、江北厅同知、合州知州，始终以清正廉洁著称。公务之余，王尔鉴手不释卷，著述甚丰，不仅主修编成过《巴县志》十七卷，《黔江县志》四卷，而且留下《巴蜀诗草》二十卷。乾隆《巴县志》比后出的同治《巴县志》、民国《巴县志》更好，在史学界已达成共识。

单就诗而言，王尔鉴的贡献不仅表现在借修志厘定"巴渝十二景"，以之为题逐一赋诗，开启重庆诗歌描画"巴渝十二景"之风，而且体现在多识风物，广结诗友，创作出了数以百计的诗歌作品。其诗作兼备古体、近体，还吸纳歌谣之长，时有谣体歌吟问世。如《巴民望雨谣》："巴之民，叩天公，雨我珠，雨我玉，不如雨我粟。天雨粟，不可食，不如雨雨与雨雪。雨雨雨雪粟不竭，胜似苍天雨珠玉。"他活用汉乐府民歌语词建构方式，将巴民望雨情渲染得淋漓尽致。

黄葛树为当今重庆市树，属于落叶大乔木类的桑科榕属，自古及今主要生长在今四川、重庆、湖北等地。尤其在今重庆市境内，黄葛树不论是在山坡、石坎、平地，均能扎根生长，粗壮高大，冠盖如蓬，俨然象征着重庆人的精神。王尔鉴当年固然尚无市树一说，但他作为一个河南人，一见便有大惊讶，便有新发现，因而作出《川东道署古黄葛树长句》一诗，浑如用诗对黄葛树进行诠释。

其诗起始八句写道："维山有木资梁栋，维木有材世所重。楩楠杞梓松柏桐，匠石得之慰祷颂。倘易其地弗能良，弗得其所难为用。罗致恐被鸠庀伤，酣林羞与凡材共。"欲言此而先言彼，欲扬黄葛树而先扬其他树。第三句所列举的七种树木，历来都是世所公认的名贵树木，多能"资梁栋"，故为"世所重"。但它们都太娇贵，非但极其择地势，靠环境，否则就"弗能良"和"难为用"，且经不得任何损伤，不能与"凡材"杂生。所有长处和短处，均与黄葛树绝缘，因而无异于烤托黄葛树。

次十二句猛一转，就铺张扬厉地赞美黄葛树。"惟兹黄葛钟气雄，盘结魂垒俨神工"，首先形容其总体形象，揭橥气势之雄伟高大。既而描绘"拔地本耸屹山岳，凭虚根起盘虬龙"，突出主干粗壮和虬根深扎两大特征，补足"钟气雄"。进而写到"几经雨露与霜雪，柯古不改排长风，密叶天覆暖翁蔚，万间广厦青荫浓"，既彰显黄葛树从来不怕雨打霜欺的傲岸气质，又张扬黄葛树枝繁叶茂，浓荫如盖，造福大众的第三大特征。正是这个第三大特征，为其他任何树木所不能及，构成了比"资梁栋"更应为"世所重"的稀世大用。也正是见及于此，然后的四句发出正论："斧斤不创众材逊，无为之乡非正论，坚心不容蝼蚁穿，老干岂受风雷震。"所言"众材逊"，顺理成章是指楩楠杞梓松柏桐之类，也应包括八九年前重庆种的银杏之类。

为黄葛树如此争辩之后，王尔鉴意犹未尽，还用四句诗探究其本原："为溯厥初不计年，疑历无怀与葛天，笑他蒲柳霜一折，拟彼灵椿寿八千。"前两句的无怀氏和葛天氏，是上古传说中与黄帝轩辕氏、炎帝神农氏同时代的中华民族人文始祖。后两句的灵椿寿八千，典出《庄子·逍遥游》，指大椿以八千岁为春八千岁为秋。很可能，他是取黄帝的"黄"和葛天的"葛"两个字合二为一，认作黄葛树的得名来由，从而认定黄葛树与大椿树同样古老。

今有人解释，黄葛树是《中国植物志》上的学名，黄是"老树"之意，葛则出自《诗·周南·樛木》里的“南有樛木，葛藟累之”，由“老树葛藟”演化而来。对黄的解释，似与王尔鉴不谋而合。对葛的解释，诚然不失为一说，不过尚有商榷余地。按《诗集传》说“木下为樛”，意谓樛是指向下弯曲的树木，显然与黄葛树的固有长势不吻合。何况葛是另一种藤条植物，与树本无关，也无人见过有葛藟将黄葛树压弯。另据杜甫《乾元中寓居同谷县作歌七首》有句“南有龙兮在山湫，古木巃嵸枝相樛”，同谷在今甘肃省成县，樛木再古也难以与黄葛树挂钩。要求得确解，恐非容易事。

王诗结尾四句写道：“风月于今庆有主，朝看曳云暮霏雨，高枝凡鸟不敢栖，看擢椅梧待凤举。”真对黄葛树情满于胸而意溢于言。这份情，是与历代巴渝住民敬畏黄葛树相一致的。据北魏郦道元《水经注》里已有“黄葛峡”记载，足可推溯出至迟那时以前，巴渝住民便习惯以黄葛树名来命名一些地名，那就是一种敬畏表现。直至向楚主编的民国《巴县志》于1939年出版，一如“黄葛垭”仍作“黄葛垭”，志内的“黄葛X”无论峡、渡、坪、场一概都未改字。变出诸多“黄桷X”，都是搞简化字缺乏规范闯的祸，形、音、义都变了，迄今仍未矫正过来。对市树用字如斯轻慢，应该吗？对标志性的传统树名、地名随意进行改变，有正本清源的可能性也不肯付诸行动，实质上是一种对文化源流口说尊重、实则轻慢的庸俗表现，无论官民均应当举一反三，从实反省。

九十四

张九镒首题览胜亭

自从明代曹学佺诗咏《登涂山绝顶》，涂山绝顶便成了关注对象。但是，涂山绝顶究竟是指涂山诸峰哪一峰？凭什么它能成为一处名胜？登上涂山绝顶观览重庆胜景，会有什么超凡感受？这些谜似的问题，到清代才由众多诗人逐一解开。

最早是王士祯，在其《登渝州涂山记》中记他游涂山，留下了一段明晰的文字："至一天门，更上二里许，度回龙桥，抵真武观。遵西麓而上，登铁桅峰，即涂山绝顶矣。下视群山，累累如蚁蛭。三江合流，曲折正如巴字。渝城孤峙江中，宛如龟之曳尾。"其后王尔鉴主修《巴县志》，记述涂山有澄鉴亭，"在涂山绝顶真武宫之左，王渔洋《登涂山记》所云铁桅峰是也。峰峻亭豁，凭栏一览，三江抱城如孤屿，又如浮叶"。再往后，陶澍作《蜀辅日记》，也特别提到"涂山绝顶有铁桅一，屹立云表，明刘綎所立"。1967 年夏天我登临铁桅峰，还见到过独立的铁桅，却未能找到一点儿亭的遗痕。

龙为霖曾一而再，再而三地登临涂山绝顶，并从多角度为诗志感。在《同人订于二月十三日登涂山澄鉴亭观渝城夜景为寒风所阻怅然有作》一诗中，他倾心夸赞："渝城之景本奇观，向夜何当更远看？灯火万家悬一叶，秀色重重真可餐。涂山绝顶凌天汉，孤城遥对好凭栏。”即便同人雅集游览受了阻，他仍然不胜惋叹：“长江只隔衣带水，逡巡胡为辞往还？试一临之乘皎月，澄鉴亭空四望间。全城夜景纷在目，窈窕繁丽争盘桓。”他是在昭告众人，铁桅峰上澄鉴亭乃观赏重庆夜景的最佳位置，理当在那里流连忘返。果真乘月登临后，他作出七律《月下登澄鉴亭观渝城夜景》，更极力渲染“渝州形胜本崚嶒，向夜清幽觉倍增”，“一亭明月双江影，半槛疏光万户灯”。另一首七律《登涂山绝顶》，他远追“禹绩千秋著此山”，近览“片叶浮沉巴子国，双虹襟带佛图关”，禁不住抚膺长吟：“凌霄意气堪今古，不负浮生半日闲。”

龙为霖的同社诗友，自有同样意气。张以谷的同题诗《同人约登涂山澄鉴亭观渝城夜景为寒风所阻怅然有作》当中，就有这样的铺张描写：“澄鉴亭中俯通郡，胜于万里寻金山。双泓夹城抱元气，一叶浮江翻碧澜。天成形胜古无匹，雄伟何须夸锦官？谁识夜景更奇绝，烟树楼台有无间。”较之龙诗的“灯火万家”云云，张诗把重庆夜景的“秀色重重真可餐”相当惊艳地描绘了出来，更加可触可感。刘会的《月下登涂山澄鉴亭观渝城夜景》也属于同题诗，着意写“隔江遥见万家灯”。尽管整首诗流于平实，但五六两句“楼台高下光相荡，烟雾横斜气自蒸”，确乎把灯火倒映于江的特点勾勒出来了。

本籍人如此，外籍人亦然。王尔鉴的《登涂山亭子》写道：“涂岭摩天峻，危亭望眼殊。江山连楚蜀，城郭耸巴渝。万户云为宅，双虹水作都。东川此门户，凭眺一踌躇。”虽然未点明指澄鉴亭，却尽可认定舍之其谁。起始两句既映现出铁桅峰和澄鉴亭之高，更表明了登临望远的无与伦比，后面六句全从“望”来。乾隆二十三年(1758 年)，广西桂林人胡德琳旅经重庆，作五古《戊寅初度日登涂山绝顶下》，就兴叹于“及至登山顶，城乃在平地”。他不仅看出“大江汇嘉陵，曲折真成字”，感悟“一叶浮中央，斯语洵非戏”，而且发现了“山前翼飞亭，后坞藏古寺”，以及“龙门海棠溪，左右张两翅”，关乎日景形胜的点画堪称超越了本籍人的见惯不惊，罕有顾及。及至道光二十二年(1842 年)，王梦庚署重庆知府，其五律《登涂山绝顶用曹能始学佺韵》还收结于“凭栏抒望眼，变态极朝昏”，五绝《览胜亭》更宣示“凭高一览中，浑欲小天下”，足见他认同在涂山绝顶放眼观览重庆，日景夜景均无匹敌。

湖南湘潭人张九镒乾隆年间任川东道时，认为“旧额澄鉴书大字，面目假借非真容”，强调“如此山川足遥睇”，决意“易云览胜无雷同”，即将澄鉴亭改名为览胜亭。其《览胜亭》诗不仅如此记述改名由来，而且将涂山绝顶与其故乡的衡岳七十二峰相提并论，称美为“登兹危亭景仿佛，烟雨妙态摹难工”。另外还有《九日偕书太守登涂山即景二首》，第二首写道：“览胜亭高石磴盘，天风吹上碧云端。……周巡好换茱萸景，满路棠阴次第看。”其意分明说，能览之胜太多太多了，岂是既有诗作可以蔽之无余？

我在南岸生活过二十五年，涂山诸峰曾登临过七八处，深信铁桅峰确是凭高览胜最佳处。铁桅峰右揽真武庙，左邻老君洞，高于涂山的临江诸峰。在铁桅峰顶极目四望，沿江一线东可望至溉澜溪以下，西可望至谢家湾以上，北向更是主城两江四岸几个区一概奔来眼底，真正堪称“变态极朝昏”。其山腹际的“一棵树”观景台，目测海拔高度至少低了百余米，高度和视度都远不能及，观夜景所见差拟一个湖，委实难显两江之胜。如果能在铁桅峰上兴建览胜楼，使之成为万里长江第一楼，其览胜效益必将超越武汉黄鹤楼。相信前贤的眼光，他们的选择无误。

九十五

“散户”不乏才俊

一群诗人结成诗社以相互砥砺，直迄晚清也难得一见。绝大多数诗人都处于自在状态，虽然并不会排斥诗友酬唱，却终究是如自耕农单家独户。临时借用现代股市的一个称号，可以管他们叫做“散户”，以区别于结社群体。这并非故意贬低他们，诗歌创作原本就很个性化，凭个人成就以分出高下，因而“散户”中从来不乏才俊，年近于龙为霖等的刘慈，年后于龙为霖等的刘玉璋和钟云舫，无不为明证。

巴县人刘慈是康熙四十一年（1702年）举人，曾担任将乐县知县。他的突出特点和过人之处，在于特别关注社会，穿透历史与现实，对沧海桑田和治乱兴衰洞若观火。明末王应熊家族制造倪斯蕙家族大狱，侵占莲花池土地建造涵园，尽管时移势易，已过去七十余年，他仍然作出七古《涵园》重新加以审视。在前八句历数“相国池中高阁起，美人阁上立烟水”的穷奢极侈之后，即转到了对于明末“此时大盗如蚁聚”，“中原流血无干土”的对比观照，直斥当年权贵者们“国难民瘼总不知，只将睚眦竞雄雌”。结尾四句切入现实：“豪华转眼秋复春，涵园不见旧时人。招提突兀压芳渚，夜夜钟声闻四邻。”其批判的深刻性，绝不亚于刘禹锡《乌衣巷》诗里的“旧时王谢堂前燕，飞入寻常百姓家”。

刘慈的七律组诗《渝州杂感七首》，无不目光犀利，挥斥劲遒。如第二首追忆重庆明代之繁华，对照清初之凋残，浩然感喟“回首可怜消灭尽，只今惟有旧山川”。如第六首在描画了衣冠人物“银床汲处留香骨，黄鸟鸣时见泪痕”以后，由现实反观历史，终究归结出“宋明卿相人无数，过眼豪华未足论”，仿佛是在警告那些当世卿相。还有第七首，直面“豪家大族半娇憨，梦到来生意更贪”，竞相求神拜佛，欲求世代富贵，意味深长地讽刺他们“福果未成桑海变，洛阳空记旧伽蓝”。这些诗，不仅在当时犹如黄钟瓦釜，而且即便移至当今，依旧具有警示价值。那些塌台的“老虎”，不都难逃此例吗？

奉节人刘玉璋（1842—1915 年），同治十二年（1873 年）中举以后，曾在福建、直隶当过多任府、县两级地方官，勤政亲民，政声清肃。他自书一联“欲万家锡福，必一己先清”明示于衙门，作为一生为官准则，自律自警，获得了“通儒循吏”的美誉。其五古诗《梦方廉吏》达三十二句，从“思君无由见，见之于梦中”，写到“迢迢八千里，何由抒离悰”，充分表现出了他与那位方廉吏同心相应，同气相求。结尾八句结出主旨：“太息天心厚，敢负七尺躬？人生贵不朽，安能疏磨砻！”意即一辈子都要甘如石磨石碾那样劳碌不息，多为民众、社会做好事，期以实现人生不朽。换言之，磨砻精神就是他的人生价值取向，他要为之而“但使各自励，何须长相逢”。

托物咏志，历来是诗人习用的方式，刘玉璋也长于此道。他《咏菊》：“群芬到此尽凋零，独傲秋霜不羡春。莫讶西风甘冷落，天生原许作高人。”他《咏梅》：“冷艳先开第一枝，千红万紫尽迟迟。天教预占春光早，笑煞群花那得失？”他《咏牡丹》：“管领春风一大家，肯随众卉斗繁华？生来不作寒酸相，错被人呼富贵花。”每一咏都有特定的蕴含。菊花的傲骨凌霜，梅花的早占春光，历来都寄寓着人品高洁、行状特异的资质喻义，他的吟咏表现出与古仁人志趣相通。而对牡丹的吟咏，却是他个人独到的感悟，人在官场而“不作寒酸相”意味着不当奴才，拒绝“人呼富贵花”则意味着不沾骄奢淫逸恶习，总的指向在于要永葆人格尊严。三重喻指归总均属德，均属个人的君子美德，所以他能成为一个通儒循吏。

江津人钟云舫（1847—1911 年）跟他俩不一样，毕其一生从未做过官，始终不改草根文人的独立本色。他为人豪侠仗义，秉性刚直不阿，处世嫉恶如仇，对清末那种专制暴政和腐败痼疾敢于揭露和鞭挞。且学识渊博，思想活跃，诗文词曲皆通，联尤其独步天下。联和诗，时常是他挑战腐恶的利器，运用起来得心应手。光绪二十年(1894 年)前后，江津知县朱锡藩狎妓嫖娼，却还要在遗爱祠里标榜“政绩”。钟云舫作《有见》一诗：“蛮营倩女妙舞歌，猛将当关奈若何？捐廉八百买苏小，从此讼庭花落多。”对其丑行痛加嘲讽。朱锡藩恼羞成怒，革去其廪银，关闭其塾馆，迫使他流落成都。

光绪二十八年(1902 年)五月，钟云舫又遭府、县两级官僚迫害，被拘押于成都府巡检司待质所近三年之久。他在系狱期间不但创作出了被誉为“天下第一长联”的《拟题江津县临江城楼联》，而且写出《即事》诗八首书愤。其中一首写道：“夜柝沉沉恨不消，丰城剑气直冲霄。有何大故干天恼？未免洪炉触手焦。冤海喷残精卫血，愁波涌上伍胥潮。伤心我蜀文翁化，都被秦人劫火烧。”前六句尽显铁骨铮铮，怒火熊熊，后两句直斥那是如秦暴政。另一首也从“自服南冠作楚囚，东川士气一时秋”展开，发出“夜阑搔首倾西望，井鬼昏昏贯索稠”的时事浩叹。他与刘慈、刘玉璋相较，显然各具特点，但大同在人品诗品都卓尔不凡。

九十六

名士风流李士棻

自魏晋以降，历朝历代的文人圈里，都不乏引人瞩目的风流名士。他们的共同特点在于，确有才学，却恃才傲物，放旷通达，既不拘礼法，更不拘小节。晚清年间，忠州出了一个李士棻，便将名士风流表现得淋漓尽致。

李士棻于道光元年（1821 年）出生，二十岁以前都在其家乡忠州鸣玉溪畔度过。从十三岁起即能作诗，鸣玉溪牵系着他割舍不了的乡恋和乡愁。早年所作的七绝《鸣玉溪晚泛》写道："溪头雨歇水平坳，两岸人家竹树交。要趁晚凉还泛月，一钩新挂绿杨梢。"未加雕饰的观感白描，自然而清新，寄托着他对家乡风物的真挚的充赞，展示出他诗歌的灵性和悟性。一直到晚年，对这一切他依然魂牵梦绕，七古《看画忆鸣玉溪》的后八句写道："行脚每经好山水，转惹征人思故里。老去一钱囊底无，愁来五岳胸中起。除却思归万念删，暂凭画本识乡关。溪上风光忘不得，何况仙人埋骨山。"此诗沉郁顿挫，倍感苍凉。

二十岁是李士棻人生首个转折点。他两上成都，入文翁石室，拜在李惺门下问学。李惺，字西沤，是名贯巴蜀的学者、诗人和教育家，悉心传道、授业、解惑，对李士棻为人、为诗都产生了重大的影响。李士棻后来在《斋居杂诗》中重述其诗教："叟曰汝学诗，诗教在温厚。立言造精微，无或一字苟。"可见成都期间的李士棻是谨遵师教的。问学之余四处浏览，他曾创作过不少纪游诗。如《子云亭》："草元亭下访遗尘，也学侯芭战洒频。无怪著书嘲覆瓿，先生位貌不惊人。"如《万里桥》："听唤桥名已自愁，无端送客此桥头。怜他桥下东流水，竟似行人去不留。"诸如此类的绝句小诗，大多是即景生情，借题生发，自然流畅，颇得温柔敦厚之旨。如果终身循之而不倦，李士棻将是另一个李士棻，会否成为风流名士大可怀疑。但在言造精微、一字不苟上垫好了底，成都问学又是大有收获的。

道光三十年(1850 年)，而立之年的李士棻以拔贡身份上京参加会试，获第一名，但他缺席了廷试，这成了人生的第二个转折点。阅卷大臣曾国藩对其会试文卷深为激赏，雅爱其才，判为高等，因而对其未赴廷试深感惋惜，乃资其学费，命游太学，同时赠诗两首，深情勖勉。其一写道："巴东三峡猿啼处，太白醉魂今尚存。遂有远孙通肸蠁，时吟大句动乾坤。"直誉李士棻为"太白醉魂"的嫡传人，其"时吟大句"有望"动乾坤"。于是乎，名公卿交相延誉，李士棻的才名日隆，进而以诗名动京师。一代文宗的奖掖提携，令李士棻感激不已，终身不忘旷世难求的知遇之恩。曾国藩逝世以后，他作了《追哭先师太傅曾文正公二十四首》，倾诉"七字蒙真赏，终身戴厚恩"之殷。其中一首写道："送至扬州返，师生一世终。后先书屡寄，中外事无穷。自泣颓梁木，长期哭殡宫。浮湘犹未得，泪雨洒江风。"缅怀之深切，哀痛之沉挚，真可以比拟李密《陈情表》。

曾国藩的道德文章对李士棻熏染钜深。同治九年(1870 年)，曾国藩出任两江总督，李士棻得以踏上仕途，历任江西的彭泽、临川、南城、东乡县令，人生出现了第三个转折点。尽管两年后曾国藩便逝世了，但李士棻在为官期间，一直秉承曾国藩的礼治为先、以忠谋政的为官理念，尽力做到奖掖才俊，捐资兴学，勤政爱民，革除弊端。如其《同沤馆杂题卅二首庚辰五月作于豫章》所写："五柳二云无恙否，学宫创建劫灰余。要凭弦诵销兵气，十户人家九读书。"政绩颇著，誉望日隆。加之李士棻个人"本旷达士，不拘行检"，遭遇到了上司刘坤一、同僚刘秉璋等的嫉恨、挤压。至光绪六年(1880 年)，他愤而"抵冠于地，攘臂趋出"，脱离官场，浪迹江东。

那一年，李士棻满六十岁，只身到了上海。这以前的三十多年，他一直喜欢流连风月，穷亦不改，在沪前后五年间，他以“二爱仙人”为笔名，陆续在《申报》上发表了两百多首诗。“二爱”实有所指：一为他在京城结交的雏妓杜蝶云（芳洲），当时已在上海成名，重温旧情后供养了他；二为另一位艺妓，对他也时有周济。贫困而不潦倒的李士棻自命“二爱仙人”，既是对风尘女性的尊重，又是对虚伪礼教的挑战。他的《除夕留杜芳洲旅窗说梦》写道：“燕台见汝十三龄，三十余年梦未醒。老矣更期勤会面，黯然相对久忘形。自伤须鬓多时白，不改松筠往日青。竿木逢场文字饮，一般憔悴两飘零。”从中表现出，纵然三十余年弹指一挥了，他仍然视杜芳洲为红颜知己。在《留别杜芳洲》中，他不仅自比“江州白傅千行泪，京兆何郎一曲歌”，而且表示与杜芳洲“缘分尚思来世有，天涯良会岂无多”，用情之深实超过了白居易和何晏。而其“狂态如故”，还反映在更多方面。如《自彭泽卸事归赠梅庵诗僧》谓：“宦途挥手诀风波，比似冥鸿脱网罗。”《春暮书怀》谓：“昨非今是何须较，野性由来便隐沦。”这些都显示出他的狂放不拘。所以当时《申报》主编钱昕伯有言：“论者以为汪洋恣肆不减杜甫，以‘小杜’目之。”

历代巴渝本籍诗人中，被人引类李白、杜甫以为赞，且集于一身的，仅李士棻一人而已。他为人为诗，大半生风流自适，晚年际遇迹近柳永，固是狂放性格使然，但不见容于晚清官场，也是他对专制腐恶的一种另类反抗。

九十七

邹容雄姿英发

巴渝历代英雄，我最钦佩邹容（1885—1905 年）。我五年前撰《巴渝历史名人十咏》，《咏邹容》诗写道："义师雄起历先声，标举共和昌国魂。自古巴渝多烈勇，倩谁方驾大将军？"前两句所点到的，就是我最钦佩邹容的历史性贡献，真正堪称前无古人，后启来者。后两句说巴渝英雄无人堪称能与他并驾齐驱，其实还是有所保留的，即便放诸全国，辛亥前后又有几人能够方驾？

对邹容而言，诗歌创作无非小技耳，在他短暂的一生中委实作诗不多。然而诗作数量多，未必传世价值就一定高。乾隆皇帝号称一生作诗逾万首，除了马屁精追捧，有几首能跟邹容诗相比？

不知从什么时候开始，民间流传一首《神童诗》："少小须勤学，文章可立身。满朝朱紫贵，尽是读书人。"在科举年代，读书受业、应试做官的确是一种社会常态，一辈一辈人罕有以为非。邹容尚在县学读书时，偏就敢于擅改《神童诗》，将其改作："少小休勤学，文章误了身。贪官与污吏，尽是读书人。"前两句已经是敢于怀疑、离经叛道了，后两句尤其一针见血，点中了清末腐朽的穴道。叛逆的天性，为他后来年纪轻轻就写出《革命军》赫然张本。

少年邹容以《涂山》为题，写过一首七言古体诗："苍崖坠石连云走，药叉带荔修罗吼。辛壬癸甲今何有？且向东门牵黄狗。"药叉为梵语译音，又叫夜叉，指的是大乘佛经当中说的药师佛有真正护法的十二大金刚菩萨，化身为十二夜叉，在他笔下借喻正义的力量。修罗也是梵语译音，通称阿修罗，属佛经中欲界天的大力神，易怒好斗，骁勇善战，在他笔下借喻邪恶的力量。第二句由第一句自然景象引出，喻指清代自鸦片战争以降国际国内交错层出的正义与邪恶苦斗不止。第三句用典，语本《书·益稷》所记"(禹)娶于涂山，辛壬癸甲"，意指在晚清的现实中再也不存在天下为公、为民造福的大禹那样的圣贤了。末句也用典，语出《史记·李斯列传》所记李斯临刑时，对其中子说"吾欲与若复牵黄犬，俱出上蔡东门逐狡兔，岂可得乎"，意指晚清那些祸国、卖国的权贵都该落得秦末李斯的下场。诗意跳跃性颇大，然而合起来就表达出一个主题：乱象丛生的晚清社会必须被改造了。

光绪二十四年(1898 年)戊戌变法失败后，谭嗣同等六君子在北京菜市口壮烈殉难。消息传到重庆，时年十三岁的邹容在书桌上供置谭嗣同画像，默然地对像悼念。随后他作出《题谭嗣同遗像》一诗："赫赫谭君故，湖湘士气衰。惟冀后来者，继起志勿灰。"寄希望的后来者当中，无疑首先包括了他本人。少年壮志气冲斗牛，充分显示出，他已决计献身变革图强伟大事业了。他十七岁东渡日本留学，成为与秋瑾齐名的革命演说家，十八岁写成《革命军》首倡共和，号召建立"中华共和国"，被章士钊誉为"义师先声"，证明了他果真是雄姿英发，风华绝伦，初心长在，砥砺前行。

在上海，年长邹容十六岁，时任《苏报》主笔的章炳麟不仅著文力挺《革命军》"诚今日国民教育之第一教科书也"，而且与他结成志同道合的生死至交。1903 年 6 月，《苏报》因为大力宣传《革命军》被查，章炳麟等人被捕，关入租界监狱。邹容本可以从容避难，但他秉持着革命义侠精神，毅然投狱，与章炳麟患难与共。章炳麟感奋不已，作出《狱中赠邹容》一诗："邹容吾小弟，被发下瀛洲。快剪刀除辫，干牛肉作糇。英雄一入狱，天地亦悲秋。临命须掺手，乾坤只两头。"邹容也报以《狱中答西狩》："我兄章枚叔，忧国心如焚。并世无知己，吾生苦不文。一朝沦地狱，何日扫妖氛？昨夜梦和尔，同兴革命军。”两诗相对照，章诗主要是回顾邹容的卓荦往事，赞扬邹容的侠义精神，而邹诗在回应兄弟情深之后，念兹在兹的则是如《革命军》所鼓吹的革命伟业，就诗论诗在境界上似略高一筹。

1903 年 7 月，湖北籍反清革命志士沈希禹被叛徒出卖，遭清廷逮捕，鞭死于刑部监狱。章炳麟闻讯悲愤不已，写出了《狱中闻沈希禹见杀》一诗，以志深悼。邹容并不认识沈希禹，但义兄的战友理所当然也是自己的战友，迅即步韵为诗，创作出《和西狩〈狱中闻沈禹希见杀〉》五言八句：“中原久陆沉，英雄出隐沦。举世呼不应，抉眼悬京门。一瞑负多疚，长歌招国魂。头颅当自抚，谁为墨新坟？”他将沈禹希尊为国魂，为之长歌却哀而犹壮，博大的情怀直可以喷薄。

同为民主主义革命家的南社诗人柳亚子曾经赴狱探望他俩，并续以《有怀章太炎、邹威丹两先生狱中二首》。其一谓：“祖国沉沦三百载，忍看民族日仳离。悲歌叱咤风云气，此是中原玛志尼。”其二谓：“泣麟悲凤佯狂客，搏虎屠龙《革命军》。大好头颅抛不得，神州残局岂忘君？”发自肺腑的崇高评价，邹容以其短暂而又光辉的一生，已然证明当之无愧。记住邹容，重庆不及上海，理当有所反思。

九十八

辛亥先贤明心见性

辛亥革命废止了帝制，建立了民国，揭开了中国历史新篇章。这一场革命，四川省同盟会的组织中心在重庆，领导举义和参与其事的巴渝乡贤多有其人，影响巨深。那以后，各人所走的人生道路不尽相同，但多数人一直践行民主主义革命信仰。其中一些人还工于诗，从他们的遗世诗作中，不难体察他们的心志和秉性。

比邹容年长四岁的杨庶堪(1881—1942 年)，字品璋、沧白，以杨沧白广为人知。他是重庆公强会的创始人之一，中国同盟会重庆支部的领导人，鼎力主导了重庆反正，成立蜀军政府后功成弗居，只任高等顾问。“二次革命”后历任四川省长，孙中山大元帅府秘书长及临时中央执行委员，1942 年病逝于重庆南岸大石坝。他平生诗风宗尚汉唐，晚年更多学杜甫、陆游，有一千余首诗作传世。

袁世凯称帝以后，杨庶堪与熊克武于 1913 年兴兵讨袁，进攻成都失败，被迫流亡日本。他为之作出纪事长诗《癸丑违难纪事二百韵》，详纪身路、心路历程。他愤然申明，由于“伪心赞共和，元首视囊私”，加之“外债重若山，不顾民疮痍”，因而要兴兵讨伐窃国大盗。无奈“苦战两月交，泸合未解围”,“余无一卒依,但义共艰危”,只好辗转避难,去国流亡。尽管如此,他仍然坚信“蒙难而艰贞,报国当有时”,发誓要坚守“不恤吾家瘠,但冀我国肥”。

不管个人的处境是顺是逆,杨庶堪总铭记着辛亥战友,曾作《怀人诗十首》以明心。其中的《黄复生理筠》写道:“玉貌留侯绝世无,椎秦遗恨博囚拘。南荒自昔怜投止,半死犹传尺幅书。”《但懋辛怒刚》写道:“忍死羊城世论哗,尚余血战故人夸。一官乱后如儿戏,屈宋何妨与着衙。”《张培爵烈五》写道:“纷纷党狱痛捐縻,驱虏从君建义旗。九死艰难唯一笑,世间无此好男儿。”慷慨似陆游,不仅奔涌着对战友的怀念激情,而且将战友的主要功烈点赞出来,剀切精妙,利于传扬。

日寇侵华,国难当头,杨庶堪的沉郁更近杜甫。北平城沦陷,他作七律《哀北平》,震悼“倭寇深侵焰更狂,故都倏忽竟沦亡”,痛惜“千古伤心唯国破,四朝名迹已荒凉”。南京大屠杀惨案发生后,又作七律《闻南京夷军屠杀至数十万人,悲愤有作》,对“杀气熏天白日昏”“十万人家尽闭门”的惨象痛心疾首,仰天长啸“繁华佳丽俱灰烬,谁问凄凉黄花村”。1939 年杨庶堪回到重庆,即遇大轰炸,所作七律《夜袭》浑如一篇实录:“寇续侵空月午前,夜凉人静转凄然”“兹宵万户无安枕,谁识吟耽惯晚眠”。挚爱家国而“叹息肠内热”,其真性情贯注笔端。

西北地区辛亥革命的领袖于右任,对杨庶堪十分钦佩。在其生前,有《赞沧白先生》写道:“开国有诗人,沧白杨夫子。秀句兼丰功,辉映同盟史。”及其身后,又有《题杨沧白手书寄内诗册》作吊唁:“万锄春影一蓑笠,春草方生日又西。九死难忘为国意,月明如水杜鹃啼。”前者确实是杨庶堪一生功烈的真实写照,后者则是对杨庶堪一生坚持爱国主义立场的盖棺定论。

长杨庶堪九岁的曾吉芝(1872—1942 年),名纪瑞,以字行,在日本求学期间加入同盟会,蜀军政府成立后任秘书院编制局局长。脱离政界后三任巴县中学校长,1927 年创办县女子中学并任校长,1933 年兼任四川省立第二女子师范学校校长,是重庆著名的教育家,亦工诗书。1915 年奉命视察四川省区学政,离巴县中学校长任,作诗二首留别。在《别中校各学子》里,他勉励学生们“小别蚕神祠畔路,他年同奋祖生鸡”。在《别中校诸同事先生》里，他强调“从来教育重精神”，叮嘱同事们“时代萌芽滋雨露，园林桃李孕阳春”，始终致力“胸饶成竹供迎刃，口吐法莲妙种因”。如此先进的教育思想，迄今仍值得传扬。

长杨庶堪四岁的向楚（1877—1961 年），光绪三十二年（1906 年）加入同盟会重庆支部，蜀军政府成立后任秘书院院长。民国年间历任四川省政务教育厅长，《巴县志》总编纂，并长期担任四川大学文学院院长，文史功底深厚，曾被孙中山誉为“儒宗”。他曾受业于赵熙，无论自己怎样显达，始终对赵熙执弟子礼。1936 年秋重庆籍弟子为赵熙提前办七十大寿，六十虚岁的他恭敬献诗《香宋师自乌尤下渝同门敬介七十寿家仲兄画巴山秋献图恭纪》，不但直白赵熙“下里门生白发多”，而且称颂其“此是西南真寿气，可能今古几东坡”。尊师之诚，溢于言表。

涪陵人李蔚如（1883—1927 年）另是一位传奇英雄，他先后加入过同盟会、国民党和共产党，被杀害后，遗体竖埋。光绪三十三年（1907 年）冬，他奉孙中山之命返回涪陵准备发动武装起义，事情败露而遭到当局通缉，于次年春避身上海。在上海，他作了《赠留日同乡汪锦涛》一诗，抒发了“拚将傲骨撑天地，剩有灵犀照古今”的壮志，表达了“何时得扫单于幕，立马燕然拟勒铭”的决心。重庆反正时，他率领学生军打开通远门，迎接夏之时义军入城。1925 年 3 月，孙中山逝世之后，他又作《浪淘沙 · 悼孙中山》一词，上阕沉痛地叹息“国事正蜩螗，血战玄黄，长星夜落掩光芒”，下阕盛赞孙中山“勋业盖天王，国士无双”，情之真意之切都罕有人与之相匹。现如今，涪陵区大顺乡李蔚如烈士陵园已然成为革命传统教育基地。

九十九

走出夔门地广天宽

一个现象足可以令人拍案惊奇，那就是从晚唐、南宋至晚清、民国，巴渝本籍产生的诗人固然愈来愈多，却总是以走出过夔门的人成就更高，影响更大。与杨庶堪最为切近的显例，当数比他早出生二十一年，却又同一年逝世的奉节人张朝墉。

张朝墉(1860—1942年)，字北墙、北翔，号半园老人。自幼聪颖好学，工诗文，精书法，先后获得了“夔门才子”“三峡文豪”“一代文杰”的美誉。原瞿塘峡粉壁上的“瞿唐”二字即出自他的手笔，白帝庙内原西碑林曾陈列他的两通碑刻，一书张钫《驻兵夔府登白帝城得句》，一书他本人的《偕友人登白帝城》诗。张朝墉清末在黑龙江省做过知府，既而先后入程德全、宋小濂幕府，前后二十余年间编纂过《黑龙江物产志》，在齐齐哈尔创建过边塞第一公园，组织过龙城诗社、清明诗社。其间一度赴浙江任职，还在北京担任国史馆誊录。1931年九一八事变后迁居北京，任晋察政务委员会顾问。七七事变后拒任伪职，与程砚秋、汪霭士等爱国名士一起以卖菜、卖画、卖字为生，1942年农历四月初一逝于北京。诗作按干支编年结集，合称为《半园诗稿》。

张朝墉的诗七绝最佳，七律次之，大气而不失优雅，清俊中透着妩媚，宏阔与温婉并存，庄重与洒脱相生，是典型的文士诗。这样的特点，在其1914年作的七律《偕友人登白帝城》二首中，已经充分表现了出来。其一为："人事匆匆日月忙，抽闲游遍水云乡。新春天气晴难得，故国河山梦未忘。古柏尚含前岁雨，野梅时送隔庭香。登城不听寒碪急，何处笳声闹夕阳。"其二为："卧龙跃马事悠悠，过眼烟云一例收。大海纵观鲸鲵戏，雄才几见凤鸾俦。一声山寺中宵磬，百尺风帆下峡舟。既倒狂澜今欲挽，阶前滟预大如牛。"前一首写景状物，情寄其间，象外显示出淡泊宁静之志。后一首怀古咏史，以史鉴今，心忧家国的博大情志冲洄激荡，势壮力沉，相当感人。

身在黑龙江期间，张朝墉作过一组《南冈杂诗》。其三写道："一群蛮女笑声哗，何似游蜂正放衙。新式近来多不帽，缠头锦绣艳于霞。"哈尔滨地处中俄边境，俄罗斯人以及东北境内的少数民族男男女女汇聚其间，开放程度已相当高。这首诗抓住二三特点加以描绘，既新奇别致，也颇形象生动。另一组《曾子敬召饮江楼》诗中，其二写道："松醪吸尽擘麟胎，饮馔多从异国来。若到更阑人定后，还看惊凤舞瑶台。"视角换到了餐饮习俗，同样反映出开放必然会冲撞甚至改变本国传统的生活方式。

在北京，张朝墉的组诗《燕京岁时杂咏》更别具风采。第十八首诗谓："蟾宫桂殿净无尘，剪纸团如月满轮。别有无知小儿女，烧香罗拜兔儿神。"写的是北京士民中秋习俗，剪纸要剪蟾宫图，祭礼要祭兔儿神，整首诗写得活灵活现，温婉宜人。第二十二首谓："卖靴人归宿雾开，风筝一线上瑶台。霜菘雪韭冰芦菔，都上煤炉暖炕来。"写的是北京人以农历十月初一为靴生日，从那天开始便要操办过冬的必需品，所谓"卜三冬之寒燠焉"，特别是经霜白菜、雪地韭菜、冰冻萝卜，体现出了民以食为天。对于南方人来说，这一切当然十分新鲜。

诗关系日常生活，张朝墉始终显得随和通达，兼收并蓄。但如果涉及人格和气节，那可就是非分明，正气凛然。早在1922年写的《顾公度见访》之三中，他就针对买官鬻爵的官场腐败慨然发声："乱世羊头冷眼看，洁身容易救贫难。宦囊羞涩凭人笑，差喜循声在遂安。"坚持操守，洁身自好，决不与滥官污吏同流合污，仿佛一篇正气宣言书。及至1940年作的《庚辰元旦发笔》,尤其彰显出了宁肯穷困、决不附敌的民族气节:“莫将岁事溯龙躔,阳历已交二月天。立定脚跟穷不怕,放开笔胆大如椽。三巴信渺云山外,一线春回杨柳边。蓬户自安闲亦好,无须手板贺官年。”无须作任何注释,一个大写的中国人已傲然立于天地之间,直令周作人辈百辩犹难自赎。

张朝墉的诗其所以能如此高超,从认识论看,无疑与他走出了夔门,行踪广及东北、华北、东南大地密不可分,客观存在为他提供了丰盛的创作素材。然而见仅及此还不够,还得进一步从审美论加以考索。举凡被他化成诗境的物象,当地人悉皆习以为常,见惯不惊,在他却是无一非异。见异生奇,由奇焕彩,因彩出新,才促成了他激活灵感,建构意象,诉诸吟咏。

这一条审美映现之旅,举柯璜、何鲁的诗足堪佐证。柯璜(1876—1963年)是浙江黄岩人,近代社会活动家、儒学家、书法家,抗战期间寓居重庆,1957年方去山西。他于1938年所作的七律《渝城回云顶道中即事》后两联写道:“云中碎石林间漏,石隙飞泉涧底游。宇宙有情闲指点,关心无地不迎眸。”诗意即从前两句的见异而来。何鲁(1894—1973年)是四川广安人,著名数学家,享有“数学泰斗,诗书奇才”美誉。他1935年即兴而作的《游北温泉》写道:“年来诗兴已无多,不对名山懒放歌。今日置身巴峡里,虫吟泉吼也想和。”简直是见异生奇的注脚。

一百

礼园—赵熙

渝中半岛上，地势最高、规模最大、园林最佳的公园当数鹅岭公园。其前身叫做礼园，建于清末，是重庆总商会首任会长、云南昭通人李耀庭家族的私家园林。园内几十处亭台池馆的题名赋诗，则是在民国元年(1912年)，由四川荣县人赵熙完成的。

赵熙(1867—1948年)，字尧生，号香宋，光绪十八年(1892年)进士，历任翰林院国史馆编修、江西道监察御史，以刚正不阿、抗直敢言著称。他工诗，善书，偶亦作画，被誉为“晚清第一词人”。他又是教育家，学富望重，清末民初四川以及重庆的不少闻达，诸如吴玉章、黄复生、谢持、向楚等都出自他的门下。一生中，曾五次走出夔门，五度寓居重庆。1912年，他为礼园题名赋诗，住进礼园，是他受友人李湛阳(耀庭长子)所托而为之，属第四度寓居重庆。

那以前，在重庆创办《渝报》的四川富顺人宋育仁，已有《题礼园亭馆二首》传布。其一中有句“步虚声下御风台，一角山楼雨洞开”“俯临木杪孤亭出，静听涛音万壑哀”，其二中有句“散花围竹万松关，便作嘉陵画里看”“风篁入夜千山响，石气澄湖五月寒”，反映出礼园亭台耸峙，松竹幽深，涧灵湖澄，风景不殊，非等闲园林可以媲美。只不过尚须题以嘉名，配以诗作，进一步增益人文氛氲。

赵熙不负李湛阳重托，不仅给园内好几十处亭台池馆逐一题名，还作了《礼园杂诗十二首》。如《第一江山台》写道："万山青作大围屏，两道江声入座听。太古乾坤开浩荡，浮图鼓角震空冥。是曾老子婆娑处，不尽巴城气象灵。坐忆李严谈地势，园花风起送微馨。"其台位于园内最高处，居中正北，可以俯瞰嘉陵江，极目纵览两江四岸，迄今仍然吸引游人披襟临风，心旷神逸。如《红荷湖》写道："红玉为花出叶开，水风凉送酒人来。兹堂合号青墩浦，立石谁方滟滪堆。翠羽乍飞香入梦，仙山一点绿于苔。画船荡出西湖月，寸寸秋心化劫灰。"湖在园西，跨以曲桥，如今虽然不见红荷了，但湖水犹存，常能引人联翩浮想当年景象。其余如《涵秋馆》《漪玕桥》《飞阁》《竹陂》，听一听名称，便会感到诗意盎然。

1936年，赵熙第五度寓居重庆，虽然不是住在礼园，却仍然对礼园一往情深。他重作《礼园杂诗六首》，其中《璇碧轩》有句"夜来望月池边宿，须作江南水榭看"，《红荷湖夜坐》有句"置身绿尽红香里，水珮风裳待老夫"，流连忘返的情致摇曳其间。尤其是《元旦登第一江山台》吟出："立春之日万花开，第一江山第一台。故事新年修吉语，劳人堕地结愁胎。老无壮志思丰岁，手挽中华望霸才。爆竹如雷天外响，松风吹作海涛哀。"一位年届七旬的老人，故地重游，感慨万千，恣肆的豪情真是几近东坡赤壁。

然而，歌吟礼园并非赵熙的巴渝诗的全部存照。早在光绪十八年(1892年)出川赴京应试，途经重庆之时，他便以《重庆》为题留下一首七律："万家灯火气如虹，水势西回复折东。重镇天开巴子国，大城山压禹王宫。楼台市气笙歌外，朝暮江声鼓角中。自古全川财富地，津亭红烛醉春风。"那一年，正值重庆初开埠，成为当时整个中国第一个对外开放的西部内陆城市。这首诗的非同凡响处，不在前四句，而在后四句，简直就是对长江上游物资集散、商贸航运繁盛景况的形象实录。

那一次行至夔门上下，赵熙以最擅长的五律形式写出了《夔府》和《出峡》两首诗。前者写的是："平沙汉将营，万古一江声。八阵盐烟含，双岩峡路绝。当关宜据险，怀古失骄兵。杜老三年客，悲歌白帝城。"通篇都是在发思古之幽情，但从次句透露出的点滴消息看，未尝没有寄寓对清末那种国是的担心。后者写的是："孤棹自天落，峡门江浩然。雄心生八表，大势别全川。野雁知春去，江鱼卖酒船。万山如万马，勒足不能前。"诗兴又转到了抒发雄心壮志上。那一年，他刚二十四岁，看得出是想在做官以后有所作为。质诸后来他果真敢于弹劾赵尔丰和盛宣怀，足证不是徒托空言。只是有惩于袁世凯的改制称帝，他才于四十七岁斩断仕途，远离官场，致力于讲学育人和诗书怡情。

最后一度寓居于重庆期间，赵熙还关注过民生。七律《元旦》写道："去年元旦雪封门，今日吟春旱久温。雨意霏微诸客集，人心正朔古风存。苦闻刮地多材干，忍说饥民食草根。六十年前丁丑岁，太平花发满农村。"六十年前的农村太平和六十年后的农村凋敝俨然构成了强烈的反差。凋敝的原因，固然有连年天灾不断所致，但更根本的是五六两句所抨击的人祸。联系《重庆》一诗所写的城市繁华，无疑又是另一种强烈反差，委实堪称触目惊心。

几个不同层面的诗合起来，赵熙的形象就颇丰满地呈现出来了，他显然是一位有似于杜甫也有似于苏轼的仁人君子。他还为重庆培养出了好几个人才，不限于诗人，还有史学家和社会活动家。基于这一切，而今而后的重庆人，决然没有任何理由忘记他。

一百零一

吴氏两家门

按川渝民俗，同姓的人不管同宗不同宗，都可以叫家门。吴芳吉就称吴宓为家门。他有一首五言诗，诗题便标作《寄吴雨僧家门》，信笔写道："祖先诚至德，不避海南滨。天下以三让，世家第一人。青铜荒塚断，香径古城存。孝友为陵替，沉吟看子孙。"他分明是将吴氏的先祖直追到吴太伯，也将自己与吴宓一起认作吴太伯后世子孙。

吴芳吉（1896—1932 年），字碧柳，自署白屋吴生，为地道的重庆人。1911 年，他考取清华留美预备学校，与吴宓结成知交。他虽未能赴美留学，但毕生致力教育工作，并且成了现代汉诗开拓者之一。他的古诗功底也相当深厚，在两卷《白屋吴生诗稿》中多有反映。

"三日不书民疾苦，文章辜负苍生多。"吴芳吉《戊午元旦试笔》里的这两句诗，集中体现出了他的诗歌创作观。九一八事变之后，他更是爱国主义激情高涨，将对民生疾苦的关切转到了民族兴亡感上。在《望嘉州》一诗里，他发出了"报国非轻死，吟诗不保生"的呐喊。在《咏史四首》里，他一咏民族英雄郑成功："国破已无人，违心况有亲。帐前定远笔，马上华阳巾。社稷余翁仲，海天哭老臣。台南山色晚，不见汉遗民。"二咏韩国志士安重根，同样寄望于“大将肯开拓，英雄甘永眠”。

1932年5月9日病逝于江津时，吴芳吉不过三十八岁，惜乎太早。如《将自永宁归家先此寄内》所示，自然会有“行囊羞涩都无恨，难得夫妻是少年”的儿女情长。但是，更如《无题二首》所示，他最在意的是“指点青门罗雀处，巍然白屋读书堂”“司马轻狂云枉道，西南久负大文章”。其第二首尤其挚切：“最怜陆老奇男子，散发江湖号放翁。不幸生时遭国变，偏从拙处见诗工。灵均哀怨托芳草，杜甫流离望塞鸿。自古书生多杰士，儿曹几处识王风？”从中不难看出，他最敬佩的先代杰士是陆游、屈原和杜甫，都是丹心永照汗青的爱国主义诗人，他的素志就在于成为那样的人。

自清华别过，吴芳吉与吴宓未曾再交集，但他俩的心总是连在一起的。《答雨僧兄奉天》诗谓：“南北东西尽鼓鼙，故人流转富新诗。君非阮籍休穷哭，我是匡衡最解颐。但味苦甘成大觉，无分治乱应相宜。秋深夜静恒孤坐，一卷麟经千载期。”一字字，一句句，全都是对他俩高山流水般的情谊的写照。

吴芳吉曾将诗人区分为三等，其下为自身之写照，其中为他人之同情，其上为世界之创造。吴宓在其《空轩诗话》里不但照引，认为“此论最真”，而且直言。“碧柳盖托始于中而已臻乎上者”，他坦承“予之诗，则终未脱‘自身之写照’之范围”，既显知人之明，亦彰自知之明。

吴宓（1894—1978年），字雨僧、玉衡，陕西泾阳人，是近代中国大师级的文化巨擘和中国比较文学奠基人，也是一位以真性情著称的诗人。1934年，他曾有《吾生一首》，坦然自述：“吾生碌碌无长技，稍读中西贤圣书。明道从心乐自在，随缘应世苦纷如。痴情一往沉孤梦，法语人惊走众狙。知足已能兼忍辱，有恩无怨可安舒。”仿佛一幅自画像，将他个人的经历、学识、人格、性情不加修饰地勾画了出来，造语贴切，言志真率。

即便是真率，吴宓的真见之于诗也相当特异，通常总是跟他个人的人生琐事纠葛在一起。他与毛彦文的爱情，曾经闹得沸沸扬扬，动静甚大。作为一代学界宗师，他不恤人言，敢于公然自称“爱之最深且久者，则为海伦（即毛彦文）”。他还以戏谑语作诗《吴宓先生之烦恼》，四韵十六句，反复咏其事。前四句谓：“吴宓苦爱毛彦文，三洲人士共惊闻。离婚不畏圣贤讥，金钱名誉何足云？”后四句谓：“奉劝世人莫恋爱，此事无利有百害。寸衷扰攘洗浊尘，诸天空漠逃色界。”简直一扫羁绊，豁然敞开赤胸，以致他的学生钱锺书认为他近乎玩火。

当时有一个惯写言情小说的作家叫陈慎言，以之为背景写出小说《虚无夫人》，自1936年1月10日起在《上海时报》连载。吴宓认为言情水平“实甚恶”，特意写出了《题陈慎言撰〈虚无夫人〉小说》一诗：“太虚幻境红楼梦，乌有先生海上花。我写我情情自美，人言人事事终差。巨灵天外伸魔掌，锦字机中织乱麻。家国如斯说不得，芙蓉诔罢赋长沙。”首联举出《红楼梦》和《海上花列传》两部小说为例，若言情小说创作贵虚构，何必胶泥真人真事？颔联对比性表明态度，真要写得好，还不如由我自己写。最后举出《红楼梦》里贾宝玉的《芙蓉女儿诔》和西汉贾谊的《吊屈原赋》，进一步宣示主旨，要言真情便须以一诔一赋作范式。以诗论创作，举例挺真情，他真叫独一份。

抗战胜利后，部颁教授吴宓没有北归回清华，却在武汉大学任教。1949年春，他又选择了西来重庆，作诗《将入蜀，先寄蜀中诸知友——步陈寅恪兄〈己丑元旦〉诗韵》明志：“余生愿作剑南人，万劫惊看世局新。野烧难存先圣泽，落花早惜故园春。避兵藕孔堪依友，同饭僧斋岂畏贫？犹有月泉吟社侣，晦冥天地寄微身。”当年4月29日，他就由汉口乘机来渝，转到了人生最后一个驿站，将家门吴芳吉的故乡重庆变成了他的第二故乡。如今的西南大学文学院教学大楼就叫雨僧楼，虽然是迟到的，却终归是必需的历史认同。

一百零二

松柏精神古澹心

重述川东游击队故事，人多熟知领导者为彭咏梧，却鲜有人知七南支队队长兼政委是刘孟伉。更鲜有人知，刘孟伉早在 1927 年即参加了刘伯承领导的“泸顺起义”，随即加入中国共产党，红色革命资历深过彭咏梧。尤其鲜有人知，他还是二十世纪中国书法的一位大家，在民国年间书法、篆刻、诗词都冠绝峡江。

刘孟伉（1894—1969 年），名贞健，号吃叟，土家族人，出生于云阳。“泸顺起义”失败后，他先后在开县、云阳、万县等地教书，曾经受聘担任《万县县志》编纂。1947 年底转移到奉节，先后在雷家坝、谢家坪、芳草坪从事革命活动。中华人民共和国成立以后，历任川东行署副秘书长、四川省文史馆馆长，有多种学术著作以及诗词选集传世。

对跟随刘伯承参加“泸顺起义”那段经历，刘孟伉十分上心，并对刘伯承始终极敬重。他后来作过一首《金缕曲》，下阕当中写道：“何因提起心头絮？是当时，沱江泸水，那些层次。长胜将军今健否，如此天才谁似！尚想象，丰标神致。闻道太行军似铁，任长江天险谁恃？怎偏阁、石城势。”词当作于百万雄师过大江前夕，他对刘伯承挥师渡江、摧枯拉朽充满信心，达意抒情也相当大气。

但是，从 1927 年到 1949 年，刘孟伉多数时间处在隐蔽共产党员身份，从事地下活动的状态，所作诗词既无可能也无必要总以革命大事为主题。诗言志也好，诗缘情也好，其多数诗作都出自于交友、处事、纪游、志行，他的人格、操守、性情、志趣都从中体现出来。

慎交友，交良友，无论从传统理念看，还是从革命需要看，对刘孟伉而言这都是一个原则问题。他在奉节交过两位良友，一为李重人，一为蒲茂腾。其诗《与重人茂腾同造一像得三本分题之》真实地记录了他们的友谊。其一写道："石佛庙前客，镌经石畔人。平生都历子，各有岁寒心。"一指李重人，二指蒲茂腾，都历子则为其自称。岁寒然后知松柏之后凋，第四句归总揭示，支撑他们友谊的是坚贞不屈的松柏精神。其二写道："蒲子清如竹，李君瘦似梅。及我老松格，成此岁寒奇。"进一步申明，他们结成了岁寒三友。其三反复渲染："竹青梅瘦想君奇，雪里霜前几见欺。犹是领头苍翠色，与君风调始相宜。"足见他们真是心气相通，肝胆相照。李重人《长歌似孟伉茂腾》诗谓"二子吾师亦吾友，交友如师期长久"，蒲茂腾《与刘李二子合制一影题名岁寒三友图因各赋一绝》诗谓"我才何所见，千秋节不屈"，佐证了绝不是他一厢情愿，而是彼此之间君子人格一致。

"二子杰然古丈夫，相从乐与忘朝晡。"刘孟伉《次东坡腊日游孤山韵和重人作》中的这两句，反映出他们的过从交谊具有颇深广的人文内涵。如《题重人所藏孙登铁琴拓本次清仪阁韵》中所写："有时君将古墨至，公和琴本看题字。自疑平生古澹心，幽涧深林全无二。"折射出他们都有古仁人的淡泊名利的高洁心志，能出离乱世尘嚣，沉浸到文物典籍中去探幽烛微，索隐钩深。继后四句所写："绝怜挥手写松吹，漆桐易销铁易摧。翻因此拓流传力，犹从遗貌识高卑。"具体而微地描述了他研读孙登铁琴拓本的精细解悟，其鉴赏功力可见一斑。

读万卷书，行万里路，为骚人墨客素所看重。刘孟伉的行迹尽管受制于峡江数县之间，但他也"六载山居，颇事登陟"，有《纪游诗》凡十六首。其四写道："雪堂傅都宪，先代有贤名。迩来三百载，何人解继声？旧集余孤本，重锓赖老彭。乡邦先达少，即此亦堪倾。"寻访傅作楫旧居，注重的是能"继声"，并且关注到守黑斋刻本，表明他决然不是一般的游山玩水。其六写道："物情重科第，故俗今尚狃。安得反真悫，万事从实剖。"浑如进行了一次社会调查，抑制不住对贪图功名利禄的陋习的反感，主张崇尚真诚朴实。《峡中闻巫歌并序》亦为调查所得，其间有四句写道："文士只知读楚词，胡不迳起师巫师？君看比兴宜风雅，何殊沅芷异江蓠。"他分明认为，荆楚民间的巫歌、巫舞，乃包括庄文屈骚在内的"楚之文学"的源头，因而强调向巫师学习。其真知灼见独到新颖，直与文化人类学理念相通，迄今仍然弥足珍贵。

与之同时，刘孟伉还时常深入农村，关心农民的生存状态和现实疾苦。如他1948年在奉节县金子乡谢家坪作的《与谢老夜话达旦》记述："自汲山泉夜煮茶，山月初堕斗初斜。为因贪共山农语，直到天明眼未沙。"简直与老农亲密无间，无话不谈。《七月十九日夜露坐与谢老讲太平天国故事》有句"此时愁坐茅檐下，细与山农说太平"，显见得是他在武装起义遭受挫折后，仍在农村借用太平天国故事继续做宣传，以图做到前仆后继，伺机再起。不折不挠、愈挫愈奋的所作所为，与他一以贯之的松柏精神是高度一致的。对这样一位革命贤达和文化大家，在既往的几十年里被正视得太少了，淡忘得太多了，实在大不应该。

一百零三

曾是“饮河”社里人

抗战时期，重庆人文荟萃，盛况空前绝后。即便在诗词创作苑圃，也经西迁来渝的章士钊、汪寄庵、沈尹默、潘伯鹰等社会闻达和文化名流发起，从1940年起以“饮河诗叶”形式在《时事新报》《中央日报》《世界日报》等报大量刊载旧体诗词，前后刊出了一百多期。至1947年春返回上海，他们正式建立“饮河诗社”，登记会员已达到五十二人，影响愈来愈大。

“饮河诗社”理事中，有璧山人柯尧放，巴县人许伯建。早在重庆出“饮河诗叶”期间，他俩便与李春坪、田楚侨等轮流做编辑，成为主持编务的潘伯鹰的得力助手和亲密朋友。“饮河诗社”正式建立后，他俩又领衔，在重庆设“饮河渝社”，假《世界日报》刊发“饮河诗叶”五十余期，至1949年11月方告解散。

柯尧放(1904—1965年)，诗宗李杜，尤钦李义山的典雅精工，词则多效姜白石的清刚峻拔，加入“饮河诗社”前即为重庆文学团体“西社”的领头人。在当时的重庆诗词界，他同沈尹默、潘伯鹰、李春坪合称四大诗人。抗战时期他举家住在南岸老君洞，轩名“松荫一舵”，诗友们时常在那里聚集。老君洞右邻铁桅峰，因而登涂山绝顶时常在情理之中。其七律《秋暮登涂山绝顶示同游诸子》写道："放眼平戎事未休，陆沉应共泣神州。黯然万里河山色，长啸一声天地秋。巴水难销劫火恨，楚江不尽战云愁。登临无限沧桑感，剩水残山忍漫游。"从中显示出，纵然是登高望远，他和诗友们也心忧家国，不忘"平戎"。

这种爱国主义情怀，还反映在柯尧放别的诗作中。如七律《闻长沙大火》："敌骑纵横走迅雷，烽烟处处羽书催。才悲粤汉成焦土，又哭长沙化劫灰。杀贼几人真国士，弃城诸将半庸才。河山惨淡无颜色，心死从来是大哀。"面对国难相继，他真痛心疾首，一扫李义山诗的隐晦，而展杜少陵诗的沉郁。1945 年 8 月 15 日夜，闻日本侵略者投降后，他又连夜写出一韵贯通、长达六十四句的七言歌行《快哉此夜行》，史诗般地实录了"须臾邻曲讻讻，倭奴投降声戡空"，描绘了山城民众如何"出门履步笑龙钟，九衢人涛腾千重"，如何"啸歌撼地驱丰隆，飞碟翻空若旋蓬"，并引吭高歌"万钱买醉思新丰，快哉此夜千载逢"。其豪放浪漫不亚于李太白，当年曾被誉为最佳的爱国主义诗篇。

经常造访"松荫一舵"的朋友，不尽是同社诗友，还不乏其他志同道合者。如后来被杀害于歌乐山的"民革五烈士"之一的王白与就是一位常客。闻日寇宣布投降不久，柯尧放有一首《赠白与》，不仅回忆相互之间"论诗差同静志居，江楼燕坐意何如"，而且倾吐出"烽边无限东来感，忍向寒窗吊废墟"的劫后心声。王白与则答以《附酬容庵见赠时闻受降之报》："抵掌谈诗复和诗，人生契遇几多时？迷茫桑海相看惯，潦草竽箫两不宜。米贵故应论货殖，邦危但欲访明夷。山城一片收京热，我独行吟与子期。"在那个历史转折关头，他俩关注的是怎样为战后重建竭尽绵薄，两颗赤子之心浑然融在一起。

许伯建(1913—1997 年)崭露头角，以诗结识潘伯鹰，年方二十九岁，在同社诗友当中最年轻，却凭才情备受称赞。章士钊《示伯建楚侨》诗谓："夔巫长养楚臣骚，许子田郎各见高。"素以狂狷著称的潘伯鹰对谢稚柳夸奖许伯建，称许其"才藻华烂"，多年后还在《伯建四十》里倾情挺赞"少年文藻发雄奇，穴险缒幽爱作诗"。

在那个年月，抗日、爱国自是"饮河诗社"诸友共取的一大主题。四川华阳(今属四川成都)人乔大壮，长子乔无遏为空军飞行员，在零陵空战中立了功，遂以《围棋》为题赋诗：“围棋奈苍生，儿曹遂破贼。嘈囋丝竹中，入内屐齿折。良无活国计，往往肝胆热。汉道自此昌，慎矣亡胡月。”前四句借用东晋谢安故事，重在夸儿子破贼立功，后四句抒发爱国热忱，既是他的真实心声，也表达了饮河诗友的共同心愿。许伯建与他同心相应，即作诗一首以相和：“辛螯讵得施，矫翼嗤钝贱。慨想洒血时，虱轮先肱折。捷不缘飞虻，肠因济美热。风檐歌铙吹，梦驰湘波月。”同样也是前四句贺功，后四句志感，必胜信念奔涌笔端。对照其《六月十五夜闻警报此入岁第一次也》所写的“年来已厌吟哀些，更为猿虫一愤嗟”，看得出他还具备了愈炸愈强的不屈气概。

许伯建当年的社会职业是银行职员，从银行汇票转账，知道了寓居江津的陈独秀“峻却”当局“钜金”的事。既而他又读到了陈独秀的赠友诗：“何处乡关感乱离，蜀江如几好栖迟。相逢须发垂垂老，且喜疏狂性未移。”尽管无由拜识陈独秀，但对陈独秀“贫贱不能移”的坚贞气节和磊落人格敬佩不已，因而在 1942 年 5 月 27 日陈独秀病逝以后，许伯建写出了《仲甫先生挽诗三叠韵》，之一曰：“一瞑横流谢谤书，久闻迁客冷芸居。人从双鬓知公老，自抚孤松逼岁除。钩党文存开世变，高名斗外挟云舒。枫林青幻无穷劫，雪涕谁招几水庐？”比较一下也为“饮河”诗友的马一浮所作《悼陈独秀》诗：“尸乡人识祝鸡翁，卵塔衔花百鸟同。要乞不毛防害稼，幸然被发免为戎。一时谁并雕龙辩，四野犹鸣射雁弓。投老遗文传字说，每怜才士尽樊笼。”论情致，论境界，起码堪称不在其下。

同“饮河诗社”多数诗友一样，柯尧放和许伯建都步入了中华人民共和国时期，也各有所作为，但在诗词创作上，却不及“饮河诗社”存在时那般劲健。如今他俩都已作古多年了，怀念之余，只盼真能“数风流人物，还看今朝”。

一百零四

长把此乡作故乡

民国年间，尤其是抗日战争期间，由外地迁移到重庆，并且定居下来的人非常多。据人口统计档案资料，重庆城 1936 年共有四十五万余人，1946 年共有一百二十四万余人，十年间净增九十余万新住民。这些人，绝大多数后来并没有返回原籍。天长日久，他们反将重庆认作第二故乡，甚至乐于自称重庆人。知名诗人邓均吾和箫熙群，就都是这样的新增重庆人。

邓均吾，又名邓成均，笔名均吾、默声、成均、微中，1898 年生于四川省古蔺县。1912 年至 1916 年，就读于重庆广益中学，结识吴芳吉，与新旧诗歌创作结缘。1921 年，由重庆去上海，进泰东书局工作，结识郭沫若、郁达夫和成仿吾等，先后成为创造社和浅草社首批社员。1930 年至 1932 年，相继在重庆联中、广益中学任教。1938 年，他在加入中国共产党以后，主要在古蔺、成都活动，也曾在今属重庆市的南岸、北碚、彭水进行社会工作以掩护身份。1949 年 3 月再到重庆，经柯尧放介绍任职参议会，从兹定居重庆。共和国时期，历任重庆文联秘书长、副主席，重庆文史馆馆长，直至 1969 年 9 月 3 日病逝于重庆。

邓均吾为人真挚，诗品清醇，新诗以诗味浓郁、意境清新著称，旧体诗词也表现出同一格调。1925年,他离开上海,从湘西进入秀山、酉阳,取道乌江返还重庆,创作了《乌江道中二十四首》。第二首写道:"龚滩十丈瀑流悬,隔断乌江上下船。世乱岁饥劳力贱,争先载卸剧堪怜。"既是一幅社会风情画,又对船工和力佚们表达出深切同情。最后一首则写的是:"几千年史尽陈陈,有甚人权赋庶民?六合纷纭思变日,便教天地一番新。"寓情于理,发出民主革命的变革呐喊,反映出他当时已有进步的思想。1932年秋,他再去上海写的七律《过炮台湾》别具一格:"海吞江吐水云交,旧垒荒凉野鹊巢。丝柳笼堤堤织梦,杂花飞雨雨添潮。年华暗换洋场在,风景无殊故国遥。将晚楼台歌吹沸,谁怜孤悄月见高?"前四句景语皆是情语,后四句情语尽寓景中,感慨挚切,扣人心弦。而在1948年仲夏写的《题扇二绝》之二,则以"白屋诗篇孰与邻,湘兰浓芷现清真"的追怀和礼赞,倾诉了他对吴芳吉的故交深情。诸如此类的诗,无不情见乎辞,殊非雕虫者所可以向迩。

箫熙群,字印唐,以字行,四川垫江(今属重庆)人,1911年生。1929年,入成都师范大学(四川大学前身),与刘君惠结为知交。1934年,以国学满分入南京金陵大学首届国学特别研究班,师从黄侃、吴梅、汪辟疆、胡小石等硕学,与程千帆、沈祖棻夫妇为莫逆之交。历任国立女师学院、相辉学院、四川教育学院、乡村建设学院、南林文法学院教授。1950年以降,他相继任教于工业学校、电力学校,惜未能尽其长才。1996年6月9日逝世以前,他曾担任重庆诗词学会顾问。

作为一位学者型诗人,箫熙群一直任侠重信,直行立身,诗词都出自性情,明畅自然,文采秀发。1943年,他在重庆加入饮河诗社,多有作品散登于《饮河》《正声》等诗刊上。这之前,1938年初至重庆所作《界石山居呈碻公》三首之二写道:"去年烽火传燕冀,流徙而今念晓庄。生事萧条秋色里,无花无酒过重阳。"界石时为蒙藏学院所在地,碻公指金陵大学中文系主任、湖南衡阳人刘继宣,诗里寄寓着他对内迁学人清苦生活的深切感慨。1940年,他所作《次韵寄答千帆康定》二首之一则直抒:"孰遣宗周禾黍悲,儒生一例系安危。病狂奸宄容天极,和战听淫名日离。班笔奋功宁事读,官书傍午立题诗。关情物鸟元衷性,贾傅迁流亦敛眉。"将国势安危放在个人清苦之上,与挚友同声相应,爱国情怀溢于言表。这之后,于1946年他写过《五云中学校歌》:“平沃天府三千里,文翁化隆。修齐格致乐无穷,与追大同。愿我青年文理并攻,发奋齐为雄。国防固,衣食丰,置身五云中。”在抗战胜利后昙花一现的和平民主建国的语境中,他那发自肺腑的振兴教育、激励青年的呼唤和憧憬,迄今仍然令人感佩。

新增的重庆人中,类似于邓均吾和萧熙群的曾以诗名家者,还可以举出花效实,举出王闲影,列出一个不短的名单。他们的诗歌格调、成就和影响自会不一样,但跳出为诗,只讲为人,都跟更加举不胜举的非诗人群一样,还作出了各自人生的重大选择,就是长把此乡作故乡,自觉自愿地融入了重庆人的宏大群体。

这种选择古已有之,迄今亦然,往后还会延续下去,只要巴山渝水存在,就永没有终结之日。仍然回到诗,即以 1978 年至今的四十余年为例,重庆在全国最有名气的诗人如傅天琳、李钢、李元胜、娜夜,论原籍贯或出生地,无一不是非巴渝籍,然而他们自己和其他人谁都不怀疑他们属于重庆诗人。重庆诗坛号称为诗歌重镇,决不能缺少他们,否则必定黯然失色。指出这一点,甚而至于强调这一点,相当重要。在既往几年编纂《巴渝文库总目》的过程中,就有人明确反对在民国卷中收入非巴渝籍人士的著述,甚或一度形成主导性意见。我就是以傅天琳、李钢等人为例,引而广之,当面辩驳,才扭转了那样一个偏见导致的误作。正有惩于此,我要以此作为《巴渝诗话》的终篇结语。

缀语

三个原因驱使我写《巴渝诗话》。

一为遣兴。我这个人兴趣不多。退休后，前十四五年的日常安排，除了有选择性地参与一些社会活动外，大体是上午码字，下午搓麻，晚间先看电视，后读小说，乏了就睡觉，颇为单调，却也自在。但去年五月我突然昏厥，医院检查出心脑血管不通畅，随时可能发生梗塞，加之胆囊已经切除十余年，导致反流性胃炎也凑热闹不时捣乱，引发胸痛。不宜久坐了，更怕意外事故给人惹麻烦，就把搓麻休了。码字自不能再如既往那样，每年春夏都要码出一本书。只不过，这却不能休，否则成天了无生趣。于是乎，我着意寻求折中方式，不再码大部头，只码点零篇碎什。积以时日能不能结集姑且不论，短小文章能不能发表也不管它，只要能够遣兴就好。

二为偿债。拙著《"狂夫"杜甫》出版后，我按原有计划又拟写一本文史辨疑的书，西师出版社已允诺采用。去年春节后我便动笔，相当顺畅，很快码出了五六万字。殊不料，五月初竟突发了那档子事，只好告以变故。西师出版社相关人士太重情了，不仅安慰我，还说不妨事，以后能写书了仍然乐意为我出。我由衷地感激他们，同时在私下里也背负了一份情义债，决计无论什么时候有了偿还的可能，就一定要偿还。争取凑短篇成集，就是因之萌生的模糊念想。

三为了愿。去年秋冬间，市内几起文化活动不约而同地指向一个关注话题，那就是历代重庆的古诗。那时候，经过连续几个月的治疗和调养，我的身体状况较前好了一些，已能参加咨询、研讨，并应命动笔码了点儿文字。多有人言及，重庆直辖二十多年了，还没有一本笼括大重庆的巴渝诗选本。当时也出现了最美古诗的公众评选，有光彩的地方，也有误识的地方。我曾建议相关部门关注社会的需求，以问世未久的《巴渝文献总目》为依据，组织一批专家，编选出一部"巴渝诗歌选"，可惜并未得到响应。延至今年初，忽然生出了一个私人愿望，何不凭借个人的资料积累，并且再努力做些搜集，以诗话形式重述巴渝诗？一旦有了这个愿，我便想了了这个愿。

元旦至春节期间，我反复琢磨了愿的可行性，比较轻快地厘清了思路。简言之，便是小序说的那些话。决计一篇一篇地码字，码出一篇算一篇，集腋成裘。倘若能码出二三十篇，就争取报刊连载。倘若能凑成百十来篇，预估将有二十余万字，算得一本书稿了，再跟西师出版社联系，实现偿债。其间任何时候如果身体撑不住，就立马叫停，不拿命开玩笑。可伸可缩，何乐不为？

说干就干，我动笔了。仍然是上午码字，中间搁下笔活动活动，通常一上午可码成一篇。进而我取得了《重庆法制报·了然副刊》的倾力支持，开辟副刊，从 3 月 16 日开始连载，每周刊出一篇。

码到五十多篇时，我满七十六岁，晋七十七岁，以《七七初度，得句自乐》吟成一诗：

诚雨殷虹谢晚春，食匀无奈齿摇频。
曾经手术浑无胆，未丧斯文幸有心。
人脑岂甘随电脑，马鸣终拒变禽鸣。
黄鸡白发依然我，杯酒足留精气神。

七言八句，一吐心声。明眼人当能看出，病痛并没有拘役住我，借码成《巴渝诗话》遣兴，值得拼一拼。

那以后，便通过微信，与《"狂夫"杜甫》的责编沟通。再次感谢西师出版社，一如既往地答应得十分爽快，连电脑录入手写稿的工作也包下来了。这是我之幸，也是未来的读者之幸，出版人的襟怀实在至关紧要。

回顾近半年著述经历，我越来越清晰地意识到了，辨识和点评并非只是运用已知，同时也是再求索和再认知。所有的单篇合成一体，已然显示出了巴渝诗歌的基本风貌。作为巴渝文化的一个重要分支，它的每一步演进，它的每一丛精彩，都是所有曾在巴渝热土上生息过的人们的精神创造和审美成果，不适宜过度区分本籍诗人与外籍诗人。倘若一定要有所区分，那就不能不承认，由唐宋至明清，始终是外籍诗人比本籍诗人成就更高，贡献更大。这样一种基本态，迄今仍未曾改变。为什么会如此，我还来不及从长考究，有俟于时贤后昆细作诠释。

这件自己找的事，终于完成了。记得孔子曾说过："朝闻道，夕死可矣。"我已跨过闻道的年龄，是在享受"从心所欲不逾矩"的乐趣了，因而我把它改为"夕顺心，宵死可矣"。人老了，各有各的顺心法，我的顺心法是想做一件事就做一件事，做成一件事就顺一回心，无复多求。当然不是说，《巴渝诗话》既成后就耗着等死了，而只不过说死亦瞑目了。人都会死的，犯不着念叨。但下一步再做什么事，真还没设想，走着瞧吧。

2019 年 6 月 16 日于淡水轩